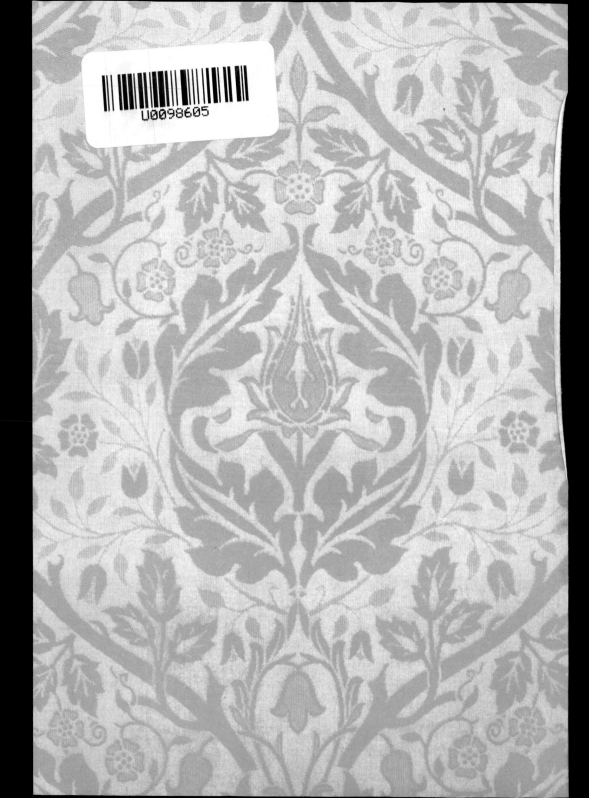

文學與歷史

胡秋原 著　東大圖書公司 印行

國立中央圖書館出版品預行編目資料

文學與歷史；胡秋原選集第一卷／胡
秋原著.--初版.--臺北市：東大發
行：三民總經銷，民83
面；　　公分.--(滄海叢刊)
ISBN 957-19-1545-9 (精裝)
ISBN 957-19-1546-7 (平裝)

1.文學-論文，講詞等　2.史學-論文，講詞等

810.7　　　　82009821

© 文　學　與　歷　史
—胡秋原選集第一卷

著　者　胡秋原
發行人　劉仲文
著作財產權人　東大圖書股份有限公司
總經銷　三民書局股份有限公司
印刷所　東大圖書股份有限公司
復興店／臺北市復興北路三八六號六樓
重慶店／臺北市重慶南路一段六十一號
郵　撥／〇一〇七一七五——〇號
初　版　中華民國八十三年二月
編　號　E81069
基本定價　[illegible]元貳角貳分
行政院新聞局登記證局版臺業字第〇一九七號

ISBN 957-19-1546-7 (平裝)

自序

這是我的文章第一次選集。我的文章，都是我的思想之表達，我想在此序中略述我的思想之由來與變化，以供閱者之一助。

一

十九世紀中葉以來，我以亞洲大國迭遭列強侵略。鴉片戰爭以後，有英法聯軍以及俄國在東北強占我廣大領土，中法戰爭，中日戰爭，至二十世紀第一年有八國聯軍，接著在此前後列強在中國畫分勢力範圍，進行瓜分。接著日俄兩帝在中國大戰，並自行處分中國領土。二十世紀以來，在日、俄、美三帝侵略、玩弄之下，中國人遭遇之悲慘，實全世界所未有。首先，日本自民國三年進兵山東至民國三十四年投降止，公然要「征服支那」，連續軍事進攻三十一年之久。除了濫肆屠殺、日夜轟炸、強姦婦女、掠奪物資文物之外，最慘極人間的是擄掠壯丁至日本為奴工，及以中國抗日人士之人體作細菌戰試驗，然後對我作傷寒、霍亂及鼠疫之戰爭。

其次是蘇俄。俄國革命成立蘇聯後，宣言同情中國民族獨立之要求，放棄沙俄對華不平等條約。他是有其世界革命或世界征服之計畫，而想利用中國人為工具的。而苦於列強侵略的中國人喜其能以平等待我，視之為俠客或救星。雖然紅軍進據外蒙，他仍能成立中共為第三國際之支部，並使孫中山改組國民黨，行聯俄容共政策。國共分裂後，史達林力謀報復。除杜撰中國是「封建社會」之理論，要中共進行土地革命，然後在蘇聯無產階級領導下不經資本主義直接進入社會主義外，又與日本勾結；其在西元一九二九年發動中東路戰爭，亦鼓勵了日本九一八之攻擊。及受德日軸心之威脅，乃一面片面將中東路賣與日本，一面對華高唱國共合作。抗戰之初，他對我確在空軍方面有所援助，然他在貿易上由我獲得許多廉價貴金屬，並使中共成立了兩個軍。以後並悄然兼併唐努烏梁海，利用新疆回漢衝突，迫盛世才與其訂立強取新疆權利密約多種。德蘇戰爭中，蘇聯大敗，盛世才將這些密約向中央報告，使史達林大為痛恨。及德軍在史達林格勒大敗，蘇俄即公開攻訐中國「作戰不力」，製造中俄緊張，為其大勒索之伏筆。一九四五年二月三巨頭雅爾達會議，除瓜分德國、東歐外，又有雅爾達密約，同意史達林恢復一九〇四年以前帝俄在滿洲之權利以及外蒙獨立之要求，為其對日參戰之條件。原子彈降落日本後，蘇俄對日宣戰，不費一彈占領東北。除搶劫強姦，公然劫走東北工業設備之外，又以所得日人武器武裝徒手進入東北之林彪部隊並加訓練，終於擊敗前往接收之國軍，並打出關外，奠定了中共在內戰中勝利之基礎。

沒有蘇聯的援助，不會有中共政權，這是中共與蘇聯都公開承認已久的。所謂援助，不僅是物質的、軍事的、外交的，尤其是精神的。這便是馬列主義與蘇聯所欽定的社會主義、共產主義的意識形態。中共政權也是蘇聯進行冷戰的產物，甚至可說，列寧成立第三國際，卽是蘇聯對西方諸帝冷戰之開始。中共政權成立之次年，史達林卽要求其成立「抗美援朝志願軍」參加韓戰。除造成百餘萬的傷亡之外，尚須以米、麥、牛、羊送到蘇聯償還軍火債務，而這些軍火是德蘇戰爭中，美國援蘇軍火之剩餘，而中國老百姓則大批被迫吃草根、樹皮，乃至活活餓死。這引起中國人民對蘇聯的憤怒和對中共之不滿，而毛澤東則發動「反右運動」加以鎮壓。繼因進攻金門及對美作戰問題，毛澤東與赫魯雪夫發生爭論，赫氏同意協助中共發展原子武器，簽訂「國防新技術協定」，並給中共一座反應爐，同時對中共多方勒索。旣而後悔，對原子計畫多方拖延，故意誤導，終於提出管理中共海軍要求，為中共拒絕，蘇聯乃廢止「國防新技術協定」，撤回所有蘇聯顧問，一時大陸工業陷於癱瘓狀態，甚至在一九六〇年已發生中俄邊境衝突。於是中共與蘇聯之十年蜜月告一結束，開始理論鬥爭。中國科學家之努力不僅恢復了工業上機械的運轉，而且在一九六四年原子試爆成功，並進而發展人造衛星。這使毛澤東貪天之功，自以為「天才」，發動所謂「無產階級文化大革命」，誅鋤異己，整個大陸陷入恐怖亂鬥之中。中共原子試爆之成功亦使蘇共恐懼和忌恨，屢動禍心，欲對中共核子設備進行核襲，加以摧毀。至是見大陸內鬥猛烈，遂發動珍寶島戰爭與塔城戰爭，以作試探。中共不僅強烈反擊，而且自此稱蘇聯為「新沙皇」和

「社會帝國主義者」了。於是尼克森乘機與中共勾結，而布列茲涅夫仍欲對中共進行核戰，希望美國同意。此事為季辛吉所拒。布氏又欲以傳統戰分裂中國之西北，於是蘇聯於一九七九年發動阿富汗戰爭，蓋欲由帕米爾進攻新疆。這使俄帝陷入泥沼，一如美帝之在越南（阿富汗游擊隊曾得中共與美國之援助亦公開之秘密）。布氏在其死前曾向中共表示和平之願望，然直到戈巴契夫上臺並於一九八九年到北京道歉，才開中俄關係之新紀元。

最後看看美國。在十九世紀歐洲諸帝侵略中國時期，美國雖享「利益均霑」的不平等條約之利益，但未曾（或尚無力）主動的進攻中國，加之還有蒲安臣以美國外交官於任滿後代中國出使各國訂立平等之條約，以及美國教士如林樂知等同情中國之言論，使中國人對美國另眼相看。實際上，美國對華政策有其高明處，而拙劣處更多。所謂高明如參加八國聯軍，同時發表門戶開放宣言；首先退還庚款，辦理教育，培養了許多中國菁英。所謂拙劣，他並無一個長期目標，如很多人所想像的。他只是臨時應付，而且是極現實的向強者讓步；而且中國對他的好感，反而增加他對中國人的優越感，認為中國人可廉價應付，隨意利用，結果不僅害到中國，也害到他自己。例如日本提出二十一條後，他曾頻頻對日抗議，而終於訂立石井藍辛協定，承認日本在滿洲有其特權。華盛頓會議中他提出九國公約，尊重中國領土主權之完整，然僅空言，而無實際。九一八大變發生後，他曾大聲疾呼制裁日本，而僅以「不承認主義」而終。及日本發動盧溝橋戰爭，他還以中立法案中之「現款自運」條款供給日本以汽油、廢鐵之戰略物資，直到一九四一年始以五千萬美元援華，較之援俄之天文數字，真九牛之一毛。日本偷襲珍珠港後，美國始承認中國為盟國。然以「歐洲第一」之故，對中國戰場僅以空運及十四航空隊維持中國軍隊之士氣，牽制日軍。他派來史廸威訓練新軍為援印之用，而不顧當時日本打通大陸走廊計畫（卽所謂「一號作戰計畫」）下中國戰場上之危險。繼而又聽信太平洋學會之宣傳，要求中國將軍事指揮權交與史氏，此被中國拒絕，自不快於心。此時史達林正多方迎合羅斯福（如解散第三國際），而羅氏之子亦稱史達林為「約叔叔」。於是有雅爾達會議。除瓜分德國、東歐而外，另有雅爾達密約，犧牲中國為蘇俄對日參戰之條件。羅斯福死，美國政府在羅氏皮包中發現此項文件，於六月間通知中國依照彼等密約，簽訂中蘇友好和平條約。這條約不僅使中國正式放棄外蒙，而也註定中共在內戰中的勝利和國民黨的失敗。戰後美國派馬歇爾來華調解國共內戰。史達林、毛澤東均已成竹在胸，而國民黨猶不知其地位之險惡，以為半年內可以擊敗中共，而文武大官之貪汚，使人心迅速喪失，加之無節制的通貨膨脹，只有加速其崩潰。民國三十八年初蔣總統引退，李宗仁代，政府遷廣州，四月，所派的和談代表為中共扣留，八月，美國發表「白皮書」，「勾消中國」，然猶希望「第三勢力」之出現，亦有占領臺灣之計畫。李宗仁飛美後，蔣總統復職。中華人民共和國成立後，美欲承認而不可得，始聲明繼續承認中華民國政府。及中共抗美援朝，聯合國大會通過決議中共為「侵略者」，美國派軍事代表團來臺，簽訂中美共同防禦條約。民國五十二年，甘廼廸曾欲與蘇聯共同空襲中共之核子試驗設備，為赫魯雪夫所拒，此事尚在蘇聯、美國商量核襲中共核子設備之前。珍寶島事件後，美國與中共恢復華沙會談。至民國六十年，季辛吉秘密訪問大陸，美國宣布贊成中共入聯合國，繼而中華民國被逼退出聯合國，同年，美國宣布將釣魚臺交與日本，「臺灣地位未定」。翌年，尼克森飛北京，發表上海公報。日本則迅速廢止中日和約，承認中共，而又派椎名來臺，要求繼續經濟交流。此時美國與中共還只有「連絡」關係。在「關係正常化」的口號下，一九七九年一月美國與中華人民共和國正式建交，先期派人來臺通知「絕交」，而又由其國會通過其國內法之「臺灣關係法」為繼續利用及干涉臺灣之根據。到了一九九〇年，在柏林圍牆推倒後，東歐要獨立了，冷戰結束了，蘇聯也在崩潰中了。此時美國不僅認為中共已毫無利用價值，而且他還是冷戰的最佳新對象，因為過去對蘇聯冷戰所用的一套正好利用來對付中共。而臺灣這個地方大可利用，是對蘇冷戰中還沒有的。於是一方面以人權問題、軍售問題、奴工產品之貿易問題對中共施加壓力，支持達賴喇嘛與民運人士對中共攻訐，鼓勵英港政府製造糾紛，又鼓勵越南、菲律賓、馬來西亞諸國爭南海羣島主權。而對於臺灣，則他們早已製造理論，說臺灣民族、文化與大陸不同，鼓勵臺獨建立「全新而獨立的國家」，並勸國民黨進行「本土化」。民國七十七年以來，公開要求臺灣之「大陸熱」降溫，增加對臺軍售，尤其是鼓勵臺灣重新進聯合國為一「政治實體」，而這也是有意刺激中共。一切的一切，可以總括為他們的一個口號：「拆散中國」，卽不許中國統一、再建和復興。這是與過去日本帝國主義完全相同的。

這是我的時代中國的國際環境。

二

中國是世界文明古國，向為亞洲「上國」。一百五十年間英、法、帝俄、日本、德國以及二十世紀日本、蘇俄、美國的侵害和侮辱，當然要使中國人思考外患之由來，並研究救國之道。這是一百五十年來中國人思想和行動的主要動機。簡言之，這有下述之潮流。在鴉片戰爭之前夕，中國思想界有三派：一為漢學派（如阮元），二為宋學派（如方東樹），三是經世派，此可以林則徐、魏源為代表。鴉片戰爭以後，魏源基於他對漢代應付匈奴之策的研究，提出兩大主張：「師夷長技以制夷」，「以夷制夷」。開始以夷之「長技」在船砲，我們建設海軍。甲午一敗塗地，則又以為夷之「長技」是政法，乃有變法與革命之相爭。西太后在戊戌政變以後又闖下義和團與八國聯軍的大禍，國人絕望於清廷，乃有辛亥革命與中華民國之建立。而袁世凱以尊孔為名，進行帝制。於是有「新文化運動」，即以夷人之技，無所不長，尤其是科學民主；而中國文化，尤其是孔子之學根本不適於現代生活，應全部拋卻。此卽後來之全盤西化運動。歐戰結束，巴黎和會召開，西方列強支持日本繼承德國在山東權利，國人悲憤之中，爆發了偉大的五四運動。這是中國全國性的國民運動。他喚起全國的愛國熱忱，也使中國政府拒絕簽字於凡爾賽和約，並且打倒了賣國賊曹汝霖、章宗祥。但如何外抗強權，不僅科學民主不能救急，而且當時西方列強都是袒日的。五四運動也使當世兩大勢力重視中國之將來。美國召開華盛頓會議，簽訂九國公約，尊重中國領土主權之完整。然而僅止於空言。而革命之蘇俄，則列寧不斷派人來華連絡，宣言同情中國民族運動，並願放棄帝俄時代不平等條約。他除成立中國共產黨外，又軍援孫中山先生使其改組國民黨，並行聯俄容共政策。其後雖在北伐中國共分裂，國民黨走向西化或美化，但俄化運動亦因國民黨聯俄容共與北伐而擴大基礎。俄化運動可說是認蘇俄共產主義才是「最新文化」，也可說是認為夷之長技在馬列。亦如毛澤東斬釘截鐵所說：「走俄國人的路——這就是結論！」

無論西化派或俄化派，其原始動機皆出於救國之心，是毫無問題的。而結果是不僅都沒有解決中國問題，而且造成兩派之相爭和長期內戰，以及中國在美俄二超強之冷戰中之分裂，而且在世界冷戰終結後依然妨礙中國人之統一復興，形成中國之新的危險。

「以夷制夷」也造成可怕的後果。首先，李鴻章之以俄制日，幾乎造成瓜分之禍。民國以來，我們在外交上有聯日、聯美、聯俄諸派，其始亦出於「以夷制夷」之心，然國力不如人，先變為「依夷制夷」，繼而在外人利誘威脅及對西方文化與馬列主義之自卑感中，變為親日派或知日派，親美派或親俄派，而成為外國人「以華制華」之工具了。就此而言，經世派是失敗的。這原因不是經世之宗旨不正確，而在他們學問不足，只知憑一時所見的外人長處作為立國目標，既不研究夷人長技之由來，亦不研究世界形勢的實際。而智與力皆不如人，還想以夷制夷，是未免太不度德量力了。

在這過程中，漢宋兩派如何呢？他們對西化、俄化兩大主流，有的表現了輔助作用，有的表現了糾正作用。康有為以漢學今文派宣傳變法，而章太炎則以古文經學贊揚革命。至新文化運動以後，胡適以漢學有他所了解的科學方法（大膽假設、小心求證），並一度贊成全盤西化。錢玄同則以科學方法就是疑古，且須廢止漢字。顧頡剛遂考證夏禹為蟲，否定古史。肯定中國文化與其相抗者，最早有梁漱溟、張君勱，繼而有馬一浮、熊十力。他們大抵據宋學立論，形成了現在的新儒學派。大體言之，他們是主張溝通中西文化的，也有傾向社會主義的。馮友蘭亦曾唱新理學，後來變為俄化派了。

三

我生於民國前二年，即一九一〇年。我生活的時代，是歐帝退卻，日本對我瘋狂進攻，蘇俄利用日本進攻而侵略，美國利用日俄侵略而侵略的時期。而國人救國思想，則是西化主義、俄化主義兩大潮流鬥爭，終使中國陷於內戰和分裂時期。我與我的前輩和同時的同胞一樣，一生日夜思考的是國家的出路。我也曾受二化主義的影響，但自始至終，我是反潮流者（民國以來除西化、俄化兩大潮流外，還有一個短期的西化別派——法西斯潮流）。回想起來，原因有二：

一是思想的出發點。我少年時代記憶尚鮮之事，是五四運動傳到黃陂之時。我當時還是國小學生，老師們勉勵我們長大了要打倒日本。先父是當時全縣父老推擧出來的勸學所長，他在聖廟前面泮池的三面牆壁上將二十一條全文漆成拳大的字，使經過的人都要看看。民國十年，他創辦前川中學。這原是紀念二程的。但先父和我們的國文、歷史老師教同學們為人為學之模範，是明末黃（梨洲）、顧（亭林）、王（船山）、顏（習齋）諸儒。先父每週一對同學訓話，要義是人格、學問為救國之本。反覆叮嚀的是人格修養、科學研究以及救國志氣三事。這三點，我曾在民國十三年《前川第一屆同學錄序》（我第一篇印刷文章）中加以簡述。多年來我在《中華雜誌》上所提倡的人格尊嚴、民族尊嚴、學問尊嚴實由於此。凡有背於三大尊嚴之義者，自為我不取。

二是研究和論證的方法。西化派、俄化派都是以一時中西文化之優劣勝敗，或者西方與蘇俄之一時情況或宣傳，作為自己立國的千秋大計。我認為中國出路問題應在人類長期歷史中看各民族發展的情形，世界文化進步的趨勢，了解自己的地位、需要和條件，決定自己努力的目標和手段。這在開始，是無意的；後來因新的見聞以及國家和世界之重大事變，我逐漸使我的研究和論證趨於嚴密。在數十年讀書思考過程中，我的歷史哲學經過三期的變更：一九三一年《唯物史觀藝術論》及《中國社會——文化史草書》以來為先超越期；一九三五年及《歷史哲學概論》以後為超越前期；一九五三年我寫完《古代中國文化與中國知識份子》時，我亦完成「理論歷史學」之格架，自是以來，為超越後期。玆略述三期變化情形如下：

①當初我原準備學習理工報國。在中學時，除對國、英、數，動、植、礦物學，物理、化學功課用功外，也看課外書。當時學校定有北京、上海報紙，《東方》、《學生》等雜誌，北大、南高的《國學季刊》和其他出版物。我還由上海通信圖書館通信借看當時新出版物。此外又由《國語文類選》等書閱讀新文化運動早期文章。前川創辦之年，中共立黨，民國十三年我畢業之時，國民黨改組，孫中山先生北上，共黨小册子和《三民主義》也到學校圖書館了。民國十四年我到武昌準備投考武昌大學之時，孫中山逝世，五卅慘案發生，《新青年》出版列寧紀念專號，整個空氣在變了。我考入武大後，先讀理預科。我忙於大代數、解析幾何習題、化學實驗，有暇仍看課外書。此時我已接受唯物史觀了。不久，北伐軍和國民政府來到。此時西化派刊物只有《現代評論》，而俄化派除了《新青年》、《嚮導》、《中國青年》之外，還有創造社之《洪水》等。然武漢政府在政治上，除了收回英租界使人心振奮之外，對內鬥爭亦漸起，甚至商店的店員也要對店主鬥爭，人心普遍不安。繼而有上海清黨，寧漢分裂，長沙馬日事變，武漢分共，南昌暴動，全國亦在大亂之中。這使我對政治發生惡感，此時武大沒有很好的理化教授，我開始看西方文學譯本，尤其是俄國文學，並且在民國十六年下學期進了中國文學系。此時我心中發生一個問題，如何以唯物史觀說明文藝思潮的變化？沒有人能答覆這個問題。後來看見《蘇俄文藝論戰》譯本，在其附錄一文中說到俄國樸列汗諾夫是首先研究這個問題的人，從此我記住這個名字。這年十二月半，武漢發生桂系軍人的恐怖，捕殺武大學生。我倖免於難，逃到上海進復旦大

學中國文學系。此時上海正是百家爭鳴之時。西化派有新月書店，異軍突起的俄化派是創造社和太陽社的革命文學或普羅文學。我在《北新》雜誌上發表〈革命文學問題〉（這是我第一篇刊於全國性雜誌的文章）表示反對的意見。繼而我看到樸列汗諾夫《論原始社會藝術》的譯本，我寫了〈文藝起源論〉。但階級社會的藝術如何呢？我在內山書店看到樸氏的書數種，但看不懂。五三慘案後，我寫了《日本侵略下之滿蒙》和兩本關於民族運動的小書，得到一點稿費，便到東京。我曾說，我到日本是為了找樸列汗諾夫的。我學好日文之後，便蒐集所有樸列汗諾夫著作之日文、英文譯本及有關書籍寫《唯物史觀藝術論：樸列汗諾夫之研究》。至此我才知道樸列汗諾夫是「俄國馬克斯主義之父」，列寧等皆其後學。所謂有關書籍包括《馬克斯恩格斯全集》，自奧古斯丁、伊本·卡爾東以來的種種歷史哲學，藝術哲學和重要文學藝術作品。繼而我又譯了佛理采的《藝術社會學》。《唯物史觀藝術論》是我對我在民國十六年提出的問題（如何以唯物史觀說明文藝思潮之變遷）之解答，而寫完此書以後，我自覺我已有一個一貫的思想體系或哲學了，我自稱為「自由主義的馬克斯主義」，並以此自喜。民國二十年友人王禮錫先生創辦《讀書雜誌》，我開始在上面講文藝史方法論，繼以我的自由主義的馬克斯主義，由埃及開始，講世界文藝思潮的發展。那時在世界經濟大恐慌中，馬克斯主義大為流行。我所謂馬克斯主義主要指唯物史觀。我的馬克斯主義由樸列汗諾夫來，我從未接受列寧、史達林的馬克斯主義。

我在民國十九年初考入早稻田大學並補得官費。二十年暑假中我歸國省親，九月中旬到上海已買好船票東渡繼續學業，而在上船前一天，九一八之訊震動世界了。我考慮了大半天，決定拋棄文憑和官費，留在上海賣文度日。我以稿費所得創辦《文化評論》，提倡反日。又痛感當時左翼作家聯盟把持文壇，唯國民黨以民族文學與其對抗，無黨派的自由個人幾無立足之地，我提倡文藝自由。當時在日寇進攻之下，國共仍在激戰之中，國民黨亦有寧粤之爭，一般人都焦慮中國之前途，或中國往何處去。先是國共分裂後，蘇俄即有關於中國社會性質之論爭。他們要以此決定中國共產黨的任務。史達林派說中國是封建社會，所以要實行土地革命，然後在蘇聯無產階級領導下不經資本主義，直接進入社會主義。但尚有資本主義說，亞洲生產方式說，不過被史達林壓迫下來了。《讀書雜誌》發起的「中國社會史論戰」引起廣泛的重視，王禮錫先生屢次催我表示意見。我說，我還要翻翻二十四史有關食貨資料。於是我才以我所謂自由主義的馬克斯主義研究中國歷史。我提出「專制主義論」，即秦漢以來之中國不是蘇俄所謂封建社會，而是相當於西方十五至十八世紀之專制王政社會。這是在早期資本主義起來以後，國王憑藉都市力量削平封建貴族而成立的。我還說到宋代文化已達西方文藝復興水準，西方到一六〇〇年才趕上中國。然何以中國的專制主義時期較歐洲長達五倍之久呢？當初我將原因歸於三次的游牧民族之入侵，使中國社會經濟遭遇三次的後退與復原（五胡、金元、滿清）。繼而應用此一理論寫〈中國社會——文化史草書〉（至六朝止）。在西方進入工業革命後，中國才落後了。中國之出路是工業化、民主化，先發展民族資本，然後進入社會主義。這也是我參加福建事變的立場。上面我說我由歷史研究中國出路開始是無意的，即我所說「自由主義的馬克斯主義」原是用於研究文藝思潮，不是為研究中國出路而想出的。

②我的自由主義的馬克斯主義又在我西游及游俄後而一變。福建事變失敗後，我逃到香港，一九三四年初被英港政府逮捕驅逐，只有向外國流亡。我經由印度、埃及而到義大利及法、英、德諸國。我看見印、埃兩文明古國比中國還要殘破。而此與歐洲之繁華不僅是對照的，亦是有因果關係的。我遊覽各國博物館看世界文化之演進，各國文化霸權之興替，後來定居倫敦，每日到大英博物館補生平未讀之書。我也由報紙，參觀，及有限交游了解當時歐洲與世界之大勢。一件驚心觸目的事是自由主義在其故鄉或母國的西歐與英國，在布塞維克與法西斯蒂左右夾攻之下已經奄奄一息了。那時希特勒於一九三三年為德國總理，莫索里尼於一九三五年入侵阿比西尼亞，獨裁氣燄薰天，英國人不僅對印度自背自由之原則，而且也有法西斯蒂運動起來，法國也一樣。這也無怪其然。他們崇拜權力，而希特勒似乎渾身都是權力。另一方面，英國「左書俱樂部」也吸引青年，法國還有人民戰線運動。而後來左右兩派在西班牙展開戰爭。一九三四年末，第三國際中國代表團王明邀請我到莫斯科，協助他們辦《救國時報》和《全民月刊》，宣揚全國團結抗日。抗日係我素願，當然答應，因此留在莫斯科一年有半。我除了譯述日本報紙有關侵華資料，分析日本侵華政策，撰寫抗日文章之外，當然也研究蘇俄制度和政策。蘇俄在經濟上比西方落後不足奇，使我驚奇者，是史達林崇拜，莫斯科大審，買東西動輒要排長龍不知浪費了多少時間，

共幹的專橫與對人民態度之惡劣；特別使我反感者，是在紅軍博物館中外蒙古已在蘇俄版圖，又他為了出賣中東路，竟妙想天開，以歡迎梅蘭芳、胡蝶至俄以塞國人之口。在莫斯科的中共黨員對我無意中流露俄人的優越感，而在黑海，我遇到許多韃靼人（蒙古後裔）表示對俄人不平等待遇的憤慨。我覺得蘇俄所行的不是馬克斯主義，但他是世人公認其為馬克斯主義的，因此，我必與馬克斯主義告別。我認為史達林的「一國社會主義」與希特勒的「國家社會主義」是一個東西，唯更缺乏效能，這是一種最獨占的國家資本主義，使共產黨為總地主和資本家。為了反日，我們必須聯俄，但他的社會主義是中國絕不可行的。正在漢奸殷汝耕幹「冀東自治」之時，一天夜晚，我傷國運之可悲而不成寐，又想到上述種種，我忽然想到民族先於階級，馬克斯以歷史是階級鬥爭史是根本錯誤；又想到西方人雖已埋葬自由主義，但人類文化畢竟是以自由之增進為目的。我覺得必須對我的思想重新整理。我想世界學問有兩極。一為原理之學，卽哲學。二為變化之學，卽史學。我想以新自由主義為我的哲學。自由主義以人文主義與理性主義為核心，二者是人能創造文化的基本能力。新自由主義者，是要將自由之義擴張於人人國國，非任何人種、階級之特權。我將我的變化之學稱為文化史觀。馬克斯之唯物史觀實為技術史觀，我以為文化包括技術、制度和學藝，三者皆可影響社會與文化之變動；而三者之調和與衝突，則影響社會之安定與動亂，以及進步之遲速。究極言之，三者之原動力，畢竟是人的觀念與思想，此自由思想與思想自由之所以必要。一部人類歷史卽各民族以其文化成就登場之運動會，各民族之地位，亦時有先後。而在強權之世，一旦落後，即有亡國滅種之危險。今天日本的侵略，已威脅到整個民族之生存。我之所以被侵略不是因為資本主義過多，恰恰是由於資本主義之發展遠不如他。救國之道，除了利用廣土眾民與其長期作戰外，就是要在後方發展民族資本主義，供給抗戰需要，而絕不可實行社會主義，廢止私有財產。今日民窮財盡，整個國命在日人威脅之下時，尚有什麼私產可廢或階級鬥爭可談乎？然一旦抗戰勝利，中國重工業百分之九十皆在東北，收回以後將使中國發展一種新型的資本主義了。想到這一切，我不覺大叫起來。因為我過去講的自由主義的馬克斯主義，不過將西方人的兩種學說，或西方人與俄國人的兩種意識形態合併起來，現在我才有我自己的思想了。次日，我寫成一文〈論歷史與哲學〉，後來作為《歷史哲學概論》序文。我又在《救國時報》上寫〈抗日就是一切，一切歸於抗日！〉開始說到我思想的變化，即放棄馬克斯主義，主張資本主義與新自由主義。在共產黨所辦的報上竟能刊出我提倡資本主義的文章，可見當時莫斯科中共是忠於統一戰線，而理論水準是很高的。此文我後來加以擴充，即戰時出版的《中國革命根本問題》。民國二十五年我到歐洲與中共康生等發起歐洲華僑抗日運動。這年冬天，經美國返國，適遇西安事變，便暫在美國停留下來，並與華僑及美國人士進行反日運動。我覺得當時美國敢於批評德日，與歐洲人向軸心國低頭大不相同，我期待美國能代表新的西方文化。盧溝橋的砲聲一響，我立即回國。到香港與十九路軍將領應最高統帥「共赴國難」之召，同赴南京。在抗戰最初二年，我並無參加實際抗戰工作機會，我在漢口辦《時代日報》，又承成舍我先生半責半送我一套機器，使我到重慶後，除賣文外還能開一印刷所，出版《祖國》。《時代日報》與《祖國》皆以「鞏固統一，抗戰到底；法治科工，富國強兵」十六字為宗旨。抗戰以前，我生活的社會是學校和出版界，又七年在外國，對中國所知甚淺。抗戰回國，我才更深入的接觸中國社會、人民和各方面人物。我感到老百姓都支持抗戰，傳統派亦然，西化派對抗戰無興趣，俄化派擁護抗戰，然別有所圖。又抗戰回國後，我才有系統的讀四部之書，尤其是經史。我深感中西文化並無根本的不同，而中國文化在科學、民主方面都有很大的成就，而在人文主義方面尤有甚高成就。我又認為中國史書中所說「鑑往知來」，「通古今之變」，「知治亂興衰之故」，「因革損益」，「因史立法」這些觀念，都非常有價值。我認為中國文化雖一時落後於人，然後來居上是歷史上常有之事，如西方文化也曾落後於中國甚久。今天中國的出路是復興中國文化。保守復古固然錯誤，西化、蘇維埃化（或「馬克斯主義中國化」）亦是錯誤。復興中國文化之要義有二：一是發揚民族主義，二是研究科學技術。我除了讀古書之外，也重看孫中山先生的著作，我覺得他實在博學深思。當時政府力行統制經濟，愈統制物價愈漲，公教人員叫苦連天。而國民黨是相信民生主義就是社會主義的。我通看孫先生的言論後，認為民生主義實在是一種最進步的資本主義。國民黨第一次代表大會宣言說「經濟方面由手工業的生產過渡於資本制的生產」。他再三的不斷的說，「中國受外國壓迫，追究原因，還是由於中國工業不發達」，「要發達中國工業，便應倣效德美的保護政策」。他主張國營民營並進，尤具遠見。當我為文提出這些為人所忽視的論點時，我受到任卓宣、羅隆基諸君的批評，這些批評，都是由學理立論的。而汪精衛在紀念週大發雷霆，並命一人出來在中央黨部控告我。此時陳獨秀先生出來為我辯護，並忠告國民黨說，胡秋原提出的問題值得國民黨鄭重討論。國民黨的《藝文週刊》也便討論這個問題，控案由周佛海以調停之詞了事。兩個月以後汪精衛逃到河內降敵，這件事才完全過去。民國二十八年後，戰事更緊張而艱苦，第二次世界大戰也發生了，我進了國防最高委員會，主持精神總動員之事；繼而我參加國民參政會，任《中央日報》副總主筆，更為忙碌。我要寫文章分析國際情勢和戰局，以及我們應有與革等實際問題，我打算繼《歷史哲學概論》寫的「世界史略」無暇動筆，但我縮小範圍，寫「中國思想史」。我以為先秦之學，以孔子為一大聚散，上監三代，下開諸子。先秦以後，又以兩漢為一大聚散。近人每以漢代尊儒，為學術不進之原因；又多袒護今文而忽視古文；尤多以《尚書孔安國傳》為偽書。而根據我的研究，諸子之學，並未絕於漢代。墨家之學，流入今文；道家之學，流入古文。今文雜於讖緯，不如古文之實事求是。一二八後我寫〈中國社會——文化史草書〉時，卽認為古文多民權之說。至是更知其果然。閻若璩以孔傳經文均見他書所引《尚書》古經，為其為偽書之證；我以為如將孔傳《古文尚書》看作輯佚之書，則閻氏偽書之證，恰恰是不偽之證，其能流傳，絶非自魏晉以來，一千四百年間中國儒者皆是文盲，必待閻氏始發此秘。又五胡六朝之世，佛道與儒學爭長，亦互相影響。至於隋唐，古文代今文為儒學正統，然二氏仍在民間擴大其勢力。安史亂後，中國社會、政治、經濟、學術發生大的變化。在文學上，古文運動與白話文運動同時起來，反對駢體文學；而在思想上，則一方面由注疏解放，一方面對二氏獨立，對五經作自由的合理的解釋。此皆以韓愈為中心。另一方面，則由劉秩、杜佑在史學上，由帝王善惡記述或正統閏位之辨轉入制度因革之研究。雖然唐末五代又見軍閥與宦官之亂政，然印刷術之發達與書院講學之風，開闢宋朝之文治時代。自范仲淹、胡安國開風氣之先，有二程、朱熹、陸九淵之哲學，浙東及馬端臨之史學，蘇頌、沈括、秦九韶之科學，以及畫院中精緻寫實藝術，均早已達到西方文藝復興之水準。宋代文化由蒙古人傳入歐洲，才推進了西方文藝復興。自此至於明初，中國文化技術猶領先世界。此由鄭和航海之遠達非洲，可以證明。然中國文化自此逐漸停滯了。十六世紀王陽明出來大放光輝，發動一個思想解放運動。而西方在十七世紀科學革命後更突飛猛進，趕上和超過中國。過去我曾以蠻族三次入侵為中國落後之原因。至是我以為重大關鍵是閉關與航海。朱元璋卽位以來，卽以家天下之心，定下八股閉關政策，且廢丞相之制，造成太監專政；至嘉靖而徹底閉關。而西方則在鄭和航海事業停止以後，葡萄牙的亨利王子獎勵航海，於是有哥倫布之發現新大陸與葡萄牙人繞好望角而東來。西方之科學、武器、資本主義以及中產階級，都是在航海競爭中發展起來的。一六〇〇年利瑪竇來到北京。許多人以為當時西方科學已較中國進步，實則各有短長，此至近年李約瑟之書更證實此點。不過此時中國政治已經腐敗至極，一個文盲太監（魏忠賢）竟能操生殺予奪之權，滿清亦圖征服中國。此時徐光啓、東林諸人起來，二者也是合作的。魏忠賢殺東林黨人後，復社一批青年起來講經世之學。此即（張溥）、陳（子龍）、黃（梨洲）、顧（亭林）、王（船山）、顏（習齋）諸儒，他們代表中國學術之最高成就。然不等到他們發生力量，在流寇之亂中，吳三桂引清兵入關了。而一位與他們關係密切的鄭成功在一六六一年（順治十八年）驅逐荷蘭人收復臺灣，表示當時中國人的船砲並不遜於當時海上之雄的荷蘭。自此以後，雖然中國學術還能對萊布尼茲和啓蒙學派發生影響，然到了工業革命和法國革命，中國是瞠乎其後了。於是便有鴉片戰爭以來的國恥。此後我介紹了四個人；龔自珍、魏源、馮桂芬、鄭觀應。我曾將討論中國思想史文章編成《經學與理學》一書，我說經學、理學是中國學問兩大宗，然實際上如李二曲所說：「吾儒之學，以經世為宗。」我又以為，復興中國文化，當由王陽明及明末諸儒出發。很多人說明末諸儒是王學之反動，或以王學為玄學，此實大誤。有了王陽明之思想解放，才有明末諸儒光芒四射之書。《經學與理學》稿曾寄上海大東書局，不久，上海內戰，此稿不知下落。但其大意我曾在〈述學上熊十力先生書〉中的幾首俚詩中述及。而若干結論，採入《古代中國文化與中國知識份子》及《一百三十年來中國思想史綱》中者不少。

民國三十二年，我已與英美訂平等新約。而史達林在擊退德軍後開始攻訐中國「作戰不力」。我也憂慮國共內戰。但我以為，太平洋戰爭後，日本必敗，我國必勝，只要蘇俄、中共的武力不致合流，即皆不足為患。而全國統一建國的熱心，亦必能使國共皆不敢為戎首。我對中國前途是無限樂觀的。因此，雖然忙於寫作，廢寢忘食已到了影響健康程度，我仍然精神百倍。《祖國》

雖然因印刷所中了敵人炸彈而不久停刊，但正中書局的葉溯中先生願意助我出版《民主政治月刊》。我主張集中全國人才，成立舉國一致政府，召集制憲國民大會，討論憲法，然後依據憲法，成立憲政政府。當時「政治民主化」、「軍隊國家化」的口號甚為流行，倘能如此，中國就可和平統一，進行建國大計了。

不料在日本投降前一月，我以一個偶然機會知道中蘇正進行談判，此將犧牲外蒙古乃至東北權利。我大為震駭，認為此將使蘇俄與中共軍事合流，不僅八年血戰之功廢於一旦，而且前門出狼，後門進虎，國將不國了。我不揣人微言輕，寫了一個備忘錄，寫信與最高統帥、宋子文和王世杰，主張停止中蘇談判。答覆不得要領。不得已我在八月五日發表了一個個人聲明，反對中蘇談判，寄了幾份與各報社以及參政會幾位元老。結果是最高統帥下令免本兼各職，參政會諸元老亦無回音。八月十五日，日本投降消息與〈中蘇友好同盟條約〉全文同時公布。此時我知道有雅爾達密約了。我想中蘇條約比二十一條還要嚴重。然二十一條在當年引起五四運動，而中蘇條約竟皆無動於衷，這可見現實主義已經使大家只顧眼前利害，不顧原則，也就不計明日利害了。再想到我當時的新自由主義仍以功效主義為價值判斷標準，雖然在「最大多數最大幸福」之下加了「最長久」的規定，依然有墮入功效主義危險。我覺得義利之辨和康德的責任與良心的道德觀才是對的。我曾欣賞羅斯福的「四大自由」，但他與史達林簽訂雅爾達密約出賣中國，我認為過去對美國估計是不足的。我覺得我的歷史哲學必須重新考慮，而中國與世界也都在大變之中了。

③抗戰勝利以後，蘇俄軍隊與中共軍隊都進入東北，內戰大起。蘇俄不斷在四外長會議中干涉中國內政，並出兵白塔山，製造伊寧事變。我與許多朋友發起和平運動，斥責蘇俄干涉中國內政。中共固然不理，國民黨且派人勸我不要談和平。我在憲法頒布後參加立法委員競選。民國三十七年立法院集會時，我曾提案，說第二國難已來，要求檢討局勢，改革軍事政治，院會不了了之。結果是國民黨政權之崩潰比我預料的還快。三十八年四月南京陷落。五月，我目擊林彪部隊進入武漢。觀其種種舉措，我認為將一代不如一代。六月我逃到香港，日夜思考中國至於今日之由來，以及復興之可能性和道路。我深感中國至於今日，與其責備軍閥官僚，不如責備知識分子。他們救國有心，不幸學問不足。我寫了《中國之悲劇》，說西化派否定中國固有文化造成精神真空，才使俄化的共產主義乘虛而入。於是中國人就自動的變為美俄冷戰的代理人。蘇俄一時占在上風，所以有「一面倒」之說了。然則中國的出路何在呢？這一面要看世界局勢的變化，一面看中國知識分子之覺悟與中國一般人民之努力。不久韓戰發生，美俄直接對抗。我由兩國的歷史及當前內外形勢，寫了《俄帝必亡論》。至於中國，我認為必須有新的思想起來，才能代替共產主義。

這只是我的初步見解。我還須給以學問的論證。我蒐閱我已隔離十年的外國書籍；例如東比、索羅金、阿特加講歷史哲學並對西洋文化反省的書，其次是狄爾泰以來，新康德派、邏輯實證派、現象學派以及佛蘭克福派關於史學與社會科學方法論的爭論，謝勒、曼罕知識社會學和阿佛萊・韋柏的歷史、文化社會學，以及美國帕森斯關於麥克斯・韋柏的介紹和所謂構造功能派社會學；其次是比利時皮連芮、荷蘭輝靜加、英國巴拉克羅關於歐洲史新研究，克留且夫斯基與維納茨基等的《俄國史》，法國格魯塞的《中華帝國之興起與光輝》與《歷史之總計》，美國顧理雅的《孔子與中國之道》，英國李約瑟的《中國之科學與文明》之紀念碑的鉅著。我看了德國歷史派曼芮克一文，說史學必須對價值判斷與因果說明都能提出答案。於是我又重讀康德三批判書和胡塞爾的著作。

在我且讀且思之中，我想到曼氏提出的兩大問題皆先須解決人是什麼的問題。我提出「人是創造文化的動物」。文化對自然而言。人類是一種生命，高級生命，他們有生下來的自然狀態，如家族、語言、原始工具（如用樹枝或擲石頭對抗野豬）、村落、部落，部落間交換作物、通婚或戰爭，這也便形成一定的風俗習慣。他們也有較一般動物更高的記憶力，因而將事物連絡起來的思考力。於是他們之中年老的人或聰明的人運用其思考力對種種自然狀態的工具加工（將石頭打磨）；將風俗習慣規則化、制度化；乃至將回憶想像畫成圖畫，或者在高興或悲傷之時將語音拉長，變為歌謠；也有人對天地現象、人類由來以其想像編成神話，或者有人在實際經驗中發現療傷止痛的藥物……。語言與思考力互相促進，結果共同的語言之使用促進民族之形成，而思考對人類自然狀態之不斷加工，促成三大文化構造之形成：技術、制度、學藝。人類文化是保護人類生命，並給之以安樂且為萬物之靈，並使其繼續創造文化的。基於此義，我以為價值判斷必基於康德提出的目的論，卽生命與文化之目的，生命之光昌與文化之進步。

歷史上的因果關係應如何解決呢？人類文化不僅是在其部落中產生的，而且是在其更大的自然環境中產生，而又與其外圍的文化不同的部落、國家或遲或早發生和平與戰爭之交涉的。森林或草原，海洋或河川的地理，對外交通是否便利或水旱之災，外部鄰近國家之文化狀態與和戰關係，都要對一民族或國家之文化創造提供發展之方向以及有利與不利機會。

然人類創造了文化，也就創造了歷史。成文歷史至今不過五千餘年，然工具、武器、住宅、宮殿等等都留下年代的標記。而這也就使歷史成為文化史，而文化的盛衰進退，也便在歷史上留下記錄。這記錄也就保持了人類社會的記憶力與思考力。歷史與文化既然都是人造的，人類也便能依據歷史的經驗和教訓，在自己文化的基礎上，針對時勢的需要，進行適當的因革損益。

由此可見，人類歷史上的因果關係是非常複雜而又不斷變動的。一方面，一民族文化有與其自然狀態能否適應的問題（如技術是否落後，人口之增殖，食物之不足，或部落間之衝突）；或者這些文化構造本身能否正常履行其功能問題（如賦稅刑法是否公平，官吏是否廉能）；或者，隨時勢之變遷，一國文化能否對先行狀態加以改進。另一方面，一民族文化的內部構造與其外部構造（自然環境、國際關係）常在互動關係之中。這種互動關係，又因世界交通之促進，而更為增加而增強。然無論國內的、國際的新情勢需要解決之時，一國之人可能意見相同而迅速解決；而亦可能因不同意見相持不下而互相鬥爭，變成內戰（如中國）。卽使原因相同，結果並不相同。所以歷史上的因果關係與自然科學上同因生同果的原則是不相同的。不可否認歷史上的因果關係，不過這種關係常在變動之中，所以歷史的變化是有多種可能的。又歷史上原因都是通過人力進行的，都是人為的，也就是人力可以改變的。正如伍子胥說「我能覆楚」，申包胥說「我能存楚」。因為事在人為，歷史並無規律、法則可言。歷史既有多種可能結果，我們自應選擇最佳結果，這就是價值判斷之重要了。

由於人類歷史上因果之網是牽連廣泛的，而人類之經驗也是不斷增加的，研究歷史必須在整個歷史發展中看各民族文化之興衰，對各民族文化之形成作比較研究，了解其得失興衰之故，也就可以了解我們中國人在世界史中的地位，進而博通世界上的經驗知識，於是才能談出路問題。

在我解決了價值判斷問題和史學學問方法問題以後，我將二者合起來，稱為文化批評的理論，為我的哲學的一大主要部分。將文化批評在歷史上展開，我稱之為「理論歷史學」，此即研究世界史的變形，中西俄的歷史與文化，以及國際形勢的變化與中國問題。我應用理論歷史學在民國四十二年寫成《古代中國文化與中國知識份子》的古代篇。結論是應對自己文化進行因革損益，創造新中國文化。另一說法是「超越傳統主義、西化主義、俄化主義而前進」。這口號雖是在民國五十一年正式提出，實際上在抗戰時期和三十八年到香港後就談過的。

這是我自一九三一年《唯物史觀藝術論》到一九五三年《古代中國文化與中國知識份子》關於歷史哲學觀念變化之由來與經過。這也是一個因革損益的過程，過去兩期的想法，仍有保留於第三期者。至於第三期之較詳說明，見於本集諸文。

四

我生活於我國家、我同胞最不幸的時代。我無其他才能報効我偉大而不幸的祖國，只有多讀深思，寫出文章，意在喚起同心，共同努力。六十多年來，大概寫了二千多萬字。除已印成書本者外，單篇文章也準備印成若干類編。十多年前，周玉山先生就曾為我編成一本文選，交某書店印行，該書店停業，遂作罷論。今年周先生再提此議，我提供了一些文章。周先生說他已與東大圖書公司商量好，以五十萬字為宜，乃由他再精選一次，始成此集。這都是理論性的文章。他選得甚好，而且承他親自校對，特誌謝忱。

我寫此長序，乃欲告我讀者，文中所說不論大家覺得對與不對，是我在國家憂患之中讀書七十年辛苦得來，而且是在國家與世界大亂之際一而再，再而三沈痛反省得來。

前面我說此是第一次文選。此是因為最近北京、武漢友人都有信來，要為我出文選。我準備以編年體為北京編一本，依分類——除哲學、文學、史學外，加上國際政治與中國問題，為武漢編一本。我預料有許多文章在大陸未便刊出，我預備將大陸不便刊印的自印一集。但四集將各自獨立，無重複者。唯不知何日可完也。

民國八十二年十二月二日
於臺北新店中央新村

文學與歷史　目次

歷史

文

學

文學

我的文藝觀

——民國六十八年三月七日在臺北耕莘文教院講

陸達誠博士給我這個題目。我在青年時代研究美學或文藝理論，曾反對政治干涉文藝，主張文藝自由。以後雖與文藝疏遠，但也經常在歷史與哲學的關係上注意他，特別主張體驗自己人民的生活，精鍊自己的語言文字應是新文學的基本工夫，而模倣外國文學將使新文學永遠不得成年。二次世界大戰前，西方美學上種種論爭不得解決，美與藝術趨於分離。二次大戰後，隨著「科學的價值相對主義」之抬頭，情緒被視為無意義，很多人認為不可以「美」來評價藝術。我認為應由目的論確立價值論的根據，中國美學與藝術理論有極大長處，同時認為二次大戰以來關於生命與情緒之新的科學研究亦可證明中國美學之正確性。我曾在民國六十三年的《中華雜誌》上談過我關於美與文藝的理論。此將收入今年可以出版的《我的生平與思想》中，今晚講十個要點。

(一)西方美學上美與藝術之結合與分離

藝術可謂與人類以俱來，文學亦可謂與文字而同起。在哲學起來以後，很多人談到文學、藝術與美。此卽美學或藝術哲學。中西美學頗有不同，先對西方美學一瞥。

在西方，希臘人雖是愛美的民族，但柏拉圖的對話並未將美與藝術兩者連結起來。他的哲學基本觀念是理型（理之形式）。美是愛的對象，人由愛肉體之美，進而愛靈魂，愛各種行爲、知識之美，達到愛美之理型。藝術是模倣，圖畫是模倣感官上的實物，一切實物則模倣他的理型。亞理士多德的詩學重視形式，其最有名的是關於悲劇之 Katharsis（發散或淨化）論。其後新柏拉圖派講到觀照爲美感特點。羅馬帝國初期一位無名氏談到壯美。開始說美與藝術關係的是神學家奧古斯丁，講人類經由音律之秩序可見上帝。中古時代大神學家聖多瑪說完整、調和、明潔是美的三條件。

文藝復興雖是西方文藝之黃金時代，但在理論上不過由模倣古代到模倣自然。達文奇之雜記著重觀察與經驗是與後者一致的。此後西方之文藝觀一方面與社會思想潮流，另一方面與文藝潮流有關。在古典主義與開明時代初期，法國巴多（Batteux）發揮藝術之本質在自然之模倣之論，這影響後來之浪漫派。英國沙甫特伯利（Shaftbury）受洛克影響，以快感爲美感趣味之起源。赫哲生（Hutcheson）注重多樣之調和，巴克（Burke）區別優美與壯美。美卽快感說，是此後實證派、科學派直到桑他耶那之主張。

十八世紀中葉，一七五八年，德人理性派之博文加頓（Baumgarten）出《美學》（*Aesthetica*）一書。此詞來自希臘文之「知覺」，內容討論詩之美感效果。他據笛卡兒學問上之觀念必須清楚而明白之說，以詩中之觀念亦必須在知覺上清楚、醒目，但不一定明白。此美學成立之始。而眞正建立西方美學宮殿者是一七九〇年康德的《判斷力批評》。康德哲學論究眞美善三大主題，此書討論自然美與藝術美，說美之普遍性在其形式的、無關心的快感；而壯美則是道德性的。美的判斷成立於想像力之自由遊戲態度中，而與理解力和理性結合。此後西洋美學思想多來自此書，也是康德最大的著作，其中第二部特別說到因果論與目的論的問題，並認爲美與善的問題必由目的論才能說明。

此後浪漫派高揚美的價值、感情之重要。黑格爾以爲藝術內容是觀念表現於感覺的形式之中者。海爾巴托（Herbart）倡形式美學。而叔本華則認爲人生只有苦惱，美感全在主觀的「美感態度」中，解脫與涅槃的態度中。

十九世紀後期，科學發達，文藝上有寫實主義、自然主義之潮流。社會的醜惡又使文藝上有唯美主義之提倡。費希納與文德創立實驗心理學的美學。人類學社會學研究原始藝術，發現初民藝術之實用性與教育性，卽使遊戲亦然。居友以藝術本質在傳達社會性的感情。實驗美學無甚結果，李卜士轉而注重美感之直接心理體驗，生命感情與感情移入。克羅采亦重視美之直觀性與藝術之抒情性，但否認自然之美。托爾斯泰亦以藝術之作用在傳達社會的感情，不過否認藝術與美之關係。

由十九世紀末到二十世紀，在兩次世界大戰之過程中，在西方文化危機中，馬列主義將一切化爲經濟與階級鬥爭，佛羅以德將一切化爲性欲。而現代藝術，如野獸主義、立體主義、超現實主義、抽象主義、形式主義，是與傳統的美與藝術的觀念大不相同的東西。畢加索的「格爾尼加」給人的印象是恐怖然也不是壯美。這世界太不美了。英國貝爾（Bell）說，就是女人，也只有性感；藝術美只在藝術家認爲有意義的形式中。

如果博文加頓之書將美與藝術結合，一九二三年德梭（Dessoir）的《美學與一般藝術學》則將美與藝術拆散。美分爲三種：一是自然美，二是藝術美，三是藝術上之美感效果，如壯美、滑稽之類。自是以來，在英美文獻中，後兩者稱爲 Aesthetic，與 Schöne, beautiful 區別。

此時有種種心理學說發展美感態度說（如心理距離說），只要有美感態度，任何東西可以爲美的。同時，科學方法之研究使事實判斷與價值判斷之區別，「是」與「應該」之區別，日益爲學界確認。隨著分析哲學、邏輯實證論之發展，科學的價值相對主義起來，他們說，善與美是複合性質而非一種特性，只能直覺；價值是情緒表現，情緒無意義；意義在於使用，藝術是開放概念，也無特點。美與藝術是什麼日益模糊，如中國曾有人鄙視「玄學鬼」一樣，他們有人罵「美學鬼」了！

由上所說，西方美與藝術原來無甚關係，十七八世紀才正式結合起來，而有美學。他們的美學是由模倣論、形式論開始，而系統的美學是以感官（知覺）論爲基礎的。於是有自然美與藝術美，美是快感與美是理想，美在客觀與美在主觀，美在形式與美在內容，藝術是「再現實在」與藝術是「表現感情」，還有爲藝術而藝術與爲人生而藝術……種種爭論，不得解決。時至今日，美與藝術分離，美學趨於瓦解，而美與藝術是什麼也不大分明了。

（二）由生命目的論美是生命的本性與要求

在西方美學之瓦解中，他們也注意到東方的美學，例如印度人之 rasa（風味），中國之「氣韻生動」，日本之「幽玄」。但由於傳統之不同，文字的障礙，似乎也無補益。

我有意重建美學，美與藝術的密切關係，並解決當代美學上的種種問題。要重建美學，亦須先立一般價值論之根據。所謂「應該」，所謂好、善，所謂美，所謂有效，所謂正義、公平、偉大，乃至神聖等詞，究竟標準和根據何在。美，究竟是有客觀標準，增一分太長減一分太短；還是情人眼裏出西施？科學只能解決命題之眞僞，即事實之是非與事實之間的不變關係，即因果關係。古代西方，如亞理士多德是講目的論的。中古時代，目的論又與上帝觀念相連。十七世紀以來，因果論是西方學術上之基本觀念。康德是要維護因果論的，但在美善問題上康德承認在因果論不能說明時，可以用目的論。他認爲美只能由生命之目的來說明。這又必須承認有上帝爲世界建築師。而他對此是躊躇的。他只說上帝「似乎」存在。所以他不主張實在的客觀的目的論，而稱爲主觀的目的論，所謂無目的之目的。

我認爲價值判斷必以目的論爲根據。價值對目的而言。有了目的，則價值即達成目的之必要而充足的條件，能盡滿足目的功能之謂。低級目的（如我爲了生存之目的應該吃飯）是很平常的，但終極目的，美與善，如何說明其根據呢？我以爲這可由生命本身之時間性來說明。生命之特性不是「現存在」，而是不斷向未來成長。個體與種族都有生存於現在，並發展於未來的目的。美善都是生命所預期之要求。美與善都是維持個體及羣體生命健康、正常、生長、發展之必要而充足的條件。所謂「應該」，即必須如此才合乎生命之目的。善是道德之標準，就人類行動而言。美是生命之本性，是藝術之標準。美善都有不變性質與不變功能，一如眞是一種不變關係。然二者是關係密切而相通的。

(三) 生命與「情緒活動化」之新理論

現在且談生命是什麼？與美有何關係？美與藝術又有何關係？

二次大戰後，分子化學、分子生物學告訴我們，生命之磚瓦是蛋白質，生命之起源卽蛋白質之起源。地球有五十億年的歷史，當初只是高熱氣體，逐漸冷卻，內部熔岩火山式的爆發，形成凹凸。隨著地殼形成，水蒸氣變爲雨，形成了海。水蒸氣與噴煙形成氮氣，沼氣籠罩大地，因尚無氧氣，也便沒有生命。但沒有氧氣也便沒有高空臭氧吸收太陽紫外線，此紫外線促進最簡單有機物的沼氣，形成蛋白質原料的氨基酸。氨基酸和雨一同落在海中，相互反應，造成複雜有機化合物，其中有的轉變爲生命及其能源的核酸（DNA、RNA）與三燐酸（ATP），以膠狀液滴充滿於大海中，生命的發展由此開始。這是二十萬萬年前的事。紫外線與沼氣製造氨基酸的程序是一九六二年證明的。海是生命之母，我國海字從水從母，是有趣的。

海洋中的單細胞生物互相呑食或吸收，以發酵方式放出二氧化碳，融解於海中。此時藻類出現，他吸收有機物，而遇著陽光，進行光合作用，造出葉綠素，使大海變爲綠海，同時放出大量氧氣，這才有動物生存的條件。動植物都呼吸，中國人所謂氣，就是呼吸。

有了氧氣而且隔斷紫外線後，生命由海登陸。最初是被海浪打上陸地的苔蘚，因求水分，產生了植物之根。爲防水分蒸發，產生了外皮。地球開始綠化，吐出大量氧氣，爲動物準備舞臺。

接著登陸的是昆蟲，並在空中活動。骨頭在海中造成，細胞在三十八度溫水中感染濾過性細菌，可以變爲輭骨。這是脊椎動物之起源。有了脊椎，才有健全肉體與精神，而有魚類。魚類在新陳代謝中產生極毒廢物的亞摩尼亞，但只能藉海水洗滌。魚類向兩棲類進化時，鰓變爲肺，同時能將極毒的亞摩尼亞以尿酸形式排出體外，自動保持清潔與健康。完全脫離水而征服陸地的是爬蟲類，最初偉大的代表是恐龍。漸漸的，地球進入近代，即新生代，有的爬蟲變爲鳥類。但魚類、爬蟲和低級哺乳動物（如袋鼠）還是冷血的。再進而爲高等哺乳類，則有熱血或赤血，保持「恆溫」。血是什麼？輸送糖鹽尤其是氧氣，供給生命能源的，血紅素能輸送更多氧氣。有了恆溫體制，生命才能以不變應萬變，不受自然氣候之支配而自由了。

此生命之發展也就是美之發展。葉綠素與血紅素是生命的基本顏色，呼吸、脈搏是生命之基本律動。

這是生命之體制。生命如何活動或工作呢？自細菌、花木、禽獸至於人類，皆由蛋白質構成，一切蛋白質則由二十幾種氨基酸合成，大體有線形球形二種，結成螺旋體長鍊。不同生物及毛髮、筋骨、血液、神經之不同，即氨基酸結合數目與形式之不同。人類每一細胞有五十億個核酸。每一生命有不同特色則由於遺傳子（基因）之不同。生命之基本動體是一個基因管理一個酵素，而由酵素促進和調節生命每一步之化學反應。嬌美的笑容，嚴肅的思考，都是ATP之作用。

但生命活動還有目的，此由於他有感覺、神經和頭腦。下等動物只有感覺細胞與神經細胞，高等動物才有神經系統，即受信、調整、發信之裝備。在我們頭部之碗蓋中，有各種形狀的灰白質之髓狀物，發出一百五十萬萬根神經纖維，分布全身。腦之各部，各有專司，如側頭葉管記憶，小腦司運動，大腦有專管視覺、語言的中樞，還有信號區，皆受大腦皮質之指揮。皮質有新舊二層，舊皮質管記憶、識別、思考；新皮質則管推理、意欲，創造有關未來之事者。腦利用記憶加以演算，傳達命令。其工作方法與電腦同，但更爲複雜。

人腦出現又使生命有新變。一般生物由RNA依據DNA的命令傳達情報，製造蛋白質。人腦則是傳令的RNA依據外部刺激的新記憶爲媒介，發展了新的傳達情報方法，這包括表情、思考、語言文字與文化技術之發達，這是文化、社會的生命現象。

而此時情緒便扮演重要的作用了。現在腦解剖實驗證明感覺神經有「識別」和「情感」二部。前者包括強度、時空地位；後者包括痛、舒適與否。前腦邊緣系（limbic system）是「內臟之腦」、「情緒之座」。一九五一年來，林德斯萊（Lindsley）提出「情緒活動化」理論。他以爲大抵溫和刺激產生正面情緒——喜與怒、笑與哭、愛與怕，皆正面的。強烈刺激與阻抑則產生反面情緒——逃避、消沉。不同由於分量，而在原則上，情緒有由抑制解放出來的傾向。一九六五年來，腦神經學家普里布蘭（Pribram）等認爲「情緒活動化」由於當時與預期之因素，一切情緒活動化是常態被擾亂，即「入件」與向來記憶的經驗不適合以後自行調整及實行新計畫之結果與指標。情緒活動是一種「反哺」（feedback）作用（此用於自動調整裝置之意）。反哺有二種。一是預備性的，即離開不適合的現實，達成內部控制，恢復原狀。二是參與性的，即對新的入件之後果加以估計，改變原定計畫，達成外部控制。結果亦有二：同時的和展望的。在同時性效果中，如能恢復平衡，則表現爲適意（安心、平靜），滿意（高興、同情、讚美、美學欣賞），適意而不滿意則爲冷漠。如不能恢復平衡，則爲不快（煩惱、困惑）；而在展望效果中，則有樂觀和悲觀。樂觀是與過去成功的記憶相連，預期能獲得控制的效果，表現於興趣、信心、希望、熱心。悲觀則是與過去失敗的記憶相連，預期不能獲得控制的效果，於是耽心、憂慮、無望、消沉、恐懼、羞恥、憤怒，乃至犯罪感。情緒之內部信號常表現於外，要求共同行動，如煩惱意在求助，憤怒在使他人離開一點。快感的笑聲在邀請他人參與。情緒與動機配合，常能有熱情與優美行動。二者脫節，則使情緒變爲爆炸、痲木。內外控制皆不成功時，第一是悲愁，繼而驚慌，終於是無目的亂忙亂動。這便是去年十二月半以來到現在臺灣新聞上的表演！

以上分子化學研究大抵應用於醫藥上，神經病理學的實驗亦然。結論是在勸人在此痲煩的世界，對問題分段處理，確切反哺（追查、反省、調整），以熱情啓發行爲，變爲適時行動，實現羅馬皇帝安敦的格言「逐步解決問題，保持沉著」。邏輯實證派、行爲派說情緒無意義，價值不可談，那只是因爲他們科學太機械、太陳腐而已。

我則應用這些研究——分子化學、腦神經學——於美學與藝術理論上。美與生命的秘密在蛋白質和腦神經工作方式中。第一、所謂美者，根本是人類生命與文化的社會之根本要求。人體內外結構和動作，如勻稱、均齊、對稱、遞進、律動、節奏，整個的調和，是一種美的蛋白裝置的工作方式。一切外部的物象，顏色、聲音、形體、狀態、動作，與人體之內部機構同型或適合者，在感官上，皆是美的對象。反之爲醜。

第二、生命尤其是人類生命及其複雜神經系統，在與外界接觸時，以情感爲反應信號，喚起知性注意，採取行動，並邀請同類共同行動。凡能保持內心平衡，預期成功之展望，因而保持生命常態並提高生命之意興者，都在情緒上引發美的感情與態度。

第三、凡危害生命的病毒，都是惡的，不適合生命常態與預期者，都是醜的。人類的生命有自動的除醜惡保美善的能力。人類紅血球輸送養料，白血球抵抗殺死病原體，肺吸入氧氣呼出碳氣，腎臟與腸子排洩大小便之廢物毒物，維持人體之恆溫及新陳代謝，保持生命之健康、清潔和成長。同樣，在人類日常生活中，遇著有害個人與社會的醜惡事物，由外部感官傳達於腦後，大腦皮質即以情緒的信號發出，以便採取實際的行動來加以控制。因此，凡是克服醜惡的，轉變醜惡爲美善之努力，促進生命之活動者，在情緒和理智上都是美的。

第四、在人類生命發展爲社會文化的生命後，爲了排除醜惡，追求美善，需要種種實際的努力（政治的、經濟的、軍事的），但人類也創作文學和藝術，一種美的人造物，也是一種人造的生命體，促進感覺與神經自動反省調整的裝置。他一面使人情緒活動化，如魚類以海水來洗滌穢物並自由游泳一樣，使人在社會環境之污染中洗滌、淨化其心靈，達成情緒的安定；一面傳達感情，也如個人表示邀請他人合作一樣，傳達社會的情感，預期共同的努力。

(四) 中國之美學

就我所見到西方文藝理論書籍，似乎還沒有應用上述情緒之科學研究來說明文藝的，這大概由於西方美學傳統和這新研究相隔甚遠。而我覺得這種研究可對中國美學爲有力的支持。中國美學與西方美學有幾點基本觀點之不同：

一、中國最早的美學文獻，可說是《左傳》上季札論樂的一段，他接連的以美評樂，自此始將美與藝術密切相連，而亦不將優美、壯美對立，而將二者都放在美的範疇之內。

二、以後有〈樂記〉以感情之活動與調和爲藝術之基礎。〈毛詩序〉亦然。齊梁之際，文藝理論大興，有劉勰《文心雕龍》、鍾嶸《詩品》、謝赫六法之論。此後文論、詩話、畫評皆承此傳統。此與西方美學由感官出發是不同的。

三、中國是由生命的觀點來看美。中國美字從大從羊。羊象徵吉祥與可喜，亦有順暢之義。善、義、羣皆從羊。大與人通，表示堂堂正正之人。中國有很好的美的定義。孟子有幾句話：「可欲之謂善，有諸己之謂信，充實之謂美，充實而有光輝之謂大。」這是孟子對於善、誠(眞)美、壯美之定義。後來張載補充說：「充內形外之謂美，塞乎天地之謂大。」有諸內必形諸外，內部充實，卽表現於外部之美。外在美是內在美的發露。屈原首先用「內美」二字。

何謂充實？充實對缺陷、虛弱、疾病、空虛、死亡而言。充實卽生命性、生命力之充實、圓滿（我們說美滿），生生不已，活潑生動，順暢的生而且長之意，「氣韻生動」之象。美字在中文作名詞、形容詞，卽合乎生命的性狀。亦作動詞，卽讚美，可希望之性狀人物事態之讚美；或者加以補充、修飾、美化，使其圓滿。亦作副詞，形容動作的圓滿，如說得美，畫得美。

四、又我們關於美有一個最普通的說法，卽是「漂亮」。此由古「纅」字來，漂絲於水，使之發光。美卽純潔光明之意。不是外面的漂亮而已。而是內部的健全充實表現於外部光明純潔，而光也是在不斷放射或振動的。〈樂記〉說：「情深而文明，氣盛而化神，和順積中，而英華外發。」這是說，人的感情豐富，生命的氣力充沛，保持內部平衡、調和之時，就表露於外部的光華漂亮。美發生於內部的感情和順，才有表現於外的感官上的美感。因此美和藝術也無形式內容之分了。未有光明純潔之心而不美的。因此美善也是關係密切的。

五、西洋美學自始由感官出發，由外面看美，於是有主觀客觀之分，形式內容之分，說不通之時，有移入感情，將感情搬進去。或如叔本華，要消除意志，將感情抽出來。中國美學則自始由感情出發，外在美只是內在美之表露。

又西洋美學自始由模倣論出發，將美分爲自然美與藝術美，於是將人體美放進自然美的範圍。但人體畢竟與自然不同，於是將美限於優美，而壯美是一種特殊之美感。於是有一些笑話，如謂優美是「小」而「光滑」的，壯美則「巨大」近於「可怕」等。

中國美學由人的生命出發，更容易解釋美學上的優美、壯美。一切健康正常的男女都有一定的美。優美是女性生命之充實，壯美是男性生命之充實。清朝姚鼐所謂陰柔之美、陽剛之美，正是此意。將人生之美投射於自然，在自然中發現生命之美。高山駿馬是男性之美，流水春花是女性之美。一般人說美人如花似玉，但武則天的話也有至理。她說不是六郎似蓮花，而是蓮花似六郎。康德也看出這一點。他說女性美是美之原型，不過由於他對自然美之觀念，對壯美又說是對自然壯美所感到的心情的高揚。康德還說到小兒之美，那是眞純樸素之美。

男人、女人、小兒都有美，難道我們老頭子就沒有美？不。蒼松、古柏、虬龍、神木、萬里長城、金字塔，還有薑是老的辣，酒是老的香。那是蒼勁之美，老練之美，幽燕老將，氣韻沉雄之美。還不可忘記南極仙翁和諸位慈祥的老母或祖母。

女人、男人、小兒、老人，在其本質都充實之時，各有其氣韻和美。而此四種美的生命在濃與淡，動態與靜態，或者互相混合之時，又可產生其他種種的美。例如女性美，濃則華豔，淡則秀雅。翩若驚鴻，婉若游龍，是優美中有壯美者。男性美，靜則沉著，動則飛騰。清新俊逸，瀟灑出塵，亦壯美中之有優美者。

六、美的基本意義就是正常，不過對正常以上者讚之爲美。絕代佳人可能是基因特別的美。此古人所謂「尤物」，卽上帝的精製品。不夠標準者，凡相貌、顏色、聲音、動作之不調和，平凡、庸俗、單調、呆板者自爲不美。

反乎正常者卽是醜。醜字從鬼從酒，表示不像人，面目可憎，喝酒以後，氣味臭惡。凡畸形變態事物，我們便說見鬼有鬼。小小的鬼，男人不像男人，女人不像女人，裝模作樣，吹牛拍馬，我們稱爲滑稽，加以嘲笑。過於混亂腐敗汚穢，在生理上使人暈眩、嘔吐、疾病、死亡，有害於生命者亦必有害於情趣，這便要逃避和排斥了。孟子說，西子蒙不潔，人皆掩鼻而過之。到了更大的鬼怪，或更惡的毒害生命之事物，如毒菌、蒼蠅、老鼠、虎狼、大糞，還有那由卑汚的人心發出的謊言、謬論、暴政、貪汚、賣國、殺人的行爲，那便更要加以抵抗或掃除了。

七、美醜以健康正常生命與人體爲原型，亦爲標準。但僅僅如此，美與藝術的關係太簡單了。藝術豈不成爲只是歌詠美人，畫美人之事？

自然不是如此簡單。將分子化學與情緒活動化的學說和中國美學結合，可說美有其不變意義。

㈠凡健康、正常生命與活動及類似之形體、動作，必定發生感官上的美感。此美之第一義。

㈡生命生活於環境中，此環境對生命有順逆之兩極端。順者爲美，逆者爲醜。這就表現於情緒。杜甫說：「人生半哀樂，天地有順逆。」王弼說：「美者人心之所進樂者也。」凡在情緒上引起人之喜樂之感者也是美的。此美之第二義。

㈢順逆哀樂在人生中不斷更迭的出現，這是生命之節奏，也是生命之考驗。人類生命一貫要求保持生命之內外平衡與自由，亦卽保持其生命之充實。這也就必須趨順避逆，保持內心之安靜，或改變計畫預期外部控制之成功，如上節關於情緒之科學研究所說。這一切的努力奮鬥的情景，苦盡甘來之展望，給人以希望者，也都是美的。此美之第三義。

八、以上美之三義都是客觀的美，即美的對象。凡具備此三美之性質者，即能使我們發生美感，即由感官上之醒目動聽之感到情緒之活動化上光明順利之感。此有充實生命效果，亦即美感效果。然美感如何發生的呢？西方美學上有美感的態度說是一大問題。他們既以美與快感不可分，然引起快感者不一定是藝術，藝術中且有醜與不快，就牽強穿鑿，以客觀的美由主觀態度來。康德無關心的快感，形式的觀賞，無目的之目的說以後，有觀照說、形式說，或形式內容一體的情趣說、感情移入說、心理距離說、幻想說等。這些學說都無法對美的欣賞作統一的說明。中國美學不取無關心說。歐陽修有詞云：「關心只爲牡丹紅，一片春愁來夢裏。」如不關心，又如何有美感？自然，康德所說無關心指非實利的態度。李義山稱「花間喝道」爲「殺風景」。只關心勢利而不關心花之美，正是天下俗物之殺美。當然，無關心指非私有的態度。古代帝王之選良家女子，流氓之辣手摧花，自是惡漢凶徒之殺美而非愛美；然唐伯虎爲追求秋香甘爲小廝，溫莎爲辛普森夫人而甘棄王位，不能不說是「美的態度」。我不取快感說與美感態度說，主張生命性之人類根本主觀上有美的願望與要求，即生命自己充實之目的。此其所以能欣賞客觀的美，而且能創造藝術，補充世界上客觀美之不足。

九、西子蒙不潔，洗個臉洗個澡也便美了。但內心的不潔，卻不簡單。西子洗浴以後，還可擦粉，灑上香水，心不能塗上香料。《易經》上有「洗心」二字。亞理士多德的 katharsis 有幾十種解釋，標準的英譯是 purgatory，即洗淨靈魂，也就是使靈魂漂亮起來，充實起來。而其途徑，就是製造一種美的東西，此即藝術之創造。

美的觀念起源於人類生命之本相與要求，並投射於自然。而應用美之原理，製作美的東西通過人類之感官與情感作用，發生美感效果，來充實生命與社會文化生命，求人類生活之美的，就是藝術了。這也是中國美學一個基本思想。〈樂記〉說：

> 樂者心之動也，聲者樂之象，文采節奏，聲之飾也。君子動其本，樂其象，然後治其飾……生民之道，樂為大焉。

所謂動其本即動其感情，樂其象即以音表出在各種情景下的心情，文采節奏即歌詞、音調之變化、調和。鍾嶸說：「氣之動物，物之感人，故搖蕩性情，形諸舞詠。」此所謂氣之動物，即宇宙的生命力之活動使情緒活動化而表現於舞詠。謝赫六法第一法所謂「氣韻生動」者，便是生命之氣力與感情之在節奏韻律之調和中表現的活潑躍動之象也。畫是人工生命體；所以生命之美與藝術之美，二者之原理是一致的，即生命之充實。在生命充實之意義下，美的概念即可貫通自然與藝術，貫通內外，也貫通主觀與客觀。並且可以貫通當下與預期。西方美學一大弱點是忽視美感之預期性。

美之充實的意義，輓近也為西方現象學派所提到，如蓋格（Geiger）說美的欣賞是對象充實相（Fülle）之觀照的享樂。一位新康德派的美學家說到美的情趣是人格感情之自我充實。而杜威之大著《作為經驗之藝術》尤其有見於此。他說到美感經驗之直接性、充實性，pervasiveness, consummatory。

（五）藝術之功能

人類為了維持生命以及社會生活，製作種種東西，如工具，如機器，如科學道德和社會政治經濟制度，即所謂文化或文明。各種文化系統都有其活動方式與功能，藝術亦然。藝術正是一種「美術」，他要先使自己是一件美的東西或對象，再通過感官和情緒，來履行美化人類心靈和社會生活，以充實人生之功能。我們可由藝術之起源與發展來證明這一點，現在只述若干要點。

過去多以藝術起於遊戲。魏夫林（Wölfflin）說藝術起於身體之裝飾。我想藝術之起源是多元的。動物亦有美感，到人類更為發達。在共同生活中，以笑容，以招手，以手勢，以擁抱與接吻表示親熱，或以怒容，以號哭表示嫌惡與苦痛之時，當人類在共同工作中打磨石器，發現幾何學圖形增加效能之時，或在推拉工作中發出「杭——育」的呼聲節奏動作可以緩和勞動疲倦，增進共同工作與趣之時，都包含藝術的起源。〈毛詩序〉說：

詩者，志之所之也。在心為志，發言為詩。情動於中而形於言，言之不足故嗟嘆之，嗟嘆之不足故永歌之，永歌之不足，不知手之舞之，足之蹈之也。

此種歌、舞、樂之三位一體的謠舞，恐怕是最早的藝術，而這在共同慶祝或繁殖儀式中，或者對死者的悼念儀式中產生，繼由宗教之形成而更有組織，而也一直繼續到今天的。這就是說，藝術之起源在個人是表示感情，緩和苦痛，鼓勵生趣；在社會的共同生活中亦復如是。讚美神的恩惠，紀念共同的成功，都足以增進團結，鼓舞精神。說到裝飾——器物上的裝飾，當在實用器物之後；而身體之裝飾——文身，也可能在咒術或者對顏色能夠使用之後。即使裝飾，也可看作是打扮生命的，充實生命的，增進生命的興趣的。

隨著文明的進步，人類的藝術一面分化，一面綜合而有新的發展。同時藝術與政治生活也發生密切關係。是即我國之所謂「禮樂」。在禮樂時代，藝術也成爲貴族的裝飾。然社會之不幸不平也多起來。〈毛詩序〉所說《詩經》「傷人倫之廢，哀刑政之苛，吟詠性情」以風其上的刺詩，也出來了。《毛詩》說詩有兩大作用，卽美與刺。《文心雕龍》說：「順美匡惡，其來久矣。」

對生命的事物而言，有美醜善惡之兩極端，就表現人類情緒的藝術而言，有喜劇、悲劇之兩極端。喜劇包含成功的喜悅或者對荒謬、不正常之嘲笑、諷刺；而悲劇則包含重大的危險，猛烈的鬥爭，表現對失敗與不幸的同情與哀憐，或對崇高偉大的尊敬，而恐怖也終於平息了。在悲劇與喜劇的結構中，美與刺之作用是互用的，而程度亦有不同。然而實際上也依然不外美刺，卽讚美那足以充實生命的美善的東西，貶刺那足以敗壞生命與文化的醜惡的東西，終於求得心靈的安寧、調和。

正如道德是教我們應該爲善，不應爲惡一樣，藝術是求美拒醜，揚美抑醜的。所以藝術並非不描寫醜惡，不表現痛苦與悲哀。這不是欣賞醜惡，而正是以醜來陪襯美，益顯美之爲美的，使人類經歷人世之順逆悲歡，對抗醜惡，美化人類之心靈，促進社會之和樂和團結的。〈樂記〉說：

禮樂刑政，其極一也，所以同民心而出治道也。樂……可以善民心，其感人深……樂行而倫清，耳目聰明，血氣和平，移風易俗，天下皆寧……樂以治心者也……足以感動人之善心而已矣。

這是說藝術感化人心之二重的功能或作用。正如情緒活動作用是保持自身之心理平衡並招請羣體之共同行動一樣，藝術使作家自己一則藉表現自己的感情求情緒之解放；二則傳達於社會感動社會以改變風俗，促進社會感情之交通和團結。法國居友在其所著《由社會學觀點看藝術》說：

藝術……完全本於共感作用及感情傳達的法則。實際上，藝術常將那表現於觀念上的更善的社會或更惡的社會，經過想像作用而使與現實的社會共感，所以藝術活動能產生使現實社會進步或退步的結果……然而這道德性是完全自然地內在的東西，並非打算的結果，反之，倒是超越一切利害打算而且自然產生的。這藝術的美，自然成為啓蒙和教誨人類之工具，同時又為真正社會性的表現……最後，最高尚的藝術作品，不僅是以刺激我們極敏銳的感覺為目的，而是為刺激最廣博的社會的感情而創作的。弗羅貝爾說：「所謂美，不外乎最高的正義。」實際上，美的東西就是創造人的努力。

居友所說刺激廣博的社會感情，即〈樂記〉之所謂同民心。他所謂以藝術美教誨人類，使社會進步，亦〈樂記〉所說移風易俗之意。托爾斯泰亦說藝術之目的在於促進人類之團結；而謂藝術與美無關者，乃由於當時唯美主義之淺薄，藝術墮落爲低級快感之追求而已。

事實上，現實的世界與社會並非皆是美的，這才需要藝術來美化社會。但藝術不是美容師，做擦粉工作的；而是美化人類靈魂的。德國大詩人釋勒說藝術是陶冶「美的靈魂」，另一大詩人歌德力表同意。藝術是人格之「教養」（culture），首先超乎惡俗、庸俗的勢利之上，保持靈魂之純潔。此李白之所謂「立德貴清眞」。而這種改變靈魂的工作，正是李賀所說的「筆參造化」。中國之「雅」，包含正、潔、平淡、高明和美麗等義。雖然亦有矯揉造作之僞雅，但其本義，原指經文藝之洗禮，遠離庸俗而言。

人類要達成團結；但此必須排除團結之障礙，而亦必使人心提高到較光明的境地，才有團結之可能。否則如藩溷之蛆，也無團結。所以美與刺，順美與匡惡，也就是藝術的兩大作用了。

新文化運動以後，我們的新文學家常譏評〈毛詩序〉的美刺之說迂腐。這只是受了一些課堂上的美學家的影響，眞正大藝術家大詩人是承認其創作是爲了美與刺的。釋勒〈藝術家之使命〉

說：

蜜蜂勤勉勝於汝，
春蠶精巧是汝師，
若言智慧參造化，
人間唯汝藝術耳。
……
唯有過美之曉關，
始能至知識之國。
……
人類品性在汝手，
將與汝等共低昂，
詩歌之神術原是要為
賢明的世界計畫思量，
潛移默化而導之，
以達太和之汪洋。
嚴肅的真理如不容於時勢，

可以逃向詩歌之鄉，
求保護於詩神之合唱。
那裏燃燒著盛大的最高輝光，
那驚人的魅力愈見堂堂，
真理亦可在詩歌中正立，
對卑怯的迫害者之耳，
高奏勝利的巨響。

所以藝術並非弱者之事，美是與善相通，與正義同在的，如弗羅貝爾所言。反乎正義必定醜。大音樂家華格納（Wagner）在〈藝術與革命〉中說：「歷史發展之目的是強毅的人類，美麗的人類；給力與人者是革命，給美與人類者是藝術。」而二十世紀大小說家湯麥斯曼（Thomas Mann）說：「比死強者是愛，不是理性。能給我們以美好思想者是愛，不是理性。只有由愛與美才能產生形式與文明，友善的，美麗的人類關係。」

在西洋藝術中有「爲人生而藝術」、「爲藝術而藝術」，乃至「爲我自己而藝術」之爭論。其實這是不衝突的。白居易說他的詩有獨善、兼濟二類。有諷喻詩，兼濟之義也；有閒適詩，獨善之義也（〈與元稹書〉）。這與雨果之《懲罰集》、《靜觀集》是一個意思。這可以證明美刺二義之當然，亦與情緒活動之內部控制、外部控制作用相符的。絕對不可的，是爲權勢而藝術，爲金錢而藝術，是歌功頌德，更不可以嫌貧愛富，打擊弱者、被侮辱者、被損害者。而一個內心鄙陋汚穢的人既絕不能唱出美麗的歌聲，而無聊的心理也根本失去感動他人的能力，根本無所謂文藝了。

人體的機構藉氧氣、血液及新陳代謝保持身體之恆溫，藉情緒活動保持內外平衡、控制，文藝家則藉文藝保持自己和社會的愉快。李白說：「安能摧眉折腰事權貴，使我不得開心顏？」杜甫說：「安得廣厦千萬間，大庇天下寒士盡歡顏？」文藝藉美刺兩種手術，一面保持自己的眞潔，一面對社會人心發生鼓舞、安慰、陶冶、淨化、團結作用，保持社會之恆溫，維持一個社會健康光明的活力，使大家有美意之容顏。杜甫有〈病柏〉、〈病橘〉、〈枯椶〉、〈枯柟〉四詩，悲嘆當時唐朝的社會之病，也是希望其恢復健康的。在這意義上，藝術可說是社會文化生命之醫藥、補藥、維他命或抗生素，消毒劑或血淸劑罷。

(六) 藝術之組織或構造

藝術如何活動，或者這社會的靈魂之藥是用何種原料，又如何配製的呢？古今中外關於文學與藝術之分析不知多少。我想由創作到欣賞過程來考察他。

一切作家嘔心瀝血從事於創作，而非其他的活動，首先在其有一種「美意」。西方有「善意」之詞，但無「美意」之語。荀子首用之：「得衆動天，美意延年。」這指一種求美的意志，求光明純潔圓滿之意志，卽一種藝術衝動。近來里格爾（Riegl）所說的「藝術意向」（kunst-wollen），庶乎近之。

美意之實現，首先是一種有情化的態度。有情化指對世間一切以汎生命的態度對之，包括擬人化。《文心雕龍》所謂「以情觀物」，張彥遠所謂「畫外有情」者是。「多情只有春庭月，猶爲離人照落花」，「唯有樓前流水，應對我終日凝眸」，都是有情化。李卜士之感情移入（入情作用）稍嫌笨拙，不如《文心雕龍》說：「情往似贈，與來如答」；感情送往之後，還可以回答的。法國德拉克羅（H. Delacroix）以「宇宙生動化」釋感情移入，略與有情化相當。

美意之活動，主要靠想像。想像將實在變形，加強感情運動。屈原首先用此二字，「思舊故以想像兮」。以後杜甫更常用之，「想像顰青娥」，「翠華想像空山裏」。《文心雕龍》稱爲神思。西洋人稱爲 imagination，這是培根與莎士比亞最早明確提出爲詩之重要形成力的。

沒有感情，就沒有文學和藝術。但沒有想像，感情也就單調而使人膩味了。一個好哭的小孩或淚人兒也難得人同情。感情激動想像，想像帶著感情奔走，飛天和入地，體貼種種的人心，才能有文藝。雪萊說：

> 一個至善之人應深刻而廣泛的想像，為他人及其他很多人設身處地，使其同類之苦樂成為自己的。道德之善的工具是想像，而詩卽依此途徑而管理其效果。（〈詩之辯護〉）

感情與想像合作時，也必定與思想結合。而不與道理結合，那想像也可以成為純粹的幻想。情理結合才有文藝。《文心雕龍》說：「情動而言行，理發而文見。」康德說美感乃想像力與理解力與理性之結合。藝術的主要成分是感情，但如湯麥斯曼所說，感情必與思想結合才成為藝術上的感情。感情經想像與理結合之時，就發生感動或感興了。感動至極，就是一種意孕。此意本於中國古代神話，姜嫄履巨人跡，震動而懷孕，生下后稷。柏拉圖〈饗宴篇〉記蘇格拉底說，若干人只能在肉體上生產，詩人畫家和立德立功者則能在靈魂中生產。這也就是所謂靈感。畫家米洛（Miro）說他繪畫之出發點是震動（shock）。

經意孕靈感或震動後，藝術家或作家獲得一定觀念或主題。這是藝術之胎兒。胎兒在母親肚中成長，藝術家則在體外造形。鍾嶸說：「指事造形，窮情寫物。」造形卽德文之 bildung，英文之 formative。造形也是藉想像使實在形象變形。瑞士教育家裴斯塔洛其將「造形」用於教育上人格陶冶之意，與藝術上形象寫塑，個性刻畫之意是相通的。

然藝術上之形象不是單一的事物，卽畫一株最簡單的蘭草，也還有幾片葉。作一首詩、一篇小說、一幅畫，還需要一整個結構，那就是布局和章法之經營（由草稿到鍊字，由素描到著色），也就需要匠心了。《文心雕龍》說：「總文理，統首尾，定與奪，合涯際，彌綸一篇，使雜而不越，若築室之須基構，裁衣之待縫緝。」謝赫六法除「氣韻生動」外，「骨法用筆」、「應物象形」、「隨類賦彩」、「經營位置」、「傳移模寫」，皆造形、結構之過程。而我國之所謂匠心，即康德與卡西勒（Cassirer）之所謂建築學性的 architectonic。而結構之格式，有的是既定的（如古、近體詩），有的是自己變化出來的。

藝術家與詩人以情觀物，感情經由想像而豐富，並因與理結合而感動，於是不能自已，以其匠心，計畫創作其作品。這作品也是一種生命體，經過傳達，使讀者閱歷其形象情景，也體驗更廣大的人生，也發生一種類似的感動，由自動到他動的動人之力。

西洋美學對藝術作品有形式、內容之分。關於內容，有再現（模倣實在）、理想主義（觀念）與表現主義（感情）之分。而形式主義也包括象徵主義，最極端的抽象主義。實際上，一首詩或一部小說都用一定媒材，例如聲音、文字之排列，表示一定意義，以意義代表一定景物，表達一定的感情，而感情也不能與思想絕緣。所謂意義，是形式還是內容，能夠說嗎？一曲音樂以一定的高低旋律表達情意，一幅畫以一定顏色線條繪形，表情達意，何處是形式，何處是內容，亦無界線。

中國美學中雖有形、質兩字，但《文心雕龍》論文稱爲「組織」。一種組織，例如人體，也無內容形式可說——能說高矮皮膚是形式，骨肉神經是內容嗎？

白居易將詩的組織比之植物，「感人心者莫先乎情，莫始乎言，莫切乎聲，莫深乎義」，情是根，言是苗（葉），聲是花，義是實。「未有聲入而不應，情交而不感者」，其所謂義，指美刺與比而言。

杜牧則將文之組織比之軍隊，「文以意爲主，氣爲輔，以辭采、章句爲之兵衞，四者高下圓折步驟，隨主所指，如鳥隨鳳，魚隨龍，衆師隨湯武，騰天潛泉，無不如意」，杜牧所謂意，指主題；氣指文之氣勢或陣勢，卽布置。

現象學派之英加登（Ingarden）廢內容形式之分，以構造說詩，將詩之構造分爲四層：聲音、意義、人物情節、觀念。合四者發生美感效果，與白杜之說類似而小異。

文藝家以其想像力將實在世界變形，將他的感情與思想結合，配合於一定的人物中，再以一定的匠心，運用媒材，依照一定的格式組織起來。這是一切藝術相同的。但藝術不是工廠的出品。感情之濃度，想像力之廣度、深度、高度，操縱媒材功力之深淺固然不同，而各個人的興趣，作品之風格，也不是一樣的。因此，藝術品又都有個人的色調。

(七) 藝術與科學、道德之異同

總上所言，我給藝術文學以下列定義，這是考慮藝術之媒材、成分、組織方式（手段）、功能與目的的定義：

藝術是一種人工製作品，作者一方面運用其想像力擴張變化其經驗，另一方面使用媒材構成形象、象徵、情景，將其經驗、感情、思想在作品中組織起來，成爲與實際情況相似而具有美感效果。此種作品因其美感效果，經由耳目將作者的經驗、感情、思想，並經由想像作用發生鼓舞、安慰及團結人心之功能，達成充實生命，使社會生活趨於光明純潔之目的。

以上所說媒材，指木、石、鋼鐵、磚瓦（建築），人體與動作（舞蹈），聲音、顏色、線條、文字、語言之符號（音樂圖畫詩文），工具指刀、鋸、斧種種建築器械，樂器、顏料、畫布、文具、紙張、印刷，以及舞臺、照明、化裝和電影機械而言。

在一切藝術中，媒材最單純的是舞蹈，那是人體之本身。音樂則以各種聲音為媒材，象徵種種情景。繪畫雕刻以色彩線條為媒材，以木石金屬為媒材，構成形象。現代繪畫則趨於抽象的象徵。最複雜的是文學（此指詩、小說、劇），他使用的媒材是語言文字的符號，是間接的以符號傳達意義，再以意義代表形象，作為象徵，造成情景。而亦因此，使他有最大的自由性。

上述定義可簡化於下：

藝術是經由想像之過程，將媒材結構為情景，傳達觀念與感情，經由美感的作用，發生鼓舞、安慰、團結人心效果的人工品。

文學的定義甚多，但我想只要將上述定義中之「藝術」改為「文學」，將「媒材」改為「以語言文字為媒材」即得一完整的定義。

如果再加簡化，可說：「藝術是藉想像使人類精神美化的作品。」而文學的定義也可簡化為「語言文字的藝術品」。

在以上定義中，我所特別看重的是美感效果與想像。美感效果，包括醒目、動聽，促進情緒活動之平衡，及與理結合之感動。而在這中間，想像占重要地位。沒有想像，耳目見聞不一定達於情緒，卽令達到，亦是單調情緒。沒有想像，不能發生感動，也無從發生共感。

詩歌、小說或其他美文與其他藝術有不同之處。音樂、繪畫、詩三者的藝術性何者爲高，意見不同。歌德推重音樂，達文奇推重繪畫。我以爲詩歌小說藉語言文字的符號，構成意義，更爲間接，但他更自由，更能與思想相結合，而成爲思想的藝術，其效力是最大的。

正因詩文是以語言文字爲媒介，他與音樂繪畫有不同的特色。音樂是一種最有普遍性的符號。繪畫雖然有各國傳統之不同，也是可以廣泛欣賞的。語言文字則不同民族有其不同的發音、綴字與結構（方法）。字的意義並因各國作家之使用而有不同的包含聯想的意義。中國文字又特別不同。嚴格而言，詩是無法因翻譯而完全理解的。卽使散文和小說，各國社會的背景不同，這社會的喜怒哀樂與興趣也是不一樣的；不理解一個作家之時代與環境，一個社會的風習，一些詞彙所包含的特殊意義，也很難充分理解其作品之意義。但畢竟人心有共同的美善之要求，尤其是人類思想更容易相互理解，所以文藝有其普遍性。

爲了解文藝之特點，我們還須將他與科學道德加以比較。

眞美善是人類三大理想。英國詩人丁尼生有詩說：

美、善、知識是三姊妹，

相親相愛，友善人類，

在一個屋頂同居，

如若分離均將流淚。

這三姊妹各管藝術、道德與科學，但三者關係是如何呢？康德以藝術爲科學與道德，必然與自由之中介。此後三者的地位之高下也常在論爭之中。

科學求眞。一個最普通看法以爲小說是假的。西人之 fiction，即虛構之意。王爾德說藝術是說謊。而濟慈則說美比眞更眞。其實藝術藉想像工作，想像是將現實變形，有如拓樸學。他顯示特點，的確比眞的更眞。他深入細微末節和人心內部。所以馬克斯勸人讀巴爾札克，松巴特說比起左拉，經濟學家不過一技之長。杜威且說科學是藝術之婢女。

一般人以爲科學之眞是一般的，而藝術是特殊的。歌德則說詩正是以特殊顯示一般。

柏林斯基說科學以概念思考，藝術以形象思考。一論證，一描寫。這說法是正確的。這也說明藝術不好議論與宣傳。

我常說科學用「等」法，藝術用「如」法。科學哲學家美耶孫（Meyerson）說科學說明事物之同一性。數學方程式、邏輯之恆等式皆是。藝術則是用明喩和暗喩：如花如月，如雲如虎，「顏如舜華」，「浮生若夢」。《西遊記》和《浮士德》，都是廣義的「如」字法。

自然科學與文藝最大不同，在前者是自然的、無情的；而後者是人文的、有情的。

藝術傳達社會感情，而道德是社會性的行動，所以美善有密切關係。好之一字在道德、藝術上是通用的。所以古今大作品，沒有反道德的。中國通俗小說，都是教忠教孝的。西洋也有教訓文學。弗羅貝爾說美是最高正義。說藝術無關道德不過是對僞善之反動。

然文藝家不一定是道德家，且常有弱點。可是，文藝家如無美意，如無良心，勢利薰心，則自汚其心，不會有文藝。此所謂「士先器識而後文藝」。

道德是嚴肅的，是父性的。而藝術通達人情，是母性的，情人的。道德不原諒者，藝術原諒之，好像元首有權特赦。他也不是命令，而是暗示的。

但道德也有流於形式或不人道之時。而藝術常能以更廣博的人道性來作批評和抗議。

這是說藝術在眞與善兩方面補充科學與道德之不足，此則藝術的地位，將仍遜二者一籌。然藝術還有自己的美的世界。而這個世界，則是科學與道德不大能夠為力的。

如上所說，美是生命之充實，充實個人生物學的與社會文化學的生命，保持靈魂的純潔與健康。而藝術以雅俗共賞的方式加以傳達。科學改造自然，藝術則如釋勒與歌德所說是美的靈魂的陶冶工作，其促進人類自動向上之努力，不僅非科學所能爲力，而其潛移默化之功，也不是道德教訓所能爲力的。科學道德比藝術更實際，亦皆能動人，但藝術則是能感人的。科學還能破壞生命與自然。文化之進步，帶來種種罪惡，危害人類的生命，這是盧梭早已看出，他並且因此而主張返於自然，而這是不可能的。

當十九世紀科學高奏勝利之凱歌，使文學家也要倣效科學而寫實驗小說之時，現代科學工業文明造成虛無主義與人之自外。種種醜惡，使文藝想逃避於象徵。二十世紀以來，藉科學而起的政治經濟制度由民主向極權轉變。一個當代德國哲學家克拉格斯（Klages）說現在歐洲是精神（理性）反抗靈魂（生命）之時期。此由今日科學造成汚染與核戰危機，美式資本主義、俄式共產主義，一種奧維爾式的世界，亦可見之。這不是文化的危機，而是文化的惡疾。這大病是金錢、權力利用科學所造成。在「上帝已死」後，道德早已失其威靈，而且還有科學的價值相對主義否認其地位。藝術呢？他已久爲金錢玷汚，於今科學推廣大衆傳播而有電視，他正日益使藝術變爲無聊的消遣。對此重大的世界文化之病，需要多方努力救治。在政治上，需要第三世界之團結與覺悟，糾正俄美二帝之專橫。在文化上，需要史學社會科學道德藝術共同努力，糾正「科學帝國主義」，尤其需要文學家對今日文明之病態作深入描寫，使人類對生命之醜化而生愧悔之心。而此正是第二次世界大戰前後湯麥斯曼和索忍尼辛認爲只有美才能救世界的原因。求美的意志警醒求善的意志，提高道德勇氣，克服金錢求權力的意志，這世界才有希望。

如哈代所說：「詩戴著、攜著希望前行。」現在還需要有更多的人，發揮文藝功能，發揮愛心，以美意，以自由的想像在人間探索希望。

就此而言，美是三姊妹中之長姊。在長姊指導下，科學與道德與藝術才能眞正攜手，建設一個更美滿的世界。

(八)文藝之歷史的比較研究與文藝興衰

文藝有種種研究。最早的是文學藝術的歷史。這大抵是人名書名或作品舉例。由文藝史研究其中法則者不多。其次是文藝心理學的研究，這是近世美學的內容，實驗派、心理分析派成就不多，完形心理學只在開始。文藝社會學研究文藝與社會關係。這也有許多著作，大抵說社會文化對於文藝的影響，但研究文藝對社會的反作用者並不甚多。我在此處只談一個問題，即文藝興衰與社會文化興衰的關係。

文藝是一個時代，一個社會心情之反映，這道理，季札早已說明，〈樂記〉也說：「治世之音安以樂，亂世之音怨以怒，亡國之音哀以思，聲音之道與政通。」

一個時代一個國家的政治經濟文化狀態影響其文藝，這是十九世紀許多文學史家所熟知的。佛理采（Friche）的《藝術社會學》指出在文化上的霸權的轉移，也影響藝術霸權的轉移。近世義大利、西班牙、荷蘭、法國、英國都曾在他們的盛時以其藝術為各國之模範。

但是，天才也常超越時代之先，而如果藝術能夠移風易俗，他也能改變風氣的。唐初的齊梁風氣，因陳子昂、王維、李白、杜甫、韓愈而改變。宋初的西崑風氣因歐陽修、曾鞏等而改變。明代的復古風氣因歸有光和袁氏兄弟而改變。一種文藝運動或遲或速的影響政治社會改革之例，亦不一而足。韓愈的古文運動影響後來的思想，元代的通俗文學以及明末的文學運動影響漢人的復國運動。開明時代的文學運動推動了美法革命。十九世紀俄國文學成爲政治批評，促進蘇俄革命。東歐的民族文學至今仍是他們獨立的靈感之源泉。

一國文化之盛時固然也常見文學之盛況，可是文藝之興衰不一定與一國國勢成正比例。唐代文學的黃金時代在天寶以後。文藝復興期之義大利，並不是一個盛世，毋寧是一混亂時代。雖然如此，那顯示當時義大利諸城的人，是在創造活力勃起時代。莎士比亞時代的英國，十八世紀的法國，十九世紀的德國，亦復如是，終於奠定了各該國後來的霸權。反過來說，今天美俄兩國是世界上最富強之國，他們有科學領導權，但不一定有思想的領導權，更沒有文學的領導權。恰恰相反，他們的文學表現他們社會內在的矛盾或疾病。而這也是應在世界的文化病中來理解的。

在十九世紀的資本帝國主義國家，隨著他們社會之頹廢，有象徵主義、唯美主義之興。此頹廢之反映，亦是反抗。至二十世紀有現代藝術、野獸主義、立體主義之類，以及生存主義之「自外」的呼號，也是一面受科學工業文明之衝擊，一面表示對抗的。結果是藝術之「非人化」(Ortega語)、裝飾化、圖案化（包括所謂機械美）、幻象化（超現實主義或「意識流」），乃至性欲化（特別以佛羅以德爲名，如羅倫斯）。許多文藝作品，如果是有意義的，包括「自外」之呻吟在內，很少不是對現代西方文明表示失望或批評態度的。

蘇俄革命後，一時文學對革命表示贊成的態度。但隨著共產政權之極權化，文藝變爲政權工具、鬥爭工具，終於墮落爲阿諛及史達林之人身崇拜，那旣不配稱爲文藝，也不配反對西方文明，文學且有窒息之勢。隨著淸算史達林，一時有「解凍」之象，但立刻是再凍結。但地下文學起來，也有運到西方出版的，如索忍尼辛之著作，那是人權之呼號，也是反對或批評現政權的。這表示美俄兩種生活方式皆是醜陋的，非人類之希望。在第三世界，也有新文學之萌芽，但還沒有發展。但美國黑人哈雷所寫的《根》，不能不說是一部大作。

今天還沒有一個國家像十九世紀一樣，以其作品來影響世界的。這使我想到黃梨州說「文章是天地之元氣」，平時無所見，到了厄運危時，鼓盪而出，而有天下之至文。元氣卽一民族之生命力，也是創造力。一民族元氣旺盛時，遇到厄運危時，卽遇到人類生活上重大危機之時，一定造成文學之盛況。可是有些民族，例如中國，遭遇不可不謂厄，遭時不可不謂危，不見至文之產生者，就必須承認一個民族的元氣有盛衰之時，而文學之盛衰，可作一民族元氣之測量表，也就是一民族盛衰之先兆。這法則，是與前面所說相符合的。

然則一民族的元氣盛衰的原因何在呢？我在《我的生平與思想》中也討論這個問題。要點是：當一民族的心力有一新理想而集中凝結之時必表現元氣之旺盛；當一民族不斷被外力摧毀分化之時，當一民族已失去其理想或在低級享樂中，在野蠻黷武中浪用其精力之時，當一民族被外來思想所分裂而自相殘殺之時，他的元氣，一定衰落。這幾點，適用於世界，也適用於中國民族與文藝之現狀，將在最後一說。

（九）文藝批評、文藝自由、文藝政策

文學批評隨文藝以俱來。這些批評大抵是敍述的、解釋的，而在價值判斷常是派別的（如浪漫主義對古典主義），或個人趣味的。二十世紀初馬克斯主義文藝理論家樸列汗諾夫指出藝術批評有兩大任務，一是美學批評，二是尋求社會學的等價（equivalence，即社會意識之分析）。近年以來，英美有內部批評、外部批評之分，實大體相同。然因爲美學趨於解體，文學批評之基準還是很混沌的。美國比亞玆萊（Bearsley）提出統一、緊湊、複雜三標準，其實非藝術的散文何嘗不應如此？

基於以上所述藝術之功能與構造，我以爲文藝批評有兩方面：

一、構造的批評：是否具備藝術構造的必要而充足的條件。他是否像一個生命體，是否「氣韻生動」。這除了複雜之統一與緊湊之外，還應注意美感的效果，如聲韻之鏗鏘，色彩或詞彙之精鍊新鮮而不陳腐，布局常有出乎意外之驚奇性等。

二、功能的批評：能否以藝術的方式，即描寫的、暗示的、含蓄的方式，而非說教的、宣傳的方式，藉再現人生的現實表達高尚的感情思想，能盡到順美匡惡的作用，是否感人，能有淨化、美化人類心靈，發生鼓勵、安慰、團結之效果，以及到何種程度。

除此以外，一個藝術品是藝術家個人才能的表現。他有無獨創之處，看到人所未看到的。有無特別的題材與作風、筆法，一經「點染」，表現其獨到之處。

英國小說家孔拉德（Conrad）說：「小說如是藝術，則與其他藝術一樣必須感動人心。不能以一人之心情來感動萬人之心情，卽非藝術。」如何才能使人感動？羅斯金（Ruskin）說：「少女可爲失去之愛而歌，守財奴不能爲失去的金錢而歌。」能動人者，必須是萬人共感的感情，充實人道性的感情。所謂高尚的感情與思想也必定是廣而深的人道性的。必能先感萬人之哀樂，才能以其所感，再感萬人。

因此，文藝之自由也就是一切眞文藝的基本條件了。文藝首先要求作家之眞的感情。所謂自由就是讓作家表現其眞面目、眞感情。因此，文藝首先需要作家保持眞我，而不自外，失其自我。

因此，文藝不是模倣。西方藝術理論上之模倣說有根本毛病。僅僅模倣，畫家不如照相機。初學的人不能避免模倣的過程。但停於模倣，既失其自我，亦無創作，卽是假文藝。

其次，文藝不可成爲政治的工具。自從列寧提出「文學必須是黨的文學」以及所謂「無產文化」、「普羅文學」之後，就有共產黨人的所謂「文藝政策」，要以政治指揮文藝，這只有假文藝。

只有以眞文藝對抗假文藝，不能像許多反共的人常主張要模倣共黨，也要求某種文藝政策。

那也只有假文藝。反共假文藝也打不倒赤色假文藝。

這是我五十年來一貫主張文藝自由之理由，而也是不贊成以模倣外國文學爲新文學之理由。

（十）中國文學在世界上之地位與新文學問題

由比較文學的研究，由文學的定義與文藝批評的意見，我想對中國過去的和現在的文學談兩點感想。

一、中國人的科學在十七世紀以來逐漸在世界上落後，但中國文學藝術的地位，商代的銅器，顧愷之到唐宋元明的畫，雲岡、龍門、敦煌的雕刻，《詩經》、《楚辭》和唐人的詩，幾部著名小說，是評價很高的。二次世界大戰以後，隨著西方文化中心論之崩潰，中國人的文學藝術乃至於美學地位更爲提高。這只要看一九七四年來大英百科全書對於西方文學與東亞文學藝術等量齊觀可知。而所謂東亞文藝，當然以中國爲主體。這無怪其然。近世西方文化實在由十一世紀開始，至今不過一千年。而他們的國語文學自但丁以來，不過六百多年之事。至於希臘羅馬的文學藝術是屬於早已不存在的民族的。而中國則從商代以來有一脈相傳的藝術品和文學，這內容是豐富的。元代的戲曲，早於莎士比亞。《水滸》、《三國》、《紅樓夢》、《儒林外史》、《鏡花緣》是十五到十八世紀的作品；而西方的小說要到十九世紀才是大盛之時。中國的文藝對教化國民，團結民族精神也起了重大作用。

中國的詩詞曲和民歌，體裁是豐富的。這也日益引起西方人研究的興趣。此不僅詩歌之美其原理有普遍性，而因爲文字構造不同，中國詩有其特殊之美味。西洋文字是音標，故稱聽覺藝術，而中國是意標文字，除聽覺外還能有視覺的美。又因爲是單音語，能在對仗中，卽contrast中，增加其美，雖然也容易流於過分人工的毛病。

中國的文學過去受到一大障礙，那便是文人與民間，文言與白話的剪刀狀態。這距離雖趨於接近，但還沒有充分融合，這便減低了民間文藝的精鍊，也增加了文人文學的陳腐，也便削弱了文學的團結作用。

鴉片戰爭後，中國文化因其落後，在西方文化壓力下日益趨於崩潰。在兵工和政法的西化運動相繼失敗後，在民國初年有新文化、新文學運動起來。新文學運動有兩個特色，一是以白話爲正宗，二是模倣西洋人俄國人乃至日本人的文學。以白話文爲文學正宗是對的，吸收外國文藝的新的技巧亦是對的。可是，因主張白話之故，竟以文言文學都是死文學，加以蔑視，而不去探討研究，等於拋棄大部分文學遺產，這更加擴大剪刀狀態。而以模倣外國文學爲能事，尤其荒謬。一則，文學的內容是國民的生活、感情，這是不能模倣外國的。二則，模倣不是創作，如不能脫離模倣，在文學上永不能自立。三則，連語法都模倣，結果雖好像白話，實則中國人並無那種說話方法，根本破壞了本國的語言文字，也就不成文學了。一般國民不看他們。新文學不能團結民心，只是知識分子間傳達外國意識形態的媒介。隨著蘇俄馬列主義之輸出，再變爲共產黨人的符咒和武器，也便促進大陸之淪陷。

到了臺灣以後，我們在精神上沒有深刻的反省。在回憶的、感傷的風氣過後，回頭拼命崇洋，尤其是美國。雖然我看得很少，但我有兩點印象：

其一是一般美的趣味是在惡俗化。一個顯著現象是許多女孩拼命裝外國女人的樣子。各民族女人均有其天然美質，各種身材都有他順其本性裝飾，假洋女人看來很怪相。其次是電視，我不看電視的，但家中有一架，常聽到「三洋冷氣機」的鬼叫，有時廣告女孩面孔不錯，但表情，口裏說出的廣告詞，我爲她們的臉孔可惜。電視上演出的，或學美國色情，或者是八股調子，再不然就是古裝武俠。當然，還有文藝的書報雜誌。我因爲有許多必須看的東西，的確不免孤陋寡聞。有時也問問熟悉文藝的朋友們，他們說，我能欣賞的未必很多。我相信一定有我不知道的好文章，也希望有朋友能告訴我。

二、大學中的文藝研究到了破產的狀態。最近我聽說一位大學教授和文學博士講杜甫的詩，將「羣山萬壑赴荊門」，「一去紫臺連朔漠」，「環珮空歸月夜魂」三句中的文字寫成「金門」、「索漠」、「月下」；由亂扯什麼主詞一直亂扯到底。杜甫是中國最大的詩人，不知其他的人猶可，杜甫不可不知。他一切的詩可以不知，〈詠懷古蹟〉和〈秋興〉是千秋絕唱，不可不知。聽說他有信到報上道歉，說該文寫在旅行之際，沒有查書，而且他是研究外國文學的。這不是偶然記憶之誤，而是不用腦，不了解八句詩的意思。由「金門」、「索漠」表示他不知杜甫的生平（到四川避難東下湖北，過昭君故鄉之秭歸是荆州門戶），也不知王昭君的故事（由長安過沙漠遠嫁匈奴王而死於匈奴），而昭君故事，是歷代詩人戲曲的著名題材。這也表示他不知何謂律詩（紫臺對青塚，朔漠對黃昏，畫圖對環珮，春風對月夜）。說他研究西洋文學亦不足辯解。杜甫自乾隆時法國人錢德明介紹到西方，成爲箭垛人物。英國的 Waley 和 Fletcher 都譯了許多唐人之詩，英國 Jenyns 和美國 Bynner 都譯過唐詩三百首。到一九五二年德人 Von Zack 全譯杜詩在哈佛出版。而中國在美國的一位漢學大顧問洪煨蓮寫了兩本杜甫傳、三本杜詩索引。卽使研究外國文學，這也應該連帶的知道。

這不是大學入學考試學生試卷的笑話可比。這表示大學的文學教育腐敗到什麼程度。這原因不是一個人的錯誤，而是今天的新人物，新文學教授根本看不起中國「舊」文學，到了臺灣更看不起中國文學，以爲隨便亂講中國文學，亂批評杜甫，都不算一回事。這也不只一人。他們還根本否定中國有文學，有文學批評。他們的西洋文學知識如何呢？他們說文學的目的是求快樂。外國也沒有這個說法。這也許是美學上快感說之粗率誤解。而他說〈楓橋夜泊〉是欣賞漁火，是「中立的美感經驗」，他也不看下面有「對愁眠」三字。如果美感經驗是中立的，那麼，求快樂也不算中立了。求快樂的文學只有一種，那是夜總會老板們向客人演奏的 entertainment。那麼，請跳舞廳的經理去講文學好了，還需要出洋留學的博士？諸位不要笑，這是值得哭的事。這是假洋鬼子的世界。新文學運動初起時，周作人說文言文是「鬼的文學」，豈知新文學有的變為「假洋鬼子的非文學」？

不僅文學上如此。在現代化潮流下，有行為主義的社會科學，那如《中華雜誌》所說，他們也是不大認識英文字的。他們如許多「現代化」小姐一樣，裝成外國人的樣子嚇人而已。我看了中國民族的現況，我無法「快樂」。大陸人民的生活固然不快樂不自由，這裏的人，除了逛夜總會的，住觀光飯店的，又有多少人快樂？看了大陸毛江文學與三十年代作家的下場和這裏大學文學教授情形，更難快樂。因為，如上面（八）所說，我民族的元氣在外人摧殘，以及在西化、俄化之下自己浪費誤用，才有這種悲慘腐敗情形。如果文學預兆一個民族之興衰，這就表示中國民族之憂患和墮落，非短期所能康復。

但依據我的理論，文學能鼓舞元氣，轉移風氣。我不能不抱著希望，希望我們能有真正的新文學，能由錯誤的道路轉移到正當道路上而發展，預兆中國民族之復興。這便首先需由崇洋媚外，淺薄享樂，無聊消遣，歌功頌德，低級趣味解放，走文藝之正道。文學是要代表一民族之憂樂，感動人心，揚美匡惡，團結人心的；在今天更應診察民族苦難恥辱之由來，克服我們的荒唐與精神分裂，求中國民族之自立自強和再統一。因此我對鄉土文學抱一種希望，因為他代表新的一代的動向。

大家說，要做堂堂正正的中國人，這便要有堂堂正正的中國人之精神，也便要有堂堂正正的中國人精神之文藝作品。我沒有創作的才能，我相信今晚在座的青年朋友們都是愛好文藝的，我希望將來也有大的作家就在今天的座上。我能確信的是，要樹立一個堂堂中國人的精神必須研究中國歷史與中國古典文學、中國的美學和文藝理論；外國美學可以參考，不能盡信，而也無所適從。剛才說到杜甫，希望大家研究他和學習他。他是自愛而又對人民有無限愛心的，他說「竊比稷與契，窮年憂黎元」；他是博學而也用苦功的，他說「讀書破萬卷，下筆如有神」；他也是多方學習，並戛戛獨造的，他說「頗學陰何苦用心」，「轉益多師是汝師」，「語不驚人死不休」。此他所以能使古體詩更波瀾壯濶，並完成新體詩之最高典型。我不是勸大家學他的七律，而是那種心，那種力，是古今中外一切大作家之所同的。讀讀〈詠懷古跡〉、〈秋興〉、〈諸將〉（可看杜詩錢箋），就可欣賞那種雅健閎深、敦厚溫柔的格調。今天離杜甫時代已一千二百多年，民族之病更深，世界局面更大。要治我們的病，也要許多新知識知其病源。而轉益多師的範圍也更廣了。轉益多師是多方學習，不是一味模倣。以中國民族之處境而論，也許波蘭、匈牙利比美國更爲切近。

顯克微支由波蘭歷史學習，裴兌非由匈牙利民歌學習，是可參考的。而韓愈所說「無望其速成，無誘於勢利，養其根而俟其實，加其膏而希其光」，也同樣是值得永記於心。這是一個作家的自強不息的功夫。

這是我的文藝觀。如能對諸位青年朋友有點助益，那是我的禱祝。

——原載民國六十八年四、五月《中華雜誌》

論民族與文學

（一）論文學與民族之概念

首先，我們對民族與文學之概念加以分析。

先說文學。古今中外關於文學之定義，卽以最著名者而論，也可以舉出三四十條之多。此處似無須加以介紹。一種文學作品，如加以分析，可分爲數種成分。第一是他的內容。一切文學都是人類思想與感情之表現，無論爲詩爲小說，如果是有價值的，一定說一點什麼東西，卽所謂「言之有物」。這言之有物之「物」，無非是感情與思想。但所謂感情與思想者，不僅是個人的感情與思想，一定是能夠或希望使其能夠使他人同感同思的，換言之，卽是社會的感情與思想。

所謂「社會的」者，包括國家的、民族的、階級的、職業的，以及其他人羣集團的。而一種思想能引起社會的同情共感，一定是這種思想與感情對於這種社會有很大的價值。換言之，這個作家成爲他的社會之精神上之代表和代言人。一個作家可以寫他個人的境遇。然如果他所寫的沒有社會的意義，那麼，誰也懶得去看他。而縱使是個人的悲歡，可是足以代表多數人的悲歡，那麼，人人由他的作品看見自己，而他的作品也就是社會的。

第二，一切作品中思想感情之表現，是用有組織的語言文字做工具的。離開語言文字沒有文學。但僅僅文字著於竹帛，不一定就是文學。人人有思想有感情，但將其所思所感照樣寫下來，不一定是文學。如果將一個老太婆的話速記下來，很難說是文學。文學的文字，還要經過一番組織。所謂組織，包括文字之格局、簡練和聲韻之節奏等。文學之文，卽有組織有條理以及有韻律之意。

但是第三，文字有組織，內容有情思，還不一定是文學，或眞正的文學。文學有他的寫法和說法。有組織的文字可以是科學論文，可以是新聞記事，可以是寫帳，這些東西，雖有其價值，仍與文學有別。文學有他的表現的方法。這方法一般可稱爲藝術的方法。什麼是藝術的方法呢？就是靠再現人物及其動作的方法，亦卽創造意象的方法。一般人以爲科學是理智的，藝術是感情的。這只是比較而言。理智與感情，也不是截然可分的。科學與藝術之別，與其說在內容，不如說在方法。科學用抽象的概念，及推理的方法，來表現思想。藝術則以可感的（卽可看可聽的）

音容、象徵，以及再現人物及其動作，來表達感情與思想。簡言之，藝術藉想像的作用，以具體的意象及體驗的方法，傳達思想。這定義可以適用於一切音樂、雕刻和繪畫。其他藝術的材料，是直接的人和物之形象；文學之材料，則是語言文字；用語言文字喚起可感的形象，構成一種意境，發生藝術的作用。在這意義上，文學可稱爲間接的藝術（因此，是較高藝術）。昔人評王維「詩中有畫，畫中有詩」，其實這正是文學之本格。文學者，文字之圖畫也。不過圖畫之材料是色和線，文學之材料是文字與語言。

次說民族。民族之性質，至今還有很多問題待於研究。但簡單的說我們也可將民族分解爲三種要素：（一）是一定的人羣。（二）是一定的地域。沒有人和地，是無所謂民族的。但一定地域之人羣之成爲一個民族，必有其共同之特點，這特點可稱爲（三）民族共同性。「民族共同性」是什麼東西呢？首先是共同的語言和文字。誠然，說到民族性，一定首先提到血統。血統是民族之根源，而語言是血統的主要標誌，同文未必同種，然同種必然同文。語言和文字是人類得以結合的工具。世間絕無兩個言語不通的人能夠相知的。而語言和文字，又是保持共同記憶的工具。於是發生民族性之第二要素，即是共同的歷史傳統。民族鬥爭中光榮和苦鬥的回憶，是一個民族團結的三合土。而在共同歷史之中，又形成共同的文化。然而共同歷史與文化之鞏固及發達，又不能不靠語言和文字。語言文字不僅是造成人羣結合的工具，而且是保持此種結合的工具。第三，就是共同利害，特別是經濟的利害了。語言相同的人羣能互相團結，能使團結傳於久遠。所謂共同生活，最初卽是共同的勞動，後來擴大而爲共同的生產關係或經濟關係，以及共同的戰鬥行動。共同生活旣久，自然利害密切。利害之中最切身的，莫如經濟。經濟的利害，是鞏固民族團結之天然的強有力的紐帶。經濟利害的相同，可以促進民族的統一，而經濟利害衝突的時候，相同的民族也可以分裂或內爭的。爲保持及增進共同利益而組織爲政治體時，民族成爲國家。

試將上述簡單化，我們可以看出：

文學：語言文字——感情思想——象徵與再現

民族：語言文字——共同歷史文化——共同利益之維持

民族與文學之關係，於此一目瞭然。首先，語言文字是文學之基本材料，也是民族之共同基礎。用於這一共同原素，使文學與民族發生密切的關係，而文學之民族的性質，首先由語言文字而生。其次，所謂感情與思想，是在共同的歷史、共同的文化和共同利害中表現出來的。而所謂共同的歷史文化和利害，也自然形成共同的思想與感情。所以，文學天然是民族思想感情之表現，一篇文學愈能表現民族的思想感情，一定愈能爲全民族所欣賞。而文學表現之工具，是民族所以爲民族的語言。所以文學愈能運用一民族的語言，他也就愈成爲教育一民族的課本。

(二)民族與文學之相互影響

由此說來，似乎文學只是民族的一部分，文學必然是民族的文學，而文學也只有民族的意義了。

然而這只在有限的意義上是正確的。我們爲了明白民族與文學之關係起見，必須研究其相互影響。

首先我們必須指出一種似是而實不科學的論調，以爲某一民族均有其特殊的民族性格，各有其特殊的天才，而文學即其民族特性的表現。這種理論是由種族理論出發的。自然，同種的關係能增進民族觀念，然民族並非即是種族。語言文字最初是民族的記號，但亦不能完全據語言判定其民族。（這問題此處不能多談）至於所謂民族特性，往往是宣傳不是科學。有人說：「英人有愛自由的特點，法人有思想的清晰，德國人勤儉而服從，義大利人有美術的天才。此外，芬蘭有急進的民治，波蘭有音樂與美術，波希米亞有宗教的獨立，塞爾維亞有熱烈的詩情，希臘有精巧與好古的天性，保加利亞有堅忍和魄力，亞美尼亞有好進步的熱忱。」其中的謬誤，就在其誇張和過度的一般化。誰也知道，歌德時代德國的民族性，不同於希特勒時代德國的民族性。現代義大利人的美術天才，也絕不在法國之上。其實世間絕無一成不變的民族特性。而一民族的美德，也往往是各民族所共有的。所謂民族特性者，絕非與生俱來，而是一時代一民族文化之總和。如果文學只是民族特性的表現，文學不會有發展，而這一國的文學，亦難爲另一國所欣賞了。

但文學中之民族共同性是存在的。不過所謂民族共同性，不是所謂天賦特性，而是民族色彩。這色彩便是民族的語言文字，民族的歷史文化，民族的利害，以及某一時期一民族當前的問題之表現，一民族的環境生活，希望和悲歡的表現。這才是民族性之科學的解釋。而這種「民族性」，正是文學之生命與靈魂，文學之中心情調。

然而除了這種民族色彩而外，文學以及其他藝術，還有其他的色彩：

一是個人的色彩，或所謂個性。文學之多種多樣，由於作家的生理心理以及才能感興，各有不同。李白與杜甫，歌德與席勒，各人有各人的人格與作風。所謂「文如其人」，即是此意。即使社會現象是相同的，作家之精神機遇不同，感應自有不同。

二是集體的色彩。所謂集體的色彩者，有身分的色彩，如貴族文學、平民文學；有階級的色彩，如有產者文學、無產者文學；有職業以及性別和年齡的色彩，如農民文學、婦女文學、兒童文學等等。

三是人類的色彩，也可說是國際性或人性。人類之情思，畢竟有共同之點。故雖民族各殊，這一國的文學，能爲他國所欣賞，而一國的文學潮流，也常與他國以影響，特別是一國的歷史的運動與另一國家有相似意義之時。

四是自然的色彩。山川景物，也與文學以影響。小而言之，有所謂地方色彩，如柳宗元之遊記，涂納之繪畫所表現者。遠而言之，有所謂異國情調。

五是時代的色彩，即一般所謂「時代精神」。時代精神嚴格言之，就是一個時代最主要的領導思想，而此思想之所由生，亦由於一時代人羣生活之迫切需要。如中世歐洲之騎士精神，今日中國之抗戰精神、民主精神是也。

由此觀之，我們在文學上，除了民族的色彩之外，尚有個人、集體、國際、自然以及時代之種種色彩。由此可知，用一種因素來解釋文學，是何等偏枯。但我們亦須知這一切的色彩，都是民族色彩的一部分；就是國際的色彩，也是通過民族的需要和形式的。因為無論個人和集體，自然和時代，都要在民族生活中作最後的決算。我們無論看任何民族的文學，即不知作者姓名，也一定可以感到這是那一國人的作品。

一切文學現象之發生，簡單說來，不外兩個作用。一是社會或人羣的生活，一是作家的感興。所謂社會或人羣的生活狀態，首先和那一個民族不能分開。惟其和那一民族不能分開，所以用那一民族語言寫出之時，即為其國民所接受。

這就是說，一個民族的生活狀態，是其文學之主要背景。

但另一方面，一民族之文學，也間接影響一民族的生活。首先，文學是民族團結的工具。文學表現共同生活、共同歷史、共同情思，就能團結一民族的意識。而閱讀流傳的範圍愈廣，團結的效力也愈大。在一種程度上，文學還有民族同化的功能。中國過去許多外族，如西域人、滿洲人，都經過中國文學而漢化。

其次，文學是民族教育的工具。一篇偉大的文學都有教育的意義，這有時是道德的，有時是理智的，有時是情緒的。而最後，也是教育一國人民說話作文的教本。於是，一個民族的思想感情以及生活和言語，必因受文學的洗鍊、陶冶和改造，將不定型的，變爲有定型的。無論是言志、載道，其志與道必因民族共同了解的媒介，傳染於全民族，而將一民族的觀念集中起來。

這就是說，一個民族的文學，是陶鑄一個民族思想感情以及生活和文化的工具。

(二) 文學與民族之起源

文學與民族其發生是同時的，不，他們有共同的根蒂，那便是語言。

我們誠不知最早的文學是什麼，但我們可以推測那多半是極簡單的有節奏的歌聲。今日原始民族的勞動歌，猶可供我們的想像。這原始的歌唱，不是獨白，是大家唱，和唱給大家聽的。此處所謂「大家」，也就是民族的胚胎。民族形成一政治團體（卽國家）以及民族主義，是近代現象；但民族的根蒂，是極古的。初民的家族結合成爲部落，部落聯合起來而形成一中心權力之時，卽民族之始。在生存競爭中，民族有興衰，有生滅，有擴大和沉淪，有同化和被同化，自然不是固定的。但我們可說，當一羣人類，使用同一語言，尊愛共同歷史，有共同生活利害，因而自別於其他民族之時，他們便是一個民族。（以後，語言歷史利害相近的民族，自然常合併而相互同化）而在他們有共同語言的時候，也一定發生文學。而其文學也就是將他們語言傳播而固定之的非正式的教科書。所以，民族——語言——文學，在最初，是三位一體的。語言的範圍，便是民族的範圍。語言通用的範圍擴大，民族的範圍也就擴大了。

人類早期的生活有一很長時期是狩獵。最初的文學，是人類與自然鬥爭的表現，集體勞動共同鬥爭中的呼聲，例如巴西森林民族中之歌：

我們今天打獵得好，
我們打死一隻獸了。
我們現在有好東西吃，
肉是好東西，
酒是好東西。

除此以外，據原始藝術史家格羅塞（Grosse）之綜合報告，初民詩歌還有兩個重要特點：第一，音樂的性質是主體，意義是次要的東西，故多爲單純情感字句之反覆。第二，當作人羣結合手段之原始詩歌，其範圍是很狹小的。因爲原始種族各部落之語言，各不相同，因此，各個部落，只留意自己部落之語言的詩歌。原始民族詩歌缺乏推廣其情感於鄰近人羣之力量，然這不礙其作爲本部落之團結手段，且教育其子孫。

以後，語言血統接近的部落結成民族，民族生活中最主要的事實，是民族與民族之戰。這就有各民族文學史上英雄的史詩時代。民族的傳說，不僅固定了民族的意識，而且鞏固了民族的團結。共同的信仰，共同奮鬥的經驗，共同的光榮的回憶，奠立了後來民族國家的形成和國民文學的出發。古代希臘的《伊里亞德》，羅馬人的《愛尼德》，中世法蘭西的《羅蘭之歌》，日耳曼人的《尼貝龍吉歌》，英格蘭人的《比武爾夫》，以及俄羅斯人的《比里尼記》（*Bilini*，古代斯拉夫人英雄故事），斯堪的那維亞人之《愛德記》（*Elder, Edda*），這些半英雄半神話的史詩，是民族祖先戰鬥生活之回憶和想像。這些史詩之流傳成爲各民族團結和鬥爭的口令，共同語言的範本。並由各民族的作家，不斷加以潤色和補充。

自此以後，人類生活更趨複雜。文學的題材，逐漸移到生產、戀愛和政治方面。而文學的形式，也逐漸趨於完成。有國語的民族，也就有國語的文學。

大體說來，如俄國批評家柏林斯基（Belinsky）所說，文學之歷史，可分爲三個時期。第一是用口時期，即說和唱的時期。這些東西逐漸併入後來神話和傳說之中，其原來面目，除了參考今天原始民族的文學，猶可想像以外，本來面目是無法還原了。第二是筆寫時期，而這在文字發明以後。講文學史的人，大概由英雄的史詩講起。其實英雄史詩還不是最早的文學，而已經是文學由用口的時期到了用筆的時期，即由唱的時期到寫的時期之產物。英雄的史詩，如其他各民族傳說所表現的，是逐漸擴大、修改和演變而成的。當初是一地的傳說，許多無名的作家輾轉講述歌唱，後來經過一個或多數的天才加以綜合，成爲較完整的形式，這時候書寫技術已發明，便記錄下來，成爲今天的東西。然史詩者，是民族的產物，不是個人的產物。各國史詩均不詳作者，就是荷馬，也只能看作一個集體的名稱。第三是藝術的文學時期。到了書寫更便利的時代，特別是印刷發明以後，才有個人的天才，歌唱民族的聲音，開始國民文學的時代。而這在政治上也就是民族國家的時代。正如民族國家常由一、二帝王開國，一國的國民文學，也由一、二大的天才開山。

這一理論可以解釋一個問題，即何以中國文學上沒有英雄史詩。此因中國民族最初形成時代和書契發明時代相隔較遠。希臘和現代歐洲各民族，當他們結成民族的時期，有一種便利，即由其他民族借用書寫之術。如前者之於埃及和腓尼基人，後者之於羅馬人。在最初，書寫是一寶貴而神秘的技術，只用於記錄國家大事；必須這一技術普及民間之後，才將歌唱的史詩記錄下來。中國書契發明雖早，但完全是自己發明，而在這一技術發明之後，中國之歌唱的英雄的史詩時代早已過去，中國民族已移入農耕時代了。所以，中國最早記錄下來的文學，最可信賴的資料，只有《詩經》。所以，不是中國沒有史詩，而是中國史詩，沒有記錄下來。

總之，民族和文學由語言之共同要素而表現。民族生活造成一民族的文學，而文學教育一民族的生活。而在最初，一民族的萌芽，也就是其文學的發軔。

到了民族國家成立的時代，也就是一國國民文學形成的時代。而這時文學對於民族之統一和鬥爭常起極大的作用。

(四) 現代國家之成長與國民文學

當一民族發達成爲一政治組織的時候，民族成爲民族國家。這是現代國家最初形態。所謂民族主義由此逐漸發達。和這平行的，就是國民文化和文學的興起。所謂國民文學，實際也可稱爲民族文學。當一國民族在政治上統一起來形成民族國家的時候，在經濟上就有國民經濟，在語言上有國語，在文學上，有國民文學了。這是歐洲十四五世紀以來的一般情形。我國的歷史稍有不同。但不妨先對歐洲的事實作一概觀，因爲這對於我們的歷史及當前任務可供借鏡。

西方在現代國家成立以前，人類生活於城市、於地方、於家族、於教堂之中。這時候只有城市主義、鄉黨主義、家族主義、宗派主義。例如，古代希臘人，只知忠於雅典或斯巴達。羅馬雖建立一大帝國，但羅馬人只知如何維持其「七山之城」的霸權，而各地人民，亦只知其地方和教會。這時候沒有民族國家，雖有忠於本國的愛國主義，亦有高度之文化與文學，然在其缺乏全民意義一點上，有與現代民族主義、民族的文化或文學不同者在。在中世紀，歐洲各族人民，事實上受治於四分五裂之小邦，名義上均在「基督教王國」之下，少數識字者，使用共同之拉丁文或希臘文，誦讀教父之著作，不感覺各民族有何不同。一般民衆或老死不相往來，或足跡限於狹小之範圍。此時無所謂民族國家與民族文學。

到了十四五世紀，各民族之語言（即別於拉丁文之方言）和各民族之國家，同時開始形成。羅馬帝國之解體及現代國家之誕生，應溯源於十字軍之東征（十一～十三世紀）。十字軍之眞正動機，不是宗教的而是經濟的。因手工業及商業之發達，商業路線的競爭，造成民族間的混戰。因交通及旅行的擴大，人們的眼界日開，他們發現在另外的地方也有和他們使用同一語言的人羣，也有和他們使用不同語言的人羣。同族的團結心和異族的敵愾心，便由此發達。語言是人類交接的工具，雙方談得起來，自然也就團結起來。在這民族鬥爭之中，語言成爲畫分戰線的旗幟。研究民族主義的美國歷史家海士（Hayes）指出，語言是民族的代表。使用各種不同語言的商人間之競爭，實爲發展民族意識之有力原因。而地方諸侯的混戰，使語言相同者站在一邊。也如海士所說，由於戰爭之結果，君主領土之範圍，漸與居住使用同一語言人民之地域，同其大小。英法百年戰爭（一三三七～一四五二），將英人逐出大陸，使英國限於英語之人民，並使法王統治大部法語之人民。總而言之，共同之語言，是畫分民族的最初標誌。以後，經濟的政治的力量，促進了民族國家之形成及其發展。但文學與宗教也扮演了重大作用。國語的文學代替了當時通用的拉丁文，使各民族的語言普遍化而標準化，並且將民族意識表現於文學之中。國家宗教及宗教戰爭，一面破壞了基督教的國際組織，另一方面，刺激了民族鬥爭的熱情。

在中世歐洲，有知識者有一種「世界語」，卽拉丁文、希臘文。這便是因爲有知識者是僧侶，而拉丁文是西方天主教的文字，希臘文是東方正教的文字。自然各民族間都有某民族的「白話」和文學，這些白話，有的歷史比拉丁文還早，如Basque, Coptie, Armenia, Gaelic，還有的是由拉丁文變來的，如義大利文、法蘭西文、西班牙文；有的是由野蠻部落出來的，如條頓文、斯拉夫文、芬蘭文、匈牙利文；還有法文及條頓文的混合物，卽英文。在最初，各民族的民間作者用他們的白話口頭歌唱他們的傳說和戀歌，白話著作初限於宗教方面。漸漸的也有少數學者不用拉丁古文而用方言著作，但多少帶點遊戲性質。這都還不是國民文學。一直到民族的國家的雛型出現，有知識的人用最普遍的口語卽白話，寫出能夠反映一民族的生活和精神的作品之時，才有國民的文學，亦卽國語的文學。

國民文學的時代，也就是作家知名的時代。史詩和戀歌作者，誰也不知道，他是民族的共同產物。一國個別作者出名的時期，卽其文學開始的時期。到了天才的作家，以一己的智慧，表現出民族精神的全面；綜合民族的文學財產，表現全民族的情思和願望的時候，他創造出國民文學的紀念碑了。最初的國民文學出現於義大利。這便是因爲他是歐洲第一個先進的國家。十四世紀但丁就以義大利白話創作不朽的《神曲》，這是中古到現代的橋樑。英國的喬塞（Chaucer）受了義大利的影響，也用英國的白話著作。以後各民族的白話成爲各民族文學的工具。其間一度人文派用舊瓶裝入新酒，卽以拉丁文表現新的思想。不久拉丁文因其繁重，限於宗教和理論的著作。十五世紀以後，各民族均以自己的國語，全民族的語言，寫出自己高尚而獨立的文章。

兩種東西促成了民族文學和民族國家的發達。第一，是十五世紀印刷術發明。這使白話文學標準化並流布於羣衆之中。文學愈流傳，愈啓發人民的情智，大的作家也就愈容易由民間脫穎而出。而民族觀念和民族精神也由這些文學的流傳而煥發。有印刷，才有文藝復興和宗教改革。而馬夏維里的散文，塔索的詩，塞凡蒂斯的小說，路德的文章以及莎士比亞的戲曲，才能在其民族間發生偉大的影響。俄國批評家柏林斯基早就指出：「近代各民族之文學時代，都與印刷發明時代同時開始。印刷是近代民族公開發表的方法，他是民族意識各種光線集中的焦點。」然則在印刷未發明以前，希臘羅馬何以也有他們的「國民文學」呢？要知道，古代希臘人是以公開的演說歌唱代替活字的。他們在戲院中、講臺上、街頭和奧林匹克中，對民衆宣讀自己的作品。因此希臘羅馬文學也能多少成爲國民生活之集中表現。

其次，宗教對於民族國家和民族主義也盡了鼓舞的力量，《聖經》之翻譯尤與國民文學之形成有關。在中世，教會分爲東西二部。不過在東部，教會早爲君主支配，教會與君主專制合流，因此，各民族教堂，用其本國文字。但西歐中歐，則教會保持帝國的性質，用拉丁文。民族君主常與教會爭取財富權力的統治權，於是發生新教改革及天主教自身改革。教會之分裂，便是民族國家之成長，同時也便是國語文學之成長。路德致德國人的信，加爾文致法國人的信，諾克斯致蘇格蘭人的信，都是民族主義的碑記。十六七世紀之宗教戰爭，不是思想戰爭而是民族戰爭。加爾文的新教，促進荷蘭對西班牙革命，也使比利時與荷蘭分離。新教最先在英國開始採取民族的形式，民族君主以新教爲國教。十六世紀西英戰爭，亦以宗教爲旗幟，而此次之勝利成爲英國詩歌詠讚之中心。後來，英國民族主義者克倫威爾及密爾頓之活動中，清教是他們的旗幟。另一方面，反對英國統治的愛爾蘭，則以天主教爲其民族主義的象徵。宗教改革與國民文學的關係不僅在宗教的政治意義中，尤其在《聖經》之翻譯中。威克利夫將《聖經》譯爲英語，不僅提高了英語的威權，而且使英語普遍化和標準化，否則，宗教改革將無民衆基礎了。所以威克利夫被稱爲第一個清教徒不是偶然的。路德之譯《聖經》爲德文，意義正是相同。

國語文學和宗教改革是促進現代民族國家的兩大力量，但兩者還沒有鞏固民族國家。由手工業發達造成之都市，以及發生於民族鬥爭中之專制王政，爲民族國家之鋼骨與水泥。逐漸發達之商品經濟，需要統一之市場；而一般人民，爲民族之統一獨立，爲反對地方貴族及教會之不法，以及爲民族之光榮，願擁護專制君主爲其領袖。而君主爲個人之權勢及民族利益，必努力於使國家制度統一，並鼓舞民族之愛國心，此卽現代的民族主義；卽對於自己的民族之忠愛，對於自己民族政治組織的國家之効忠，而且，帶有全民的以及超越其他任何局部効忠的性質，而與古代及中世對鄉土、教會之忠愛不同了。以後，隨工業之發達，中產階級要自爲國家之主人，要限制取消專制君主之權力了，此卽所謂民主主義運動。但民主主義並非民族主義之反對，毋寧是其延長。

民族主義對內要求統一，對外要求獨立。一民族國民文學，代表一民族精神之成熟，對內表現全民族一致的理想和風趣；而對外表現一民族精神之自立。所以，一國國民文學亦即一國民族主義的反映。而一國國民文學時代，必是該民族在世界的精神生產中能作一主角的時代。反之，當一民族不能對世界文化有特殊貢獻之時，縱有文學，也還不能構成自己的國民文學。

大體說來，在西歐，國民文學時代在幾個國家是與文藝復興及宗教改革同時開始的。然因各國政治經濟的變化，最初開花的國家，不一定是結實最大的國家。而各國國民文學最光華時代，各以特殊的情況，表現不同的作風。最初但丁是新時代的春燕，而路德亦爲新時代的戰士。義大利後來還有塔索。但到十六世紀以後，德義重新陷於分裂，西歐文學主角，是莎士比亞的英國，塞凡蒂斯的西班牙，乃至卡莫恩(Camoens)的葡萄牙。法國在十六世紀，有拉布來(Rabelais)和蒙丹（Montaigne）開路，但到十七世紀，才有自己偉大的國民文學的代表人拉辛、科湼和莫里耶等。路德以後德國有長期的暗晦，隨普魯士之興起，有克洛卜斯托克（Klopstock）和萊辛（Lessing）的著作，但直到十八九世紀間的歌德和釋勒，才創造出德國國民文學的紀念碑。而十九世紀中葉，東歐的俄國才以普希金、戈哥里和柏林斯基，建立其國民文學。

由此看來，在歐洲，至少在近代史神經中樞之西歐，語言的區分是和民族的區分重疊的，文學的發達，是和民族的發達並行的；民族的文學區分，是和民族的政治區分，即自主的民族國家之建立，相輔並進的。民族文學之建立，是和一國一般精神之成熟，一般思想之發展相輔並進的；並且，是和一國在世界上的平等地位同時起來的。民族的語言，民族的歷史、生活、傳說、思想和願望，民族的意識和獨立的能力，藉天才之筆，造成各國的國民文學。而各國國民文學因表現了民族的生活和思想，也就同爲團結民族的工具，陶鑄國民精神的工具。他所描寫的事實和人物，旣使其同胞感到親切，他在作品中描寫的人情和世事，表現的思想和感情，也就使其同胞作爲生活的嚮導。他鼓舞了民族的美德和特點，也就激發了各民族自尊的意識。他使全民族結合於共同的情感傳統和願望之中，也就激發了各民族對自己祖國之忠誠與熱愛。所以國民文學對於國民生活，第一是盡了團結的作用，第二是教育的價值，而第三，便是愛國思想的浸潤和鼓舞。馬夏維里的政論固不待說，莎士比亞也是民族主義的歌手。如〈詠英格蘭〉云：

此君王之寶座，握有王節之島嶼，
此莊嚴之宇宙，戰神之所居，
此地上之天堂，人間之樂土，
此天然之堡壘，抵禦
外人之侵略，外人之覬覦；
此幸福之民族，此小世界，
此鑲於銀海中之明珠。

國民文學一方面對於各民族盡了團結教化和激勵的作用，同時也成爲各民族文學的模範，古典的遺產。國民文學發生於一民族成熟，鬥爭和光榮的時代，在文學上繼往開來。他一方面對以前文學原料，如傳說、故事、神話、歌謠，乃至謎語，作了一個整理，同時一定有這些特點：在內容上將這民族的生活作最包羅的表現，將這一民族的人物，作最典型的描寫；在形式上，將這一民族的語言作了最豐富的使用，將這民族的文學體裁，作了最圓熟的運用、淘汰和創造。更重要的，將這一民族的思想和世界觀，作了最深刻的表現。各民族的代表作家，他用的材料，是本國的；然而他將他們洗練了，豐富了，再造了，因此，他自然爲民衆歡迎，流傳於廣大民衆之間，因此就教育了他的同胞，使他們無論寫和說，都以他爲詞源和藍本。並且，也對國民情感思想以及對人生及世界的觀念，發生潛移默化的作用了。國民文學的作者，是國民語言文字的教師，也就是他們生活和思想，智慧和趣味的教師，而更不待說，是後輩作家的教師。

各國國民文學是以後發展的起點。在國民文學時代，一民族文學最具有全民的性質，換言之，他代表全民族普遍的情感思想和意志。而自此以後，各國文學則大抵因社會之分化而分化，代表各部分人民不同的情調了。

講西歐文學史的人，自文藝復興以後，每以擬古主義、浪漫主義、寫實主義，以及新浪漫主義來畫分文學潮流的進展。其實這些潮流在各國各有不同的內容。在各國，其時代亦有先後，而各國文學的國民文學時代，是可以和各種作風結合的。例如法國國民文學時代，是在古典主義時期，德國在浪漫主義時期，而俄國在寫實主義時期。這些文學潮流，在不同的國家，或作爲愛國的民族主義之宣揚，或作爲民主主義和對社會抗議之手段。而這大抵由各國中產階級的地位而定，因爲，他們是現代世界歷史之主角。

在社會還是貴族支配的時代，貴族作家演自己的悲劇，發展了古典主義，而市民則有感傷主義和悲喜劇。到了中產階級毛羽豐滿的時代，也發展古典主義，即在古代希臘羅馬愛國和英雄的事蹟中，證實自己爲其繼承人。法國革命及美洲獨立的領袖，都是古典主義者。法國革命以後，浪漫主義勃興，這在西歐原是其民族之原始追懷，因而與中世崇拜的情緒結合的。他在德國，成爲一種民族主義的衝動；在法國，或爲共和主義者的旗幟，或爲市民悲劇的作風；而在英國，成爲愛國主義及對金權主義抗議之合奏。及工業革命機械文明發達以後，寫實主義興起。這或者表現爲工業社會的史詩，或者表現爲勞動者不平的宣言，或者表現爲市井人物、平凡人物之不平凡之悲劇；而在帝俄，則表現爲對專制社會之諷刺與抗議。到了第一次歐戰前後，因世界之紛亂，有「世紀末」的悲哀，而文學表現各種悲歡、神秘、絕望、虛無乃至色情的傾向。而此時電影出現，文學又生一新種了。

各國國民文學都有不同的色調，但有一點值得注意的，即一國精神成熟時代國民文學的作風，常與他國以影響，但亦因國情不同而生變種。自義大利、西班牙衰落以後，代表歐洲的，是英法德三國。英國在查理第一以前，模倣義大利。十八世紀英國的感傷主義使全歐受其影響，特別是法國的啓蒙派。十七八世紀，法國天才輩出，英國文學亦受其古典主義的影響（如頗普之於巴羅）。莎士比亞供給德國浪漫主義以典型，但德國的浪漫主義，又鼓勵了英國的浪漫主義，乃有司各特、拜倫、雪萊乃至拉飛爾前派的運動。而由英法開始的寫實主義，卻在俄國得到最驚人的成就。這些事實說明兩點：先進國家常給後進國家以精神的種子，但一國在其智慧成熟之時，每能培植這移植種子長出比原地更大的碩果。

今天世界在陣痛期間，文學也在陣痛期間。將來的趨勢尚不可知，然有一點無疑的，即此次戰爭之中愈能貫徹及履行爲自由而戰爭之意義與使命的民族，一定是戰後在文學上領導世界的民族。而愈能在新時代達到其精神成熟的民族，一定能完成後來居上的成就。

（五）中國民族與文學之發展問題

以上所說是西歐的情形。中國的事實，自有不同；但進步之一般趨勢，應該而也事實上能夠給我們以認識自己的線索。

中國民族與文學發展之歷史有三個主要的特點：第一，中國民族是最同質的，語言文字自成一特殊系統；第二，中國民族形成與文學發達極早，然進展甚遲；第三，在現代，中國還沒有完成自己統一獨立的國家和文化，舊文學在衰落中，所謂新文學還是移植的。這三點互有密切關係，為便利起見，逐一加以說明：

中國雖然地大人多，民族大體是同質的。除少數民族以外，漢人語言是相同的。假使說話不通，是方音之差異，不是語言的差異，語言不同，不僅發音系統不同，重要的是文法系統不同。至於方言不同，不過發音有變體，文法系統是相同的。

由此可以答覆三個問題。第一是文言作用問題。有人以為文言幫助了中國民族之統一，否則，不同的方音一定將中國變成許多民族。亦有人將文言比拉丁文，將方言比各國國語，認文言為死文學，白話為活文學：結論雖殊，是同一看法。這都是不對的。文言在某種程度上幫助了民族之統一，確是事實，但他阻礙了國民文學之發達也是事實。我們須知，幫助中國統一的，是中國文字，白話也能用這種文字，不一定要文言。並且我們須知，不是文言文或文言的文學造成民族之統一，而是民族因語言之同質，才是文言能夠起作用原因之一，並且也是我們的文字能夠通行的原因，否則，語言不同，縱有共同之符號，那文言文也是不同的。例如，日本人用漢字，但日本的文言就與我們的文言不同。其次，文言之於白話，亦不等於拉丁文之與各國國語。拉丁文與各國國語文法系統不盡相同，而文言之與白話，不過同一民族古今語法文體之不同而已。拉丁文其所以是死的，在於說拉丁文的民族死了。然文言文，雖然昔人已去，中國民族健在。今日之白話，是由文言（卽古人之白話）逐漸變來的。文言也在白話中不斷新生。

第二是音標與意標問題。許多人看見外國文字都是拼音，唯有漢字不同，遂自慚於方塊字，以爲非拼音化不可。那是一孔之見。中國文字中非無拼音系統，如蒙回藏文是也。何以過去我們沒有覺得自慚形穢，而看見歐洲文字拼音卽豔羨不置呢？須知世界文字各有巧妙不同，文字之形成，總是適應語言之特點的，中國之單音化語言，就需要意標文字。我們不必奇怪何以自己意標，正如他人不必奇怪何以他們音標。至於以爲意標困難，因而影響文化普及與國勢盛衰，亦小兒之見。蒙藏文拼音，文盲反多於漢族，印度未因拼音而強，日本未因漢字而弱，卽可知問題絕不在此。漢字乃漢族語言必然之產物，而他對於民族之統一盡了很大的作用，而今後對於國民文學之建立，還要盡更大的作用。

第三是方言與國語問題。有人以爲中國文字不僅應該拼音化而且應該方音化，其方法卽拉丁化之。反對者以爲這將使中國分裂，一如歐洲近世各民族然。我們須知，國語之成立，一如其他有機現象和文化現象，是由合而分並由分而合的。起初，同一的語言分裂爲各種方言，而隨國民經濟之發達，最有勢力的方言吸收其他方言成爲國語。所謂有勢力的方言，大都是政治交通經濟文化的中心。例如英法德的國語，其基礎和根幹，是倫敦巴黎柏林的方言。不能併入國語的方言一定隨經濟之發達，逐漸消滅而且應該消滅的。自然，卽在今天，在經濟最發達的國家，方言並不能完全消滅。例如倫敦英語和相距不遠的牛津英語，就有偏差，而和蘇格蘭的英語尤然。雖然如此，最後這差別總歸消滅，而誰當淘汰，斷決於人民。民族語言之統一，是必然的趨勢。西歐十四五世紀以來國民文學形成的過程，就是各地方音消滅和國語形成的過程，而由文學加以固定化。我們今天的歷史任務，是創造國語，不是維持方音。所以拉丁化運動是一反歷史的運動。這些人之不顧歷史及語言學常識至此，眞可驚異。但反對拉丁化者以爲它將分裂民族，也是過甚之詞，因爲本來同質的中國民族不會因方言而分裂的，而這一運動也絕對不會成功的。

其次，說第二個特點。我國民族之形成，與近代歐洲各國不同者，即西歐各國是由羅馬帝國分裂出來，中國是獨立成長的。中國民族最初組織者傳爲黃帝，以後夏商周還只能說是中國民族的中心政權；秦始皇統一諸侯，車同軌，書同文，廢封建，立郡縣，可謂中國民族國家的雛型。這是秦始皇的歷史意義。秦爲漢滅，他的使命實由漢完成。直至今日，我們稱爲漢族，不是偶然的。由秦漢到清，中國社會並無根本的變化，這二千二百年間中國的進步，是比西歐各國七八百年來的進步，還慢了一二百年。中國民族結成甚早，由於先天之民族同質的原因；然民族國家迄未鞏固且時陷分裂者，則由經濟力量尚未充分發展足以統一此廣大之市場。實非有工業經濟亦不能統一中國之廣大市場也。至於中國工業過去未發達之原因，我想主要由於三點：一是中國地理位置上之孤立；東爲大洋，北爲大漠，西南爲大山。二是地居溫帶大陸，宜於農業，地面廣大，各地多能自給，農業勉強可供生存，生產物亦不缺乏複雜性，故緊張的對外貿易並非必要，而對新生產力技術的要求也不熱烈。近代經濟上巨大變動，首先由國外貿易刺激而起。進步起於需要，既能夠自給，自不力求進步。所以，保守主義不是原因而是結果。三是北方各蠻族之不斷侵入，也就誤了中國之前進，因爲一部分的精力費於復原與同化之中。於是，中國民族國家雖然早具規模，但內容迄未充實。換言之，國民經濟體制迄未確立。這是與西方各國不同的。

在文學上也有同樣的情形。中國的文字，是自己發明的，與希臘人借用腓尼基的文字，及近世歐洲各國借用拉丁希臘文字不同。這一事實，使中國民族結成甚早而文學之發達亦相當的早，但較之近世歐洲各民族在其民族生活的早期，即能記下其早期的生活者，也可說是比較的遲。中國最早的藝術文學有兩大來源，一是北方的《詩經》，一是南方的《楚辭》。秦祚甚短，這兩大潮流在漢代滙合，獲得了民族的性質：當時文學的種類是辭賦，和樂府與五言詩。這是中國國民文學之萌芽，然而不過萌芽而已。以後迄唐宋元明，中國文學有顯著進步。五言七言的律絕，到詞曲、傳奇、話本平話和章回小說，文學的形式內容豐富了，這自是受都市發達和印刷發明之賜。特別是白話文學自宋元以來，日益發達。我們有許多巨製，戲曲方面如《西廂記》，如《長生殿》，如《桃花扇》，小說如《水滸》、《三國》、《紅樓》、《儒林外史》、《七俠五義》，短篇如《今古奇觀》，及《聊齋》中之若干篇，都是雅俗共賞的東西，在民族的團結與教化上盡了很大的作用，但還只是國民文學的先驅，不是國民文學的紀念碑。從曹子建到陳三立，從王實甫到皮黃，從施耐庵到劉鐵雲，都是國民文學的遺產，但還沒有創造出典型的國民文學。具體言之，我們還沒有一個莎士比亞。我們有喬塞，有錫得尼，也有馬羅（Marlowe），然尚無莎士比亞。何以說沒有莎士比亞呢？即是沒有像莎氏那樣，運用國語描寫民族生活之全景，並將全民族的理想和信念，融化和結晶於其全部作品中的作家。莎氏將詩、歷史、哲學融於一爐，我們還很少這種東西。我們的社會，卽在鴉片戰爭以前，並未落後於十六七世紀的英國，何以我們還沒有莎士比亞呢？我所能作的解釋有二：

一、國民文學是一民族生活普遍而平均成熟時候才能完成的。中國在鴉片戰爭前有的地方，其進步超過十六七世紀的歐洲，但地面廣大，發展不平均，平均說來，民族生活不及十六世紀英國之豐富緊張。因此，雖然中國有產生莎士比亞的力量，也有不亞於莎氏的天才，但其內容終不及莎氏豐富。例如元曲之中，有極好的作品，但或爲史事，或詠傳說，或寫人情世態，終不若莎氏以一人之力畫出當時英國生活之全貌。又如《水滸》、《紅樓》、《儒林》，都描寫了一定社會，但都還沒有在其所寫的社會中，攝入當時中國生活之全景。而更重要的，就是在這些作品之中，很少將中國文化的精神，將全民族共同一致的深刻的思想和理想，充分結晶而表現出來。這三部小說都有極好的文詞結構和思想，但幾乎是三個絕緣的世界。這原因就是整個民族生活未能打成一片，士大夫和平民生活隔離，因而全民族的共同利害還不能結晶的表現於國語文學的紀念碑中。國民文學的內容是平民生活，但必出於高深教養者之手。過去中國士大夫非無深湛之思，但以白話著作，多少帶點業餘的遊戲的性質。中國過去白話中文情最高尚者莫如《儒林》，但這只是吳敬梓業餘之作。卽蒲松齡的《誌異》和鼓詞，也是其遊戲之作。而這和莎氏之傾其心血刻畫其民族生活是不同的。

二、便是文語之分離了。而這是由第一個原因而來的。本來，各國說的與寫的，沒有眞正一致的。寫的文字與說的文字不能一致，不僅中國文字爲然，拼音字母也不一定與發音一致（一致的只有人造的世界語）。同樣，文之所以爲文，總是將口語加以整理和提鍊的。但中國文與中國語距離之遠，確是最大。這是什麼緣故？是否由於中國方塊字呢？不是的。因爲很顯然的，自宋以來，已有大批白話文學，而這是用的同一的方塊字。有人以爲漢字太難寫，所以寫的時候力求簡單，因而力求近古，這只是想當然耳。事實上寫文言難，寫白話亦不易，要文字簡潔，多半要寫兩次以上。如果僅僅是想省力氣，根本不會有文學之產生。中國言文之分離，原因是社會的、經濟的、技術的。何以唐宋以前沒有白話文學而唐宋以後有白話文學呢？這便是因爲唐宋以後，都市普遍發達，社會富力增加，文化程度普及，印刷術發明了。我們看唐宋以前的作家，很少眞正的布衣，如司馬遷，如司馬相如，如建安七子，如六朝時的文人，只要有名字的，大抵都是貴族。而樂府歌詞作者多半無名。有之，是上層文人擬作的。唐朝是一過渡時代，自此以後，平民作家就多了起來，白居易且力求通俗。宋朝講書的固然是平民，而士大夫的詞多是爲歌女之唱出而作的。元曲的作者，和施耐庵羅貫中的身世，是很晦暗的，換言之，多是平民。這與我們所說的國民文學問題關係是很大的。這便是中國士大夫文學與民衆文學雖在唐宋以後有接近的趨勢，距離迄未消滅，而口語的文學迄未成爲文學的正宗，大部分的士大夫不願認眞的從事白話的著作。知識分子在詠懷、飲讌、贈答、傷春、悲秋、感遇、惜逝、作壽序、寫祭文；而民間的作家，在唱蓮花落，講賣油郎，說蔡中郎，談梁山泊。於是，前者用文言作五古七律，而後者則用戲曲和小說的方式。文學之靈感之源泉是人民。然不可否認，民衆語言或初期民間作者的文學，是素樸而甚至俚俗的；文人之作是比較優美的，然也不可否認，如他們不能在民衆生活中汲取靈感，結果一定貧血。所謂國民文學非他，卽是民間文學和文人作品之化合與提鍊。民間文學多是口說的，必賴高深教養的人加以錘鍊。然而知識分子與人民的隔絕，使文言與白話分離；而文言與白話的距離愈遠，使雙方的成就都有限制。我們還要知道，羣衆之於天才，是水漲船高的。一般的水準提高，天才的頭角也愈峥嶸；否則縱使獨秀於羣愚之中，其成就亦必有限。一般人民的知識愈低，啓發國民的優秀作品愈沒有，天才大作之產生也就愈爲困難。明乎此理，不僅可以知道文言白話的分離是我們文學之一大障礙，也可知道文學之目的，不僅在迎合羣衆，還要提高羣衆。因此，我們今天要緊的事之一，便是要塡補文言與口語間的鴻溝。宋元以來許多很好的民間文學之出現，以及許多文人之嘗試民間作品，本可塡補這個空隙，但一個政治上的反動，又使這距離固定了，這便是八股。於是士大夫的文學日益枯竭，而民間的文學仍在粗俗的狀態之中。因此，中國的民族文學沒有產生出偉大的碩果來。

由此便可談到我們文學的現狀。我們在過去，因爲社會生活之遲緩，沒有產生完成統一的民族國家和國民文化。西方的勢力來了。這時候我們民族的命運有二：一是國家現代化，創造我們新經濟、新政治、新文學，以適應現代環境；一是國家殖民地化，生活上、精神上爲人附庸，舊文化成爲古董，新文化安於裨販。我們實際的情形，是在這兩條路的掙扎中。因此，在文學上也必然看見兩種情形，即是我們有新文學之萌芽，同時有無結果之追逐。此外，舊的文學維持其殘喘。

但中國民族在奮鬥中。中國新的文學運動是中國民族運動的結果。在清末，《老殘遊記》、《官場現形記》乃至《二十年目睹之怪現狀》，已表示中國進入一個不同的時代。但首先提倡及嘗試新文學者，當推黃遵憲、譚嗣同、梁啓超。他們已主張「詩界革命」和「小說界革命」，然不過舊瓶新酒而已。而隨辛亥革命之流產，只有南社之詩，鴛鴦黑幕，選學桐城。

第二次運動起於民國六年。這一年胡適提出〈文學改良芻議〉，主張以白話爲正宗，提出八不主義。這是關於文學形式的主張。接著陳獨秀發表〈文學革命論〉，主張「推倒雕琢的阿諛的貴族文學，建設平易的抒情的國民文學；推倒陳腐的鋪張的古典文學，建設新鮮的立誠的寫實文學；推倒迂晦的艱澀的山林文學，建設明瞭的通俗的社會文學。」如果不以詞害意，這幾個主張大體上是不錯的，不過對於當時民族的危機還無深刻的敏感而已。於是五四以後胡適等發表了他們的白話詩，魯迅寫了〈狂人日記〉和〈阿Q正傳〉。

新文學運動和五四以後，白話文的威信確立，西方文學也大批輸入了。自是以來，我們有許多白話小說、詩歌和戲劇，散文更不待說了。我們有許多文學團體、作家主義和口號。在這二十六年之中，無疑我們有許多可喜的嘗試，可貴的成就。但是，這些成就不足自滿是不待言的。一個很顯然的證據，就是若干年前，一直到最近，連最自豪的作家也不能不問何以沒有偉大作品的產生。據那些答案，或歸咎於言論之不自由，以及批評家過於嚴格等等。這自然不無原因，但這些事情在其他國家並未阻礙偉大作品之出世，稍知文學史者也是很明白的。百年以來，或二三十年來，我們民族的憂患是如此深重，而今日在這樣偉大的戰鬥之中，何以我們沒有偉大作品之產生呢？

所謂沒有偉大作品之產生者，是說我們在新文學運動中還沒有偉大作品的產生。而不是說，中國從無偉大作品。在我看來，不獨我們還沒有新的偉大作品，而且我們的新文學就還未成熟。我們的新文學還未成年，自然無怪沒有偉大作品的產生。

我說新文學還未成年，不是否定新文學的存在，而是說，他還在萌芽，但現在尚未成年。他有偉大的前程，但現在還未成年。必須在正當的訓練之中，才能迅速的成長。

也許新文學的作家不滿於我的說法。但我想這是事實。二十幾年來的新文學雖然有很大進步，但還未對廣大民衆發生深刻的影響，爲民衆所歡迎，一本新的作品平均不過幾千的讀者，而且限於知識分子，就是一個顯然的事實。文學不比科學，不能爲民衆欣賞，就是失敗。新詩至今還流傳於新詩作者之中。小說所寫的，多是新士大夫。過去舊小說寫才子佳人，現在還多半是才子佳人。就是講普羅文學的人，也還沒有寫出一本水滸。年來戲劇算最有成就，但大部分也不過少數仕女之消遣品而已。新文學還沒有以新的形式，將全民之所思所感表現出來。他或者是舊士大夫感慨的餘韻流風，或者是西方文學之某種程度的模倣，但這還說不上自己的新文學。許多人談新文藝，如意思是指白話文學，但白話文學不是古已有之麼？如是指歐化文學，那麼，我們不應有自己的文學麼？翻譯與模倣是必然而必要的，然而是不夠的。總之，我不是說，新文學沒有個別的天才和力作，但全體說來，我們還沒有眞正成熟的新文藝，我們沒有獨創的，合乎並世水準的國民文學的代表作品。這是我們要深切認識的。

這原因何在呢？第一、是客觀的原因，即社會的或國際的原因。如上所述，我們的民族國家雖具雛型，但成長遲緩。而在我們的民族國家還未成立的時候，被迫加入現代國際的舞臺。在這舞臺上，我們做了失敗者，並被束縛不得發展其國力。一個國家要能自立，總要有一個有力的社會層撑持國家命運，或有一種制度培養國力而集中之。而我們在過去國際形勢之下，這兩者都沒有形成。而更不幸的，我們於失去自信徬徨無主之時，乃習於抱殘守缺及追逐模倣。第二、我們的思想家及作家不能深刻的獨立的思索，以自己的忠誠和智慧來完成自己的任務，我們沒有根據自己的尺度和需要創作，天天研究東家長西家短，甚至作繭自縛，也是主觀上的弱點。而這些不僅文學爲然。一個國家的國民文學的時代，總是一個國家凝爲一體，表現其強大生命力的時代，而一國文學在世界上占一定地位，必是一國在智慧生活上能夠對世界人類有所貢獻的時代。而我們過去——我說過去——沒有達到這一點，因此，我們的新文學，就沒有成長，也就沒有偉大。

這種情形，不獨我國爲然。一個例子是美國。美國雖在一七七六年獨立，而在獨立戰爭中有富蘭克林這樣的天才，但在藝術和學問上的獨立，還是十九世紀中葉的事。如果伊爾文是美國文學的先驅，那麼，到愛默生、惠特曼，特別是馬克吐溫，美國才能說有自己的國民文學，而這是在南北戰爭時代以後的事。自是以來，美國才算完成其文化上的國格。一切落後的國家如此。例如日本的新文學，也許我國有人認爲成績很高。但一個日本批評家平林初之輔曾經說：「日本之國民實在還沒有值得稱爲國民的古典文學這樣名字的作家。紅葉、露伴、逍遙、蘆花、漱石、獨步——這些作家中說就是代表近代日本作家的人怕沒有。原因固由日本尚無天才之出現，亦由日本中產階級未經十分革命之戰鬥，卽與封建勢力妥協而賴其庇護以成長。」可見日本人中還有自知之明的。

同樣的，過去的俄國亦然。大批評家柏林斯基對於當時俄國文學，有極深切的批評與教訓。我想將他的話多引一點於此，因爲對於我們頗多貼切之處。

柏氏將文學分爲三個階段，一是民間的「口談」，二是文字的「記載」，最後才是藝術的「文學」。民衆的話，還沒有思想，有之，只是思想的預感。因此，民衆的作品不能達到藝術的形式。思索必發展到成熟的思想，才能現形於藝術形式中。假使民族生活之內容，缺乏全人類的意義，則這民族不得不否定自己的民族性及其歷史發展，而人工的接受那代表人類的各民族之文明，於是他不能成爲具有歷史意義的民族。這種民族的民衆文學也不能發展爲藝術。同時，民衆的歌詞，只是簡單的財富，而在外來的成分尚未與其民族的成分融會貫通之時，因而尚不能發生獨立的文學時，他的知識分子只能創造一種模倣的文學。此時民間作品會引起知識分子之注意，不過，從這裏不會得出多少的精華，俄國民間文學的命運卽是如此。他又說：由口談變爲文學，固有賴於印刷術之發明，然亦只能發生於領導人類的民族，且必在其歷史上最有活力之時期。而只有靠自己權利生存，具有獨立精神，具有歷史意義的民族，才有自己的文學。

由這根本理論，他分析了古希臘羅馬文學與其民族生活關係以及現代英法德三大領導國家之國民文學的特點。說到俄國文學，當時俄國文壇喜歡說某人是俄國的拉辛，某人是俄國的拉封登。但柏氏認爲這是幼稚的誇大狂。另一方面又有可驚的懷疑論，「有俄國文學這種東西嗎？」柏氏認爲兩者都有益處，但都是錯誤的。在去世（一八四八）之前他擬著「俄國文學批評史」，指示俄國文學之發展與前途。在〈序論〉中說：

自羅孟諾索夫至普希金的俄國文學，都是模倣的，其必然結果，是偏重修詞；自普希金至目前為止，俄國文學內容很缺乏，大部分由外國思想構成。俄國文學數量甚少，讀者羣衆為數甚微，而這少數讀者，還細分為許多派別。文學之高等讀者，還是作家自己，他們人數甚少，亦分為許多完全無關的派別——雖然俄國的這一切缺點，俄國文學畢竟是存在的。俄國文學之起源與發展是很特殊的。文學是自己的民族生活的表現，而文學史民族史是密切相聯的。俄國文學過去和現在還沒有世界的意義，俄羅斯民族也只在初步發展中，沒有充分的成長。我們能信其有偉大前途，但現在應拒絕將俄國文學與法德英文學比配的企圖。

又說：

俄國文學與其他國文學不同之點卽在其不是由民族生活土壤中直接產生，而是人工移植的果實。因此，其開始是模倣造作，內容貧乏而枯燥。假使永遠如此，那不成為文學了。幸而大彼得的改革，促進了民族的生命力，文學方面尤然。只要將羅孟諾索夫（Lomonosov）與普希金，封維峻（Fonvizin）與戈哥里一比卽知。由模倣的、堆砌的、學院的與書本的詩，到獨立的、藝術的、生動的大衆化的詩，是一逐漸完成的過程。

柏氏在〈論文學〉一文中歷數俄國新文學的幾個奠基作家之後，說到普希金：

他是一個詩人，他將俄國的語言改變而且完成，使其有高度的藝術性——有了普希金，俄國文學中才有值得稱為藝術的詩。在普希金之作品中，有俄國美文學之總和。在他未成為獨立的國民的文豪之前，他是前輩詩人之學習者，他取長捨短，得到他們所有的成就。普希金以前，俄國文學亦步亦趨模倣外國，學習他們文字的表現法，以後，開始去獲得歐洲各國國民性的要素。這過程現在繼續著，將來也還要繼續下去。俄國民族特性之一，就是有吸收外來物的能力。俄國人還不曾開始生活，他在蒐集生活資料，那麼，假使他需要這樣大量資料，他將來生活一定是很豐富的了。

他在論〈自然主義者〉一文中說到戈哥里：

我們的文學以模倣始。然並不止於此，而繼續努力成為獨立的、民族的，努力由修辭的變為單純而自然的。這傾向是文學史的精髓。這傾向的成功，沒有比戈哥里更大的。只有不受一切理想的束縛，使藝術合於現實，才能達到此目的。這就是戈哥里偉大的功績。

又在〈論俄國小說與戈哥里〉一文中說：

我們俄國至今還不曾有過小說……以詩為人生的目的，以科學為人生之止境，以小說是一種於作者必要而絕對的文章，若巴爾札克及莎士比亞者，才算詩人。若以詩人為職業或硬做詩人，則不是詩人。這樣，我們現在作家中卽無比戈哥里更配稱為詩人的了。

在普希金、戈哥里以前，自十八世紀至十九世紀初，俄國有許多作家，如 Lomonosov, Fonvizin, Derzhavin Ozerov, Dunitriev, Krylov, Karamzin, Zhukovsky, Batuschkov, Pogodin, Polevol 都對俄國語文的改革，寓言與詩的創作，西洋形式之介紹及模倣，盡過一手一足之勞，然柏林斯基僅承認普戈二人爲作家。爲什麼，他們融合了民間文章與藝術文學，由形式主義及修辭主義解放，獲得自己的生命性、獨立性和藝術性，成爲自己社會生活的表現，造出俄國民族的紀念碑，並啓發俄國的愚昧，作爲人類思想的先驅，在世界上獲得其地位。柏氏承認俄國現在的缺點，但保證其將來可以獲得世界意義。萊孟托夫、屠格涅夫和杜斯妥也夫斯基均由柏氏的賞識蜚聲文壇，經他們和以後的托爾斯泰、高爾基、安得列夫等巨匠之手，俄國文學不僅獲得民族的意義，而且獲得世界的意義，這正合柏氏的預言。

一個偉大批評家之所以偉大，不在其能作恭維與菲薄，或裨販外來的名詞，作不相干的公式，而在根據一民族歷史任務，指示創作的道路。柏氏雖是一個黑格爾主義者，他了解這一點。

我之特別鄭重徵引他，正因爲我們現在的情形，和百年前俄國的情形類似。我國也有人比配某人爲我國之外國某人，然毫無疑義，我們直到今日，還沒有普希金、戈哥里，自然也說不上高爾基。我們還沒有國民文學的作品，我們還在學步。這是必經的階段，但不可安於此。我們要吸收、學習和生活，創造獨立的民族文學！

一國的國民文學，可由兩種方式來形成。一是自己的作家，將藝術的文學和民間的文學融合起來，創造新的全民的文學。二是吸收外來影響來形成。落後的國家在國際環境中不能不從他人學習。他模倣、吸收、學習、練習，逐漸消化以後，創造出自己的東西。但兩者需要一個共同的條件：建立一新的、統一的、國民的國家之時，亦卽自己在生活和精神上能夠自立而且成熟，因而有創造的精神和能力之時。

這個時代，是業已到了。如果中國過去還沒有完成世界上先進國家在十六七世紀所成就的水準，今天便要在二十世紀的水準上建設我們新的國家和文化以及文學。換言之，我們要在最短期間完成他們四百年的事業。這便是我們革命建國的意義。這一艱鉅的任務，我們在抗戰中進行著。在此次抗日戰爭中，我們完成了空前的統一，特別是以自己的血，抵抗自己的敵人，以自己的汗，建設自己的工業，而在鐵血的戰爭中，爭取了初步的平等，並在全人類的戰鬥中成爲領導力量之一。我們已在政治上成年。我們的痛苦至今而極，而民族的生命力亦無如今日之熱烈豐富而堅強的。我們已具備了建立新的民族的現代國家，因而產生偉大國民文學的條件。在一切創作上，當是後來居上，大器晚成的。中國應該產生偉大的文學，在世界上證實中國的地位。我們等待天才之勤奮和努力。假如有人說，千里馬常有，而伯樂不常有，我說，在政治經濟上容或受格烈咸定律支配，但在學藝之王國，是達爾文定律支配的。當戈哥里出現時，受到強烈的不滿和輕微的同情，但不滿立刻消失。只要是有生命的作品，一定會得到最後成功的。

(六) 將來之民族與文學

最後，說兩句關於世界文學之將來的推測。

過去一切國家及其文學，是與其語言的發展平行的。我想將來的情形，也可由此推論。

法國洛里哀在其《比較文學史》之末章，指出各國民族對其傳統及語言之自尊心及其主要特點之後，提出兩個趨勢。其一，西東文化必互相接近；其二，現在通行語言之中，必有一兩種將來勢力無限膨脹。此外，必有一部分民族逐漸發達壓倒其他，而少數民族，亦努力使其文化與語言，能夠支配世界。他雖然相信世界將來一定以國際主義爲中心思想，但也指出一個重要事實，即各民族無不力求擴充其語言和文學通行的範圍：

> 在歐洲各民族爭霸競爭中，其主要特徵，即以語言文學為競爭利器，至其成功程度，頗不相等。由數量論，英語西班牙語比德語法語為廣……而由面積而論，則不能與俄語中國語

相比。

一個民族有興衰。一民族的興衰有兩個主要力量：一是物質力，首先自是生產力和戰鬥力。二是精神力，首先是其科學和文藝，而工具則爲語言。凡能代表歷史趨勢的民族，其語言文學必然擴大其影響。中國民族要在世界上占一主要地位，一方面固必須提高自己的生產力和戰鬥力，使其足保生存，並適應世界水準；另一方面要保持和擴充我們語言文字的範圍，並使那用中國語言文字之文學的科學的著作，能對世界發生更重大的影響。當一國作品在世界上輸出的時候，即是一國的精神力量擴大的時候。我們的天才應用自己可愛的語言文字，寫出偉大的作品，完成我們的國民文學，教育國內的人民，提高國民的思想；而假如我們的思想和國家的力量值得其他國家人民領受而影響世界的時候，也就是中國文學成爲世界文學的時候。我們要在政治上成爲一個獨立統一的世界強國，也要在文化上成爲一個參加世界思想運動的強國。而這是我們的學者和作家所當共同努力的最高任務。而國家和社會之培養愛護，也是非常必要的。民主政治的建設，更是必要的。民族文學是全民文學，民主政治是全民政治。在民族戰爭以後，繼之以民主政治，必更能鞏固民族之統一，普遍發揚國民的智慧和生命力，因而完成偉大的國民文學。而不待言，我們的新文學亦必須成爲我們民族獨立、民主政治和民族工業之精神武器，亦卽三民主義之精神武器。

——原載《文學藝術論集》

抗戰與抗戰文學

——七七抗戰四十三週年紀念會上講

(一) 局部抗戰與全面抗戰

《中華雜誌》發起紀念七七，始於民國六十二年。因爲在日本未絕交前，紀念抗戰是有困難的。我們的「友人」不喜歡中國紀念七七。

我們發起紀念，由於七七是民國以來乃至中國民族有史以來最偉大的對外戰爭，三千萬人的生命換來的勝利戰爭，亦蔣故總統最大功勛，凡中國人不能忘記的。

抗戰雖然勝利，而勝利之果實爲中共所篡奪。於是使許多人心中以爲不抗戰豈不更好？他們不知，如無七七抗戰，整個中國當時就可滅亡。中共政權並非完全由於七七而來，亦非不可避免。如無抗戰，今天臺灣還是日本的，許多人的富貴也不可能，而中國民族且無此一反共復國基地。

許多人不研究歷史，有不必要的恐懼，便發生「你丟我撿」的情形。因爲害怕五四，就定爲文藝節。於是中共說五四是他領導的。其實五四以後二年，中共才出世。而五四與新文藝幾乎可說無大關係。

因爲我們害怕紀念抗戰，中共就說抗戰是他領導的，這才使許多人覺得紀念紀念亦無不可。《中華》發起紀念七七後，每年是一負擔。我曾在立法院建議政府定爲國定紀念日，大家紀念。然而政府太客氣，《中華》只好擔任下來。最近兩年來，我們曾請《夏潮雜誌》等團體合辦。有人說《夏潮》是臺獨，其實臺獨是反對紀念七七的。

近來不僅中共紀念抗戰，日本人也紀念「大東亞戰爭十五年」——由九一八算起。而在巴黎，還有外國人在談論十五年間抗戰文學。不待說，不請我們參加，亦即光榮歸於中共！

今年的七七紀念由於主席陳義揚先生的熱心和努力，得到愛國反共聯盟回國同學聯誼會等二十個團體共同主辦。以後《中華》將以一分子參加，這是七年以來我們一直希望的事。

此時我聽見有人說，抗戰十五年的話不對，抗戰文學也沒有什麼東西。我不贊成這種看法。

我的見解是：抗戰時間有兩個算法。一是局部抗戰，此有馬占山、李杜將軍之抗戰，有十九路軍一二八淞滬抗戰，有以後長城各口抗戰，有綏遠抗戰。不過到了七七和八一三，便有全面抗戰。由馬占山、李杜算起十五年，從盧溝橋抗戰算起八年。局部抗戰、全面抗戰都是國民政府的軍官領導或政府本身領導的。凡事當記其始，說抗戰十五年並無不可，這都不是中共領導的。說抗戰文學沒有什麼了不得，這種酸溜溜的話，由於心中有一錯覺，文學上三十年代就是左翼文學時代。抗戰文學就是左派文學。其實三十年代有各種潮流，普羅文學只是前期最熱鬧者之一，但在三十年代後期，全中國文學都歸於抗戰文學。抗戰文學不是中共領導的，提倡和寫作的人有國民黨和國共以外的人。

抗戰與抗戰文學有相互影響，而且相互影響成敗。我現在由抗戰文學這一面來作一說明。

(二) 抗戰文學——其開始，人與作品

抗戰文學起於何時？當然起於九一八事變。這是一批東北青年作家，當時二十到二十五歲流亡到內地的青年發起的。最早的是李輝英。據他的《現代中國文學史》說，他第一篇文章是一九三二年發表於《北斗》的〈最後一課〉。以後寫了〈萬寶山〉。接著有華漢的〈義勇軍〉。到了一九三五年有蕭軍、蕭紅夫婦，羅烽、舒羣、端木蕻良、孫陵等人。其中蕭軍的〈八月的鄉村〉、蕭紅的〈生死場〉、舒羣〈沒有祖國的孩子〉、端木蕻良〈科爾沁斯草原〉，都是東北青

年抗戰文學的重要作品。悲愴的〈松花江上〉代表東北作家的心情。

東北流亡青年作家最早作品，始於民國二十一年，然而影響還在以後。對抗戰文學最大刺激力是發生於當時文化中心的上海的一二八戰爭。當時中國著作者為日本進攻上海屠殺民衆集會，民國二十一年二月七～十日經四天討論，發表宣言，簽名者一二九人，重要者如下：

丁　玲　巴　金　王禮錫　方光燾　白　薇　田　漢　汪洪法※　沈起予
李　季、李　達　李麥麥　李石岑　何丹仁　孟　超　周予同　周谷城
周起應　胡愈之　胡秋原※　施復亮　郁達夫　祝秀俠※　孫福熙　夏丏尊
高語罕　陶希聖※　許德珩　陳望道　陳代青※　陸晶清　華　漢　楊邨人
楊　騷　葉紹鈞　趙景深　鄭伯奇　樊仲雲　潘光旦　錢杏邨　穆木天
謝冰瑩※　豐子愷　嚴靈峯※

這會議是王禮錫和我發起的，宣言是我起草的。討論四天之久，就是因為左派反對、挑剔，但大多數中間人士贊成，終於通過。中共與左聯當時是反對抗戰的，原想抵制或退出，但不願脫離羣衆，終於簽名。左聯在此會議中之失利，亦與其反對文藝自由論有關。在這名單中，三十年代重要作家大都在內。其中記※者是現在臺灣的人，陳代青卽臺大的林一新教授。（全部名單見拙著《少作收殘集》上卷）

在這宣言以後，抗戰文學有兩個重要的作品寫一二八戰爭。一是國民黨人黃震遐的〈大上海

的毀滅〉。二是左翼田漢的〈揚子江的暴風雨〉，中有詩云：

我們不做亡國奴，
我們要做中國的主人，
讓我們結成一座鐵的長城，
把強盜們都趕盡。
讓我們結成一座鐵的長城，
向著自由的道路前進！

田漢由「藝術」轉向「人生」與一二八有關。此詩並無左氣。雄壯的〈義勇軍進行曲〉由此詩修改而來，是一二八以後的氣象。田漢自始至終，也不是共黨。

一二八刺激了中國人的民族主義。翌年初，希特勒登臺，日本有軍部法西運動抬頭，不斷進攻中國。蘇俄亦感覺危險。一九三五年七八月間第三國際召開七次大會，轉變政策，中共代表團轉提出國防政府抗日聯軍。此時我在莫斯科曾力表贊助。但我早在一九三四年到歐洲後即提倡抗日，所以與其說我受他們的影響，不如說他們受我的影響。而此時毛澤東還莫名其妙。日本進攻冀察刺激了一二九學生運動，這也不是中共發動的。自此以後，毛澤東才接受莫斯科的口號，由周揚提倡國防文學。文藝自由與抗日思想對左聯發生衝擊，有民國二十五年周揚與魯迅關於國防文學與民族革命大衆文學的論爭，造成左聯之瓦解。是年十月魯迅、巴金、林語堂發表文藝界同仁團結禦侮與言論自由宣言，這可說是左聯時代之結束。此後有夏衍之〈自由魂〉（寫秋瑾），陽翰笙之〈前夜〉，洪深之〈走私〉，章泯之〈死亡線上〉，宋之的之〈烙痕〉，大體上都是抗戰文學。

民國二十六年全面抗戰發動了。

這便進入抗戰文學全盛時代。最努力的是老舍。民國二十七年元旦他在武漢創辦《抗到底》半月刊，參加者有老向、何容（何容現在臺北）。老舍一大功勞是鼓勵抗戰的民間文學，如抗戰大鼓、蓮花落、小調。山藥旦和富貴花父女是著名的民間抗戰文藝家。當然他們不是什麼左派。

二十七年三月二十七日在武漢成立的中華全國文藝界抗敵協會是中國三十年代作家大團結。理事四十五人，包括邵力子、張道藩、王平陵、田漢、盛成、郭沫若、胡秋原、胡風、陳紀瀅、穆木天、孟十還、茅盾、丁玲、巴金、郁達夫、曹禺、黎烈文、鄭振鐸、朱自清、朱光潛、夏衍、張恨水、曹靖華。候補理事有孔羅蓀、羅烽、舒羣、曾虛白、周揚等十五人。以上張道藩、王平陵、黎烈文死於臺北，盛成、胡秋原、陳紀瀅、孟十還、曾虛白都還健在，可見沒有理由將抗戰文學送與左派專利，實際上此時已無左聯了。當日宣言說：「誠心抗日是英雄，妨礙抗日是漢奸，要用我們的筆來發動民衆捍衞祖國，民族的命運也就是文藝的命運。」這是民族主義，不是共產主義。又有兩大方針：文章下鄉，文章入伍。此會機關雜誌《抗戰文藝》出了十卷六期。此會負責人是老舍，編者是姚蓬子。姚是兩面人，上午向共黨報告，晚上向國民黨報告。他就是江青大將姚文元的父親。

抗敵文藝協會在成都、昆明、桂林成立分會，也包括國共兩黨和中間派。

民國二十八年戰地黨政委員會與政治部第三廳組織作家戰地訪問團，團長王禮錫，副團長宋之的，團員有楊騷、羅烽、李輝英、楊朔等。

王禮錫在晉南染黃膽病，回到洛陽不治逝世。死時蔣委員長特電致悼。他從來不是左派，他的公子現在臺北中信局工作。

抗戰前五年的文學，即到民國三十年，即一九四一年止，都是民族主義的。但到三十一年毛澤東發表「延安文藝座談會講話」和太平洋戰事發生，太平洋學會在中國大活動後，抗戰文學受到破壞。

再看全面抗戰時期文學有些什麼作品。首先是新詩。其中在抗戰中發生的是高蘭的朗誦詩。高蘭也是東北人。有人恭維他：「爲民族生命高揚你的歌喉，在詩歌中激起民族的偉大感情。」雖然不免口號化，但還是民族主義的。

其他老作家汪統照、穆木天都寫抗戰詩。較年輕的新詩人中，臧克家上了前線，艾青的〈他死在第二次〉是十二個小題的長詩，寫一個士兵的殉國。田間有〈人民的舞〉：

散開
聚攏

——踏著敵兵和漢奸的血膿，彝著——

胡風一派的詩人有鄒荻帆、力揚。在臺灣的覃子豪，也是當時抗戰詩人。

最重大的成就當然是抗戰歌曲。例如上說的悲愴的〈松花江上〉，雄壯的〈義勇軍進行曲〉，以及〈八百壯士〉、〈大刀進行曲〉……等，這大多是經過很多人修改，在抗戰時期為萬人所歌唱，響遍全國，響徹雲霄的。中國的新詩，至此才成為全民族的聲音，而至今未見此盛況的。

至於以中國固有詩詞之體寫抗戰詩的不知凡幾。最著名的有林庚白，他初期的詩，都發表於我辦的漢口《時代日報》上。到了重慶，海外歸來的王禮錫原是有名的詩人，也寫了很多的抗戰詩。而于右任、盧冀野辦有刊物名《中興鼓吹》。許多將領也有好詩。而在各地方報紙上的新舊詩詞更無可統計，當時在逃難中未發表者亦不知凡幾。

在小說方面，有：李輝英《松花江上》，寫東北農民抗日武裝；《霧都》寫戰時重慶。田濤的《饑餓》，寫淪陷區人民生活。最重要的是老舍有《火葬》、《四世同堂》，我曾經在《中華雜誌》上介紹過。巴金有《火》的三部曲。此外孔厥、袁靜的《新兒女英雄傳》，馬烽、西戎的《呂梁英雄傳》，都是用章回體寫抗戰的。諷刺小說有張天翼《華威先生》。蕭紅的《呼蘭河傳》是自傳體的抗戰作品，她在太平洋戰後以肺病死於香港。齊同是東北作家後起之秀，他的

《新生代》寫由一二九到七七，「人民與政府由離心到向心的發展」，但只寫了第一部。

此外，在延安地區，趙樹理的《李有才板話》，丁玲的《太陽照在桑乾河上》是依照毛澤東教條寫的。

在戲劇方面，可說有不遜於詩歌的成就。抗戰開始後上海有救亡演劇隊。田漢、洪深、應雲衞等最爲努力。

文藝界抗敵協會成立後有戲劇界抗敵協會，當時獨幕劇和短劇是許多集會，農村、學校、軍隊中集會的重要節目。阿英（錢杏邨）、胡春冰、馬彥祥都有抗戰劇選。胡春冰是戰時重慶《中央日報》的副刊編輯。李輝英的《現代中國文學史》列有抗戰戲劇的目錄。其中有老作家熊佛西的〈中華民族的子孫〉，丁西林的〈妙峯山〉，歐陽予倩的〈戰地鴛鴦〉（三人皆非左派）；田漢的〈盧溝橋〉、〈最後勝利〉；陽翰笙的〈兩面人〉、〈塞上風雲〉；陳白塵的〈漢奸〉、〈羣魔亂舞〉；胡紹軒的〈第七號人頭〉。新起的作家崔嵬有〈八百壯士〉，最有名的是街頭劇〈放下你的鞭子〉，寫東北父女流浪到內地街頭賣劇，女兒唱得不好，父親用鞭子打他，一位青年大呼「放下你的鞭子」，然後父女敍述亡國破家的慘痛。這是早在全面抗戰前的作品，經崔嵬改編，不知感動了多少人。于伶（尤競）的〈浮屍〉、〈我們打衝鋒〉之外，寫了〈江南三唱〉到〈大明英烈傳〉三四十種劇本，多以上海日軍漢奸爲背景。在重慶的吳祖光有〈鳳凰城〉寫東北義勇軍，沈浮〈重慶二十四小時〉勸人艱苦自守，支持抗戰。又宋之的的〈自衞隊〉（亦名〈民族光榮〉）寫軍民合作；與老舍合作的〈國家至上〉寫回漢合作。老舍還寫了〈歸去來兮〉，結末是嘉陵江上的船夫曲：

抗戰，搖船，搖船，抗戰！
同舟共濟，齊心向前！
前方流血，後方流汗；
同心同德，不惜血汗！
抗戰，搖船，搖船，抗戰，
弟兄們，齊心向前！

這些作品中有描寫戰時貪汚或奸商無恥的，然整個抗戰劇的精神則是民族的精神，戰鬥的精神，沒有什麼左傾，也沒有什麼共產黨。

此外，是散文方面。除議論文不計外，文學的散文一大出產是大量的報告文學，除了重要戰役新聞報導之外，較知名的有張周的〈中華女兒〉，李輝英的〈軍民之間〉，宋之的的〈凱歌〉，白朗的〈戰地訪問日記〉等。

最後希望大家不要忘記一個人，即以頹廢知名，而以家庭不幸，在南洋敵人投降之日，爲敵人憲兵殺害的老作家郁達夫先生。他在南洋寫了許多反對日本帝國主義者的散文。

(三)抗戰文學的評價——其成就、挫折與影響

抗戰文學沒有什麼東西的話，並不始於現在。抗戰之時，就有人笑抗戰八股，主張寫「與抗戰無關」的事。但無關抗戰的也並未見得有出色東西。有之，徐訏還有些有才氣的作品。徐先生是我的朋友。他的作品也常刊於我的一位朋友陸晶清所主編的《掃蕩報》的副刊上。我相信，以他的才能，如果能對抗戰此一大事深入一步，一定有更好的東西。

我是主張文藝自由的。我所謂文藝自由主要是反對以文藝爲政治工具，爲黨派工具，並且反對以政治權力要求作家寫什麼，如何寫。但是，文藝畢竟不能脫離人生，脫離社會。抗戰是全民族生死存亡之大事，世界最高正義之所在，全中國乃至全世界最大悲歡之所在，是當時所有中國人不能脫離其影響的，也是偉大作品之題材；這不是單純政治問題，更非黨派問題。抗戰文學並非由國民黨或共產黨提倡起來，是在日本人大砲下，中國人和作家們自然的要求。

但抗戰時期並沒有人下命令非寫抗戰不可。上述徐訏作品登在軍報上卽是一例。抗戰時期的文藝是自由的。

基於同一理由，我反對以黨派觀點來評價文學。不可以若干人與左派有關卽否定其作品；更不可因誤會抗戰文學是左派文學而抹煞其成就。我認爲抗戰文學是民族的財產，有許多重大成

就，是中國新文學最光彩的時期。誠然將標準提高，也許抗戰文學成就不能與那偉大場面相比。我們還沒有第一流的偉大作品。而我們也知道，抗戰雖勝利，他的大目的並未實現。抗戰與抗戰文學都沒有達到應有的成功。抗戰的成敗與抗戰文學之得失，也是互爲影響的。爲了說明這一點，我們必須在中國民族運動的歷史中考察這個問題。

我先提三個要點：中國受列強和日本侵侮，根本原因由於國力落後；要建立不遜於人的國力，須先求思想學術之自立；但思想學術不克自立，接受外國人的思想宣傳，終受國際形勢之操縱，至今不能獨立自主。

中國新文學運動與中國思想運動不可分離。新文學運動是新文化運動之一部分，那是在西化主義之下進行的。

北伐前後俄化思想之流入，國民革命之分裂與波折，對西化主義之不滿，促成俄化運動，也便有革命文學、普羅文學運動。左聯在一九三〇年，卽三十年代之始結成，而這對於思想上俄化運動，中共之蘇維埃運動也是有促進之力的。這俄化運動對中國新文學是比西化主義更大的束縛力。

文藝自由論爭與抗戰文學對左聯的普羅文學運動是兩大解放力，這終於使左聯在民國二十五年，卽一九三六年瓦解。抗戰之時已無左聯，只有文藝界抗敵協會。然民國三十一年毛澤東在延安發表文藝講話，提倡工農兵文學。他以中共整個組織之力，把已經解散的左聯再組織起來。

民國三十二年我寫〈民族文學論〉，實際上是針對毛某這一談話的。我是一個單人，那影響自不能與毛澤東相比。而且西化派、俄化派同時對我反攻。（參看拙著《文學藝術論集》〈民族文學論〉）

毛澤東的「圖騰」與「五把刀子」（胡風語）在四十年代使抗戰文學發生變質。這再與太平洋戰爭發生後太平洋學會的活動配合，使抗戰精神也發生變質，此再與抗戰勝利時雅爾達密約，「接收」之破壞作用，內戰之擴大相關聯，使中國知識分子和作家再鑽俄化主義之牢籠。一代學術思想之幼稚或沒有充分成長，國際形勢之大變化，是使中國抗戰以及抗戰文學都沒有完成其目的的共同原因。此外，國共兩黨的作風也有作用。由於當時國民黨有政權，中共尚無政權，他們對知識分子的態度自然不同。即一面傲慢一點，一面謙恭一點。國民黨官希望知識分子「歌德」，否則就丟。國民黨丟，共黨就撿，所以知識分子與作家逐漸到共黨方面了。

此一丟一撿，竟在如今造成一大錯誤印象，以爲三十年代文學就是共產主義文學。實則三十年代並非左傾時代。有西化派的「新月」派和唯美派，還有幽默派，還有「自由人」與「第三種人」的運動，還有托洛斯基派，左聯亦非唯一勢力。三十年代實在是一百家爭鳴時代，而歸結於抗戰時代。

在三十年代的左聯實際上只有七年壽命而歸於民族主義。只是到毛澤東延安談話後，尤其是勝利後的內戰時期，才又逐漸向左轉的。這是四十年代之事了。然而，此時豈僅原來的左派，四十年代之末，所謂右派、西化派也成批向左轉了。

原來的左翼作家，也並非都是共黨，甚至是如魯迅所說是才子加流氓式人物爲多。例如郁達夫從來就不左。也有原爲左翼，後來退出的，楊邨人是最早之一人，他主張小資產階級文學。還有葉靈鳳，是摩登派。又如周毓英，主張法西斯蒂。魯迅在死前悔恨他受奴隸總管周揚的欺侮。而胡風則首先揭反毛澤東之旗。

至於抗戰文學如上可見，根本包括抗戰時代所有的作家，更非只有左派或共黨。東北作家中蕭軍蕭紅等加入左聯不久，就受到周揚排斥，而左聯也瓦解了。李輝英亦復如此，他現在港大教書，沒有什麼左傾思想。至於老舍，根本沒有加入左派，他的《貓城記》是反共的，《四世同堂》可說是擁護蔣委員長的。這一位抗戰文學的領導人物在戰後到了美國，後來中共將他引誘回去。他終難與毛澤東合作，在文化大革命初期被紅衞兵活活打死，然後將屍首丢在水中。可是他的抗戰作品在這裏似乎也是禁書。

更不幸的，前一代國民黨作家喜歡丢，現在若干國民黨的作家則把歷史也丢掉，不僅將三十年代丢掉，又把民國三十八年前的歷史一齊算入三十年代而丢掉，都送與共產黨。於是中國只有一千七百萬人，他們也就可以在此成爲中國文學的開山祖罷。

國民黨丢，共產黨撿，共黨撿去以後，並非尊重作家，而是當作奴隸。如不願爲奴隸，他便要整。當共黨在延安有小政權時，首先就整倒王實味。等到共黨拿到大陸政權，不斷的整。到文化大革命，毛江宣布三十年代爲「黑線」，意在一網打盡，事實上也整得所餘無幾。去年十月間中共第四次文代會開會，茅盾致詞爲四人幫所害死寃誣的著名作家達一百一十八人之多。(此名單見拙著《文學藝術論集》一一二頁)這表示中共對三十年代，對抗戰作家的仇視之深。

國民黨雖然丢，然而並不整。不過是不請你演講做官，不恭維你是青年才俊，官方刊物不請你寫官樣文章，至多務使你的名字不見於世。只要不做危害他的活動，還是有自由的，至少至少有不歌德之自由。雖然有人從事誣陷之事，畢竟不是黨的意思，甚至只是匪諜借刀殺人的陰謀。這便是國民黨的好處，老實說，這是我支持國民黨的最主要理由。

因此，我要爲三十年代作家說一句公道話：毛澤東先利用三十年代作家，終於稱其爲「黑線」；而在自由中國，有許多人——並非整個國民黨——以三十年代爲「紅線」；都是錯誤的、寃枉的。三十年代是抗戰時代。三十年代的文學主流是抗戰文學。普羅文學是三十年代初期的傍流，工農兵文學只是四十年代的逆流。

我說抗戰文學有許多成就，是中國新文學最光彩時期，理由何在？第一、在他由西化新文學的身邊瑣事以及普羅文學之矯揉造作解放，接觸民族之苦難和奮鬥的大事。第二、在他由模倣西方文學和蘇俄文學，走向自己的民族風格，注意到中國人自己的語言的特色；雖然仍然不能脫離模倣(如蕭軍《八月的鄉村》模倣法捷也夫的《毁滅》)，但民族獨立的意氣，逐漸脫離模倣的習性。第三、通過民間形式的吸收，自然縮短文言白話的距離，因爲中國的民間文學——大鼓、小調——也不是所謂純粹白話或「大衆語」。因此，第四、中國新文學從來沒有像抗戰文學那樣深入民間的。抗戰文學以文章下鄉、文章入伍爲目的是多少做到了。抗戰歌曲爲億萬人所傳誦，街頭劇爲千萬人所觀看，種種的獨幕劇在軍中在學校演出。抗戰文學對於鼓舞士氣和民氣是起了鉅大的歷史作用的。這表示中國新文學走向成年。

然而他沒有眞正成年，鑄造新的民族精神。等到抗戰勝利，民族主義因蒸發而稀薄之後，毛澤東提倡的工農兵文學發生分裂和腐爛作用，又是對於戰後之內戰發生刺激作用的，也就是對於抗戰精神發生破壞作用的。

雖然如此，有十四、五年的歷史的抗戰文學也必然要發生其歷史的影響。

要了解這一點，就要問毛澤東爲什麼要以三十年代的文學爲黑線，要將三十年代作家統統整死？因爲他們受過文藝自由思想的洗禮，他們受過抗戰的洗禮，也曾爲抗戰呼號。民族思想與自由思想使他們不斷反抗毛澤東思想。在青年的一代覺悟到他們爲毛澤東所欺騙，而由魯迅之文之啓發，發爲悲憤的文學之後（如吳眡所編《敢有歌吟動地哀》所表現的），三十年代作家之死和他們的文章，也就在轉變年輕一代的思想走向反抗。這便有天安門之大示威和魏京生的一代。大陸人權運動是抗戰文學思想之再生！

抗戰時期哀悼一個殉國士兵，「當他倒下了／他只曉得／所躺的是祖國的土地」的艾青，在共黨政權下被壓二十多年的艾青，不久以前寫了紀念天安門英雄韓志雄的詩：

思想是旗幟，
語言是子彈，
韓志雄的詩，
貼在紀念碑東面，
像燃燒的火炬，
像閃光的寶劍，
……
倘若魔怪噴毒火，
自有擒妖打鬼人。
聽，韓志雄的詩，
像響徹長空的雷聲……

一個貴陽的新的一代的詩人李家華則寫道：

叫倒下的站起來，
退卻的衝上去，
叫匍匐的抬頭仰望，
膽怯的振作精神，

……人類的歷史，很忍耐地等著被侮辱者的勝利，到那天詩人將以原告的身分出席人類最後的裁判！

裁判誰？華國鋒鄧小平們！今天大陸人民尤其是新的一代都知道鄧小平是利用人民、背叛人民的人，只是此處還有崇拜鄧小平，乃至對其認同的人。

要以民族眼光來看抗戰和抗戰文學。一切成敗得失都是屬於全民族的。自己的東西不要丟，讓人去撿。

(四) 反共之路必經由抗戰與抗戰文學之研究

抗戰文學固然沒有失敗，正轉變爲人權運動，因此抗戰也並未失敗。大陸無數的人還記得蔣故總統領導抗戰的功勛。

有人以爲今天只要反共，不要談抗戰和抗戰文學。我要問他們，如何才能反共復國？反共復國必靠大陸同胞合作。只有紀念抗戰，通過抗戰，才能使我們與大陸同胞體驗共同的憂患、光榮、挫折而一體同心。

紀念抗戰，了解抗戰，才能打破共黨的謊言。我想講一個故事。大家知道，有一位陳永生先生，原是厦門紅衞兵領袖，後來泅水到了臺灣，是一位有名的畫家，他的作品將在國父紀念館展覽。有一天他在厦門的街上看到一位斷手斷脚的乞丐，甚爲可憐。問他手脚爲什麼斷了。他說，是被日本人打斷的。陳永生說，那麼，你是抗戰英雄，怎麼會要飯？他說：因爲我是國民黨。陳永生問：你們國民黨還抗過戰嗎？那乞丐傲然的說：不是國民黨抗戰是誰抗戰？陳永生由此一驚，後來逐漸打聽，才確知抗戰是國民黨領導的，由此才知道中共一切的話都是謊言，最後終於決心反共，冒著生命的危險，泅水到了臺灣。中共的領導抗戰的謊言不是現在才說的，勝利之時他已經要「受降」！此無恥謊言，就是爲了掩飾其最大罪惡的。如果勝利之時毛澤東不作蘇俄之走狗發動內戰，而採取合法競爭和平建國的政策，則中國將成爲亞洲最富強的國家，今天蘇俄也不敢對大陸威脅了。

中共的謊言也促進日本人的謊言。他們先說七七第一槍是中國人放的，或者是中共放的。由此又逐漸造出日本人發動大東亞戰爭是有理的謊言。這也就是日本軍國主義復活的「理論」。紀念抗戰，了解抗戰，重振民族精神，才能杜絕日本侵略的後患。所以我主張研究抗戰文學，這不僅可以幫助我們研究抗戰時期的眞實，證明中共和日本人的謊言，而最積極的意義，就是可在抗戰文學中體認民族的愛心，在抗戰文學已有而尚未充分發展的成就之上——寫中國人民的生活感情和奮鬥，縮小文言白話距離，發展民族風格，脫離外國文學的模倣等——百尺更進。這將有助於中國人立場之復歸。無此復歸，我們無法再建中國人的團結，反共復國也就很難了。

所以當共產黨不要抗戰作家的作品的時候，我們要研究。他丟，我撿！

抗戰是中國民族鬥爭史上最大之一事，抗戰文學是中國文學史上最重要之一章。抗戰的成敗中有中國民族血的經驗，抗戰文學得失中有我們文學的教訓。忘記他，拋棄他，不僅使自己成為無根之人，脫節之人，這一定是敗家浪子，不能反共復國的。反共復國之路必須通過抗戰和抗戰的文學之研究。因為這才能鑄我們與大陸同胞共同憂患之感，一體之心。

這是一個參加了十五年局部抗戰和八年全面抗戰者的證詞。

——原載六十九年八月《中華雜誌》

中國人立場之復歸

——尉天驄先生編《鄉土文學討論集》序

尉天驄先生將年來討論所謂鄉土文學的文字編爲一集，希望我寫一序文。我已多年與文學疏遠，去年夏天常聽到對所謂鄉土文學之批評或攻擊，在此攻擊中也有人談到「文藝政策」。我是一貫的不贊成有所謂「文藝政策」的，於是才注意那些討論。我覺得那些攻擊是基於誤解，所以寫「談鄉土與人性之類」，著重在不願看見有文藝政策來對付鄉土文學。繼而我看了若干所謂鄉土文學的作品，雖然不多，我覺得那是一種值得歡迎的傾向。現在我想借此序機會談四個問題。一是所謂鄉土文學之意義。二是對所謂鄉土文學之誤解。三是所謂文藝政策問題。最後要一說我的希望：中國人立場之復歸。

何以說所謂鄉土文學是一種值得歡迎的傾向呢？

這必須放在我們的新文學運動史中來考察。而新文學運動是新文化運動的一部分，所以也必須放在新文化運動的過程中來考察。

（一）

「新文化運動」以及「新文學運動」兩名稱雖起於民國初年，但可以追溯到鴉片戰爭之後。鑒於中國固有文化不能保障中國民族的生存，大家主張效法西方。於是有兵工自強運動，有變法與革命運動，於是民國成立了。可是民國成立後，在袁世凱之時，中國進入軍權政治。而此種軍權毫不足以保障國家。日本人一紙通牒，便只有接受。而在袁氏的帝制陰謀中，過去新人物變為軍閥、官僚、政客，爭權奪利。一般國民原來對民國抱莫大希望者，至此變為失望之悲觀了。

第一個主張新文藝運動的，是黃遠庸。那是鑒於政治之無望，在文藝上來改變社會思想的想法。陳獨秀在民國四年辦《新青年》提倡新文化、新思想也基於同一想法。這時留美學生胡適受了龐德（E. Pound）影響，在民國六年初的《新青年》上提倡白話文，寫〈文學改良芻議〉，主張八不主義，是新文學運動之第一聲，接著陳獨秀寫〈文學革命論〉。此後新青年一律用白話文，開始了新文學運動，這也便成為新文化運動之有力工具。

此新文學運動是新文化運動之一部分，也是最活動的一部分，二者是互相推進的。

新文化運動、新文學運動至今六十餘年，我們應有如何的評價呢？

新文化運動的基本觀念是：中國過去的救國運動不成功，由於枝枝節節效法西洋。現在應該知道整個中國文化不適於現代生活，必須全部效法西洋或全盤西化。自此以來，一方面說，我們有許多新知識、新事物，是六十年前中國人所不知的（其實也大都是外來的或受外力影響）；可是另一方面，在全面否定自己的歷史文化而求出路於西化之後，不久第一次世界大戰結束時，西方文化之危機暴露了；我們又發現西洋文化也不適於現代生活了，乃由西化而俄化。從此兵連禍結，日本人乘機進攻。在空前對外大戰勝利之後，中國分爲兩塊了。大的一塊在俄人威脅之下，民不聊生。小的一塊還保持自由，然而他的將來在許多人心目中還是不定的。這就沒有理由不承認我們的新文化運動全體而言，至今是一種失敗——沒有出現一個眞正的中國人的新文化，保障中國民族在世界上獨立的生存，以及保障全體國民自由的生活。如果否認這一點而自誇成功，無非表示糊塗與墮落而已。

整個新文化運動如此，新文學運動又如何呢？六十多年中，我們誠然有不少的新作品，但是，就質而論，且不必說能與外國的大作相比者多少，就與所謂舊文學相比，又優劣如何？就量而論，新文學作品自始以至今日，其流傳尚限於知識靑年中。廣大國民所欣賞的是平劇、地方戲，武俠小說或偵探小說。再想想今天電視上歌星們所唱的流行歌曲比唐朝旗亭歌伎所唱者（王之渙、王昌齡、高適之作）如何？日本人是最能欣賞中國詩的。一位文學家鹽谷溫選了中國詩，甚至在日本戰敗亡國後選「中國詩選」爲復興其民族之助，但他對民國之詩，則以「蕪穢」二字盡之。如果我們的新文學家以古人之作皆已不足觀，而我們之新文學已在古人之上，則何其狂妄？然如果不能有勝於「舊文學」，又何足言「新」？

原因何在？這絕不是中國之江山業已精靈萎頓，不復能產生人才；或六十年間國無人才。主要原因，我以爲是當初新文化、新文學運動的領袖們學問與文學理論之不足，使新文化、新文學走上一個錯誤道路，一方面自斬其根，另一方面，專門模倣外國，以致整個民族精神趨於「自外」、「自失」或「精神錯亂」，卽西方人所謂 alienation 之中。此在他們還只是個人之自失，而在我們，則是全民族之自外，且不自知。這自然難望成功，只有敗壞人才。我們可以檢查此一過程。

新文化、新文學運動是大體平行的。所謂新文學運動大體可分爲四個時期。第一期，由民國六年到民國十九年。第二期，由民國十九年到民國廿五年。第三期，由抗戰到大陸淪陷。第四期，由大陸淪陷到現在。

先看新文學運動之前夕。那時候，在文學方面，既存勢力是桐城派的古文，還有選學（《昭明文選》）。這還是清朝桐城、陽湖兩派之餘波。而桐城更因曾國藩之提倡而益盛，以致嚴復、林紓翻譯西方文學亦用桐城文體。詩則同光體，亦卽宋詩之復興。

然隨著外侮之日亟，一種新文學運動也起來了。這便是變法運動後梁啓超的散文，這大體是明末諸子之文體；而亦多少受當時日本文由文體到語體之影響的（他還寫了白話小說與傳奇）；黃遵憲的詩，這是使用民歌體的；還有吳沃堯、李嘉寶的小說，此是「儒林外史」式的。而革命黨人除了南社之革命詩外，則已使用白話爲詩歌，如陳天華之〈猛回頭〉。白話報也在各地出現了。

如果循此趨勢穩健的前進，可能有一個更健全的新文學運動。由於民初革命後一種失望的反動與袁世凱之有意以復古飾其奸謀，民初是在一種陰暗消沉的空氣中。除了上述桐城文與宋詩之「京派」文學外，新的文章是章士釗的邏輯文（柳宗元體）與蘇曼殊的小說。曼殊小說還有革命氣息。等到帝制運動起來，在玩世空氣中變爲上海的《禮拜六》（雜誌名）與鴛鴦蝴蝶派。這是王韜和蘇曼殊之末流，「海派」的「洋場才子」的消遣文學。

此時確需要文學革命。《新青年》的新文學運動乃對此「京派」、「海派」而起。其所謂「新」，特色有二：

一、否定文言文，以白話文爲正宗。

二、無論在形式上、內容上模倣西方文學或外國文學。（所謂外國者，主要是日本與印度。新詩人多模倣泰戈爾的詩；「新月」派之「新月」二字來自泰戈爾一八九五年詩集*The Crescent*）

這是當時所謂「新」之兩大必要條件。僅僅白話不爲新（如章回體）；以文言譯外國小說亦不爲「新」。然這兩點都是不正確的。由於第一點，有長期的文言、白話之爭，而這又連到中國文化、外國文化之爭。此種門戶之爭，固然由於復古派的頑固，鄙白話派爲「引車賣漿者流」；然新文學派的宣傳，說白話與文言是「人的文學」與「鬼的文學」，「活文學」與「死文學」之類，也是無根據的。

㈠、無論何國，口說的語言與筆寫的文字總有距離。雖然西方是表音文字，語言文字是一回事；然如將美國人的日常談話和他們的小說一比，再與他們總統的國會咨文一比，即可知其間仍有距離。

㈡、中國文字因係表意文字，不是表音文字，語文之距離比西洋大；而另一方面，因中國文字多少將語言固定，使語言的變化又不如西洋語言之大，也便使語文之距離不如西洋之大。今天的英國人不能讀十四世紀喬塞（Chaucer）之詩，而我們卽讀西元前一千年的《詩經》，並非那麼難解。

㈢、文章總要求簡潔，可是太簡潔了又說不清楚，而說理、敍事、描寫、演講之功能又各有不同。就中國文而論，愈簡卽愈近乎文言。如打電報，必定像文言。章太炎的文章古奧，其實他寫文之「秘訣」，就是先用文言寫下來，然後去掉一切可省的虛字或不必要的字而已。而弗羅貝爾教莫泊桑寫小說，亦用類似之法。

又在口語中，因地域、職業總有許多特殊的方言、俗語，如外國所謂 slang；有的俗語因其特別俏皮成爲通用，但一般文字總求標準化，無論中外總是求其避免的。文學家總是將口語在文字上精鍊化的。各國的書籍，總是將一國人所說的話，轉到文字上，在轉移上，總有所修飾。這些文字，也成爲後來說話的基礎。所以文中有話，話中亦有文。何者是話，何者是文，並無截然的界線；例如「夕陽」、「風蕭蕭」、「春光明媚」、「依依不捨」、「是非自有公論」……也就沒有當時新文學家所說的死活、人鬼之界。（三十年代瞿秋白提倡「大衆語」，數年前此處有人說「其」字、「之」字都是死文字，皆無知而已）

㈣、眞正的文學是不死的。《詩經》、《楚辭》、唐詩、宋詞、元曲之不死，亦如荷馬及《舊約》中之詩篇，西方中古民歌之不死。這都是人類文學之財富。

㈤、中國語文之距離，有擴大與縮小兩種情況。自秦漢至六朝，參加文學活動的是宮廷士大夫，一般平民文學除記載於樂府歌辭者外，沒有流傳下來。但都市發展以後，尤其是印刷術發明以後，由於平民參加文學活動，白話文學必然起來。所以白話文學是都市發展的自然結果。在歐洲中古時代，他們的文人多係教會中人。西方現代史始於十五世紀者，由於是時各民族之首都形成國語，因而有民族國家；繼而各以其國語翻譯《聖經》，復由印刷術而固定，成爲各國國文以及國民文學之基礎。（但丁早一世紀以義大利白話寫《神曲》，則義大利城市發生最早之故）唐朝爲中國文學之黃金時代，亦都市發達，印刷術發明時代。唐朝可說是中國國民文學開始形成時代。所謂律絕稱爲近體詩（即當時現代詩），正因此是將六朝士大夫與平民的詩歌融爲一體之故。而在散文上，韓愈之古文是與唐人小說以及「變文」和白話小說同時起來的（此點陳寅恪曾言之）。白居易之詩老嫗能解，到了宋代，凡有井水處皆能歌柳詞，平話起來，講學亦用語錄體。語文已趨於接近。到了元代，是我們現在的「國語」形成之時。不僅戲曲，就是朝廷命令和法律，也用白話，因為那些蒙古人、色目人能說漢話，已不容易了。而那些白話，的確也有俗不可耐的。明朝對此反動而有前後七子的復古主義，主張「文必秦漢，詩必盛唐」。可是另一方面，有朱有燉、徐渭之雜劇，《琵琶記》、《荊劉拜殺》、《浣紗記》、《牡丹亭》之傳奇，里巷民歌亦極一時之盛。中國著名的白話小說如《三國演義》和《水滸傳》、《西遊記》，以及「三言兩拍」（《今古奇觀》是其選本），也都是在明朝完成的。然而對照起來，在明朝，形成了文言、白話的剪刀狀態。

但明人已在縮小這剪刀狀態。從王陽明起，歸有光（桐城之遠祖）、戴名世等都想改革當時散文。而袁宏道兄弟均為平易之文，並推崇當時民歌〈銀柳絲〉、〈掛鍼兒〉。到了金人瑞，已將《莊》、《騷》、《史記》與《水滸》、《西廂》同等看待了。而黃梨洲之文，常有不文不白的。

清朝文學大體上是明代之延長，剪刀狀態依然存在。一方面是桐城古文、陽湖駢文和唐詩、宋詩；另一方面，有《儒林外史》、《紅樓夢》、《鏡花緣》，下至《老殘遊記》等小說，〈十二樓〉、〈照世盃〉之短篇，《桃花扇》、《長生殿》等戲曲；皮黃京戲及各地方戲，大抵始於明而盛於清代。而招子庸之粵謳，是倣效民歌之新創作。

由此以觀，唐宋以來中國之文學，一方面雖有文白之剪刀狀態，然亦互相流注，而推陳出新。

㈥、一個新的文學運動似應縮小或塡平文白之剪刀狀態。可是新文學運動則誇張並擴大這一距離，並否定文言之爲文學——死文學。這不是事實。例如吳承恩有《射陽山人存稿》，吳敬梓有《文木山房集》，這都是死文學，而他們只有《西遊記》與《儒林外史》是活文學嗎？《紅樓夢》中也有文言詩詞，那不是活文學中又有死文學嗎？又如蒲松齡之《聊齋》是文言短篇，《醒世因緣》係白話長篇，能說前者爲鬼文學，後者爲人文學嗎？實則前者之中甚多好作品，故英人翟理士選譯之。以文言文爲文學正統，排語體文於文學之外，是偏見。而僅承認通俗文學爲文學，排文言文於文學之外，亦是偏見。兩種偏見都有害於文學之發展。不過前一偏見並未妨害歷代作家寫他們的語體作品，而後一偏見則大大妨害新文學之發展。首先，歷代史書和思想文獻，是用文言寫的。一個文學家不一定要是歷史和思想的專家，但那裏確有文學創作的鑛山。卽以文學而言，如愛默生所云：「語言文字是歷史之檔案。」無論文言白話，都是在歷史中形成的，文言作品與白話作品都是中國文學的寶庫。一個新文學家棄其一於不顧，便縮小了他的文學財產、欣賞和學習範圍，使他的理解、語彙及其變化的範圍貧之，亦卽使其操縱、運用中國文字之功能萎縮；而操縱運用文字之手段，是文學之基本工夫。許多新文學作家到了晚年喜歡寫所謂舊詩者，絕非反動或倒退，或由活文學而死文學，而是新的詩還未能結晶爲眞正的「新」體，而在那

「舊」格式中，還更能表現他的感情與思想。要之，以白話文言分新舊，旣無理由，亦有害於新文學。

就第二點而言，卽以必在形式、內容上都模倣西方文學等始爲新文學，損害更大了。

㈠、一般而論，人類的思想、學藝常在互相交換中，也常在相互影響中。文學藝術上外來的技巧、題材常豐富一國文藝之內容。而學習之第一步是模倣。這都是沒有問題的。佛教藝術、西域音樂，豐富了中國藝術的財產。中國文學藝術對於西方影響最大者，至少有四：⑴希臘羅馬之詩無腳韻，中古以後西方之腳韻，是匈奴人由中國帶去的。⑵西洋最有名繪畫，達文奇的「夢娜麗莎之微笑」上面之山水背景，是馬可波羅以降傳到義大利的。⑶西方音樂自畢達哥拉以來，與中國古代一樣，知道十二律呂以及其間有三分之一的損益關係。但亦如中國一樣，一直不能得到一個等律。明朝朱戴堉首先發明等律，大約百年後西方人才知道。⑷中國的瓷器以及庭園藝術到歐洲，促成十八世紀前期法國以及歐洲的羅可可藝術，此又爲十八世紀後期新古典主義之先聲。

㈡、然而不可永遠模倣。此將永不能脫離幼稚，永無自立之日。中國過去輸入佛教藝術後是有變化的，例如中國之塔不同於印度之塔。中國之觀音將印度之男性變爲女性。西方人在知十二平均律後，在音樂上大大進步於我們了。（中國反而對朱氏發明置之不用）

㈢、有絕對不能模倣的，首先是中國語言文字的規則。所謂語法文法，講兩樣東西，一是語尾變形，二是字的次序。中國與歐洲語言基本不同，卽中文無性、數、時間的語尾變化，因此，中國文法最重要的是字的次序，卽韓愈所謂「文從字順各述職（功能）」，而這是要在上下文中安置恰當的，而這本身包括一種邏輯思考。英文在印歐語言中語尾變化最少，也重視字的秩序。這是丹麥的英文學家耶士柏森（Jespersen）的重要發明。

國人不知此理。民初以來，黎錦熙等模倣英文文法講國語文法，講八大詞類。中國字既無語尾變化，便造不必要的字，此風傳到於今。例如，用不用「她」字，民初還有人討論。到了臺灣，則又有了「妳」字。（甚至於寫嘗試之嘗要加一口傍爲「嚐」，其實嘗字不是明明中間有一口嗎？）又如英文副詞不一定有語尾，只是形容詞變副詞時加語尾 ly，而若干名詞加語尾變化而爲形容詞。例如名詞經濟 economy，變爲形容詞 economical，再變爲副詞 economically。於是我們除普通形容詞之「的」外，對名詞變的形容詞作「底」，副詞作「地」。日本人將 economically 譯爲「經濟的ニ」。二十年代的魯迅便有「政治底地，經濟底地」的笨拙譯法，還自詡爲最好的直譯法。其實此在中國文法，無非「在政治上，在經濟上」，或者，「就政治言，就經濟言」，亦必如此才通。當然，外國人有新名詞，如「核子彈」、「人造衞星」，那是因有新發明而來。至於敍述描寫事物基本狀態，有四千多年文字之國，不會比人差。恰恰相反，他們「熱」「辣」不分，「靑」「綠」不分，「仰」要說「躺在背上」。當然，各國有慣例的表現方法，例如印度人的「如是我聞，一時佛在舍利國……」，而此譯在我國文法次序之內。此類歐洲句法，亦必須如此。因此，英文說 it rains，我們只能說「天下雨」或「下雨」，而不能說

「它下雨」。但我們既照歐文變更自己的文字，又倣歐洲句法而自詡歐化。幸而我們的第一外國語是英文，如是法文、德文、俄文，他們的變化更多，例如德文每一名詞有三性，俄文一名詞、代名詞、形容詞有四、五格的變化，那就不知將自己的文字變成什麼樣子。語言文章結構，各國不同，不由文從字順之原則研究自己語法模式，專模倣英文文法講中文文法，第一惡果是在小學就破壞少年對國語國文的興趣，覺得和數學一樣艱難，而且將許多亂七八糟的文法講得愈多，只有妨害思索。其次，是一旦與外國文接觸，不能對外國文之語法納入中國語法之中確實了解其意思，於是只有生吞活剝，不通了事。約翰孫云：「語言文字是各民族之身世。」又云：「幾乎一切行爲之荒謬，起於模倣那不能相似的東西。」一國文學的基礎是文字、語彙、文法，文學家是使用這些工具，同時又是使一國文字更豐富、精鍊而又充分發揮其多采多姿之功能的工匠，如果這基礎材料因錯誤的模倣西方文化而弄得俗濫腐敗乃至不通，就要使一國文學受到基本的損傷了。由此不通之中文還想進一步模倣西方文學，只有更爲不通了。文字不通，還有什麼文學、新文學？（近來常聽說國文程度低落之說，我想救濟之法，第一事是刪除所有國文課本中根本錯誤的所謂「文法」）

㈣、描寫、結構的技巧是可採用的，例如他們的油畫，遠近法。但是，題材、作風往往因文化背景不同，只能師其意，不能照抄。他們的神與我們的天不同。他們的女神與我們的嫦娥織女之類不同。我們沒有瑪麗亞和基督，但觀音和鍾馗他們也沒有。同理，他們的布爾喬亞與普羅和我國的性質也不同。此卽普羅文學之根本錯誤。他們的古典主義指希臘羅馬之風格，浪漫主義指他們的中古或原始風格，他們的寫實主義、自然主義乃以他們的工業社會乃至自然科學爲背景，這都是只能師其意的。至於象徵主義，或與他們文字之結構與聯想有關，或與他們的文學傳統——希羅神話、基督教和許多名著有關，一部分有如中國之用典。彼此之典不同。最平常之例，我們之羊象徵吉祥，魚可象徵富貴，而他們之羊則用以指好色之徒，魚可指怪人與臭嘴，而甚至共黨！而我們與其由西西弗斯 Sisyphus（推石上山，徒勞無益者）來看人生，不如由精衞塡海與愚公移山來看，更可體驗發揮中國人之精神。要之，我們應採用我之所無，而足以擴張我們的技巧，更發揮中國文學風格之長處的，而不是像許多女孩一樣，藉整容而高鼻藍眼，變成可怕的怪像。

㈤、絕對不可模倣的是立場、心境和「世界觀」。文學家是通過他的社會來看世界的。此所謂「世界觀」不是科學家、哲學家的抽象的世界結構，而是通過血肉的人心憂樂之感受的圖像。他要使其圖像眞實，必站在一個正當的立場，那也便是他的同胞的立場。這也就是必對自己的同胞的憂樂有一種眞心，於是他的筆也才有眞正的光與熱，使讀者共感。外國的作家是站在他們國民的立場看世界的，我們本不在他們的地位，而我們亦本有自己的世界。所謂「新」者，乃以前所未有之筆法寫自己獨到之見的當前的情景。眞正的新文學必須是描寫當代中國人的生活，表現當代中國的感情和願望，能感動、安慰、鼓舞，因而能團結中國人之心靈的。我們要脫出古人之窠臼的情景是古人眼光所未見的。但這不夠，因爲當前中國人是叫我們進入外國人的窠臼，因爲外國人的眼光也沒有看見我們社會的人民之生活，而卽使他們來看見了，也不過如旅客的心情，感到有異國情趣或奇異，不會和我們一樣的悲歡。這只想到他們過聖誕節的心境和我們過年時的心境之難於互換就可了解了。沒有自己和自己的同胞之心心相感而生的情感，而只是倣效他人之情感，此將有如從前殯儀館僱人代哭之滑稽，根本不會有文學，此則如何有眞正的新文學呢？

以上二者互相影響，使我們新文學之道路愈爲惡劣。愈將中國文學遺產分爲死活二部，卽去掉其大半，而白話的部分亦大抵限於流行的幾部小說，也不免感到離現代甚遠，有蔑視之意。於是許多文學青年只有變成一種「文學的普羅」，憑自己在學校課本上得到的語文能力，以若干翻譯的外國作品作自己創作的模範。僅僅白話不能造成新文學，擬古主義固不能造成新文學，而擬西主義也絕不能造成新文學。由於眞正的國民文學未能形成，於是中國人在文學上便有三個世界。一般人民寧願看舊白話小說或武俠。知識分子一部分寧可看過去的詩詞。於是所謂新文學者，只是一部分新文學家之間的讀物或交通工具。新詩不爲一般人所歌唱、朗誦或引用，只在新詩人中自相標榜。這種新文學失去民衆的情感之營養，當然貧血，而也便與社會脫節，加以模倣外國，結果只成爲知識分子反映和販賣外國意識形態的媒介。文學失去文學的功能，不是眞正的文學，自無所謂新文學、新國民文學了。他先是西方種種主義，繼而是俄國的馬列主義，現在是西方「存在主義」的文學廣告！這也便使我們六十年的思想運動走上自外的泥濘之路。

而現在西方人由於他們文化的危機，文學也走上一個泥濘之路。T·S·愛略特嘗論詩說：

我們關心的乃是語言，語言督促我們
將同族的方言淨化，
驅策心靈思前和想後……

然而現代的精神空氣中，文字「辛苦」，「炸裂」，「不堪緊張，滑溜，毫不準確的朽爛」，所以詩人們——

……以常在惡化中的破爛武器，
向囁嚅不清的東西進攻，
那便是在一團感情不準確的混雜之中，
只成情緒的烏合之衆……

而且，在精神上，「現代人」是怎麼樣的人呢？——

我們是空洞人，
我們是塡充人。
互相靠攏的時候，
頭罩都裝滿稻草。唉！

而德國當代大詩人里爾克（Rilke）感覺人生是在一個無航路圖之大海之中，人生之意義已成船破後的「漂浮物」；一切人生的經驗則成爲船破後的「拋棄物」，二者混作一團！（引自拙譯〈現代詩之危境〉、〈二十世紀文藝與批評〉）

回顧我們的新文學運動早有相似的情形，而因追隨他們更爲悲慘。我們的新文學運動沒有以新的文體團結中國人的精神，反而開始就在新舊分裂和西化、俄化中將我們的文字弄得支離破碎。我們因自外而失去自己立場，衝入大海中。整個的中國人已是船破後的「漂浮物」，然而還要在大海中相殺。於今漂到海島上者還有以他人船破的「拋棄物」爲彼岸者。抗戰時期我們一度有復歸自己立場之努力，終於又放棄了。現在又有這種恢復自己立場的傾向，我希望能夠成功。

在此一般的說明之後，以下可以極爲簡單了。

新文學運動之第二期，是第一期模倣西方運動之轉向。實際上第一次世界大戰後，世界風雲已經在逐漸變色，不過民國十年左右中國的兩大新文學團體（文學研究會與創造社）大體上還是在西方潮流之中的。民國十三年後馬列潮流輸入，也還沒有完全變更中國新文學的面貌。民國十七年後，蘇俄決定對華新政策——「只有蘇維埃才能救中國」。中共極力推進他們的思想運動，這開始了中國文學界的大論爭。到了民國十九年，左翼作家聯盟成立，這是蘇俄「拉普」（俄國普羅作家協會）的中國支部。這也更加推動了馬列主義之潮流。

雖然在三十年代初期，普羅文學一時聲勢甚大，但由於他在中國社會並非有根，也並未曾造成獨霸之勢。等到中國人民和青年反日潮流起來，而莫斯科也想利用這形勢而有所謂「統一戰線」時，左聯反而分裂了。

於是到了第三期。從抗戰前夕到抗戰，從東北到重慶，到中國大地之每一角落，在都市與農村，在學校和軍中，我們確看見眞正的國民文學之開始。在此時期，東北作家實爲先驅，因爲他們的家鄉，首先受到日本人的蹂躪（如〈八月的鄉村〉、〈生死場〉、〈沒有祖國的孩子〉、〈科爾沁斯草原〉、〈萬寶山〉）。在抗戰期間，街頭劇〈放下你的鞭子〉不知感動了多少人。〈松花江上〉和〈義勇軍進行曲〉幾乎成了人人會唱的音樂。（後者後來共黨當作「國歌」，但共黨不過利用他來竊抗戰之功，後來他們又以〈東方紅〉爲國歌，於今又有一新僞國歌了，我們倒可收回，不必認爲這是共產黨人的）民間藝術家山藥旦、富貴花父女以大鼓說抗戰，章回體小說《呂梁英雄傳》也出現了。還有老舍等人的抗戰作品（如《四世同堂》等）。這可說是新文學之正道，因這是中國人的立場之肯定與自豪。

然而，民國三十一年毛澤東已在講「工農兵文學」，這才是抄俄國人的「社會主義寫實主義」一套爲教條的，這是破壞文學界之中國人立場的。繼而我們勝利了，然而內亂再起了，在內亂內戰中，新國民文學的幼苗受到摧殘。在國際形勢變化與思想的混亂崩潰中，毛政權成立了。

在第四期的大陸，是中國文藝作家大受難時期。經過五次整肅和「文化大革命」，在焚書坑儒、充軍自殺之中，三十年代與抗戰時期的作家生殘者寥寥無幾。共黨只有三大「作家」：毛澤東、江青、郭沫若。但由新五四運動（鳴放）所洩漏的吉光片羽，以及由大陸逃出來的若干人的寫作，可知中國人精神之潛流還到處存在於地下，等待機會噴射出來。

臺灣是大陸以外大多數中國人所在之自由區域，應該是新文學可以發展的地區。在最初十年，這裏有反共的與回憶性的作品。

民國五十年以後，隨著美國影響之深入，日本「技術合作」之擴張，加工出口之積極，經濟上一時有一面的發展，於是西化主義逐漸抬頭。他們在思想上雖因「文化論戰」不利而頓挫，但在政治上、文學上逐漸發生影響。首先是臺灣大學外國文學系以「現代文學」爲名的教育，提倡美國三、四十年代所謂「新批評」(實卽形式主義)，搬弄現代西方人「自外苦」的嘆息而又不眞懂（如果眞懂，不會提倡「西化」，因西化是民族的自外），便只有欣賞D．H．羅倫斯和已成過去的佛羅以德，由此連到象徵主義，並鄙視中國根本沒有文學批評。青年一代的作家出來。小說的代表是《臺北人》，此是回憶和追悼過去大陸「貴族之家」之沒落的。許多詩人則主張文藝「是橫的移植，不是縱的繼承」，甚至要完全「破壞」「傳統」。除了臺灣以外，世界上還有任何國家的詩人說這種昏話嗎？英語世界最大的「現代派」詩人愛略特不是尊重他們的傳統的嗎？他們又自稱信奉外國人「自我」之信條，而他們的「自我」竟又是模倣前「世紀末」的象徵詩，而毫不想想，如果中國文字尚不能通，如何「象徵」？一味模倣洋人的頹廢，還有什麼「自我」？

民國六十年是自由中國一大關頭。一是中共進聯合國，尼克森宣布要訪問大陸。二是日本人乘機劫走釣魚臺。這對於在臺灣的本省人與外省人都給與大陸淪陷以來最大的衝擊。民族主義之起來，是自然而必然之勢。然而西化派、「現代派」則不然。他們認爲民族主義是「新義和團」，即使美國不要我們，還只有賴住美國和日本，決心吃日本人的「鴉片」；到去年上書卡特要求「保護一千七百萬人」，也就是以「兩個中國」爲最高目的。文學上的「代表作」是《家變》，並說文學就要不通！這《家變》表面看是伊的卜斯主義，不要那個家；如果象徵的看，那是不要那個國。他們有極特徵的宣言，「反對西化就是反對文化」，「文學目的在使人快樂」。

但在民國五十年以後，尤其是釣魚臺事件以來，有一批本省作家之小說出現，如〈第一件差事〉、〈將軍族〉、〈莎喲娜啦、再見〉、〈望君早歸〉、〈小林來臺北〉、〈工廠人〉等。此即一般人所謂鄉土文學者。這些作品與上述「西化主義」、「現代文學」恰成對照，也可說是對抗前者而起的。在這裏，沒有「六代繁華春去也」的將軍、貴族和名女人，也不是鄙視自己的父親之大學助教與學成歸國的留學生，或者因接近美國金斯堡、費林格蒂而靈犀領悟，站在帝國大厦上想到自己是中國人而感到恥辱的「詩人」。在這裏，是臺灣農村、小鎮或工廠中的「小人物」，一些勤勞、樸實，被命運或「頭家」們所顚倒捉弄的小人物。在這裏，沒有「快樂」的場面，或者漂流在灰暗的哀愁中，生活在衣食之掙扎中，或者在日本人「快樂」的時候嘗味正義的丑腳之酸甜苦辣，或者不甘心於受欺壓，以棺材表示義憤……。

這些作品大抵還是短篇或中篇小說，但有若干特點：第一、由於二十多年來國語教育普及之故，較之日本統治時代作家有更好的國文修養。雖然有時不免為我們「文法家」所誤，但也不遜於現在和過去大陸作家的文字。

第二、由本地人民的生活出發，有眞實感，這天地，亦不比三十年代以上海租界爲天地者更爲狹小。他們所寫的誠然是「小人物」，但大人物在神話中，在歷史上；小說世界的人物照例大多是小人物，只要「小人物」能與民族的命運關聯起來。了解這一點，那一個曾被日本人徵兵到南洋而回到臺灣的「鄉村的教師」，便代表著乃至象徵著許多人的命運，不過好多人不自覺而已。又如看〈莎喲娜啦、再見〉，可以想到民國十四年徐志摩的〈沙揚娜拉十八首〉。後者雖似詞藻華麗，卻抄泰戈爾的文字（如「最是那一低頭的溫柔，像一朵水蓮花不勝涼風的嬌羞」），而第十七首亦不免於輕浮。六年以後，日本在中國屠殺十四年，終於投降。在〈莎喲娜啦、再見〉中，日本人則以玩弄臺灣女子爲斬殺中國人之代替動作了。再下一步，不會是斬殺中國的男人嗎？這樣想，這便不是一個可笑的故事，而也有中國人共同的命運在內。

第三、他們對崇洋媚外者之腐敗無知、輕浮滑稽，常有辛辣的諷刺。在目前似乎有兩種「兩個中國」的構想，一是依賴日本人的「技術合作」，二是依賴美國人的「政治合作」。他們顯然皆所不屑。他們並且宣言，要由滔滔而來的外來文化、文學的支配走出，由自己的土地和同胞吸取創作源泉，要由自己的民族過去和現在文學中吸取營養，建立民族文學之風格，樹立文學上自立自強的精神。這是繼抗戰之後，重新復歸中國人立場之努力。所以我說是一個值得歡迎的傾向。

這不是一個孤立的偶然的傾向。這些年來，由大陸逃到香港的青年，如藍海文、寒山碧等都在爲祖國之再造呼號。一個曾在香港和菲律賓居留，到臺灣爲救人而死的青年李雙澤曾在一個唱外國歌的演唱會上登臺而呼：「爲什麼不唱中國歌？」在去年鄉土文學討論後，美術雜誌《雄獅》宣布改革，要「配合現階段文藝的發展」，「擔任此時此地中國人尋求尊嚴與存在價值的責任」，一面研究中國藝術史，一面吸收各民族文化遺產，「不能永遠寄養在西方文化的屋簷下做一個老站不直的中國人」，這都是同樣的抱負。

不論鄉土文學這一名詞是否正確，問題在於內容與志向，並非先定一好名稱然後卽有好文學的。這只要想到「道學」、「印象主義」原是譏笑的名詞卽可了解。何況，這是日本統治時代臺灣作家抵抗日本侵略的一個光榮的歷史的旗幟。而在若干年前，一位大陸來的女作家所寫的〈翡翠田園〉也可說是一種鄉土文學。鄉土對外國而言，反對西化俄化而回到中國人立場之意。鄉土今以此處之鄉土始，究必以到大鄉土之大陸終。這便是民族主義。

我不是說所謂鄉土文學沒有缺點，他還在開始。但他有可取的傾向，就是民族主義的傾向。

（二）

去年我聽到對所謂鄉土文學的攻擊，大抵說他是「三十年代的文學」，是「鼓吹普羅文學與階級鬥爭的文學」，是「工農兵的文學」，是「社會的寫實主義」亦即「社會主義的寫實主義的文學」。而根據則是因爲在鄉土文學派的作品或評論中，表示反帝國主義，認爲臺灣有殖民地經濟、買辦經濟，反對寡頭資本家，並同情低收入者和工農。

一切學問由正名開始。我且談談「三十年代文學」、「普羅文學」、「工農兵文學」、「寫實主義」與「社會主義」這些名詞。

一直至今日，還有許多人將三十年代的文學與左翼文學或者普羅文學畫一等號，這是由於我們對過去的歷史太脫節了。「三十年代」應指一九三〇到一九三九年或四〇年。左聯於一九三〇年成立於上海。正如中共是俄共（第三國際）之支部，左聯可謂「拉普」——「俄國普羅作家協會」之支部。然在三十年代初期，在北平，在上海，還有新文化運動以後的種種潮流；如西方的寫實派、浪漫派、象徵派、唯美派等。正是在唯美派、頹廢派潮流起來之時，才有革命文學、普羅文學之興。左聯成立以後，卽有民族主義文學對之而起，還有新月派、幽默派以及自由派與第三種人的呼聲。左聯因其組織技術以及魯迅之招牌，一時聲勢最盛，但旣無政治力量，也無知識界之一致贊成，從未統一三十年代文壇。到了一九三五年日本進攻華北，民族主義起來，蘇俄經由第三國際提倡統一戰線，並爲中共提出國防政府口號後，左聯反在民族主義潮流中分裂了。抗戰既起，一九三八年春「中華全國文藝界抗敵協會」成立於漢口，發行《抗戰文藝》之機關報，全國文藝界團結於抗戰之旗下了。民族主義之高潮不利於共黨。在延安的毛澤東在一九四〇年提出「新民主主義」爲蒙混之計；一九四二年提出「工農兵文學」重新組織過去左翼作家並給以部勒。而首先被犧牲的是魯迅派的東北作家。中共政權成立後，首先反抗的，是魯迅派的理論家胡風。此後中共文藝路線之實際主持者先爲周揚，後爲江青。等到「文化大革命」後，幾乎所有三十年代作家，除了郭沫若外，皆被淸算鬥爭。這也表示，三十年代的左翼文學，也不一定都是與「毛澤東思想」相符的，也便與「工農兵文學」不是一個東西。

理想與現實，是人類心靈活動之兩極。寫實與象徵，是自有藝術以來的兩種表現方式。象形與會意，是中國人造字的六書之二，而工筆與寫意，也是中國人繪畫的兩大傳統。就西方而論，中世基督教藝術是象徵的，寫實作風隨文藝復興而發達。此後經過古典主義與浪漫主義之代與，到十九世紀中葉有寫實主義與自然主義之極盛。寫實主義主張如實客觀的描寫，避免主觀、粉飾和表情。自然主義進一步要求客觀得如科學一樣，尤著重人物性格之環境決定力，也就發掘了更多的醜惡。不堪醜惡，便有象徵主義起來。他們追求「純粹美感」，認藝術無道德與社會責任，發展文字之音樂的暗示的技巧；然依賴麻醉品以求美，終使美與頹廢同義（所謂《惡之華》）。

此「世紀末」潮流成爲二十世紀「現代主義」之開端，亦卽西方文化危機之表現。象徵主義趨於虛無後，乃又有「新寫實主義」與「社會的寫實主義」之再起。此在二十、四十年代間，在法西斯蒂的義大利和羅斯福時代的美國，以及英國，都是盛極一時之潮流。

在俄國，在寫實主義之極盛後，二十世紀初是象徵主義與黃色文學時代。這成了共黨革命之先聲。五年計畫開始後，拉普成立。不得人望，史達林歡迎高爾基歸國，一九三二年解散拉普，成立「蘇維埃作家聯合會」，高氏爲會長。先是蘇俄共黨討論創作方法，有所謂辯證唯物論的創作法。高氏主張「社會主義的寫實主義和革命的浪漫主義」。高氏被史達林毒死後，社會主義的寫實主義成爲寫作教條。實際上要點有三：掩飾缺點，誇張優點，崇拜史達林與所謂勞動英雄。這在實際上恰恰是反寫實主義的——因寫實主義必須如實，重在客觀，不粉飾現實，甚至不辭暴露黑暗，此不可不知。到了德蘇戰爭發生，史達林則又大叫「蘇維埃愛國主義」。然西蒙諾夫之「俄國人」並不諱言紅軍之弱點。二次世界大戰後，史達林認爲有加強控制必要，什丹諾夫成爲蘇俄文化奴隸總管，一時有「什丹諾夫主義」之稱。「社會主義的寫實主義」仍然奉爲方針，但更加強檢查彈壓和逮捕。在赫魯雪夫批評史達林後，蘇俄一時有「解凍」之勢，乃有索忍尼辛之作品。但共黨知道「開放」之危險，不久復加緊控制。然自此官方教條亦難於維持，地下文學運動也起來，許多不滿於控制的作家常將著作秘送外國出版。這些作品很多是寫實主義的，但不是什麼「社會主義的寫實主義」。蘇俄文學界今天在動盪中。許多作家參加人權運動。以爲今天蘇俄還有史達林時代的「社會主義的寫實主義」，也是不確實的。至於中共，最近華國鋒依然說「堅持文藝爲工農兵服務」，「提倡革命現實主義和革命浪漫主義相結合的創作方法」。

由此可見，有些人將三十年代文學送與共黨，將其與「工農兵文學」混爲一談，又將「社會的寫實主義」與「社會主義的寫實主義」也混爲一談，並送與共黨，乃既糊塗，又爲共黨裝金。共黨僞造歷史，說毛澤東領導五四運動，將五四塗成紅色。國民黨領導抗戰，自己不珍重這偉大歷史，讓共黨冒充抗戰領導者，而此處也有人至今還在幫共黨說謊。如此將民國歷史大事都奉送與共黨，還可說最有反共經驗嗎？

將這些不同的東西（三十年代、普羅文學、工農兵文學）以及相反的東西（社會的寫實主義、社會主義的寫實主義）混爲一談，用到鄉土文學身上，顯然是虛妄的。

但鄉土文學確曾自稱是「社會的」，「寫實主義」或「現實主義」的。而且描寫了窮人，乃至於同情窮人，甚至描寫了窮人對不正不公之事據理力爭的態度。但我們要問這是不是事實。美國今天還有窮人，我們沒有諱窮之必要。維多利亞時代是大英帝國黃金時代。那時代之初期，憲章黨，救貧法的運動，成爲英國自由派的主力和政績。而那時代的代表作家狄更斯正是同情窮人的。這與「普羅文學」爲共黨政治宣傳工具者是兩回事。如果說不應同情窮人，則世界上無此文學。《塊肉餘生錄》與《悲慘世界》都寫窮人。在沙俄有一本有名小說就叫《窮人》。如果說今天我們已無窮人，也無黑暗，那恐怕恰恰是「社會主義的寫實主義」！

如有貧窮問題，我們應作如何診斷，如何處方呢？所謂鄉土作家在他們的評論中曾攻擊帝國主義、資本主義，說到殖民地經濟、買辦經濟。這與資本主義、社會主義的討論有關，這在世界上討論了至少一百五十年。其次，此與今天富國窮國經濟出路問題有關，這是聯合國成立以來就在正式討論的大題目，目前正在討論。因此，無法在此處詳細評論。我只提出這些問題之理論要點，並略說我的意見。

首先，我們應對資本主義、社會主義有一基本概念。資本主義是一種「將本求利」的制度，首先肯定私有財產，其次肯定人有將本求利之權，因此利潤亦當私有。資本主義是世界各國早就都有的制度，中國亦早有之的。俗語所謂「生財」，即資本。孔子所謂「貨殖」，即資本主義之意。子貢、范蠡是中國最早資本家，《史記・貨殖列傳》即資本家列傳。但資本主義有不同發展階段。中國在過去從未走出「初期資本主義階段」。西方國家也只是在十八世紀後期，即工業革命以後由英國首先進入「高級資本主義時代」。高級資本主義開始是自由競爭的，到了十九世紀七十年代，又變為獨占資本主義了。這高級資本主義就是「現代資本主義」。

社會主義、共產主義的思想各國亦早有之。但「現代社會主義」則起於「現代資本主義」之後。社會主義派別雖多，共同之點是否定私有財產。由於今日最主要的財產指工業、銀行而言，今天所謂「公」指國家而言。所以今天資本主義與社會主義之意義，即工廠、銀行是私有私營，還是國有國營之區別。

西方資本主義高度發展後，弊害百出，便有社會主義起來，而最言之成理者是馬克斯。馬克斯主義號稱「科學的社會主義」，卽因其並不以道德觀點攻擊資本主義，甚至承認資本主義在歷史上的作用，只是在現在（卽當時西歐），資本主義因其高度發達，造成自身生產力與生產關係不可解決的矛盾，「必然的」進於社會主義。此卽經由無產階級之階級鬥爭，奪取政權，實行無產階級專政，實行財產公有，以解放生產力。——他所謂無產階級指工業的勞動階級。

在馬克斯基本理論中有一要點，卽社會主義並非任何地方可實現的，必須資本主義生產力發展到一定程度，有多數而且團結的無產階級，才能保證社會主義之實行。而最後的共產主義還須在國際規模上實行之。所以〈共產主義者宣言〉的結句是：「所有各國的勞動者團結起來！」

當時西歐各國馬克斯主義者先後成立社會民主黨，利用議會，爭取勞動者的權利。

沙俄是資本主義落後之國，並無強大的無產階級。列寧組織「職業革命家」，指揮「蘇維埃」（工農兵會議），以暴力奪取政權，實行一黨專政，自稱「社會主義祖國」。並謂社會主義所以在俄國最先實現，因俄國是「資本主義最弱之一環」。此顯然詭辯。故考茨基批評他是恐怖主義不是共產主義。馬克斯所謂無產階級專政還是多黨政治，不是一黨專政。所以列寧主義是僞馬克斯主義，反馬克斯主義。

列寧在世之時，只說他是馬克斯之眞傳，並未自稱「列寧主義」，史達林才在馬克斯主義—列寧主義之間加一連字符，而有所謂「馬列主義」。這原是假冒招牌，但不僅中共相信，反共的人也將馬列史毛一併攻擊，正中共黨之計。因爲馬克斯關於西歐社會經濟之所說是有相當理由，並非凱因斯所能否定的。

於是俄國革命以後，社會主義或馬克斯主義有兩派。西歐派主張議會主義，逐步實現社會主義。蘇俄及其所立的各國共黨則主張暴力主義與一黨專政，只是必要時使用統戰策略（不過到最近歐共，又有新的變化）。

事實上，在第一次世界大戰以後，以及世界大恐慌以後，資本主義、社會主義亦有混合之趨勢，卽所謂「混合經濟」。一九四二年來，英國比佛利基提倡「福利國家」。

這都是歐洲高度工業國的情形。然則東方國家，或者殖民地、半殖民地國家應該怎麼樣呢？剝削這些國家的，是外國資本家，本國工業亦受不平等條約之束縛不能發展。無產階級在全人口中也是少數之少數。第一事當然不是社會主義，而是求得國家獨立。但獨立以後再走西方老路，又去階級鬥爭嗎？孫中山先生是第一個注意這問題的人，乃有其三民主義。這是民族獨立，民主政治，國營、民營並進，並保護農工利益，避免階級鬥爭的政策。蘇俄利用國民黨的計策失敗以後，才命令毛澤東幹「工農兵」政權，其實也沒有什麼工，只是藉燒殺裹脅，化農爲兵而已。

社會主義中之無政府主義在清末已輸入中國。《民報》首先介紹馬克斯。民初江亢虎成立社會黨，講馬克斯主義。國共合作後社會主義才大爲流行。二十年代的知識界除了梁啓超外，很少不講社會主義的。甚至黎元洪在其遺言中也勸國人行「國家社會主義」。到了一九二九年世界經濟大恐慌後，馬寅初也講統制經濟了。然社會主義究竟是什麼，即共黨之人也沒有多少人了解。

三十年代前後，在人云亦云的空氣中，我也曾以社會主義者自命。一九三四年，我到歐洲，看見莫索里尼與希特勒的社會主義，翌年到蘇俄看見史達林的社會主義，那時日本人在東三省也自稱「皇道社會主義」或軍部社會主義。我才恍然大悟：馬克斯說社會主義必有強大的無產階級為條件是正確的。社會主義要問由誰來實行，誰代表那「公有」之公，也還要有「公有」的對象。社會主義不能由革命職業家和自稱社會主義者來實行。如說公是國家，要看國家在誰之手。政權在寡頭之手，社會主義即最獨占的資本主義。所以蘇俄的社會主義實際上是「共黨獨占資本主義」，德國是「納粹黨的獨占資本主義」，日本是「軍部獨占資本主義」。在一切個人的私有財產被剝奪後，他們就可由控制你的腸胃進而控制你的神經了。再者，沒有大工業，也便無可「公」之物。看了歐美人之富，想到中國人之窮，我認為即令要共產，也還要先造產。從此我認為中國問題是首先求民族之獨立與民主政治之實現。為了充實民族民主之基礎，民族的或國民的資本主義反而必要。人人有合法的將本求利之權，才能促進生產事業之發展，並保障知識分子個人人格與自由。民主未實現前，由國家統制，即由官僚統制，這恰恰是同治新政與明治維新同時，而結果國力強弱大相懸殊之故。中國之痛苦，被列強及日本侵略之由來，不是由於資本主義，而正是由於資本主義之不發達，此馬克斯主義根本對中國無用之故。

抗戰歸國後，我提倡我以上見解，為許多老朋友所詫異。我不贊成以社會主義解釋民生主義，汪精衞在紀念週中對我大罵，並暗示羅敦偉出面控告我（見《羅敦偉回憶錄》）。幸而不久汪到日本人那裏去了。而此時支持我的，是前中共家長陳獨秀先生。這至少可使許多人了解，這問題不是那麼簡單的。在戰時和戰後，我極力主張政府扶助民營事業，扶植中產階級。又在勝利前反對中蘇友好條約。但中蘇條約造成俄帝共奸合流後，通貨膨脹毀滅中產階級後，共黨取得政權了。

第二次世界大戰以後，過去的諸帝國主義者倒了，美俄兩超強起而代之，殖民地半殖民地紛紛獨立，形成所謂「第三世界」。美、俄爭奪第三世界，後者在政治上思想上亦彷徨於美俄之間。他們在政治上獨立了，可是經濟上依然落後或在開發中。他們如何發展工業呢？西方經濟學家對他們說，經由與先進國的「貿易」好了。但第三世界也有經濟學家，如拉丁美洲的 Prebisch、印度的 Singer，證明開發國與開發中國家間的「貿易條件」是不平等的。西方的經濟學家中如瑞典的彌爾達也同意這個看法，並勸告開發中國家切不可走西方自由資本主義之老路，也不可走馬克斯主義的道路，最要緊的是要有計畫，維持民族主義之體制，那也就是要防止過大的貧富不均，尤其要避免通貨膨脹。

到了臺灣以後，流行的經濟觀念一百八十度的轉變。那些由美國留學回來的，尤其是聯經集團的青年才俊宣傳，凱因斯打倒馬克斯了，再也沒有帝國主義了，臺灣的經濟已經是資本主義了，依照我們的成長率，馬上就是開發國了，要消費，要加工出口，要依賴日本，鴉片也得吃，要發展觀光事業，還要發大鈔！不是資本主義就是社會主義，就是共產黨！於是我又曾反對這些只看了幾本美國教科書，既不知戰前的中國，也不知今日世界經濟全盤局勢的謬論。凱因斯是富國救急之術，非我們所能行。他並未打倒馬克斯。新殖民主義這個名詞不斷見於聯合國的文件，不是我們所能否認的。第二次世界大戰後，科學技術空前進步，有「第二工業革命」之稱。新帝國主義便是新技術的帝國主義。我們在第一工業革命中落伍，造成百餘年的國難，終造成大陸之喪失。如果又在第二工業革命中落伍，將永無翻身之日。所以我們當務之急，是在政治上獨立之後求科學技術之獨立。須知今日經濟成長之計算法是先進國以技術獨立爲前提的。沒有獨立的技術，只是勞力的增加率。對美國技術獨立並非一時之事，而美國的危險亦較小。貪圖日本人的小便宜，依賴他的「技術合作」，進行加工出口，是讓日本人控制我們的科學技術永遠不能自立，卽永爲其經濟上之附庸，則害莫大焉。除了日本人爲了確保其外交獨立必須重占臺灣這一點之外，如不能脫離對日的技術依賴，加之我們的貪汚老病非一時所能治，而日本人素來善於製造貪汚，我們便只能發展一種買辦資本主義、官僚資本主義，貪汚之風只有日益加深擴大。而這種「資本主義」必須在一般企業收入中支付日本的「合作」費用與貪汚費用，便只能靠剝削工人，壓榨農民來保障其利潤，此必然要引起社會問題，卽將製造階級鬥爭，給共黨以可乘之機了。

由於一般的人民已開始受到我們的這種畸形的附庸的資本主義之害，似乎許多人又很仰慕社會主義了。但我又希望他們考慮他們所想的社會主義是什麼？如何來實行？由誰來實行？對於我們現在所有的公司行號如何處理？對於滿街的大小店鋪又如何處理？老實說，社會主義原是西方富國中窮人解決他們問題的方案。社會主義可以治西方窮人之病，但不能治中國這窮國中窮人之病。今日要行社會主義只有三條路。一是走英國工黨、德國以色列社會黨之路，我們顯然無其條件。二是將一切工廠銀行都交與政府，亦即國民黨所有。我想誰也不會贊成。三是玩馬列主義。當初共產黨人宣傳馬列甚得同情者，一大原因還是由民族問題出發，相信只有資本帝國主義，社會主義之下沒有帝國主義。其實一國政治學術經濟不獨立，在社會主義下一樣做殖民地。今天中共不是大叫「社會帝國主義」嗎？（這名詞是一九一八年一個奧國人提出的，四十年後，中共才由捷克人使用而使用的）要知道波蘭、匈牙利、外蒙古是「社會主義國家」，現在的越南、高棉也是「社會主義國家」啊！

我依然主張民族的資本主義——這包括發展國家的資本與一切國民的資本。一定要集中最好的經濟專家、科技專家，訂立好的計畫，實現本國工業的獨立。可以利用外資，但必須避免買辦資本主義。還要行民主法治，避免官僚資本與政治寄生資本主義。我們還有普遍發展大中小企業必要，要避免獨占資本主義，也必須保持農工業的平衡發展。還應在稅制上、銀行政策上，處理利潤，使其有相當部分轉入再生產及研究發展過程。也要有良好的勞工立法，充分保障工農及薪水階級的生活，以保持國民的團結。此外，必須避免通貨膨脹，以免人工的製造貧富。要之，務求政治獨立與經濟獨立，政治民主與經濟民主。今天在臺灣應該如此，將來在大陸亦然。這才能爲第三世界樹一新型經濟。

我不能要求大家相信我的話。但我研究過經濟史，看過世界上討論經濟思想政策問題的書，研究過中國經濟問題，不是人云亦云。不要在受了馬克斯之害之後，又來受凱因斯之害。也不要因爲反對西方資本主義就歡迎他們的社會主義，這還是西化。中國以及第三世界出路必須超越二者之外，走合乎全中國人及各落後國需要之路。我的民族主義，民族文化與文學，民族資本之主張是一貫的。這是符合於民生主義與三十年來第三世界經濟學家之研究的。

鄉土文學不是「工農兵文學」之類已如上述。他們對臺灣經濟提出了問題，卽我們表面繁榮後面，仍有廣大的貧困與不幸。否認這些問題，否認帝國主義，殖民地經濟，買辦獨占資本之事實，是沈溺於現狀，拒絕改革。我不贊成社會主義，不知他們是否主張社會主義（主張鄉土文學刊物之《夏潮》因將「社會正義」誤排爲「社會主義」，已聲明更正），但卽令主張社會主義，則作此主張者頗有其人，亦是學理與思想問題而非政治問題，也不是「文藝政策」所能解決的。

(三)

「文藝政策」這名詞常被提到，不自現在始。

廣義言之，歷代帝王都有他們的文藝政策，如秦皇、漢武、曹操父子、隋煬帝、宋徽宗，明朝的嘉靖，以至清初諸帝；又如英國的克倫威爾，法國的路易十四，拿破崙第一、第二，俄國的尼古拉第一、第二。特別討論到文藝政策，則與馬克斯主義有關。巴黎公社曾經討論文藝政策，很有趣的，他們主張政府對文藝取中立政策，當時寫實主義大畫家庫貝認爲政府不應對任何派別與個人予以支援。以後德國社會民主黨討論文藝政策，結論是兩點：當應承認文藝的自由，但作家亦當盡量抱有進步的世界觀。

到了列寧，才宣布「文學必須是黨的文學」。於是有普羅文化協會及其普羅文學運動。在史達林專政以前，俄國共產黨曾多次討論文藝政策。但大體還沒有完全否定文學之自由，還容許「同路人」的作家。

史達林獨裁以後，拉普成立以後，普羅文學才成爲政策的要求。彈壓控制日趨嚴酷。這最後發展爲「什丹諾夫主義」——這是文藝政策之代表。到了中國，便有「毛澤東思想」、「周揚思想」、「江青思想」。

全體而論，沒有文藝政策是成功的。以拿破崙之「雄才大略，文武兼資」，最後了解「筆戰勝劍」。這是值得注意的，政權的保護可以使科學進步，卻不能得到文藝的開花；而壓迫則只能造成沈默、阿諛和陷害，如有一時效果，那只能說是由於暴力，而非政策。更壞的是，壓迫常常只能造成反效果。這是三十年代之初我們的「文藝政策」所證明的。

所以，我以爲，有憲法保障思想著作之自由，有刑法制裁危害社會之活動，即無文藝政策之必要。如要有文藝政策，那便是在憲法範圍內對學術文藝作一般鼓勵，供給研究、創作的便利，解除寫作的困難，保持自由創作、自由批評的風氣。文學的標準首先必須是文學，而批評首先必須是批評。

而對鄉土文學更用不上文藝政策。如果他是不滿現狀，則中外古今固然沒有一個人人滿意的社會，讓不滿正當發洩，正是安定社會之道。如果不滿的問題確實重大——如我們的經濟問題——則提出問題，那正是應在政治經濟政策上求解決的。

然如果有人宣傳或主張普羅文學或工農兵文學，那當然是另一問題。不過據說主張工農兵文學者只有一二人。如果眞有一二主張者，可用兩種方式：一是批評。我想三句話卽足。第一句話，普羅文學、工農兵文學是階級鬥爭的文學工具，中國人的使命是團結不是鬥爭，文學的使命也是團結不是鬥爭。第二句話，一切文學都要求眞實，卽歌德所謂「詩的眞實」，工農兵文學模做社會主義的寫實主義，卽掩飾眞實與個人崇拜，根本是反文學的。第三句話，要知道工農兵文學的結果如何，看大陸的恐怖，以及毛澤東江青的命運好了。如果不是思想，還有行動，則還有治安機關與法律，也不是文藝政策問題。到了最近，有人指出，所謂主張工農兵文學的「一二人」，一個是《詩潮》的發行者高準。他已有一文自己答辯了。其次，是此書編者。這是由於在一座談會中有人指摘「鄉土文學」是不是「工農兵文學」時此書編者之答覆而來。無論他當時之答辯是否得當，他既聲明沒有主張毛澤東的「工農兵文學」，則還要指定其是，那就是無中生有了。

要求文藝政策即要求什丹諾夫主義與毛江思想。所以，政府也沒有文藝政策。

(四)

這一次「現代文學」與「鄉土文學」兩派之論爭，在海外引起很大的關心，但我想，如一切討論常常有益一樣，這討論亦然。

這一次的討論，一部分出於誤解，一部分亦與立場有關，也便是一種新舊之爭。二十多年以來，自由中國區域有民國以來空前未有的安定，有一定的成就，也養成了一定的偏安心理，而在偏安中在各方面都形成「既成勢力」。在經濟方面如此，在教育文化學術方面亦如此。文學上的「既成勢力」大概是：若干自命文壇元老的人物將文藝團體變成專利的衙門，沒有文學上的研究討論，當然使得文學停滯。他們主張對三十年代文藝一概禁止，而他們的「三十年代」算法很長，政府遷臺以前，皆在「三十年代」之內。這大概便於他們成為自由中國文藝的開山祖罷。其次，大學的外文系的教授，則以「新批評派」或「象徵派」兼佛羅以德派（我不知他們是否自稱象徵派，但他們講「純粹美感」）為主流，還有象徵派新詩人之羣（如《七十年代詩選》）。還有一二作家學者，他們都是在美國風、日本風中的成功者。他們的世界觀有三：一、現在的臺灣縱非黃金時代，也是白銀時代。二、傳統要否定，民族主義也是很落伍的東西，是新義和團。三、文學在使人快樂，那就是他們提倡的「現代文學」。但美國風有逆轉之勢，於是他們又有生存哲學家所說的"anxiety"了。

因此，至去年，這些文壇的既成勢力對於已出現數年之所謂鄉土文學就忽然感到是一種討厭的異類。爲什麼對於今天的經濟奇蹟還不滿意？這不合乎「人性」！民族主義將美國人日本人弄走了如何過活？正如見駱駝謂馬腫背一樣，而且反而恐怕是虎狼來到，所以便要求文藝政策了。「當前文學問題總批判」代表他們的誤解。知識與事實的誤解，已如上述。但他們還有更大的誤解，最好的說法是驕傲與偏見。他們自以爲是反共的，反共至少在文藝上就要聽他們的領導。即使他們文字不通，也要受不通領導。否則就不是好東西！我自信反共不後於人，但他們的文學觀與世界觀恰恰是邀請虎狼的。

首先要知道，象徵主義與頹廢之類是促成共黨發展的引火物。一九〇五年後俄國的象徵主義與黃色文學流行，刺激了馬克斯主義之發展，因而有一九一七年之革命。這看看俄國史與俄國文學史卽可了解。九一八以前上海的象徵派、唯美派甚盛，左派只拿愛倫堡的一句話「一面是莊嚴工作，一面是荒淫與無恥」就能吸引青年，此我所目擊。臺灣的鄉土文學正是反抗「世紀末」文學而起，幸而因有民族主義，他們不是虎狼！然鄉土文學也是一警告，必須改革一切不公不正的情況，停止模倣那「世紀末」文學的呻吟與吶喊，才能阻止狼來！頹廢絕非黃金時代之象徵！要知道在崇洋媚外中，「人性」已經在淪沒與歪曲了。兒子趕老子還算人性？必靠日本美國活命還算人性？不以此為違反人性，反以要求公道，要求自立自強為不合人性，豈不太怪？

如以文學目的在使人快樂，那麼，整個人類文學是失敗的！讀讀文學家的傳記，有幾個人是「快樂」的？在唐代，陳子昂、王昌齡竟皆死於小縣官之手，杜甫窮死，李白發狂而死，只有高適比較幸運。外國也一樣。像歌德之幸運者太少了，法國文壇巨人雨果以議員身分彈劾拿破崙第三過了十八年流放生活，另一大人物左拉為爭正義，窒息而死；托爾斯泰是伯爵，不去享福，暮年出走，在雪地中落荒而死。其他音樂家畫家大抵皆然。樂聖貝多芬一生在窮困中。唯畢加索特別幸運。以文學求快樂，絕對失敗，除非以文學為騙術，騙青年，騙女孩，就歌功頌德也是騙官吏！否定文學傳統，必定文章不通。不通的文章猶如五官四肢畸形殘缺之人，這沒有什麼可驕傲的。中文通，不一定外國文通；然一個中國人中文不通，他的外國文是一定不通的。

民族主義不是了不得的道理，但是世界各國無論強弱文野，立國的第一原理。就中國而言，無非是中國人共同立場之意。這就是要保持中國民族的自尊心，保持中國人之間之公平，不相侵侮鬥爭，團結以求自立，不依附外人，不受外人侵侮，並由九億人之利害觀察世界。違反這原則，必定走到腐敗、墮落和無知。共產主義到處是乘腐敗墮落而來的。但東歐的共產主義已經變為民族的共產主義了。只有我們大陸的共黨還要「堅持無產階級的國際主義」——今天即使黑人也在研究他們的歷史，或者求「根」來加強「自我」與自由信念，只有臺灣的現代派詩人要切斷自己的根！

這是崇洋媚外的驕傲與偏見，實卽墮落，其可怕有如古代亡國昏君，憑其近利私智，妄計天下之事，以其妙計可以定位安邦，而不知適爲引火自焚，反而要仇視忠良。幸而他們不是皇帝。如由他們決定文藝政策，那便是以一種什丹諾夫主義決定買辦主義的寫實主義，製造階級鬥爭！

天驄編的這本書，有澄淸這些誤解與偏見之用。據我看有關的資料，天驄是最早看出鄉土文學價值的批評家。這也許是他被誤解爲主張「工農兵文學」之故。在此討論集中，他將反面的主要文章也都收進去，這態度是公平的。（他說還有許多文字未能收入，乃因恐未得同意發生版權問題之故）

無論任何問題需要公開討論才能找出眞理，而討論必須公平。「不打不相識」；經過此次的討論，我想可以促進大家之相互理解，有利於團結，共同從事於文藝之正業與正道。

雖非「虎狼」，但鄉土文學對當前流行的文藝傾向確是一種挑戰。我希望「現代派」作家以眞實的勇氣接受此一挑戰。此應不是不實之攻擊或文藝政策之要求，而是首先檢討自己。如果追逐西潮及其末流不是出路，描寫自己人民生活原是文藝之永恆主題，則大陸來的靑年作家應以更好的文筆，更廣大的眼界，寫更大鄉土的人民。（雖然眼不能見，但可以由回想，由各種報導，由研究加想像）這就是一種競爭——高尙的競爭。

當然，這不是說不要批評。沒有批評，沒有進步。但批評必基於批評原理，必須言之成理。（而「總批判」中對鄉土文學之批評竟無一篇是合乎文學常識或言之成理的）而我所希望者還不止此。

我沒有創作的才能。但在我長期研究世界文化史、思想史過程中，我知道一點文學史與藝術哲學。基於比較文學史與藝術哲學的知識，使我有下列八點信念：

一、近百餘年中國之不幸，基本原因在科學之落後。然科學與文藝，並非成正比例發展的。中國的文學與藝術，在世界文化史上是有很高地位的。在「西方文化中心論」崩潰後，這一點日益爲西方人所認識。這只要看一九七四年《大英百科全書》將東亞的文學、視覺藝術、音樂與西方的等量齊觀，卽可了解。過去許多新文藝家，乃至今日自稱講比較文學史者以及自稱新詩人者妄自菲薄，實由對於中外文藝之二重的知識不足，尤其是對文學之性質、功能之知識不足。

二、文學是運用一民族文字之藝術，表現民族之生活與感情，促進一民族之美意善意，而使其親密團結的。一切藝術之活動，總起於個人與社會之精神交感作用。一個社會的生活萬相及其苦樂悲歡，使藝術家發生感興，創出他的作品，再與社會以感動。所謂社會，總指一國民族與國家而言，而藝術所在的社會，首先必然是自己的民族與國家。此藝術所以總有民族的色彩。而文學還有與其他學術不同的傳達媒介與符號。科學使用國際的符號（如數學），藝術的色彩、聲音也有甚大的通用性。而文學必用一民族的語言和文字，以此語言文字記載的神話、傳說、歷史故事，固然是有民族性的，而此語言文字的文法結構、修辭技巧、詩詞格律，也是有民族性的。由此傳達媒介使文學成爲一國民最普遍的精神財富，雅俗共賞。這不是說文學以國家爲界。此文於人類有共同的心性、命運與願望，所以文學是人道的，此古今中外文學能互相欣賞之故。此文學之共性。然只有一國的人最能描寫那一國人民的生活，欣賞那一國的文學，而此亦一國最精鍊文字之詩難於翻譯之故。此文學之民族的個性。而作家個人的個性則又在此民族個性中顯示其特色。

一切藝術之目的在於美化人生與人心。而所謂美化，是始於眞，成於美，而終於善的。現實並非都是美與善的。藝術絕不能故意顚倒現實，而毋寧是加強現實之特點，而總暗含抑惡揚善、抑醜揚美之意；但他不是說教或宣傳，而是顯示美醜善惡之對照，使觀者讀者自行體會，有動於中，使心靈更光明純潔而崇高，改善其行爲；亦唯有在此光明純潔崇高之境界，才能使人心發生相感相通之作用而團結起來。文學藝術之原料，總在宇宙與人生萬象之中，作家由此採擷，然後吐絲釀蜜。但他也必須有博大的愛心，對人生的誠意，才能看出他人看不出的東西，而繼之以苦心的經營，暗示一種境界，給其同胞以安慰、鼓舞、啓發，在潛移默化中鑄造一個民族之感情與意志，使其更爲人道，也便成爲團結一個民族精神的分母、紐帶與水門汀。文學必須是由自己心中流出的眞情，而此眞情亦因萬人之共感而擴大其源泉，蓄積爲一國共同之教化源流。在此意義上，「爲人生而藝術」與「爲藝術而藝術」本不衝突，因爲藝術原是出於人生而也是爲了人生的。

但是，「爲普羅階級而藝術」（共產黨），「爲我自己而藝術」（D・H・羅倫斯），或者「爲皇帝而藝術」，或者，如〈一九八四年〉中所描寫的「爲老大哥而藝術」，都是違反藝術之本性的。文學必基於善心、正義。因此，鳴不平，甚至伸憤怒。然如果是以暴易暴，亦善心正義之破壞。文學必須能引起人類之共感。「爲皇帝而藝術」，「爲老大哥而藝術」，只能使一人高興，而大家作嘔。同樣，一個小偷失風，也不能引起同情之淚。

凡此語言詞藻之運用，情景之表達與結構，教化團結之效果，是我們理解與評價文學之要點。

三、文學之發展，亦有與科學不同者。科學是知識之蓄積，可以不斷進步，舊知識舊機器等於廢物。文藝求人類情感之通連，而情感無新舊之可說。說二十世紀人類之喜怒哀樂，親子男女之愛，比原始人類「進化」，或者原子彈下之死比石斧打死更爲「進化」，總是荒謬的。不過，文藝之種類、表現的技巧、人生的場面及其變化，隨一般文化之進步趨於多采多姿而已。然人類趣味，又有一種反覆性，雄壯與優雅，華麗與素樸，時常循環。而人類卻又喜歡改變，不喜單調。和而不同，斯爲美。所以文藝製作總要推陳出新，各人亦爭奇鬥巧。此種花樣翻新，即在同一時期，也是無限的。而所蓄愈多，變化之可能性愈多。此文藝上之新舊之意義與科學並不相同。全部文學史皆爲有用。

四、然文藝也是一國國民活力之標誌，且爲文化中最敏銳部分。當一個時代，一個民族所蘊蓄之精力旺盛，要出現一個新的文化時代之時，一定先在文藝上顯露出來。但丁預報近世西方之精神。義大利文藝復興推動歐洲文化之復興。西班牙、葡萄牙、荷蘭、英國之勃興，皆以文學之勃興爲春燕。十八世紀之法國，十九世紀之德國，亦復如此。十九世紀後期俄國人的文學黃金時代，表示這民族活力，這也是使他能在二十世紀進行危害世界的氣力之源頭。而愛默生以來的文學活動，也才使美國在政治獨立後在心靈上趨於獨立。唐代文學之盛況，在隋代、在初唐已經顯露了。一代之與盛總看見人才之輩出，一二先驅只是其中最敏銳者而已。同理，一個民族、一種文化在衰敗時，亦必在文藝上反映出來。而在一民族已在政治經濟上解體之後，甚至在已被人征服之後，只要他有文學保存其民族精神、希望和勇氣，那也是此民族遲早復興的預約。

五、一國文藝之盛衰與一國一般文化與政治經濟學術之實力有密切關係，然文藝與政治之關係，則常有距離，並非常常一致的。因爲政治最現實，而文藝總多少是理想的。他與政治之關係不宜過於密切。直接的壓迫，固然可使文藝受到摧殘，然以政治勢力來直接扶植、溫室保護或揠苗助長，也不會造成眞正文藝的發展。文藝需要自由民主，即自然成長、自由競爭。沒有一種文藝潮流是政權開創的（除了八股）。

六、藝術不是商品，必須有個性，不可標準化。因此模倣與創作是相反的概念。一切學問藝術總要經一模倣時期才能入門，然必須脫離模倣始爲創作。模倣古人，或同時代的人，是習作所必經，但必經由取精用宏而自出心裁，才可謂之藝術。同理，外國人的成就、潮流，對一國而言，自可供觀摩啓發，亦各國文學上之常事。但到了一國文藝完全模倣外國之時，便失去自己的主體性。文藝失去了自己的社會性就失去了傳達性。這也便失去作者眞我的個性，根本失去藝術性。如果藝術是模倣自然，則模倣他人藝術只是贋品，何況將他人的頹廢，當作自己之新潮。

七、文藝是一國人民命運之記錄。中國文化、文藝雖然過去在世界上有光榮地位，然因科學落後，百餘年來列強經濟軍事政治侵略，繼之以文化侵略，外患內亂之餘，全民族實質上固然慘不堪言，在精神上尤慘不堪言。我們以世界上人口最多之國，然以我之所見所知，百餘年來全世界人類命運之不幸，被虐害被侮辱之悲慘，無有過於中國人者。此種悲慘有三回合：始而是外國人輪流以其勢力害中國人。繼而是國人原欲學外人之學以禦外者，結果是藉外人之勢，假外人之言以自欺自害。終於是外國人與一部分中國人互相配合，以害最善良之老百姓。在文學上，除了抗戰時期看見民族精神之昂揚外，似乎還沒有對中國人之命運爲深刻之記錄與描寫的。其他固有文藝亦在破落狀態。如果僅僅是保存國樂、國畫、國劇之類，也絕不能說是復興文化。復興必須有新的東西加入。而如不能對當代中國人生活之苦難充分表現出來，並將其感情意志深刻表現出來，並發生感動啓發作用，就無所謂「新」。如上所見，這絕不是中國民族之活力已盡，而是我們的精力濫用，即在仿古、仿西之中誤用。同時也是許多作家沒有好好培養、磨鍊、發展他們固有的才能，終於自廢；或者，在既瑣屑又殘酷的政治鬥爭中被廢。我們要愛惜人才，人才亦當自愛。

八、然則我們需要何種文藝？曰：需要表現中國人命運、憂患、奮鬥、失敗、愚蠢、恥辱的文藝；表現中國人最好的精神、風格、理想的文藝，也便是洗刷我們的恥辱，使中國人的心靈光明純潔崇高，克服中國人之卑怯、苟且、不誠、不義、自私、分裂、互相殘害，重建中國人的情感之相通，因而重建中國民族之團結與尊嚴，並鼓舞其精神向上向前的奮發，使中國人的生活更善更美更人道化的文藝！

然而這首先必須回到中國人的立場，這一切也是回到中國人立場之當然結果。

要回到中國人立場，必須通過中國民族憂患之體認，克服自外之死症，亦卽崇洋媚外之死症。因爲中國人之間不以同胞之義相待，雖有過去壞傳統原因，確是由外力到來而特別惡化的。

以上所說，並非我要以文學作家以外的身分對文學提出什麼指示，這是文學本身之條件或要求。

這是我研究思想、文化歷史，通過中國新文學運動的歷史而得的旁觀者言。

新文學運動第一期的作品與翻譯我大都看過。在民國十七年第一、二期轉變時代，我不贊成革命文學的口號。一九三二年，我以「文學至死是自由的民主的」的主張，批評當時的民族主義文學與普羅文學的宣傳。在抗戰時期，我極力主張「民族的國民的文學」之重建。（我反對「民族主義文學」乃因其是以此爲文藝政策，而在九一八證明其空虛；而在抗戰中主張「民族文學」則是上述第四節之二之意；二者不相同）同時，我提倡復興中國文化和超越傳統西化俄化而前進。在大陸爲俄化潮流所淹沒，中國新文藝在毛澤東「工農兵文學」的刀子之下玉石俱焚之時，我想由史學論證中國之光榮與憂患，重建中國人的立場。然而西化主義則日益氾濫，並且走到反民族主義道路，我才不得不力主民族主義。於今崇洋媚外之風居然說文學「要橫的移植，不要縱的承繼」。沒有承繼，一定不通，已如上述。翻譯可謂移植，而中文不通，也不能翻譯。以不通之文模倣外國詩，也還是不通。不通不僅不是文學，而且是反文學了。他們又說：「文學的目的在求快樂。」我們的聖賢說：「生於憂患，死於安樂。」西洋的《聖經》說：「憂患生強忍，強忍生練達，練達生希望。」西方還有人說文學是「世界苦的表現」，或者「苦悶的象徵」。也許樸魯斯特說得更爲確實：「快樂有益於肉體，憂患則發展心靈的力量。」又十九世紀一位俄國詩人說：「在俄羅斯，誰能快樂而自由？」實際上今天全世界的文藝主調，也並非快樂之聲。在憂患重重的今日中國，能求快樂者，在大陸只有毛江及其後裔（他們自稱「心情舒暢」），而在這裏，只有哀莫大於心死之徒而已。凡此自斷其根以求快樂之妄言，是痲木墮落的徵候，亦西化中毒之結果。如果大陸同胞以爲我們皆如此全無心肝，不僅我們終將成爲無家可歸之人，且將毀滅自己。

而此時我看見許多本省青年作家和畫家能正視自己同胞的憂患，要在自己土地上創作中國人的文藝。我希望他們能本此正確方向認眞切實的努力；即多讀、多看、多想、多觀察體驗；且在與文藝有關的學問上，如中國過去的文學、西洋文學、第三世界的文學、美學與文藝批評，以及中外歷史、哲學、社會科學上，多看和多想；並且在自己和相互之間多批評多研究討論；使自己的作品更深入、提高而老練，也便使中國新文藝能再度在這裏發展起來。新五四運動以來大陸上求自由呼聲曾與我們以鼓舞。希望這裏也有人經由同胞愛心與民族精神的發揮，能對大陸同胞作回報的鼓舞，如此互相感動，發揮文字之大功。從前鄒容說：「文字收功日，全球革命潮。」更有把握的，是大陸與臺灣青年作家互相鼓舞，共同發揚民族主義之光熱，使中國人由自外之刼運回到中國人立場之上，在同胞愛之發揚中實現中國之再統一。於是，天驄的這本討論集，也便是在這氣運旋轉中的一大重要的記錄了。願題之曰：

歐風美雨逐人來，新舊相仇並可哀。
豈有效顰稱好色？未聞托缽致多財。
愴懷逐臭成焦土，欣見還家闢草萊。
東海招魂吹太簇，中原撼蕩奏天開。

六十七年三月一日

——原載六十七年四、五月《中華雜誌》

由老舍之死敬告三十年代虎口餘生的朋友們

(一)一代文人同大劫

老舍是如何死的?馬思聰先生告訴我,是被紅衞兵活活打死然後丢在湖邊的。他正是知道此事才決心逃走的。現在共黨的版本則說他投水自殺。

據一九七八年七月香港《爭鳴》說,由於彭眞曾封老舍爲「人民藝術家」,一九六六年八月二十二日,在國子監(北平東單)一次大燒戲服時,老舍和一般有名作家及名演員被迫去挨鬥,並被人用木道具亂打。家中也被抄。第二天,老舍帶著手抄毛澤東詩詞手稿出門,到北海公園的太平湖邊朗讀。翌日淸晨,「被發現身伏湖邊,頭部浸在水中」。他的夫人報告文革中央,回答是九個字：「自絕於黨，自絕於人民。」

《爭鳴》所說，大概是據共黨版本，但也說老舍與屈原不同，沒有投身水中，「只是把頭部伸入湖中」！洗臉也要將頭部伸入盆中，此卽否認其自殺。再據老舍夫人說他「肚中無水」，更證明不是自殺。又《爭鳴》說他第二天早上出去，不吃飯，不回家，只朗讀毛詩詞。北海公園是公共場所，何以要到第三天才發現死屍？難道那裏沒有一個人？若然，又誰見他朗讀毛詩詞？這顯然是第二天又叫去挨揍，被迫讀「毛主席詩詞」，打死以後再將毛詩詞塞在他身上的。（以老舍的詩詞修養，也不會去手抄毛某的詩詞）在北平的老舍夫人不敢明白否認，情有可原；遠在香港的《爭鳴》也不敢直說眞話，又算什麼「爭鳴」？

無論是自殺或被殺，反正是毛澤東、江青殺死的，因爲如不被紅衞兵拷打，他也不必自殺！如不受命打死，紅衞兵也不敢將他打死。因爲毛澤東與江青的政策就是要消滅三十年代的作家，不是打死，就是自殺之兩途！

更重要的，這不是老舍一人之死，是幾乎三十年代之一代。因爲毛澤東、江青要打死的不是老舍一人。老舍被打死也不是因爲彭眞封他爲「人民藝術家」，（這值幾個銅板？）因爲毛江要打死的，是一代，他們所謂「三十年代文藝黑線」，不管是否封過「人民藝術家」。

在共黨逮捕四人幫後，「皇恩浩蕩」，有平反或恢復名譽的做作，人民日報上登載了許多人的結局。然而大多只有四個字：「含寃而死」。如何死法？說得明白的，是鄧拓服安眠藥而死，曹菻秋、葉以羣跳樓而死，范長江則投井而死。有的則打得斷腿折骨，如夏衍、趙樹理。活活打死的，除老舍外，還有潘自力。最慘的是吳晗，經不斷毒打，頭髮拔光，最後送到醫院毒死，並連帶翦伯贊、周信芳、馬連良都被打死害死。幸運的有曹禺，他下放到新疆後，再放回在戲院門口當賣票員，賣江青的戲票。巴金因在上海，只關在牛欄，因太太保護，代他挨打，自己沒有挨打。還有許多人一直不知存亡。例如早年留學法國的詩人艾青，在延安時代卽曾被整。後在一九五七年再被整，罪名是要求更多一點自由，反對毛澤東。從此被迫銷聲匿跡二十年，一九七八年獲准恢復名譽，恢復寫作，現在七十歲了。（據法新社七月二十八日電）

不僅本人要打死、磨死，家屬亦在所不免。吳晗的妻子袁震被關在厠所磨死，女兒吳小彥服DDT自殺而死。巴金的太太蕭珊亦然。據一九七九年二月二～五日香港《大公報》刊載巴金的〈懷念蕭珊〉說：

今天是蕭珊逝世的六週年紀念日。……

……我比她大十三歲……她也給關進「牛棚」，掛上「牛鬼」的小牌子，也掃過馬路！……理由很簡單。她是我的妻子。……逝世前三個星期，靠開後門，她才住進醫院。但是癌細胞已經擴散，腸癌變成了肝癌。

……她卻挨了「北京來的紅衛兵」的銅頭皮帶，留在她左眼上的黑圈好幾天以後才褪盡。她挨打只是為了保護我。……

……在「四害」橫行的時候，我在原單位（作協分會）給人當作「罪人」和「賤民」相待，日子十分難過，有時到晚上九、十點鐘才能回家。……我們每天在「牛棚」裏面勞動、學習、寫交待、寫檢查、寫思想滙報。任何人都可以責罵我，教訓我，指揮我。從外地到作協來串連的人可以隨意點名叫我出去「示衆」，還要自報罪行。上下班不限時間，由管理「牛棚」的「監督組」隨意決定。任何人都可以闖進我家裏來，高興拿什麼就拿走什麼。……

……在淮海中路大批判專欄上貼著批判我的罪行的大字報，一家人的名字都寫出示衆，不用說「臭婆娘」（指蕭珊）的大名占著顯著的地位。

……過一個時期，她寫了認罪的檢查。第二次給放回家的時候，我們機關的造反派頭頭卻通知里弄委員會罰她掃街。她怕人看見，每天大清早起來，拿著掃帚出門，掃得精疲力盡，才回到家裏，關上大門，吐了一口氣。但有時她還碰到上學去的小孩，對她叫駡「巴金的臭婆娘」。……不到兩個月，她病倒了，以後就沒有再出去掃街（我妹妹繼續掃了一個時期），但是也沒有完全恢復健康。

按蕭珊，西南聯大學生，屠格涅夫的《阿細亞》、《初戀》、《奇怪的故事》和普希金《小說集》的譯者。巴金又說：

我的遭遇還稱好的。被關了幾年，後來又勞動。勞動本來是很好的事，如果把勞動當懲罰、侮辱，那就不太好了。不只要勞動，而且跟家裏隔離，甚至影響到孩子。一直搞得你神志不清，最後甚至會自己也覺得自己不對。因爲他們成天逼你唸叨著：我是反動文人，反動學術權威，劇本上有哪一點不馬克斯，不懂什麼叫階級，只有一點正義感，人性論……。最大罪狀：「反動呀！反動文人，反動權威，三十年代文藝黑線，腐蝕了許多年輕人。」

……真難說。我們寫的東西最初出現的時候，還有人說我們進步！

又說：

……爲什麼在國民黨反動統治時期，三十年代的上海，出現文藝活躍的局面，魯迅、郭沫若、茅盾同志的許多作品相繼問世，而在「四害」橫行的時期，文藝圈中卻只有「一花獨放」、一片空白，絕大多數作家、藝術家或則擱筆改行，或則給摧殘到死呢？這難道不值得我們深思嗎？

這可見毛江要打死的，不僅是三十年代的一代，還要包括他們的家屬，他們要對三十年代作家做到種族滅絕。（注）

(二)一代浩劫之由來—爲知識的糊塗

巴金說「值得深思」是眞的。

首先當然要深思此浩劫之由來。

中國歷史上文人之浩劫不止一次，秦朝一次，東漢末（包括魏晉）一次，唐末朱溫時（投濁流）一次，南宋初（汪黃、秦檜時）一次，元初一次，明朱棣時一次（方孝孺等），明末（魏忠賢）一次，清初（文字獄）共計算一次。除了元代清代由於異族之故外，其餘大多由淫侈獨夫、卑賤宦官、賣國奸臣及無耻文人之構陷報復而起。

然規模之大，慘虐之酷，都不如四人幫之時。從前至多誅九族，毛江之流是要誅一代——三十年代的九族。這有新的、國際的、「現代的」因素。

所謂四人幫無非是江青幫，而江青幫實在是毛澤東幫。這理由無用多說。毛澤東這樣凶殘、狠毒、卑鄙的政權，古今中外都是少有的。何以有這樣毒惡的東西呢？這原因，我說過許多，現在只說，這種殘忍是由俄國來的。共黨講什麼馬克斯主義。眞正西歐的馬克斯主義中絕無那種殘忍，這是由列寧主義，再加上史達林主義的共黨獨裁制度來的。講仁義道德不一定能使野蠻中止。但列寧公然主張殘酷，加上史達林的發展，加上新的科學方法的拷掠技術，自更爲恐怖。

這殘忍又由毛澤東與江青的特性來。這一男流氓，一女流氓，自覺一生受了委屈（是否委屈另一問題），所以報復性特強。而他們又附庸風雅，任何人文名比他們高，都斬盡殺絕——不，那太便宜，必須百般凌辱，活活打死，如打周信芳，如打老舍。他們心中知道，一般人怕他們，恨他們，於是他們一面拼命自我吹捧，一面拷打心中不佩服他們的人，能如何毒便如何毒。在叫罵中用一羣「力士」踢皮球一樣的打去踢來，用銅皮帶抽，拔髮拔牙，白天掃街，晚上住牛欄茅厠，還磨不死，再下毒藥。這是一種虐人狂，一種魏忠賢與客氏心理。一種鴇兒和人口販子心理，最卑劣的虛無主義心理還加上俄國來的「階級」理由。

但這種俄毒和流氓政權如何能在中國成立的呢？我也對這個問題說過許多，簡言之，這是西帝俄帝不斷侵略中國，破壞中國社會文化之後，中國人不斷脫出社會，外國人再用意識形態來「化」他們，於是造成中國人之「自外」（大陸譯爲異化）。首先自外的是知識分子。由二十年代到三十年代，中國知識分子不斷由西化而俄化。中共卽俄化黨。第二次世界大戰後，俄帝已是東半球最大實力。俄帝中共內外應合，便有毛澤東政權。

但沒有中國人自己的糊塗，這政權還是不能形成的。所謂糊塗，包括種種人物，尤其是種種實力派，但不應糊塗的中國知識分子也糊塗——不明白自己國家的環境和需要，接受蘇俄宣傳，才有中共並使中共有無數青年供其利用。俄國人與中共也是利用中國人的糊塗而成功的。一代浩劫亦知識分子所自取。

這糊塗也不只一天。中國歷史，至少民國以來的歷史，有三個關鍵時代。一是五四前後，二是十二年到十七年，三是九一八以後的三十年代。在這三時代原都包含民族主義、民主主義的思想。可是學問功夫不足，因不滿於西方及國民黨之故，不知俄國歷史，不知馬克斯與列寧區別，接受馬列主義之宣傳，中國知識分子由西化而俄化。這是對毛政權有開路之功的。

老舍是相當了解這個問題的。貓人國的學者們由崇拜西方大仙到崇拜馬祖大仙，唸大家夫司基，就是寫的這個事實！

但三十年代有一偉大結論，那便是全民族團結起來對日抗戰。我相信凡是參加過抗戰的人一定都能了解，中國是確實可以經由抗戰而實現中國之民主統一，富強幸福之前途的，中國不應如今日之悲慘的。雖然有蘇俄的野心，美國之無能，國民黨官吏之失策與腐敗，然如果中國知識分子始終保持戰時團結，爲民族之前途努力，對國共二黨作公正批評，今日之浩劫還不是不能避免或縮小的。然而知識分子分裂了。

這在文學界更爲明白。三十年代各派相爭，到了七七，有抗戰文藝，這是民族主義之轉向。這與俄化主義是不相容的。毛澤東了解這一點。到了四十年代，毛澤東才在延安文藝座談會上提出工農兵文藝，這是分化和破壞抗戰文藝的。由於種種外部的內部的原因，他獲得成功。「大家夫司基們」如老舍所預言，成爲「皇上」！

但三十年代的作家受了抗戰洗禮，先後發現皇上不對了；這就有中共政權以來不斷的整肅。毛澤東要消滅三十年代文藝，不是一九六六年才開始的，是一九四二年整王實味起就不斷進行的。毛澤東、江青日益明白，只有延安文藝座談會講話以後的文藝才是紅文藝，三十年代整個是黑線。所以皇上、皇妃、太監就要將這一代通通打死，於是才有「文化大革命」來斬草除根（所謂毒草）！

(三) 一代浩劫之由來──爲道德的懦怯

三十年代文人的浩劫，也還有自身道德的責任。文人無錢無勢，雖有一點文藝才能，那也如做菜開車，是一種技術。文人之所以爲文人，必須有一種道義立場。必須如此，才不致爲有錢有勢者所輕視，隨意侮辱和殺戮。這至少包括下面幾點：一、站在人道立場，老百姓立場，眞理立場。二、可不說話，說必說眞話。三、絕不可熱中，亦卽絕不可「歌功頌德」。四、絕不可參與統治階級內部的鬥爭。五、絕不可陷害同類。必如此，才能保持知識分子之尊嚴，以及道德的勇氣。在治世應該如此，在亂世尤其應該如此。此是救國之道，亦是自保之道。當然，這不是絕對保險的，然違反之罕不有禍。

中國歷史上知識分子之劫運，固由於昏邪之君，亦有知識分子自取者。索忍尼辛和塔西斯都說，史達林之殺戮和淫威，由於俄國知識界道德的懦怯。所謂懦怯，就是在史達林開始作威作福橫行霸道時，大家予以容忍，甚至於還有人加以歌頌。於是史達林膽子愈來愈大，終於如不歌頌，卽爲有罪。

當中國知識界盲目附和莫斯科階級鬥爭之教從事盲動時，已損害了自己立場。當毛澤東的淫威開始發作時，知識分子不加批評，只知歌頌，才造成毛澤東妄自尊大的積威。當毛澤東在延安發表濫文時，重慶左派恭維他是「學術中國化」。當他打擊王實味時，打擊胡風時，丁玲、馮雪峯都落井下石。結果輪到自己了。

當一個政權殘暴墮落以後，知識分子如不能靠獨立的言論維持基本人道，只有不合作，退而教育青年。王莽專橫時，西漢的讀書人退而在野。東漢末宦官亂政時，太學生卻支持外戚來對抗，不知外戚也腐敗不中用，結果是黨錮之禍。當毛澤東亂來之時，吳晗、鄧拓等還想藉彭德懷、劉少奇、鄧小平來糾正，不知彭劉鄧等一個一個像小雞一樣抓起來。爲什麼？都被勢利腐化了。結果，禍延三十年代的一代作家。

(四)「歌德」也是死路

而老舍之慘死，也多少有一點咎由自取，乃至與所謂幽默不無關係。先引曹禺在一九七九年二月九日《人民日報》上「紀念老舍先生八十誕辰」——〈我們尊敬的老舍先生〉一文中幾段話：

我記得他在重慶主持全國文藝界抗敵協會的工作，編雜誌。他是那樣認真，他自己也和大家擠在一間屋子裏住，總是精神勃勃、高談闊論。他還對一些與他持不同觀點的人盡量作統戰工作，因此，不但我們這些後輩佩服他，八路軍辦事處也十分讚許他的作法。這些作法無疑問是受了黨的、敬愛的周總理的指導的。

周總理對他很關懷的，經常請他到曾家岩八路軍辦事處吃便飯，我也在陪座。老舍先生常侃侃而談。周總理很了解他，總是語重心長地和他談起國家大事，老舍先生一直點頭稱是，事後總對我說：「又聽到了一場很好的教誨。」

老舍先生的四十壽辰舉行過一次隆重的慶祝會，地下黨和各派各界的許多人都出席了。

他一直是熱愛黨，熱愛毛主席，熱愛周總理的。我常聽到他熱情推崇毛主席的詩詞，不斷念起周總理對他的關切。當他的大兒子出國去學習時，他說：「只有黨，才能培養我這樣一個窮文人的兒子出國去深造。」他說這話是驕傲的，是感激的，他衷心感激黨給他的孩子這樣的好機會。我記得我入黨的時候，接到許多朋友的賀信，最早的一封，就是老舍先生的，他經常說：「我無黨無派，但我有一派，就是『歌德派』，歌共產黨之德的派。」因此，他解放以後寫的東西多得叫人難以相信，除了二十三個劇本外，還有許多文章、詩歌、曲藝、相聲、文藝評論、春聯等等，此外，他還仔細修改了許多業餘作者的文章。他還創造了一個新劇種，用北京羣衆喜聞樂見的曲牌組成的一種戲，叫作「曲劇」。這個劇種的第一個戲叫〈柳樹井〉，就是他寫的。這個劇種至今還在上演，為觀衆所熱烈歡迎。老舍先生還是一個國際主義者，他為祖國、為黨做了不少國際統戰工作。抗戰期間，他用中華全國文藝抗敵協會的名義接待了美國的斯諾、史沫特萊，英國的奧文、伊修伍特、厄特萊，日本的綠川英子等朋友，使他們對抗戰中的左翼活動有所認識，而這些客人應該說是張道藩們所反對接待的。

他的作品有些將是永垂不朽的。他的作品中的「幽默」是今天中國任何作家所沒有的。我們應該出老舍先生的全集，我還希望有人用飽滿的熱情來寫老舍先生的傳記。「四人幫」的法西斯專政破壞了他一生所渴望，並為之奮鬥的理想，將他迫害致死，但這位文學巨匠始終寄託多麼大的熱情於黨，於社會主義的新中國。他始終是懷抱理想的。

我現在還彷彿看得見他那種含蓄的得意的笑容。

先說曹禺此文不可盡信。說周恩來常請他吃飯是事實，說老舍爲中共統戰不是事實。說奧文（當奧登之誤）、伊修伍特是左派已不甚確（外國左派不一定親共，與中國左派親共不同，他們後亦皆不左），厄特萊是我老友，根本不是左派，而張道藩也沒有反對接待他們。既說他「侃侃而談」，又說他「點頭稱是」，已不調和，而「侃侃而談」與「幽默」及「含蓄微笑」也不相容。

但老舍說他是「歌德派」，是事實。老舍在《駱駝祥子》的改訂版的後記中有這樣的話：

這是我的十九年前的舊作。在書裏，雖然我同情勞苦人民，敬愛他們的好品質，我可是沒有給他們找到出路；他們痛苦地活著，委屈地死去。這是因為我只看見了當時社會的黑暗的一面，而沒有看到革命的光明，不認識革命的真理。當時的圖書審查制度的厲害，也使我不得不小心，不敢說窮人應該造反。出書不久，即有勞動人民反映意見：「照書中所說，我們就太苦，太沒有希望了！」這使我非常慚愧！

十九年後的今天，廣大的勞動人民已都翻了身，連我這樣的人也明白了一點革命的道理，真不敢不感激中國共產黨與偉大的毛主席啊！

老舍回大陸時已是五十一、二之人，他不是不知世故，也不是不知大家夫司基之脾氣的。我們不能怪他輕於回去，北平是他的故鄉。他也許覺得，他同周恩來有點交情，尤其是中共刊載了《四世同堂》的第三部。但他進了牢籠之後，應知時空與寫《貓城記》和《火葬》者大異。他曾熱心支持的抗戰的希望破滅了，我想他是悲觀的。如他能安於寂寞，即「不歌德」，不要那些「副主席」頭銜，未必挨打，打亦不致打死。他知道西化派、俄化派都不行，但在理論上無超越之能力，但事已至此，也許有點像〈離婚〉中的老李一樣想，「生命只是妥協、敷衍，和理想完全相反的鬼混」。大家說他「幽默」，他也就不妨以幽默為敷衍的武器，於是自稱「歌德派」。什麼歌德派！既已「歌德」，即已精神屈服，便是可打的。再者，自稱歌德派，就是「大不敬」！何況還有革命的「小孫」——四人幫。他們要的是交心。「毛主席」將心交與江青娘娘，大家便應將心交與江青或姚文元、張春橋。老舍寫什麼曲劇而不幫江青寫樣板戲，所以罪該萬死！

其次，我要批評曹禺寫的無聊文章。他說「尊敬老舍」，說老舍幽默，只是一個統戰家！統戰是多麼髒的事！他被江青打死，還要說他「熱愛毛主席」，則被「毛主席」熱愛的江青打死，只當說「臣罪當誅，天王聖明」才算熱愛「毛主席」，如何可說被四人幫迫害致死？連老舍如何死的都不敢說，還有什麼「傳記」可寫？「社會主義的新中國」如何又有「法西斯專政」？老舍還能有得意的笑容嗎？你曹禺忘記賣票之辱是另一問題，但還要借追悼老舍「歌德」，不太無聊嗎？

（五）告三十年代還活著的朋友們

三十年代從事寫作的人，今天至少在七十歲以上。經過毛江的屠戮殘害，今天虎口餘生無幾了。在此大劫之後，我想對同時使筆桿的朋友們說幾句話。

從三十年代到今天眞是一場血淋淋的惡夢。兩三千萬軍民犧牲的結果不是一個富強的中華民國，而竟是一個「大家夫司基的政權」，並且要滅絕我們的一代。這固然不完全是我們的責任，然而大家吃迷藥，也不無責任。

今天大家都老了。我也絕不勸大家從事革命。你們也被折磨夠了。巴金悼蕭珊之文雖如怨如訴，但以巴金過去之文筆而言，不應如此有氣無力。曹禺悼老舍之文根本不成話。已剩無幾的一代要過去了。

所幸新的一代起來了，這便是李一哲、魏京生、任畹町、夏訓健、傅月華、黃翔、李家華這一班人。他們懂得毛澤東政權的罪惡，更難得的，他們對鄧小平也不存希望。但恐怕他們還不甚知毛江政權之由來。因此，就難於知道中國究竟應該怎麼辦。

於是我們爲數不多的三十年代寫作，至今還活著的人們有他的價値。這便是將我們痛苦的經驗和教訓告訴新的一代和將來的人，並協助他們的人權運動。

這當然要說實話。我希望大家可以寫回憶錄、反省錄（巴金所謂深思），留下歷史的眞相，並盡量在口頭上將經驗和教訓告訴那些青年們，幫助他們。

艾青說，喜見倡行民主而不是獨裁的國家，就是人民的願望。這是不錯的。但是，現在共黨實行民主沒有？不能說將你們釋放、平反，恢復名譽與寫作，而壓迫年輕一代的人權運動就是民主！

爲了實現中國人的願望，我對你們第二大希望就是不能再裝糊塗，或過於懦怯；不能爲獨裁粉飾，不要再做歌德派，而且要爲人權運動者說幾句公道話。不要怕共黨當權派，我看他們未必敢將你們再抓起來。他們也並非絕對沒有出路。但第一要放棄毛澤東思想。毛澤東生時，他們像小雞。毛澤東死了，他們還要拜，只罵四人幫，這算什麼脚色？第二，就說反四人幫，也要將四人幫的罪狀說淸楚。例如，老舍究竟是自殺還是他殺？他們還是爲四人幫掩飾。第三，那秦城一號、功德林、勞改營要一律解散。這三點做不到，表示他們還是實行法西斯專政，不過是四人幫的繼承者甚至是借反四人幫來保護四人幫的。他們起用周揚，說什麼四大堅持，逮捕人權運動者，就是證明。要對這些事表示反對態度，要援助人權運動者。如有機會應告華國鋒們，這不能促成中國人的團結，沒有團結不能應付蘇俄和越南的進攻。當年國民黨是爲了應付日本進攻就釋放一切政治犯的。

今天中共罵四人幫，捧毛澤東，這根本是統戰架子。統戰就是詐騙。第三件事就是不可為共黨幹統戰工作。也許共黨正想利用你們這些虎口餘生的剩餘價值，對內對外統戰，曹禺的文章是對內統戰。巴金、費孝通也派到外國統戰。艾青也預備派到歐洲。到外國休息一下未嘗不可，但不要幹統戰的齷齪勾當。還有更無聊分子，說什麼懷念臺灣，附和國共和談。有臺灣在這裏頂住，華國鋒、鄧小平的法西斯蒂專政還有一定限度。不先關心大陸同胞的人權而說關心臺灣同胞，根本就是詐騙。中國之統一必經全民大辯論和國民會議的方式。

毛江把三十年代看作黑線，此處又把三十年代看作紅線，我常為三十年代辯護。我們是抗戰的一代。我們有我們的光榮，但我們失敗了，失敗是成功之母。我們要幫助下一代成功。所以我希望大家說眞話，不歌德，維護每一中國人的人權與尊嚴，勸中共放棄法西斯蒂專政，皈依民族主義，即中國人主義，以便在八十年代實現民主和平統一的中國。

而此時為紀念老舍和促成中國民主統一，我覺得有勸年輕一代一讀《貓城記》的必要。必須克服貓人的弱點、糊塗和敷衍，停止崇拜西方大仙和馬祖大仙，停止階級鬥爭的內鬨，超越傳統、西化、俄化而前進。矮人雖未將中國人殺絕，但今天北方高個子和南方的矮個子可能合作進攻大陸。反四人幫事小，取消產生四人幫的制度事大。

凡我不能做的，生平不敢勸人。我今天對大家說的，也是我一貫所從事的；那便是提倡民族主義和人道主義，啓多聞於來學，待一治於後生。「中原何慘黷，餘孽尙縱橫」，然而，已見靑年鳴破曉，且揩淚眼望神州。願三十年代的朋友們作戰時之氣，鼓暮年之勇，扶助他們，恢弘自由運動，使抗戰時期大家和全國人民所期望的民主與統一，和平與強盛的中國終於重建於地球之上。

——原載六十八年九月《中華雜誌》

（注）　據十月三日香港《華僑日報》轉載大陸第四次〈文代會訊〉，茅盾提出爲林彪四人幫迫害致死及遭身後誣陷的文藝作家致哀的名單：「著名作家、詩人老舍、田漢、阿英、趙樹理、柳青、周立波、何其芳、鄭伯奇、楊朔、郭小川、聞捷、盧芒、蔣牧良、李廣田、劉澍德、孟超、陳翔鶴、納．賽音朝容圖、馬健翎、魏金枝、司馬文森、羅廣斌、海默、韓北屏、黃谷柳、遠千里、方之、蕭也牧；著名文藝評論家馮雪峰、邵荃麟、王任叔、劉芝明、何家槐、葉以羣、侯金鏡、陳笑雨、徐懋庸；著名翻譯家董秋斯、傅雷、滿濤、麗尼；著名京劇表演藝術家周信芳、蓋叫天、荀慧生、馬連良、尙小雲、言慧珠、李少春、葉盛蘭、葉盛章、韓俊卿、竺水娟；著名話劇藝術家章泯、焦菊隱、孫維世、舒綉文；著名電影藝術家蔡楚生、鄭君里、袁牧之、田方、崔嵬、上官雲珠、應雲衞、孟君謀、徐滔、顧而已、魏鶴齡、楊小鐘、劉國全、羅靜予、孫師毅；著名地方劇曲藝術家張德成、李再雯、嚴鳳英、蘇育民、顧月珍、筱愛琴；著名音樂家鄭律成、馬可、黎國荃、顧聖嬰、向隅、蔡紹序、陸洪恩；著名美術家潘天壽、王司鄘、董希文、豐子愷、陳半丁、秦仲文、陳烟橋、馬達、倪貽德、蕭傳玖；著名民族歌手、民間詩人毛一罕．琶杰、王老九、霍滿生；著名攝影家吳印咸、鄭景康；著名曲藝家王尊三、王少堂；著名木偶藝術家楊勝等。有一些藝術大師和作家、藝術家，雖然早已去世，也受林彪、『四人幫』誣陷和凌

辱。他們當中有梅蘭芳、歐陽予倩、程豔秋、徐悲鴻、齊白石、洪宣、史東山和著名詩人柯仲平等。」此就「著名」者而言，那不著名的還不知有多少！但茅盾還是掩飾那眞正的元凶——毛澤東！而又豈是致哀可以了事的嗎？

歷史

風史

我研究歷史之由來、經過與結果

我曾想將我的思想和心力，集中表現於一部中國通史之中，這一部書是此通史之古代篇。第一版出於二十年前，絕版已久，現在我自印第四版，特略說此書之由來與用意。這也必須說到我研究史學之經過，而這也可說是我的精神之歷史之主要過程，此一過程，也是與國家之憂患，世界之大亂密切相關的。

（一）研究歷史之由來

（甲）自鴉片戰爭被英人打敗以後，我們發生了民族生存問題，並證明我們自豪的文化不足保障我們民族的生存。於是就發生了救國運動與民族運動，而如何救國，首先必須對優勝的西方文化採取一定的態度；於是就有中西或新舊文化之討論。民國之成立，亦由此討論而來。然中國問題並未解決，而且發生新的對蘇俄及其共產主義的態度問題。於是民國以來又有不斷的論爭，最重要者如下：

一、民四～八——新文化論爭（文言白話論爭是其一部分），
二、民九、十——社會主義與資本主義論爭，
三、民十一——古史辯論開始，
四、民十二——科學與人生觀論戰，
五、民十三——國民黨內外之聯俄反俄論爭，
六、民十七、十八——革命文學論爭，
七、民十九～二一——唯物辯證法論爭，
八、民二十～二三——中國社會史論戰，
九、民二一——文藝自由辯論，
十、民二三——「現代化」問題討論，
十一、民二四——「全盤西化」與「中國本位文化」論爭，
十二、民二五——抗日問題討論。又左翼內部國防文學與民族革命大衆文學之論爭。

這些論爭，是民國以來中國思想之過程之路標。此雖各由當前的問題所觸發，實皆發生於鴉

片戰爭以來救國大問題之中，都包含中國及中國文化在世界上戰敗以後，國人所面臨和苦惱的兩大問題：一、中國出路何在，或中國建國模型是什麼？二、在此新模型中，中國文化究竟還有無地位和價值？

但由於這兩個問題實在甚大，而我們學問的水準不足，這些論爭不僅未能解決問題，而且常造成更錯誤的動向，或者不久又回頭重複過去的論爭，這是試一檢閱這些論爭內容與經過卽可看出的。

首先看新文化運動。這運動是清末以來新舊之爭之最後決戰。這運動說，現在是西洋文化及其科學與民主的時代，我們的傳統文化或孔子學說根本不能適應現代生活，且已成爲科學、民主之障礙。結論是西化，或全盤西化爲唯一出路。

可是，在第一次世界大戰之後，很多西方人自承西方文化已不行了；而俄國革命在此時發生，他們說西方文化是資本主義文化，已到末日，共產主義才是人類的出路。

於是我們新文化運動的領袖陳獨秀，他在民國六年還說社會主義不適於中國的，到了民國九年則接受伏丁斯基的宣傳，領導社會主義的信仰者與梁啓超論爭，並開始共產主義運動；而在民國十年充當中共之家長了。這是中國人由西化到俄化之一大轉向之標誌。自此中國知識界除了新舊之爭以外，又有西化、俄化之爭，卽以西方或蘇俄爲自己立國模型。傳統文化受到雙方的輕蔑，而傳統派大多亦只能以虛驕爲補償。

今日回顧，那時的文章是很幼稚的。中國文化、西方文化是什麼？大家並沒有一個清楚的概念。中國問題的本質何在？何以中國受人侵略，發生種種敗象，而且愈來愈壞？大家也並無追根的研究。資本主義、社會主義究竟是什麼？中國有無實行社會主義之可能與必要？俄國革命的成效如何，他又是怎樣一個國家？大家也沒有認眞的研究與考察。無非就自己的一點見聞，道聽途說的外國人的話，寫一些筆鋒常帶感情的文章。陳獨秀如此，其他的人更如此。

在民國八、九、十年間，只有孫中山先生指出中國存亡問題在於實業發達之一事。只有梁漱溟先生在《東西文化及其哲學》中討論中西文化到底是什麼。但他們的書，當時並未受到普遍深切的注意。

中西文化問題是應該在中西社會與文化歷史中來解決的。但當時的名人們只知崇拜科學，鄙視自己文化，然而又不知科學方法是什麼。聽說考證、疑古就是科學方法，於是就有錢玄同、顧頡剛根據日本人白鳥庫吉的〈堯舜禹抹殺論〉，否定中國的古史。堯舜既無其人，則「祖述堯舜」的孔子學說根本成爲謊話了。

但科學是萬能的嗎？這便有張君勱和丁文江、胡適的科玄之戰，討論人生觀是否可由科學解決。這在今天可一言而決，即人生觀是價值判斷，而價值判斷問題非科學所能解決。所以當時科學派之勝利固然是虛妄的，而玄學派也並未將自己的命題作清楚的提出，更不要說提出積極的答案。實則當時對於玄學與科學皆無清楚明白的概念，而玄學與科學陣營的後盾，乃一面是倭鏗，一面是馬赫與杜威。等到陳獨秀用馬克斯的「存在決定意識」的理論說人生觀受社會經濟決定，爲人生觀論戰作結論時，勝利反歸於「科學的社會主義」了。

俄國人在中國設立共產黨後，其最能吸引人的一大原因，還在於說中國的大敵乃是帝國主義者，他們要反帝；所以主張民族主義的孫中山先生願與其合作。當時在國民黨內外，反對聯俄容共的大有其人，共同的論據是蘇俄也是一種「赤色帝國主義者」。但共產黨人只要一句話即可反駁：因爲列寧說，帝國主義是「資本主義的最後階段」，而蘇俄既是社會主義國家，所以他根本不可能是帝國主義者！

於是有國民黨之北伐。經過北伐，馬列主義也得到傳播之機會，而當時之三民主義也是被馬列化的，即認爲是馬列主義之「初步」。此時孫中山先生逝世，國民黨中雖有人要保護三民主義而尋求其基礎，但訴諸「道統說」，而此在新文化運動後早無吸引力了。其實三民主義的理論，處處是根據歷史的。

民國十六年國共宣告分裂。史達林的嘴巴一變。他說中國資產階級已經「背叛革命」，中國革命須由無產階級來擔當。根據唯物史觀，中國過去是一封建社會，中國必須以土地革命打破這封建社會，並在蘇聯無產階級領導下不經資本主義而進入社會主義之天堂。他命令中共在南昌暴動示範，毛澤東亦由此開始其井崗山的事業。自此中共雖然也講反帝，只是空話，實際上是以反封建之名在農村進行屠殺中國人以建立其紅軍，奪取政權。這是史達林慣其篡奪國民黨的陰謀失敗後唆使中國人自殺之毒計，世界上最殘酷恐怖的「人工革命」。長期的「國共戰爭」由此而起。

但中國究竟是不是一個封建社會？蘇俄既然說是的，中共當然說是的。他們除了奉令唯謹，在農村中燒殺外，並在城市中開始共黨的（他們名曰「新興的」）文化運動，先由郭沫若等發揮俄國理論，鼓吹階級鬥爭、土地革命。及得到魯迅參加，成立了左翼作家聯盟，同時成立社會科學家聯盟、劇作家木刻家聯盟等。其中左聯網羅了大部分的新文學作家，最爲活躍。這左聯實在是中共的化身，對於傳播共產主義起了極大作用。等到國民黨事後發動「民族文學」來對抗時，業已太遲；而由官方人物來領導，在文學上又無出色表現，尤難對抗。等到九一八後政府未能抵抗日本侵略，官方的民族主義文學的口號更無法叫得響亮了。

然中國畢竟還有人讀過歷史，且還有許多人讀過馬克斯的書。陳獨秀首先不承認中國是封建社會。在俄國，馬恩學院院長梁山諾夫，「世界政治與世界經濟研究所」所長瓦爾加等都說中國不是封建社會，而是「亞細亞生產方式」。這些文章在民國十七年初傳入中國，也有人加以發揮。但到二十年，才由王禮錫主編的《讀書雜誌》作集中的討論，成爲中國社會史論戰。繼續三年，專輯有四個。這論戰是反對封建社會論，並在整個中國歷史中來考察中國社會發展，與第三國際和中共對立的。

那些文章，在我今天看來，在學問上也是不免幼稚的。因爲大都是在馬克斯唯物史觀公式中翻筋斗，而不問馬克斯的公式及其方法論究竟有無根據。

然而這論戰卻包含極重大的意義。在蘇俄與中共說中國是封建社會，爲自我殘害之事時，反對的人，無論傳統派、西化派，都不能提出有力反駁。如那些考證家、疑古派，只能瞠目結舌。胡適說，中國早已不是封建社會，但這首先要提出封建社會的定義，然後提出中國社會特點證明中國不是封建社會才會有效的。此時社會史論戰出來，才能用馬克斯主義否定中共的理論，這便是社會史論戰的最大意義。而也由這論戰之啓發，大家理解中國問題是必須由歷史來作理論解決，而實際問題則是如何發展工業。這論戰逐漸觸及中國問題的核心。所以他轟動一時。當時參戰者有國民黨人，有共黨脫黨者，有無黨派者。中共抵制這論戰，辦法是沉默，因爲他們知道這論戰發展下去對他們不利。西化派也以沉默表示厭惡，因爲他們無力發言。國民黨則因討厭馬克斯主義而討厭之。等到《讀書雜誌》停刊，這論戰才告結束。但這論戰傳到日本和美國，而現在中共治下，也時常重新討論這個問題，而也被中共壓迫下去，因這可以動搖毛澤東政權之理論根據。

但中國問題又由日本人——以大砲——對中國提出了。在左聯成立後一年，社會史論戰開始後五月，在國共之戰方酣之時，日本人發動了征服中國的九一八戰爭，接著向中國提出「工日本農中國」的公式。這戰爭也是第二次世界大戰之序幕，不過瘋狂的日本人又恰恰做了史達林的貓腳爪。

中國人對日本以大砲提出的問題無力答覆（不抵抗），便又回到自己戰爭和紙上戰爭。此後全盤西化論是重複過去的老調，實在是西化派內部之爭，其中一部分由民主轉到獨裁。而在抗日問題迫切時，左翼也發生魯迅派與周揚派之分裂。

等到盧溝橋砲聲一響，一切論爭停止，歸於抗戰了。這表示中國問題是民族問題。抗戰一時重振民族主義。可是一方面，缺乏學問的基礎，這基礎在任何國家都是史學；並由於缺乏史學之根據與方法，在抗戰中只有應目前之急，而沒有在政治經濟和學術上奠定建國基礎。另一方面，中共則以「馬列主義中國化」的「新民主主義」——實際上是國共合作時期到八一以後蘇俄對中共指示之混合物——來瓦解民族主義。等到抗戰勝利後民族主義蒸發時，「新民主主義」加上蘇俄在亞歐二洲之權力，就使整個大陸「一面倒」了。

然這不是中國的出路而是死路。中國人不斷探求、討論國家的生路，並在全國存亡之際以八年血戰走到生路之門口，而終於又在勝利以後轉入死路，可謂世界上最大悲劇。

（乙）如此大悲劇，絕非成於一日或少數人。我曾在《一百三十年來中國思想史綱》中追尋此一過程。

我曾說中國至於今日，是內外形勢所合成。一方面，在外部，帝國主義之侵略使中國社會破壞和解體；而諸帝侵略則是西帝為日帝開路，日帝為俄帝開路。另一方面，在內部，則學問落後，救國無方；而此一學問落後之過程是傳統派爲西化派開路，西化派爲俄化派開路。現在要特別著重的說，我們救國運動之失敗，在自己一方面是學問之失敗，而最主要的是史學之失敗。——我們既未能在史學上奠立民族自尊、自愛、自信的根據，又未能由知己知彼之研究求立國建國之方針；又沒有史學的理論研究，無以防禦唯物史觀和蘇俄僞造的唯物史觀，進攻和俘虜知識分子的精神。這是由(甲)項所說過程可以分明看出的。

而所謂西化、俄化者，無非是專聽洋人的話。專聽洋人的話，不自新文化運動始，可說是自八國聯軍始。此是一切傳統派之失敗，不幸連帶的如孫中山先生所說，中國人自此失去自信心。從此我們的軍人不敢對洋人言戰，直到一二八戰爭。而文人也很少不低頭於洋人之前，直至今日。這也首先反映於史學。我們雖是史學之國，但洋人有中國文明西源論，淸末的人卽多信之。至於民初，袁世凱要做皇帝，也要藉美國人古德諾、日本人有賀長雄來唬中國人。不過新文化運動後，這風氣才普及於知識界，如不聽洋人的話卽不爲「新」，至多靠此一洋人反對另一洋人。此時洋人是西洋人。但俄國革命後，俄國人成爲「新興」洋人，俄國共產主義開始以更新洋話對中國人發生吸引力。於是民國十年前後開始了由西化到俄化之轉變。愈變聽新洋話的愈多，就變爲今日悲劇，聽洋人之話自殺。

一個民族運動首先是要求民族之獨立，這首先必有獨立之精神。而對自己立國之事，竟無獨立之精神，求獨立的學問，以自主命運，唯洋人之言是聽，又不能辨別洋人之言是學問還是意識形態，終於聽洋人之言而自殺了。

爲什麼專聽洋人的話？如康德所說，專聽外國人的話，是精神幼稚不能自立的表徵，正如小孩要大人牽著才能走路。我在《中國之悲劇》中曾說在固有文化不中用而被否定，而又不能創造自己的新文化時，造成一種精神眞空，也就只好讓外國人的話來塡塞空虛。愈是空虛，便愈幼稚，便只有依靠外國人的話來解決自己的問題。

爲什麼由聽西洋人的話變到聽俄國人的話？此亦民國十年前後內外形勢所合成。淸末以來教育之逐漸普及，歐戰中民族工業之相當發展，在日本提出二十一條並占領山東，而又竟爲巴黎和會所承認時，乃爆發爲五四運動，此是一新的民族運動；中國人希望西方，尤其美國之同情。但西方列強近視，站在日本的一面；美國雖發起太平洋會議抑制日本，然亦口惠而實不至。而革命後之蘇俄，則再三向中國表示好感。在對外方面中國人欲親西方而不可得，便日益親俄國人了。

中國民族運動之勃與，更迫切的要求中國之出路，或者建國之模型。而這時中國知識界的學問，只有「新文化運動」的基礎。這便使中國人在民國十年左右在精神上遭遇一個「二重的文化危機」：新文化運動是中國文化危機最高點的表現；在中國欲以全盤西化解決這危機時，第二次世界大戰後西方人反而承認西方文化之危機了，而蘇俄則挾其馬列主義、唯物史觀，說只有共產主義才能解決資本主義的文化的危機。要解決這二重的文化危機，的確需要很大的學問，也可說需要一種深廣的歷史知識與歷史哲學。而恰恰我們在史學方面是空虛而幼稚的，無力解決此二重文化危機問題，便逐漸由西化而俄化了。

例如，要知道中國文化有無價值，至少要研究中國文化發生發展的歷史，他的成就。說中國文化不如西洋科學民主的文化，也要知道西洋文化的歷史，西洋文化是否就是科學民主這兩樣東西；二者是西方人與生俱來而獨有的，還是在一定時期因種種因素而特別發展的？實際上，中國文化中並非沒有民主與科學成分，而且長期先進於西方。而近世西方諸國原來並無什麼民主、科學，其民主、科學是在資本主義發展中發展，而在工業革命後才決定的勝於中國的。中國之所以受人侵略，在於工業之落後。工業國必定侵略農業國。中國首先受英法侵略，卽因兩國是西方的最先進工業國。中西文化之不同主要是資本主義發展的程度不同，前工業社會與工業社會之不同。中國文化中民主科學成分之不發展，不是由於有一孔子，而是過去的種種原因使資本主義未發展，而現在是帝國主義阻礙中國民族工業之發展。凡此一切，西化派都未加研究，他們甚至於沒有注意到工業問題，所以也可說並不眞知科學與民主。

西方的工業資本主義到了十九世紀中葉，引起社會主義運動之反對。這可說是西方文化危機之開始。資本主義與社會主義主要是兩種工業制度。馬克斯主義傳到俄國，俄國人在革命後自稱社會主義或共產主義正統，然西方社會主義者並不承認之。資本主義與社會主義之區別何在？社會主義與共產主義同異如何？馬克斯主義與列寧主義究竟是否一個東西？俄國革命實行共產主義成效如何？他有資格取西方文明而代之嗎？卽令在俄國行得很好，中國就應該實行嗎？帝國主義者都侵略中國，獨有俄國人就是天生的俠客嗎？這些問題，也應是在西方文化歷史、俄國歷史和社會主義運動史之研究中求解答的。而俄化派只有盲從「國際指示」，絕不懷疑和研究，相信史達林獨得馬克斯之秘，又特別愛中國人，中國人應以他定的中國革命綱領爲聖經。實際上，起於十九世紀而在第一次世界大戰後爆發的西方文化危機，從斯本格勒、東比以來，自我批評甚多，直到今日，還有「羅馬學會」的討論。而蘇俄共產主義，固然有人說是「新文明」，然亦早有人指出其爲新奴隸制度、新帝國主義。自赫魯雪夫之秘密演說，到年來阿馬里克、沙哈洛夫、索忍尼辛等人之書，使世人了解西方文明固然有病，但共產主義不是治療，而是更大的病。

更重要的是，中國是一落後國家，落後國家如何發展工業，不是一小問題，而是二次世界大戰以來才爲許多經濟學家鄭重研究的題目。毫無疑義的是，這不能走西方老自由主義之路，也不能走蘇俄共產主義之路。換言之，落後國家之工業化根本無現成模型，求模型於西方國家與蘇俄，是根本錯誤。那些說共產主義是落後國家工業化之捷徑者，都是拾列寧之餘唾而不顧事實之談。自一九二一年起迷信蘇俄，「走俄國人的路」的中共，到一九六九年珍寶島事件後，才開始承認蘇俄是「社會帝國主義者」。學問卽遠見，這就是說明中共的鐘錶落後四十八年！這是一般中國人史學落後與幼稚之結果。

也許可說，這種史學落後是可原諒的，因爲這是世人近年來才了解的。然第一、在中國早有人提出中國問題解決或研究之方向。我尊重梁漱溟先生，不是他對中國文化之結論，而是他要追究中西文化的特質與中國社會之特點。我尊重孫中山先生，不是因爲一般人稱之爲國父（這名詞也是倣美人稱華盛頓的），而是他首先提出中國問題在發展工業，而中國發展工業方法不能用西方或蘇俄制度。但他們在當時是少數，甚至孤立；而多數則是只願聽洋人的話的。這可見政治上要從多數，而在學問上是必須特別尊重少數，學問總是由少數出來的。

其次，最不可原諒者，乃是聽洋人的話聽得焦頭爛額，毫不反省，乃至至死不悟。學問是人人能求的，爲什麼中國人的學問老是落後幼稚，聽洋人的話的總是成爲多數？而且由聽西洋人的話的多數變爲聽俄國人的話的多數？求外國人之學問原是爲了救國的，縱使無能，不能救國，何至於一定要自殺，殺老百姓？聽洋人之命自殺，亦即民族運動之破壞與叛逆，這不是知識分子之知識幼稚問題，而且是道德之墮落問題了，然則這又是什麼緣故？

中國知識分子經過明末的犧牲，清代之摧殘錮蔽，士氣已在積衰之勢。及西力東來，固有的經濟日趨破產，固有的社會結構日趨瓦解，破產的農民變爲游民、土匪；知識分子亦爲社會拋出。民初軍閥招破產的農民爲兵，成爲軍閥。洋人向軍閥出賣槍砲，嗾使中國軍人相殺，亦即中國農民相殺。那由社會解體所拋出的知識分子不外二途：或者藉民族主義、救國思想而團結起來，成爲民族運動的中心力量（這是在五四時代及抗戰初期一時曾經表現的情形）；或者浪人化，成爲依附軍閥的官僚政客或秘書。其最有知識者，亦只能在洋場（租界）出售一定技術（工程師、醫生、律師）；或在洋場與大學作洋人的意識形態之買辦。

新文化運動以後，輸入的洋人的話日多。於是新文化運動以後，在外人壓力之下，中國人在思想上有親英、親日、親美、親俄自命之士，就是不親中國！這是一種「自外化」過程，同時也是中國人精神分裂的過程。道德原是社會團結之紐帶。在自外與分裂中，道德也就解體了。於是洋人，尤其是日本人和俄國人可以金錢權力收買中國知識分子。正如洋人可以供應槍砲嗾使中國軍人相殺一樣，俄國人則能供應意識形態嗾使中國知識分子組織自殺運動，而且覺得殺得有理。過去在「西潮」時代，尤其是在新文化運動以後，西化派有教育文化事業之領導權。他們既因學問不足，不能了解民族主義與工業之重要，加以提倡，鼓勵青年，只能成爲「西化的東方紳士」(WOGS)，高唱西方文化之優越，甚至否認帝國主義之侵略中國。在中國民族運動起來之後，蘇俄「赤潮」繼「西潮」而來。此時西化派所尊崇之杜威、羅素、柏格森等似不能作我們的顧問；而俄潮之中則有唯物辯證法、唯物史觀，反帝與共產主義是全人類前途的學說。尤其是唯物史觀使一切西洋偶像失色，因馬克斯的歷史哲學是至今西洋人中沒有敵手的，於是我國西化派也就無法在理論上對抗俄化派了。

過去西化派常作軍閥的淸客。親日派則能組織軍隊從事內戰。在洋人有理，俄國人更有理的心態下，史達林便能在國共分裂後，用假唯物史觀，在中國知識分子中招兵，將浪人化的知識分子變爲「革命職業家」，再命令中共在中國破產的農民中招兵，建立紅軍，創造紅色軍閥。俄國人也是善於物色工具的（如最初以陳獨秀爲中共領袖）。由於郭沫若在新文學界甚有名氣，當初中共亦以郭沫若名義招兵。魯迅原了解那些左翼作家本是「破落戶的漂零子弟」，到了洋場以後，成爲「流氓加才子」的人物。但中共終將魯迅俘虜，才使左聯成爲有力的團體。而魯迅死前亦唯有自恨是「奴隸總管」下的一名奴隸。其實那周總管也只是毛澤東之下的奴隸，而毛澤東又不過是史達林之下的中國部的奴隸總管！

在俄國能在中國招兵破壞中國社會以後，中國人便進入一個由分裂而自相殘殺之過程，即拿著俄國人的話自殺。看到西化派藉美國而得意，失意者也便愈欲靠俄國以洩憤。日本人乘中國人相殺之時，發動九一八之進攻，進行了十四年之他殺。俄國人則乘日本人之他殺，命令中共加緊自殺。中國社會愈破壞，破產的農民，浪人化的知識分子便愈多。由於俄化派的意識形態有一定歷史學爲後盾，便日益有增多的後備軍。於是有中共的勝利。中共取得「天下」後想不再聽俄國人的話，於是俄國便調動大軍包圍，想進行大規模的他殺了。

這是一個連鎖反應之惡循環：（中國落後⇄帝國主義侵略）⇄（學術落後⇄道德墮落）⇄（社會破壞⇄國民、知識分子浪人化）⇄（崇洋媚外，聽外國人指揮）⇄（自相殘殺，外國人屠殺）。

要中止這悲劇，這惡循環，不是武力所能有用的。因爲武力使用也只有增加中國社會之破壞，而這正是史達林所希望的。

而在學問上批評共黨者亦射不中的。專門批評馬克斯而忽略俄國人的共產主義是冒牌的馬克斯，是誤用氣力。批評馬克斯只注意辯證法而不批評唯物史觀，亦是誤用氣力。胡適說辯證法是達爾文以前的，可是唯物史觀則是達爾文以後的。要之，不能擊敗唯物史觀，根本沒有對付共黨之精神武器，這是西化派敗於俄化派的致命弱點。

要中止這惡循環，走上救國之正道，必須由第二環著手。中國之悲劇是由學術之落後開始的，尤其是因爲史學落後，在二重文化危機中看不出國家之前途而來的，所以復興民族必須由復興史學開始。史學是知己知彼之學，必須經由中國史、西洋史、俄國史以及世界史的比較研究，才能判斷中西文化之價値，看出中國可能而必要的出路；並研究歐美社會科學上之種種學說與其民族、階級、集團現實利害之關連，才能不致將意識形態當作眞理。

中國之悲劇也是由道德之墮落而加深的。道德的基本性質是對明天，對更廣大的同類之關心，是公正，是自尊無畏，是不屈於不義。反之，只管眼前，爲一身家謀，自必苟且，走抵抗力最弱之路，在學問上在行爲上依附勢利，於是崇洋媚外，勇於內鬥而怯於外爭，乃至藉外力以殺同胞。然而重建民族自尊自信心亦非空言，或講幾句孔孟之言所能有效。這也必須由歷史證明中國人確能有能力解決自己的問題，中國文化在人類文化史上有其地位，知人能之我亦能之，並由歷史知世界各國由落後而先進，由先進而落後者不知凡幾，於是奮發獨立之意氣，變「走抵抗力最弱之路」爲「走抵抗力最強之路」，塡補自己學問不如人之處。只要學問之力與洋人平等，則以中國人看中國問題必比洋人看得更爲眞切，而看世界亦必另有眼光。於是必能了解馬克斯之階級鬥爭說只是西方社會的一種意識形態，根本不能用於中國，何況假馬克斯？於是必求團結八億人之心力以重建自己的國家，何須聽洋人的話？

我是在上述（甲）項所說新文化運動以來的潮流中成長的過來人；而自中國社會史論戰研究史學，逐漸獲得（乙）項之了解，首先是中國救國運動之失敗主要由於史學之失敗，因而復興中國必由復興史學開始。於是日益盡瘁心力於史學，也才有我的史學理論，因而確信傳統派、西化派、俄化派皆為錯誤，因而主張超越前進的。必須如此，中國民族才有生路，中國文化才能復興。否則，中國文化將逐漸毀滅，縱使中國民族還能生存，中國人亦將成為非中國人了。

（二）研究歷史之經過

我在五四運動之後兩年進入父親所辦的前川中學。當時在五四愛國運動與新文化潮流之下，父師所訓誨的，是要立志救自己的國家，而途徑是科學。所以我是準備學自然科學的。我對當時許多前輩講歷史、文學、哲學的文章也喜歡閱覽，但也只是基於知識的興趣。我在孫中山先生逝世之年進武昌大學，仍是預備學物理數學的。這時我已接觸反帝和馬列的文章和小册子。接著是北伐軍之到來；國共合作與鬥爭——到了民國十六年，漸有殺人之事，這使我對政治甚為鄙視。中國開始大的動盪。到了民國十六年下季，理化系沒有教師，實驗室也鎖起來。有朋友勸我進中國文學系。這可以自由看書，而政治上的滑稽與恐怖日增，也使我覺得文學中有一種安靜與自由天地。十七年情勢日亂，我到上海開始寫有關文學的文章和日本侵略滿蒙的小書。十八年我寫了兩本有關民族運動史的書，得到一點稿費，跑到日本，爲了官費而入早稻田政經學部。但實際上是自己看書。民國十六年起，我已知道有一「俄國馬克斯主義之父」樸列汗諾夫，他特別是以馬克斯主義講文藝之第一人。至是在日本我收集所有關於樸列汗諾夫的日英譯本，繼而又看到佛理采的《藝術社會學》。我以樸列汗諾夫爲中心寫了一本《唯物史觀藝術論》，並譯佛理采之書。他們提到的書和文藝作品，我也盡量去看。日本人譯的《馬恩全集》，我從頭到尾看過一次。但所謂「資產階級」的史學著作，我也盡量閱讀、比較。此外，我由藝術看考古學的書，尤其是西域與滿蒙之考古。我雖愛好文藝，自知沒有創作的才能，我研究文藝史及其方法論，文藝批評的理論。

在以上由科學而文藝，由樸列汗諾夫而馬克斯的求知過程中，使我獲得幾個重要的觀念：一是如樸列汗諾夫所常引述黑格爾之言，藝術是藉形象而思索，科學是藉概念而思索；我了解概念之清楚明白，是科學之第一事。二是科學之論證過程，即科學方法比科學之結論更爲重要。三是樸列汗諾夫認爲列寧不是馬克斯主義者，而列寧說：「樸列汗諾夫的著作是馬克斯主義文獻中的菁華，不讀他的書不會成爲眞正馬克斯主義者。」使我在相信馬克斯主義時期從未相信列寧主義，因此也從未相信受史達林指導的中共是馬克斯主義者。最後，最重要的，文藝與馬克斯主義之合併研究，使我獲得一種主張：馬克斯主義的方法論，自由主義的價值論。我以此二元論自喜，對政治不感興趣。卽國內討論中國社會史文章亦因其政治性而不關心。不過對日本人欺侮中國人之言論與行動，中國人自侮自害的行動，不無憤慨而已。

民國二十年我回國一行。我目擊那蕩蕩浩浩的長江大水災，故鄉之殘破，與三年前去國時已有隔世之感。這是國共戰爭之結果。故鄉一般人民在共黨游擊隊出沒之下，一夕數驚。他們也問我以中國之將來。

這年九月中旬我再到上海。已經買好船票，預備到日本完成學業。次日，日本人發動九一八的進攻了。我退了船票。從此我結束學生生活，開始在上海過文筆生活。

當時文化界在馬克斯主義潮流之下，有兩大事件或話題。一是左翼文學或無產階級文學運動，二是中國社會史論戰。都使用馬克斯主義語言，但是有極大的不同。前者是共黨領導的，而後者是非共與反共的。

正苦於內戰的中國人，又來了日本人的侵略。凡是有思想的中國人，都不能不想到「中國往何處去」的問題。我自然也不例外。於是我對重大的政治事件也覺得不能不關心了。

當時我在上海除了以稿費所得，辦《文化評論》，主張對日抗戰以外，又以我的馬克斯主義方法論與自由主義的價值論反對當時的普羅文學與民族主義文學。我說「文藝至死是自由的、民主的」；文藝必須「萬花繚亂」，「不可作政治的留聲機」。這引起二十一年的文藝自由論辯。

這論辯以左翼退卻結束。（這同一問題在中共之下不斷發生，最近且由阿馬里克、索忍尼辛在蘇俄提出）

我以我的文藝史、西洋史和馬克斯主義的知識爲基礎，再在二十四史中找經濟史料參加社會史論戰。

我當時當然是相信唯物史觀的。唯物史觀有兩部分。一可說是社會的靜態構造論，即生產力與生產關係構成之生產方法、經濟基礎→社會政治法律之上層建築→社會意識形態。二是因生產力者生產關係之衝突，造成社會構造之轉變，卽亞細亞的、古代奴隸制的、中世封建制的，近世資產階級生產方式之繼續進行的階段。但在應用於中國歷史時，日益對馬克斯的公式發生懷疑。主要之點：首先，馬克斯之四階段說是將世界編年史與社會史混同。再則，他既以「亞細亞生產方式」指古代東方社會，又以此指鴉片戰爭時之中國，而恩格斯則又以爲是東西各民族皆曾經過之氏族社會，實爲誤解。再則，「奴隸制」非一切人類社會所必經，日耳曼人與中國均無希臘羅馬的奴隸制。在靜態構造方面，經濟、上層建築、意識形態三者不是片面決定而是相互作用。而思想尤常起獨立作用。

其次，沒有任何方法拿馬克斯公式來說明中國歷史上多采多姿的文藝的變化。除文藝對社會有維護與反抗之二重態度外，又在封建社會與資主主義社會之間設一過渡的專制主義時代（亦卽早期資本主義時代），此是本於馬克斯主義藝術史家霍善、斯坦因與佛理采之說，用以指歐洲十

五、十六、十七、十八世紀者。

其三，封建制度以層層封土與奉獻及世襲為特色，土地自由買賣即封建制之結束。中國封建社會已結束於戰國時代，秦漢以來是專制主義社會。所以中共的封建社會論是根本錯誤的。何以中國專制社會比歐洲為長？我以皇朝內部腐敗，及蠻族入侵說明秦漢以來中國經過三期循環。近世歐人以蠻族滅亡羅馬成立封建社會進入專制社會後，未再受蠻族入侵，故能進入工業資本主義社會。此外，我認為一六〇〇年左右，中西文化在相同水準。此後西方前進，而我國停滯不進，才有十九世紀以來帝國主義者之侵略。據此我寫了〈中國社會——文化史草書〉，但未完成。

最後，我目擊一二八戰爭之始末。此一戰爭由日本和尚燒三友實業社開始，可見日本人仇視中國民族工業之深。而當時中共竟以「階級觀點」反對十九路軍抗戰，並說「民族主義的口號是欺騙」，使我對中共更增反感。基於我對中國社會史研究，我認為中國出路在反帝、抗日、民主化和工業化。士農工商都是民族的力量，在民主政治中團結起來，發展民族資本。但由於馬克斯主義的長期影響力，我依然相信中國最後要走上社會主義之前途。

這些觀念，加上其他之事，使我參與福建之事。這些論戰和事件使我對馬克斯主義之懷疑日增，而如何由抗日走到社會主義，我也說不出一個所以然。今天東歐有修正的馬克斯主義，我也許是最早的「修正主義者」之一。

在許多文字與口頭辯論中，在福建事件中，我發現許多知識界的朋友的一個共同特色，是他們討論問題的論據常是幾句馬克斯主義，幾句古人之言，幾句西洋人的話，加上對於所引的話，也不一定概念清楚。所以「論戰」也常常只是「糊塗仗」而已。我能懷疑許多古人的話和外國人的話。我需要一個一貫的理論。這是科學的特色之一，而我還無此能力。

〈中國社會——文化史草書〉是我研究史學之準備和第一期的史學觀念。

民國二十三年初，香港政府逐我出境。在友人協助下，我與內人赴歐一行。我一路看了許多東方社會、西方社會之現狀。那印度、埃及被西方「化」得破爛，只剩下古蹟，供遊人憑弔。而那西方社會無一不以民族主義爲基礎，嚴本國（home）外國（alien）之分，民主政治正是鞏固民族主義的；而這社會正遇到莫索里尼、希特勒和共產黨人的夾攻，英國「左書」流行且有「左書俱樂部」，民主似乎也有成爲「古蹟」之勢了。我在各國博物館中看了許多東西各國過去的文物，也便將其與各國的歷史加以對照。在大英博物館看了更多的歷史、哲學、人類學、社會學的書，其中繆勒賴耶（Müller-Lyer）證明日耳曼人根本不曾經過奴隸社會，使我甚爲高興。我又看了若干科學理論的書，其中愛因斯坦的文章，說物理學乃是以概念構成的「世界圖像」，其本身合乎邏輯，而又能與人類感官經驗相符，並加以秩序化的。我想一切學問皆應如此。

一件意外的事，是二十三年末我旅費已盡，只剩下一張船票之錢準備回澳門時，忽接第三國際中國部的邀請，希望我能到莫斯科幫助他們研究日本問題。我答應了。在蘇俄一年有半，我除了幫他們研究日本之事外，與王禮錫先生合譯繆勒賴耶的《家族論》，繼而看其他的歷史書，更重要的，是有一很好機會研究俄國歷史，觀察馬克斯主義在蘇俄之實行，以及與西方資本主義之比較。使我驚奇的，蘇俄不僅無自由，亦無平等，而有大審季諾維也夫等的戲劇——這無論爲假爲眞，都很可怕。對史達林之阿諛，也是很可怕的。由於我對俄國文學和歷史有一些基本知識，我覺得這一套不是馬克斯主義，而是俄國歷史加上誤用馬克斯主義之產物。二十四年夏天，日本人進攻華北日急。故國之思，過去的想法，加上西行以來的新見聞，使我對於多年來中國人關心的兩大問題——中國出路與中國文化之價值——作新的思索。我日益確信，中國出路不能求解決於西方模式，因西方文化在西方人中已失信用了。這也不能求解決於蘇俄模式，因爲蘇維埃共產主義是俄國歷史之產物，即令中國變爲第二俄國，那社會也很可怕；而且，還將是蘇俄的殖民地。我又確信，社會主義不能實行於中國，因爲依照馬克斯主義，實行社會主義需要一個無產階級（產業工人）的政權，俄國無此政權，始有蘇維埃（工農兵）政權，而實爲共黨獨裁。而中國今天大事是要全民抗日，一個全民政權必然在經濟上是資本主義（承認私有財產），而不是社會主義。於是我便覺得馬克斯主義有根本的、內在的、邏輯的矛盾。這矛盾在於何處呢？這就是他的基本前提的概念，即所謂「階級觀點」。例如，他說從來人類的歷史（或如後來所修正的，從來有文字記載的歷史）是階級鬥爭史。然而，階級與階級鬥爭由何而來？必先有民族，有民族鬥爭，然後才有階級與階級鬥爭。然唯物史觀無疑有許多地方是對的。於是我便想到，唯物史觀是依據西方歷史立論的，因爲西方社會的確從來是階級社會，所以他的哲學可以適用於西歐，但不能作爲世界史的圖像。而這一點，我後來才知道，是馬克斯本人早已說明的：「我的歷史哲學不適用於西歐以外。」

於是我以「民族」與「自由」的兩個基本概念建立我的歷史理論。人類爲自由而勞動及戰鬥，在此過程中創造了文化，形成了民族，各民族以其文化相爭構成世界之歷史，而自由原則之維持與違背，決定文化之興衰。這理論要點將述於後。這理論比唯物史觀更能廣泛的說明世界之歷史，二重的文化危機之由來，以及中國與世界之出路。於是我也就根本拋棄馬克斯主義與社會主義的觀念了。我想應用這理論寫一部世界史，並寫成一篇扼要的序文。這是二十四年秋寫的，可說是我自己的、獨立的、思想的一個標誌。

我爲自己的歷史理論而喜悅，並於二十四年末在共黨辦的報紙上寫文章說明我已不復是馬克斯主義者。但我也要說到，我雖反對共黨的教條主義，亦對他們抱一種原諒之心之故。因爲我也曾熱心於馬克斯主義（但不曾信仰列寧主義），我是因有機會看了更多的書，經了更多的事，才拋棄馬克斯主義的。所以對那些沒有我這樣機會，迷信蘇俄的人之糊塗，願予原諒。只是以暴力維持糊塗，便不可原諒。因信外國人而出賣自己的國家，更不可原諒。然而這也不一定即能證明那早能反對馬克斯主義者之高明，因這不過因爲他們心中另有偶像之故。要緊的事是據事理思考，爲全中國人之利益而學問。崇拜偶像也可以，但要說出一個理由。所以自由討論必須維持。凡以勢、以利、以暴力，違害道理和自由討論，仗洋人聲威殘害自己的人民，都是可恥而犯罪的。

在日本瘋狂進攻華北的時候，在我有了自己的史學理論以後，我更認爲中國出路在統一抗戰，在發展法治民主、科學和民族工業。我對蘇俄沒有興趣，乃再到歐洲，準備回到澳門。那時歐洲已在希特勒聲威之下戰慄。二十五年末，一位朋友送我兩張經美國到澳門的船票，但到美國時，又因大小之事而停留下來。我看美國仍熱心於自由之原則，有一種新的氣象。我在美國研究太平洋關係的歷史。我曾在大英博物館，在蘇俄，至是在美國，接觸了若干有關中國近百年來的檔案資料。我才想到，近百年中國史，其原動力皆在倫敦、巴黎、彼得堡與莫斯科、東京與華盛頓。而世界形勢日趨緊張了，我翻譯了一本《迫近的第二次世界大戰》。

二十六年盧溝橋之戰開始後，我立即由美回國。我原想對此神聖大戰作一點實際工作，還不一定以史學爲終身之業。但我沒有爲抗戰盡實際之力之機會，甚至於在最初兩年，找不到一個職業。我只有寫文章。而與一般寫文章的朋友談話，則還是四年前我去國時的老套，聽洋人的話，尤其是俄式馬克斯主義（馬列主義）已較前更爲流行。許多朋友對我遊俄歸來，不信馬克斯主義，放棄社會主義而吃驚，我亦深感必由新的史學說明中國問題，才是救國運動的正本清源之道。於是除依據我的史學觀念，鼓吹抗戰到底激勵人心士氣之外，寫了〈抗戰建國根本問題〉、〈中國革命根本問題〉。二十七年到了重慶以後，決定以史學爲主要工作，先將二十四年的序文擴張爲《歷史哲學概論》一書，要點如下：

一、人類是有自由意識之動物，求其生命之持續與進步。於是能製造工具，結成社會，發展思維及言語之能力，在人與環境——自然、社會——之相互作用中產生物質文明的技術，以及精神文化的道德、社會政治經濟制度與哲學科學、文學藝術。

二、社會之結構。人類社會以民族爲最高單位。社會結構卽民族及其制度、技術、學藝系統中，人羣之地位與關係。階級、職業與集團之分化，開始由於分工而起；而其固定，則由民族間戰爭及其強制之結果。在社會結構中，尙有民族之間的和平與戰爭關係。制度、技術、學藝有調和與否及相互作用的關係。

三、社會之進化。社會進程可作種種分期。經濟上可分爲原始采集、漁獵、畜牧及農耕、農業手工業、機械五時代。但由政治觀點，也可作其他分期。最顯著的例子，便是高度的工業可以在民主政治、法西主義、共產主義三種政治下存在。思想亦常爲政治經濟革新之先驅。這便說明馬克斯以爲某種經濟決定某種政治、某種意識形態之不足信。一般而言，社會總是趨於進化的。物質文明與精神文化亦係相輔而行的。需要是進步的動力，前期的經驗蓄積是進步的基礎，內部之和諧，自由的環境，是進步的條件；技術、制度、學藝三者之調和與否，或者經濟、政治、思想三方面步調之調和與否，影響進化之遲速。進化之遲速，決定各民族文化之高低、國力之強弱。財富權力集中於少數人之手必使一國家崩潰，思想壓制必使一民族墮落。馬克斯說階級鬥爭是進化動力是錯誤的，他自己也說過階級鬥爭可使一社會滅亡，如羅馬帝國。斯本格勒以爲文明必定在生死中重演也是不足信的，社會不是生物。

四、世界危機與出路。史學是鑑往知來之學，可由社會之過去現在及結構、進化、興衰之法則以推論將來，人力則可變更速度。今日世界病原，一在各民族文化發展之遲速，工業發達程度之不均齊。二在工業國家，其技術與制度，科學與其他文化發展之不平衡。帝國主義獨裁主義由此而起，戰禍由此而起。落後必召侵略，此中國文化之危機之由來。然西方人違背自由原則，亦使其文化衰落，此西方文化危機之由來。對內自私壓制是自取滅亡，對外侵略是最大罪惡；亦皆必失敗。世界必須走向人人自由，國國自由，才有眞正之和平。必有民族自由，才有階級解放。

五、中國文化與出路。文化既係人性對環境之創造，人性大同，文化之本質亦皆係人類求自由之成績，並無從來不同根本不同之文化。在初民社會，在相同環境中，各民族文化有可驚類似。但人類結成民族後，各民族與其外圍諸民族有種種和平與戰爭關係，此亦影響其內部結構，造成發展遲速及特殊方向或特長。各民族以其文化相互競爭，使世界史有如世界運動會，各民族時有先後之參差。就一般古代、中古、近代之三分法而言，在古代中西並駕齊驅；在中世我國在前；至近代，我國始逐漸落後，終爲列強魚肉，以至爲日本進攻之對象。

中國之根本問題在工業化以脫離落後，具有與鄰近國家勢均力敵之國力。此必外除工業發展之障礙，此即必須抗日到底。然欲求勝利，必須團結，此即需法治民主。而內則必須解除中國人文化創造力之障礙，此則必須解除復古論、全盤西化論、本位文化論，以及「馬列主義中國化」論之種種錯誤，循民族主義及科學精神創造中國新文化；發展每一人的文化創造力，以自由中國促進自由世界之實現。

以上所說，乃以文化史觀代替唯物史觀，以民族代替馬克斯之階級，以自由代替馬克斯之鬥爭，以技術代替馬克斯之生產力，以制度代替馬克斯之生產關係，以文化創造力之解放代替馬克斯之生產力解放，並廢除其四階段說而代以政治、經濟、思想之多線進化。其中有一部分繆勒賴耶之說。關於道德，我贊成穆勒等善爲「最大多數最大幸福」說，加一「最長久」之條件。關於中國歷史，大體上仍維持社會史論戰時之見解，如秦漢以來的三期循環說。

自民國二十四年秋之〈序言〉到二十七年的《歷史哲學概論》，代表我第二期的史學理論。在此期間，我想應用上述理論寫一部中外對照的世界史，也寫了一些草稿。然抗戰事急，大部分時間費於許多現實性文章，日本問題、國際問題以及我們的政治經濟問題，但也對中國文化之復與問題寫了一系列的文章和一本討論三民主義的書。這些文章和書，都是在上述歷史哲學的觀念之下所寫的。

《歷史哲學概論》大體上是我回國前的想法。抗戰回國以後，我又增加了一些見聞，使我再對我的歷史觀念加以推敲和整理。這些見聞最重要者有六：

其一，是重讀古書及研究近百年史。世界史的計畫未寫下去之另一原因，是戰時外國書難得，乃重讀四部之書，想寫一本中國思想史。這使我對經書古文及程朱陸王有新的看法。又應出版社之請寫了一本《近百年來中外關係》，看了許多清末人的著作。近百年的歷史可說是帝國主義侵略與自身愚弱所合成，由此看漢唐應付塞外民族之成功作一比較，我將《歷史哲學概論》中所說的「環境」發展爲外部、內部構造相互作用論。我又發現中國史學上「因、革、損、益」四個字以及生尅、消長等，是極有用的概念。

其二，在「歷史哲學」中，我對文明、文化還區別使用，贊成進化觀念，以善卽自由。我回國後，由古人之書，看今日民德士氣有不如古者；而看一般人民的愛國心，又非留學之士之所能及。此兩種道德隆替，有一種平行關係。我覺得中國知識分子之士氣有長期衰落之情形，此可追溯到明末之摧殘及淸人之壓迫，及西方壓力繼之而來遂成崇洋媚外之墮落。因此，我覺得文化卽是民質，亦如「人如其文」。道德是文化的生命，文明、文化亦無區別之必要。歷史有進化亦有退化。荀子說「公生明，偏生闇」，可以說明道德影響知性之理由。此道德之興衰所以發生報應作用之理由。

其三，過去我以《聖經》「壓迫他人，賢者變爲愚者」說自由之抑壓，卽創造力之衰弱，因而使壓迫者與被壓迫者同時墮落，爲西方衰落之原因。抗戰中我目擊日軍及漢奸之殘暴冷血，禽獸不如。其後希特勒與史達林發動第二次歐戰，希史固凶殘狡詐之極，然昔日對東方人如狼似虎之英法，今在軸心之前又如犬如羊，亦卑劣無恥之至。這一切與我在歐洲之見聞連續起來，使我感到萬物之靈之人類又可墮落爲萬物中最卑汚者，乃由文化之病毒使然。文化產生財富與權力，然文化乃所以宏揚人道，財富權力必受道德節制，使其促進文化。否則崇拜勢利不顧人道，卽是虛無主義，此乃文化之癌毒，可以摧毀文化，並使人類精神變爲瘋狂與白癡。一切淩弱暴寡之行，暴政與帝國主義，皆是病毒。不久看到法國作家莫洛亞發表《法國之悲劇》一書，說到法國亡國前法人對納粹之崇拜。由帝國主義之毒性可解釋崇洋媚外之自殺毒性。納粹主義、共產主義是西方文化變爲帝國主義而自毒後之兩孽子。模倣之，崇拜之，是更墮落的自殺。

其四，「歷史哲學」中的情調是樂觀的。無論抗戰中有如何黑暗之事，必須拿一般老百姓的崇高悲壯犧牲來衡量。那是中國有史以來最偉大的對外戰爭。自抗戰之始，我毫不懷疑日寇之必敗，並相信中國必由此勝利而復興。但在抗戰進行中，我日益憂慮蘇俄與中共之動向。不過我又相信，只要不讓蘇俄與中共在地理上打成一片，即不讓中共「打通國際路線」，則抗戰勝利之果實仍必歸於中國之人民。因爲如果蘇俄單獨進攻中國，是一國際問題，美國必不坐視。如果中共叛亂，是一內政問題，國民黨尚能應付之。但如果蘇俄與中共直接連結起來，蘇俄不斷以軍火、技術援助中共，則國際問題內政問題混亂，而軍事上等於中國對蘇俄中共聯合作戰，即非中國所能支了。然此一要件——防止蘇俄中共之合體——是政府能做到，必做到的。此事我亦曾於二十八年向有關方面說及。兩年以後，太平洋戰爭爆發。國人對抗戰必勝之信心大增，然對美國依賴之心亦日增。另一方面，史達林格勒之戰蘇俄大勝以後，蘇俄公開攻擊中國，而中共及左派之態度亦日趨強橫。一般知識界在向親美親俄兩方分化。這也就是民族精神之萎縮與稀薄。到了三十四年夏天，我雖不知有雅爾達密約，但看到中俄將有滿蒙主權之談判，我無限驚惶，恐懼我憂慮之事將在美俄合作下實現，而八年之功要廢於一旦了。勝利之日，蘇俄中共因「中蘇友好同盟條約」而開始合流。繼而兩僞之軍合流。而主兵者猶不知事態之嚴重，而輕敵，而浪戰，毫不想熊廷弼當初對滿清之「三方布置」，結果重演洪承疇之故事，完成蘇俄、中共之計畫了。大陸之淪陷是時間問題了。然戰後一般人心還是望治的。抗戰末期道德之惡化，演爲勝利後肉食者人欲之橫流，才使戰事日趨惡化，而人心也日趨絕望了。戰後蘇俄中共合流後，我看中國不僅有「亡國」，而且有「亡天下」之悲劇。俄國人是一向在殖民地推行「俄化」（Russification）的，中共是志願俄化的，其效力將百倍強烈於日寇漢奸。我回故鄉恢復母校前川中學，意在播種一點新的種子。這也是由研究中國歷史而來的一種結論。

其五，西方方法論之討論與虛無主義之流行。勝利以後，重新接觸戰時戰後西方的書籍。我看見東比的書；同時也看見邏輯實證派關於科學方法之討論，以及若干鼓吹行爲科學和生存哲學的書。前者不論如何，是深刻的體驗到西方文化的危機，而想求救於宗教。新實證派說科學不能判斷價值是對的，然他們說價值判斷只是情緒表現，「無意義」，又無非是西洋文化的病態表現，一種以科學爲名的新虛無主義。生存哲學是公開的虛無主義。在抗戰與第二次世界大戰時種種現象使我日益感到道德與價值之重要時，我更感到西方弱性的虛無主義只足以助長烈性虛無主義者史達林的權勢，世界大亂未已。事實判斷與價值判斷必須區別，因爲褊狹的利害成見與事實判斷之混淆，是意識形態之由來。然這不是說沒有普遍的不變的價值標準。我曾想到唯有目的論才能給價值論以根據，並曾以生命之自由爲目的論之根據。但自由之目的由何發生？這必須繼續追究。我再讀康德的三批判書。他的道德對科學之優位論極是，但其目的論之根據仍有歸於上帝之嫌；而我認爲人有相信上帝之自由，亦有不信上帝之自由。我再讀現象學派之書，但只說人類情緒有把握價值本質之「先驗」或天賦能力，亦非究極的說明。我想來想去，只有以生命之時間性——生命向未來成長之事實，確立目的論之根據，而人類德性與理性之由來亦皆可由此而說明。目的論亦可由科學證明。道德既密切關係文化與衰，則史學方法亦當擴張到價值判斷。於是史學不僅可以討論歷史的原因，亦可討論人類及其文化的目的。於是中國與世界之前途也便能確有學問根據。時局之急轉直下，來不及寫文章加以發揮。在中國道德墮落中和西方虛無主義的深刻化中，我目擊中國之土崩瓦解，到處在研究逃難或「應變」。在我心中的大事，是中國能否翻身，而此一翻身是否尚能爲我此生得見，我將屆不惑之年了。

最後，是毛澤東公然以漢奸自任，使我認爲我看得見此漢奸政權之崩潰。三十八年初，我往來於武漢和黃陂的學校之間。想到逃難之難以及歷史上許多逃難者可以自相踐踏而死，不能棄學校師生於不顧，以及不忍想到從此亡國復亡天下，我便想在武漢看看取得政權之共黨究竟如何。中共在六月初由黃陂進入武漢。除接收外，他們忙的是賣鴉片、蒐銀元、抓人戴綠帽遊街、扭秧歌、高唱擁護蘇聯。我看出他們絕對無能，絕對下流，只有一套漢奸表演。外國可以一時征服中國，因爲人民了解抵抗之無益。漢奸亦可一時征服中國，如果多少掩飾其漢奸性。但中共乃公然以漢奸自命，而又對一般人民表示其仇視和征服者的姿態，這是不能使人心服的。我感到我看得見中國復興之希望而也必須趕快離開。我隻身出走，在六月底到了長沙，繼而聽到毛澤東宣布「一面倒」之貽臭萬年之語。八月初我到香港，看見中共侮辱知識分子，這是漢奸的報復心理，而也是一代知識分子之自食其果。

我是二十三年離開香港到歐洲的。十五年之間，我曾以所有之心力鼓吹抗戰，也看見中國之大希望；至是又目擊這希望之毀滅。此時我看到美國「白皮書」說中共之勝利，是由於國民黨之「腐敗無能」。這話無可否認，不過也沒有說明其原因。但這話意含中共不是腐敗無能的，而美國也不是腐敗無能。這則不是事實。大陸赤化只是蘇俄之勝利。沒有美國的腐敗無能以及雅爾達密約，不會有蘇俄的勝利。這是「白皮書」發表後九個月美國人開始了解的（指韓戰）。共黨藉蘇俄勝利而勝利，絕非不腐敗無能之證明。而那些據白皮書笑罵國民黨者也應想想，為什麼國民黨貪污無能？如果大家都不腐敗而有能，僅僅國民黨能造成這大的悲劇嗎？他們忽略了白皮書中還有一句驚心動魄之語，即是在大陸潰敗中，「無人為國家謀」！

中國的事，顯然「待從頭收拾舊山河」。而這也待從頭研究中國的歷史、世界的歷史，看中國之將來、美俄之將來。到香港後，我綜合這些年來之史學思考，經營兩篇長文。

一是〈美蘇鬥爭之文化史的觀察〉。此在三十九年一月寫成。我在過去（十八年）曾想到馬克斯主義之勃興，甚與基督教對抗羅馬帝國類似。後見恩格斯一書說基督教是古代社會主義。我已了解馬克斯主義在蘇俄已經變質，他不配取西方文明而代之。我曾以美國代表西方文化之復興，但雅爾達密約使我斷言其有限性。鑒於二十世紀中葉蘇俄勢力之擴大，使我嚴肅的考慮：羅馬帝國的歷史是否會重演？（這是二十多年後還有美國學者在問的）結論是：自沙俄到蘇俄，一貫的學西方的技術，然違反西方的人權，便有他內部不可克服的弱點。不過「美國生活方式」雖有缺點，然仍有技術、活力及自由之追求，不是羅馬帝國。美俄在技術逐漸接近後，一個將人當人，一個不將人當人，還是基本區別。如美國能尊重正義，對內部限制既得利益，對外維護聯合國憲章，對非共世界（此指落後地區亦即今日第三世界）讓步，促成自由世界合作，他還能壓倒蘇俄。至於未來的世界，必須保持個人自由與世界合作之兩極均衡才是人類之希望。（此文後來收入《俄帝必亡論》中）然而，這都是不可必的。

二是《中國之悲劇》，論大陸赤化之原因。此在三十九年三月二日寫成。這一悲劇之造成，除了雅爾達密約外，是百年之間，在西帝日帝侵略破壞中國社會後，中國知識分子應付無方，精神眞空與墮落，病急亂投醫之結果。這是中國人之悲劇，也是人類之悲劇；是民族的悲劇，也是中共的悲劇。他們因爲不學，誤以蘇俄爲天堂，自己爲蘇俄犧牲，還將使中國人民做俄帝之砲灰。最後說：

一個國家最要緊的事，是要能自主其命運，發展國家的生產力、人民的創造力，以不斷提高人民的生活水準，不遜於世界上其他國家。其方法是發展實業和教育，其前提是要有一和平而自由的環境。但在「一面倒」外交和特務內政之下，在為蘇俄備戰的參軍征糧征債之下，這一切都不能達到，至少也只是表面上的。一國重要的事，是使其國民尤其是知識分子自愛愛國。人而不自愛者，亦不會愛其他國家。中共不僅迫人民認賊作父，還要以所謂「坦白」、「受訓」和「思想改造」，迫人民為了苟活與一飽之故，甘於效蘇俄式的自瀆、自虐、自辱；其結果有骨氣者祇有羞憤而死，剩下一批無恥虛偽之徒。這個國家還會有生人之氣嗎？一國最大的希望是保護和教育後代。然一個國家以一面倒為最高國策，以青年男女為宣傳「支前」、「慰勞」、「土改」之工具，不許有天賦才性之發揮，自由研究之風氣，還能希望有真正的人才嗎？國民黨二十幾年的執政，不良的風氣，對於青年身體精神的破壞影響，已非短期所能恢復正常。接著今天中共在開會，扭秧歌，和在「清算」、「鬥爭」、「前進」、「坦白」種種名義下所包含的淺薄、刻毒、冷血、虛偽、猜忌、瘋狂的成分，更不知流毒何時為止。要在這種風氣下教育出來的人，與並世各國鬥智，還有希望嗎？能說蘇俄就是永久的靠山嗎？

中共征服中國了。他能征服中國政權，但不會征服中國人心。然人民目前也無法拒絕中共統治。這結果自是整個麻木。四億麻木的人，對於蘇俄，也無大的價值。但我們夠慘了！中華民族的肉體與靈魂，均將被蘇俄假中共之手，變為枯骨死灰了。這是何等的作孽！這是何等的悲慘！

然則中共將征服中國到何時為止？時至今日，中國只有在世界大局的解決中求生路了。無論如何，由遠處看，蘇俄是必敗的。但卽使蘇俄失敗了，如沒有一個在文化上、在道德上較之共產主義更高的東西，不能代替共產主義，也不能澄清蘇俄流播中國的穢毒。因此，中國民族當前任務，第一要盡可能保持自由中國的地區（臺灣）；第二便是要在海內外一般人民的心中，喚起和保持民族獨立自尊，不怕蘇俄、不屈服於蘇俄的意識，隨時隨地對蘇俄作積極的消極的抵抗。第三便是聯合世界上一切自由民族共同奮鬥。而中國的知識分子，真有對國家的真誠者，今天除了提高個人的、民族的、人類的信心抵抗蘇俄而外，尤須隨時隨地盡可能的從事學術，為國家將來作一點真正永遠的心血的建設工作。

而這一部中國通史──《古代中國文化與中國知識份子》──計畫，卽是由此而來，亦卽盡我個人之責。

(三) 第三期的「理論歷史學」

我為求解決中國出路而求一可靠的理論，經過三時期。開始是社會史論戰時期，我依據及修正唯物史觀，此卽〈中國社會──文化史草書〉。其次，民國二十四年後，我自立系統，此卽《歷史哲學概論》。最後，經抗戰、二次世界大戰，經大陸淪陷與美俄冷戰，以及在撰寫本書過程中對世界史再爲比較研究時，對《歷史哲學概論》有所補充，乃有我第三期的理論，卽本書所應用的理論。此是綜合一、二兩期之見解再加整理的，自更周到而有概括力，可謂普遍的歷史哲學或理論歷史學。此簡述於本書首節，散見於全書，亦曾在其他地方先後說及。此處是其綱要。

一、人是創造文化的動物，因而爲歷史的動物。人類除生物的需要外，尙有德性（價值判斷、美善觀念、同類相親）、理性（知性、同異辨別、關係連絡）之能力。二者是文化創造之原動力，使人類有創造文化之可能；而環境對需要之供給有利的機會則使此可能成爲現實。文化指人類一切德性與知性之製作或創造，包括技術，社會政治經濟制度，及一切學藝之系統。文化與文明可作同義解。文化使一定人羣結成一定的生活方式，這也是他們應付環境的工具，發展人類性能、實現更大自由之工具。人類創造文化以後才由自然進於歷史，故人亦爲歷史動物。人類發明文字以後才由先史時代進入歷史時代。當一定之語言及其文化將不同的部落結成民族時，文字更加固定之。人類史卽文化史，亦卽各民族文化生長、變動、交涉、競爭之過程。

二、內外構造與因革損益造成文化之變動。所謂環境，包括各民族內外兩方面之構造。外部環境有自然、國際關係；內部構造卽各民族之人羣及生活於其中的文化形態（技術、制度、學藝）。此內外因素是不斷變動的（例如內部人口之增殖，外部生活資源之豐嗇，友敵民族之出現）。這便引起新的問題，需要這民族之人羣採取新的行動以解決之，而此解決，亦卽對其現存社會狀態，通過其固有文化而採取因革損益之手段。此因革損益造成文化創造，卽文化生長與變動之過程。在文化變動中，思想是最能動的因素，唯其效果亦受一般文化狀態之節制。

三、文化興衰與社會治亂。一社會內外形勢經常在變動中，亦在相互作用之中。種種因素相生相尅，對文化創造形成有利與不利之結果。內部的技術、制度、學藝三部門是否調和，造成創造力之強弱，以及因革損益之成敗（適當與否）。此強弱、成敗與外部環境之有利或不利相合，則影響文化成長之遲速、興衰。而文化之興衰，因而因革損益之成敗，則積成社會國家之治亂。而此其結果，亦由全社會全民族承受之。

四、民德士氣是一國文化創造力之保障。一社會之道德心以及理智狀態爲創造力之原動力，二者亦互相作用，但道德更爲重要，因道德衰落後，理智亦必痲木而錯誤。在一社會之技術（人與自然）、制度（人與人）與學藝（人與自然、人）之三部門中，對技術與學藝起維護、協助之作用，而保持二者之調和者，畢竟有賴於制度。三者並非抽象概念與物質，而是有人主持及活動其間。主持及操作制度者是統治集團，主持技術及學藝者是知識分子。當一社會道德心強盛時，不僅保持社會之內在親和，而且相互關切共同之利害，因而尊重學問與人才、新的思想與觀念，因而調節制度技術學藝之調和，而有文化之興，國家之治。道德之衰落常起於統治集團與既得利益之勢利主義，此使彼等由私而愚，或由私愚而貪而暴，並汚染社會，毒害性靈。此時常賴知識人提出因革損益之道以救之，通過社會之力以救之。如不能救，甚至知識人亦勢利腐化，社會必亂（內戰），而統治集團亦必終被推翻。而亂的時間和空間之久廣，決於腐敗程度之深廣。然起而代之的新勢力必爲多少接受新觀念，卽新文化者。於是此社會仍有再興、再治之可能。學問是一民族之實力。道德則是扶持力，所以善惡消長與國家興衰有密切關係。然一民族不是孤立的，他還有他的外部環境。各民族之興衰、成敗、治亂，相遇而相互作用時，造成世界史之變動。

五、各民族之文化成就及其命運，在世界史中結算。人類之心智相同，在相同自然環境下，各民族之文化表現極大之類似。然各民族之大小，以及內外形勢所造成的文化創造之機會，進步與落後之狀態，相互間和平與戰爭之關係，戰爭勝敗之結果，則大不相同。世界史是許多民族以其所創造的文化登場之舞臺、運動會和戰場，而各民族之文化力是其競爭力。於是各民族文化發展之遲速、治亂、興衰，及其相互作用，決定一民族之命運。

在歷史之一定時期，一民族文化之發展與盛，不僅造成自身之權力地位，而且其文化成就亦有爲其他民族所倣效之價值，或進而擴張其文化之影響力，因而樹立其文化的霸權。然此握文化霸權之民族亦常因壟斷財富與權力而造成自身之腐敗，或狃於一時成就之經驗，不能進一步因革損益以適應新的需要，造成自身之衰落、內爭、反抗而瓦解。於是此文化霸權可能爲更落後民族所破壞，或受相等勢力的民族之挑戰，或被優勢文化之民族取而代之。在政治霸權文化霸權之起落與轉移中，造成許多民族之融合、擴大、分離、獨立與盛衰，或不幸而使許多民族之人羣及其文化歸於淪亡與消滅。然一民族之文化如仍有價值，而此民族有獨立之精神，自仍能經適當的因革損益而復興。此種政治、文化霸權之與衰與消長，造成世界史構造之變形；對許多民族而言，亦是其外部構造。我將世界史構造之變形分為九大時期。就將來而言，世界和平與人類毀滅皆有可能。（見即將出版的《我的生平與思想》）

六、歷史學之性質：是科學、文學，還是哲學？一切科學皆以概念概括事實，研究概念間之因果關係，以預見事實之因果關係。一切文學乃以想像組合形象，加以描寫，訴諸感情，不必實有其人，或確有其事。史學必須描寫歷史上重要人物之活動，有同於文學，然必確有其人其事，且在事實之發展關聯中敍述之。故史學有文學性而與文學不同。但史學之最大用處，畢竟在求一般人民生活方式之變動，即文化與衰、國家治亂之法則，藉以鑑往知來。故史學是一種社會科學。個別社會科學研究現代社會各部門（如政治學、經濟學、法律學等）人類活動及其法則，一般社會學則是一種綜合的考察，以社會組織、文化及其變動為對象。社會科學與自然科學不同者，一是自然現象可作控制的觀察實驗，而人類活動僅能對若干可計算之標誌加以調查，如人口、所得、投票率、失業率及使用訪問、民意測驗之類技術。而要研究社會之變動，自不得不研究一個社會的前期狀態，此即歷史。二是自然現象無所謂價值判斷，而社會科學則不能避免價值判斷，尤其是法學主要是一種規範科學。然價值標準之規範又如何研究呢？這可由比較各民族之價值觀念，研究價值觀念的變化，而求其不變原理，此即歷史。此是說社會科學不能離開史學。

可是，史學又與社會學及個別社會科學不同。他不是專門研究現代社會人類之活動的，而是對過去到現在人類活動之連續過程作一種通觀，記述及說明現在之所以形成，因而考察其將來之可能趨勢，俾能選擇一較好之前途。首先，史學不僅研究過去之集體情況，且須研究有重要性之個人。此皆不能直接觀察或詢問者。其次，歷史係由各方面的人力所構成，而人力如何使用之流動性甚大。故史學雖是一種科學卻不能成爲嚴格的科學。歷史可以說明人羣各種可能之前途，而選擇之，又決定於人，此則每一個人亦有其或大或小之份量，個人與集團如何選擇則與思想及價值判斷有關。科學不作價值判斷，而人類文化及其活動，前途之選擇，根本包括價值判斷，故史學必作文化價值之判斷。所以史學必然成爲文化哲學——文化批評之學。一切社會科學也都不能避免價值判斷，故史學除自身爲一種科學外，又爲一切社會、人文科學之基礎，猶物理學爲一切自然科學之基礎。

七、史學方法論。總上所言，史學研究治亂興衰之故、因革損益之宜。此史學之性質，決定史學之方法。惟其史學是不嚴格的科學，必有嚴格方法論，俾能對可確定者確定之。自然科學方法以觀察、數學、實驗、推理，求精密之概念，及概念間之不變的因果關係。史學之目的與科學同，然歷史事實不能直接觀察，只能根據間接資料之史料，即文書與古物。數學與實驗用處甚少，或根本無從適用。訪問、民意測驗亦無從適用。故史學主要是一種推理的科學。史學家據史料推理，有如法官依據證人證物判案。此種推理之所以可能，即因人性有基本之相同，而人類活動之各種方式，已有各種社會科學，如人類學、考古學、古文書學、社會學、社會心理學、政治學、經濟學提供比較的解釋與說明。知識愈廣博，愈有助於推理，避免誤信和武斷。

一般所謂史學方法指史料之批評、考證。此僅史學方法之初步，確定個別之事實而已。史學方法之第二步必須借助各種補助科學（年代學、考古學、古文書學等）及社會科學之解釋、說明，將個別之事實連結爲事態，盡可能看出事態之關聯、構造與變化。史學方法之最後一步，在對於一時代一社會內部的構造（社會之道德知識狀態、技術、制度、學藝）與外部的構造（地理的、國際的），內部的、外部的各種因素，以及內外之間的相互作用（模倣、學習、和平通商與戰爭）加以考察與聯絡，理解其先後的因果關聯與其一定時期之總結果。此方法論之應用，證明道德與理性爲文化創造之根本動力，勢利主義則爲破壞力，並證明個人與民族求自由之願望亦爲歷史法則。

八、歷史學不僅要說明興衰治亂之由來，最後還要評價文化之成就與得失，爲因革損益之根據。此涉及科學技術、行爲制度、文學藝術之價值判斷。我由史學與科學、哲學之合作建立目的論，說明眞善美之原理，而以正義、和平與文化創造力之解放爲文化批評之標準。因果論的史學方法論與目的論的價值判斷論合爲理論歷史學之基礎。

九、全部史學方法之使用，皆賴比較之功。史料之鑑別須比較，事實之關聯、變動，及其因果關係之判斷須比較，文化之評價亦須比較。故比較實爲史學方法之中心，使推理有其根據，其重要性更甚於生物學上之比較。

然史料愈廣，比較愈周，此所以歷史研究終必以一定世界史之知識爲前提。過去之歷史多爲帝王之家譜，無關於一般人民之生活。後來又有以地理（巴克爾）及經濟（馬克斯）解釋歷史者，此皆僅外內構造之一部分。近年來有行爲科學派。其實行爲科學只能說明一定之心理現象。人類之行爲係在歷史構造卽文化方式中進行，以思想爲動機，並具有價值之趨向。行爲科學對此三者皆無用處，也就對研究人類及中國之前途沒有用處。

以上綱要，包括史學方法論與價值判斷論、歷史構造之內部與外部、靜態與動態、微視與巨視，故稱「理論歷史學」。此理論歷史學乃由比較世界文化史與文化社會學之長期研究來，亦足以說明和預見世界歷史之變化的。

(四) 本書之結構

過去想寫一部世界史而未成，現在則應用我的理論歷史學於中國史，要點如下：

一、中國歷史就其外部構造而言，可分三期。㈠自遠古至春秋爲中國光榮孤立時期。起於本土（江河上游），在和平勞動中創造，使用表意文字的中國文化，給與中國文化以最基本特色。㈡戰國以後，匈奴入侵，使中國歷史進入亞洲史時期。㈢元明以後，是中國歷史漸入世界史時期，而明清閉關，自限其智能，清代中葉以後海國東來，是中國歷史被動的正式捲入世界史時期。（此三分法，是我在抗戰後期慢慢想出來的。直到我寫完本書上卷時，才發現梁啓超先生在

《中國史敍論》中早有類似分期）

中國歷史就其內部構造而言，可由中國國家性質、統治機構、經濟程度三方面觀察。以國家性質而言，由黃帝到堯舜，是部落同盟時期。夏商周是封建國家時期。秦漢以後，是統一的帝國時期；清代中葉以來，是此統一帝國瓦解建一民主共和國時期，但遭遇種種挫折，目前尚在一混沌局勢。

就統治的機構言，五帝時代，教權性的知識分子卽統治者（主持祭祀者）。在三代，貴族知識分子爲統治者。在戰國時代，平民知識分子抬頭，中國趨於無階級的齊民社會和統一的郡縣帝國。首先由於對外關係，武力重要性增大，武力組織者成爲皇帝，平民知識分子代表人民參加政府。兩漢以後，爲皇朝與知識分子二元之局。皇朝之興起與腐敗，帝王與儒生之合作與分離，知識分子創造新文化，蠻族之入侵與同化，構成治、亂、治之循環。

就經濟程度而言，三代是封建經濟時代。戰國時代都市勃興，封建時代趨於結束。秦漢以來，中國大體上是早期資本主義時代。但腐敗所造成之民變與蠻族入侵，以及明代之閉關政策，使中國未能向高級資本主義發展。西帝東來，日帝繼起，阻礙工業之發展，進入殖民地化。

二、兩漢是中國歷史之模型。此後中國歷史有三大循環如下：

秦漢——三國、晉——五胡、北魏、六朝

隋唐——五代、北宋——遼金夏蒙古、南宋

元明——南明、清初——鴉片戰爭以來

就以上第一期而論，秦朝建立統一，然其制度不能適應統一之需要，漢能革其弊，始能建立統一帝國。東漢因腐敗而分裂，中國知識分子退而在野，創造新的文化。然晉人不克負荷，仍復腐敗，天下大亂，五胡乘之而入中原。新的文化潮流與力量，再造隋唐之統一，而再反覆前期之過程。元明統一中國後，亦復如是。不過，清朝統一中國，到了十九世紀趨於腐敗後，不僅有漢人之復國運動，而世界進入帝國主義時代了。中國歷史之外部構造完全不同，也便不會有過去的循環了。

三、本書分三卷。上卷古代篇包括遠古文化、文字發明、古典文化之形成與發展至秦漢時代。此中國文化因係在中國本土獨立和平的對自然環境所創造，有無階級、非宗教之人文主義之特色，復以表意文字凝結之，有極大之穩固性。此經三代發展為周代之古典文化，而在春秋時代開花。孔子為此古典文化之代表者、集成者及傳播者。至戰國，外而匈奴之威脅，內而都市之發展，促成秦漢之統一。秦濫用皇權而瓦解，匈奴之威脅更為嚴重。漢代能對內外情勢為適當之因革損益，所以能上繼先秦，下合六國之文化而發展一種「大漢風文化」，對周圍亞洲諸民族發生影響力，同時亦不斷吸收域外文化之成分，使中國成為泱泱大風之國。直到清代中葉以前，中國社會與文化只是在此文化中之破壞與再建，所以漢代社會文化是中國歷史之模型與骨幹。此大漢風之文化，自是中國知識分子之集體創造。此「大漢風」一詞雖是倣照德國史學家 Droysen

之「大希臘風」Hellenism一語之用法（此詞意卽希臘文物及其風尙之普及，狹義指亞歷山大東征至羅馬帝國成立間之希臘文化，廣義則爲與希伯萊主義對立之概念），但大漢風之持續的效果卻又是大不相同的。

中國文化之價值須與世界上其他文化加以比較而定。巴比倫、埃及、希臘、印度之文化皆起於外來民族征服原住民及其文化而發展的，皆起於宗教與階級。而中國文化則起於本土，起於史官，起於天文觀察，故無奴隸制度，宗教觀念亦淡薄，而表意文字更增其團結力。三代以來，神的觀念日益爲人的觀念所代替。以中國春秋戰國時代與同時希臘、印度相比，我們的長處多於短處。希臘人的科學發展在大希臘風時代。但將我們大漢風時代與其相比，不如者只是幾何學。而在其他天文、數學、工藝各方面，如張衡、劉徽等人之成就，在同時代希臘人、羅馬人、印度人之上。而我們在人民至上和言論自由兩方面之理論與實行，更非希臘人、羅馬人所能及。而太史公之史學，是要到十八世紀西方人始可望比肩的。

四、中古篇論三國至宋末。敍述之層次仍將如上卷。在過渡時代，則提出關係後來之重要事實，如三國前後，諸葛亮對曹操抗爭之意義，諸葛之相業，三國之開拓，建安文學，荊州經學，玄學、史學之流傳，九品中正與正始風氣，佛教之東來與漸盛，塞外民族之醞釀新的風暴。而於一個統一的朝代，則述其時皇家與知識分子之概況，外圍的民族，內部社會狀況，民風士氣，技術，制度，學術之成就；特別注意其能否對內外情勢作適當的因革損益，以及在亂亡後復興力量之由來。司馬家乃曹操主義者，荒淫無恥，不知因革損益之道，只維持了三十六年之統一，而有永嘉之禍。五胡之由來與起伏，鮮卑南下後柔然、突厥之活動，與後來之關係亦大。南北朝分裂後，北方士族之自保，中原士族之南遷，保持及擴大了中原之文化。北方禮學、南方玄學之發展，南北佛教亦分途發展，然又皆趨於合流，此隋唐統一之源泉。而促成此合流者則爲史學。

唐代開國君臣是深於史學的，故知因革損益之道。爲應付突厥而通西域，租庸調之制、科舉之制，都甚成功，故能再建比漢代更盛大之大漢風或大唐風之文化。運河開通後，繼之以市舶司之成立，國內外貿易之發展使經濟結構大變，唐初租庸調已不能維持了。唐玄宗在國力最富庶之時，不能爲進一步之因革損益，唯用小人而肆貪侈。而此時阿拉伯(大食)已興，其技術非突厥可比。唐軍在怛羅斯爲大食所敗，安史乃乘機爲亂（楊貴妃適逢其會而已）。自此北方殘破爲游牧民、半游牧民活動之溫床，而藩鎭亦因此尾大不掉。中國經濟文化之中心逐漸轉移於南方，海外貿易由此益盛。此不僅爲支持國用之重要來源，而且促進唐宋間之商業革命。飛錢、交子、會子先後出現，羅盤亦與海運俱來。但安史亂後，唐朝雖在財政上有相當之因革損益(稅制、預算)，然不足肆應需要，而首先起來亡唐之黃巢，並非農民而係富商。中國再分裂爲五代十國。首先是強盜朱溫。後有沙陀之石敬瑭出賣燕雲十六州，造成中國國防之致命傷，先後成爲遼金之禍。乘南北朝大亂而興的釋老二教在唐朝仍甚流行，唐末尤盛。循此趨勢，中國非不可分裂爲許多民族國家。而商業發達之要求統一的市場，杜甫韓愈之再振儒學，與唐末五代印刷術之發達，則是宋代再建統一之物質與精神原動力，也是宋代文化學術發展之基礎。然中國已失去長城之屏障了，先有遼夏兩個外患。趙家惟懲藩鎭之禍，以集權牽制爲能，歲幣外交爲安；范仲淹之改革不行，王安石之改革不得其道轉成小人聚斂之術，而外交上復無遠謀，因成靖康金人之禍。幸此時中國之科學技術已有新的發展，海運亦增加財源，此加上長江之險，能與金人蒙古抗衡之故。然南宋唯以偏安爲得計，自毀長城（殺岳飛），天下中分。貪風大漲，誅求逐急。旣而蒙古滅金，已能「用北方之馬力，兼中原之技巧」；及蒲壽庚以海舟降元，宋朝已非文天祥所能救了。

自三國至宋末，是歐洲三世紀至十三世紀之時。在此期間，羅馬帝國由軍人專政而腐爛，蠻族開始入侵，採行基督教，帝國二分，西羅馬終於被蠻族滅亡；其後三百年爲黑暗時代。東羅馬帝國保持古代西方文化之乾枯形骸。西羅馬之亡有如西晉，東羅馬亦有似六朝。然西羅馬死而不復生，西方歸於日耳曼人；而六朝文化仍大漢風之流韻且甚活潑，且重造唐代宋代之復興與光輝，此卽中國文化穩固性之證明。在中國之六朝時代，爲印度文化黃金時代之笈多朝時代。唐代，在印度爲戒日王時代，爲佛教最後之盛期；在歐洲先爲黑暗時代，後有法郎克人之建國。其時世界文化史上與中國並駕而極活躍者，實爲阿拉伯人，一時建亞歐非三洲大帝國，且能在敍利亞吸收大希臘風之文化，於敗唐軍後吸收大唐風之文化（造紙術自此西傳），因而成其盛大。而法郎克實在其包圍之下。唯法郎克人在七三二年一戰獲勝，始得保持基督教之勢力，而有夏理曼帝國，然亦方由草昧進於文明。至十字軍之戰，歐人始由阿拉伯人學習，三百年後有文藝復興。

綜此期世界文化而論，歐洲除東羅馬尤士丁法典外無甚可談，印度佛學爲中國所吸收，阿拉伯人方吸收中國之文化，中國之科學、工藝、哲學、史學、文學，皆爲世界之冠。

五、下卷自元代至現在，我稱近世期。首先我要說到，西方人多以一四五三或一四九二（發現美洲）爲近代史之始，而以一八四〇年爲中國近代史之始。在後一點，實甚荒謬，此乃以西洋人侵入中國以後，中國始由中古進入近代。其實西洋人之所謂近代現代，乃指其民族國家之成立，或其近代語言之形成而言。我以爲近代史應以世界交通之形成爲斷，而此乃以蒙古混一歐亞開幕，而中國現代語言、省區劃分，固亦皆由元代始。元代於世界建立「蒙古式的和平」，開東半球之海陸交通，促進西方文藝復興。然在中國實行落後的四種姓之制，迷信喇嘛教，而以江南爲殖民地。此斷不能統一中國。中國之民族主義運動遂亦發展於江南。及元人海運被切斷，蒙古之四大汗國之崩潰由中國開始。中國由南而北之統一，亦自明代始。在世界大通之時，朱元璋不知利用開發，反行閉關之道，使中國人開先之航海事業，亦因「祖制」而中止，而西人則由航海而發展，此爲中西盛衰一大關鍵。宦官貪殘，八股士大夫之不學無恥，援韓之役，散兵潰卒散處遼東助滿清以軍力，而貪汚誅求激成民變，造成滿清入關之機會。滿清雖爲中國擴張版圖，然一切繼承明代政策，益之以文字之獄，知識分子不爲八股之祿蠹，即埋頭於文字之爬梳。文化創造力早在停滯狀況，遂使世界大變之時，中國人失去應付或因革損益之能力。

此近世期與西方比較，可分三階段。自元代至明代中葉，是十四世紀至十五世紀之時，元代繼承宋人文化，水準遠在西方之上。這只要想到蒙古的世界武力，李治、郭守敬的數學天文，馬可波羅雖然誇張然而亦見顯著懸殊的比較，卽可了解。明朝接收元朝的遺產，一時富強甲於天下，這只要想到十五世紀鄭和的世界航海，卽可了解。但是明代以來，中國方面，因閉關、八股、太監之三害在精神上趨於萎縮；王學乃針對此弊而興，然因無物質方面之基礎未能結實。另一方面，歐洲人則有三利促進其發展。一因十字軍及「蒙古的和平」，十四世紀中葉以來，義大利諸城市已開始一新的思想運動，卽所謂文藝復興。二爲英法百年戰爭終結，歐洲成立兩個民族國家，繼而西班牙葡萄牙由回教徒解放而成立民族國家。三則葡西兩國從事航海，宗教改革促進民族國家之航海與殖民競爭，促進知識的追求。「知識卽權力」的口號，促進了科學之發展。

雖然如此，十五世紀土耳其人以優勢船砲攻陷君士坦丁。至十六世紀，蘇萊曼的土耳其還是歐洲最強之國。明清之際來華西士的科學知識，其平均水準並不超過中國，如過去許多人所皮相觀察的。一方面，中國之停滯，另一方面，西方之突飛猛進，在一六〇〇年雙方猶在平等狀態。葡萄牙人逐步奪取回教徒的航路，西班牙與威尼斯的聯合艦隊大破土耳其海軍於勒班多，十七世紀西方科學革命後的繼續進步，才使西方確立其技術的優勢。雖然如此，明末諸人因外患內憂的刺激，西學的啓發，在學問亦有新的努力（復社）。而在一六六一年，鄭成功仍能擊敗當時海上之雄的荷蘭。此見其優勢是有限和不定的。

然自清人入關後，中國有四十年之滿漢戰爭（自揚州七日，至三藩之戰與合併臺灣），及繼續的準噶爾戰爭與回疆戰爭，以及文字獄。而西人則設立科學會（如英國王家學會），有計畫的發展航海貿易（如克倫威爾之航海令），有數學上決定性的進步（微積分），而英國在名譽革命後即保持國內的長期和平，一意對外發展。這兩種方向不同的活動，才使西方資本主義飛躍發展而不遇絲毫之阻力，才使西方在技術上決定性的壓倒東方。雖然十八世紀法國啓蒙學派仍對中國文明表示極大之敬意，實際上他們在知識上已超過中國了（《四庫全書》是我們知識的代表）。美國之獨立，英國蒸汽機開始的工業革命，民族主義與民主主義的法國大革命，三者同時促進了高資本主義和西方市民階級的財富權力，而此對前工業的東方則變爲帝國主義。此時歐洲列強在瓜分土耳其，英法在爭奪印度。馬戛爾尼早已看出西兵東來，中國軍隊不堪一擊。於是拿破崙戰爭終結後，英人以西方領袖鼓浪東來，將對付印度和土耳其的辦法施諸中國。這一世界歷史形勢之轉變不僅爲當時「滿大人」所不知，就是今天只知僅憑「夷務始末」資料、「現代化」的觀念，來講禁煙和「剿」「撫」得失，講近一百餘年中國歷史的人，也只是管窺蠡測的。

六、由此可見，中國文化與國力，在世界長期處於先進地位。在科學民主方面亦復如此。但十七、八世紀以來，世界發生大的變化。西方諸國日益取得技術之優勢，終於征服世界，中國成爲落後國家。此其原因，即中國之閉關、八股造成停滯；而西方之航海與科學造成資本主義之發展，促進工業技術之進步。東方愈落後，西方之發展亦愈爲迅速。我們在過去所遇外力，爲塞外游牧之族。我們因革損益之道大致不差，所以能夠發展大漢風的文化。中國即令瓦解分裂，乃至受外力或外來思想之征服（如佛教），但我們終能對自己文化再作因革損益，發展新的文化運動，重建中國人之統一的精神，復興國家，如唐，如宋，如明，皆是如此。近百餘年，我們首先遭遇的外患為海上工業國家，遂成為被侵略的對象。落後不是不能克服的。決定的失敗在我們知識過於不足，不知正當的因革損益之道。在開始，還想以傳統的應付匈奴、突厥和契丹的辦法抵抗西方海國。等到這完全失敗後，便完全喪失抵抗的意志。昔日蠻夷以「漢化」為榮者，我們現在則以「歐化」、「俄化」、「西化」、「現代化」為榮了。

歐洲諸帝在第一次世界大戰後已趨於沒落了。他們勾結日本、蘇俄向我們推銷共產主義，我們又以「俄化」為得計。

其結果如上（一）所說，中國社會瓦解，中國人分裂相殺。等到第二次世界大戰後，歐帝和德日軸心一齊崩潰，蘇俄權力壓倒東半球時，中國大陸也便成為蘇俄之殖民地了。

回顧五千年史，我分中國史為九期，此九期與世界史之九期並不是完全一致的。但是，可以對照。第七、第八兩期是中國文化衰落、民族沉淪的時期。今後為第九期，是中國人復興自己的文化與民族的時期。必先復興自己，才能談到復興世界。而這必須首先解除聽外國人的話的奴性，重振獨立與抵抗的意志，克服中國人的精神分裂，團結所有的中國人，在世界變亂中走中國人立國建國之正道；此即所謂超越傳統派、西化派、俄化派而前進。

在四十二年寫畢此書正文時，曾在序文中說：「中共者，乃中國，中國文化，中國知識分子衰敗後所發生之妖孽……而首先對中國爲大逆者也。蘇維埃者，則歐洲文化衰敗後所發生之妖孽……而謀吞噬西方者也。故必世界文化有復興之機運，始能制俄；中國文化有復興之機運，始能制共。當自由世界、自由中國之新光芒、新熱力集結之日，並與鐵幕世界以內歷劫不磨之新種子、新氣運相會合時，即新世界之誕生，亦卽蠻妖之破滅矣。區區之意，卽在鼓舞生氣，吹嘘薪火，俾得蔚爲鴻烈，會合風雲，見世運重開之盛……。」

正如抗戰時期我所有文章是根據《歷史哲學概論》的基本觀念所寫一樣，大陸淪陷以後，我所有文章也是基於上述史學理論及本書之歷史觀念而來的。

(五) 上卷新版

我計畫寫此書時，首先得亞洲出版社總編輯黃震遐先生之鼓勵。自四十年秋起，至四十三年初冬止，我整整費了三年之力，寫成上卷古代篇二册。

其所以費時如是之久，一是關於先秦兩漢的科學史料需要研究，其次是關於西域史地，需要考證。例如下册中之註八二，前後至少用了兩三月之時間。世人以史學卽考據，固然錯誤；但此亦史學不可缺之工作。書中之註，大部分是由考證工作而得的。

我在上卷自序中曾說中下卷可在兩年內完成。這是因爲全書規模已立，中下卷材料大部分在寫上卷時已有腹稿，又在此書完稿後，黃震遐先生要我爲該社寫「中國英雄傳」，對於最麻煩的塞外民族歷史已有一頭緒。而關於中古對外方面最關重要的突厥之事，我已寫好了一本小册（《丁零、回紇、突厥》）。

可是在上卷印出及《中國英雄傳》完成，出國作第二次的寰球旅行歸來之後，我接連受到兩次連續的陷害運動，未能聚精會神繼續中下卷之寫作。

第一次是有人造謠，說我在倫敦時住在中共招待所。其實倫敦絕對沒有什麼中共招待所，而且我一直住在一位與政府有關人士的家中。此一謠言是不公開的，也不便公開辨明。只有靜待事情推移，直到四十八年始得澄淸。在此期間，我協助中央研究院近史所編《近代中國對西方及列強之認識》，並完成下卷上册之初稿。

接著五十年末，一個書店請我參加他們發起的所謂中西文化論戰。不知是因爲他們戰得不愉快，還是既定計畫，五十一年九月他們先後對鄭學稼先生和我進行誣陷，說警備司令部應調查我是否「應戴紅帽子」，繼而說我是「狄托第二」。這只有兩個辦法。或者，隱忍之，寫我的書。或者，放下寫書之事，首先將他們擊退，使對我的紅帽戰術一勞永逸的停止。我考慮後，決定走第二條路，一面在文字上反駁他們，一面進行訴訟，但聲明如果他們正式道歉，我亦卽撤銷訴訟。他們的估計固然錯誤，我與鄭學稼先生也遇到許多意想不到的事。這訟案打了十三年，以對方敗訴結束。

在這官司之第二年，我辦了《中華雜誌》，須寫臨時性文章。訟事又有蕃衍，有時一星期出庭法院兩次。沒有時間坐下來寫書，不過《復社及其人物》與《一百三十年來中國思想史綱》，也是下卷中的內容之一部分。

每逢遇到許多朋友或接到未知的朋友來信問我，中下卷何時出版時，想到當年自己的話，總覺慚愧。在六十三年官司完全結束之後，我已決定繼續完成中下兩卷爲晚年大事。我的子女們催促我專心完成此書，甚至不妨將《中華雜誌》停辦，因爲他們恐怕我的精力不能支持這兩件事情。我自信還能支持，不過必須少寫現實性文章。

從六十六年起，我要著手我晚年之大事。在著手之前，我想出外休息三月，在此休息期間，完成三件小事。一是寫完《一百三十年來中國思想史綱》序文，二是編成一部著作選集，三是將久已絕版的上卷重印。

此古代篇由亞洲出版社出版後，據該書版權頁，四十五年初版，四十七年七月再版，同年九月三版，可見此書銷路甚好。民國五十五年後，臺灣在文化復興運動中，索閱該書者甚多，而亞洲則未繼續印書。數年前曾商亞洲將紙型交我自印，後該社欲將此書交另一出版社重印，我因此書版稅未清，未予同意。雖要求出版者甚多，但我覺得需要重閱一次，並增一索引，然忙碌因循未果。而自印也需要十餘萬臺幣，也要我有此「餘財」。現在決定自印了，此亦自催中下卷之完成。

上卷寫完以後除校對一次以外，從未從頭到尾再看一次。現在重看一次以後，雖然覺得有的地方還宜加補充，但基本格架論點，沒有變動必要。由於索引在同時進行，也不能作太多的補充，以致影響頁碼次序。

新版與原版不同之處，除了更正錯誤或模糊之處以外，在內容方面，我僅在原書每一頁固有地位中使原來的意思更爲清楚。這包括用語輕重之改動，原文前後之移動，間有數字到四五十個字之刪除與增加。這些修正過的頁碼較重要者是一、二、三、四二、四六、六七、九九、一〇六、一三八、一六八、一八六、二一二、二一五、四〇一、四五六、四五九、五一五、五二〇、五三二、五三五、五八九、五九四、六〇四、七〇六、七二六、七二七。記下來是想曾買一、二、三版的讀者在找到新版時可據以改正。又圖版增加了兩面古代舞圖。又插圖增加了一幅「絲道圖」（四〇四頁），又原來我自畫的「漢唐西域交通線圖」甚爲拙劣，換了一張，並加了一張「葱嶺圖」（六五三頁）。而此三圖，是應當合看的。又原書引用來源附於正文，附註大都是說明正文的。有五、六個註或因有新情況，或有新閱覽，應予說明。首先是下册（第六章）註五二，論述外國之漢學研究者，至少要補充二事。

一是李約瑟的書。在我寫完此書時，只看到李約瑟《中國科學與文明》第一卷（一九五四）。我在書中正文提到他，註五二說西方漢學家應推沙畹、洛佛、高本漢三人最爲精博。但到一九五六年李書出第二卷，一九五九年出第三卷，去年出到第五卷，我要說這確是不朽的大著。

當然，他的書是取材於西方以及東方漢學家的書，那些西方漢學家也有許多是得中國人合作的，而李氏自己的書也得到中國人的合作。但他組織爲堂皇之大著，實西方漢學家著作之最高最大成就，亦見中國文化之輝光。我雖然來不及引用他的書中材料，不過他注意到的事，我的書中也都注意到，在此新版中，我只引用他的兩句話，一即中國的赤道天文學是歐洲現代天文學所採用的。二爲磁學與聲學(等律)，中國均有啓發於西方。李氏大著在未全譯之前，可看他的 *Science and China's Influence on The World* (R. Dawson 編，*The Legacy of China*, Oxford, 1964)。而其書最精采處，我在〈書經日食〉和評吳大猷之文中，都有簡要介紹（均有抽印本）。此處對他有兩種批評。一是說李氏親共，爲中共宣傳。李氏講的是中國古代科學，與中共無關。他爲了找資料之便不能得罪中共，誰教我們失去大陸？一是說細看李氏書便知道中國只有實用技術而無純科學。此是無知之談，我已加駁斥。我不贊成他以中國天文學受巴比倫影響，中國歷史起於商代（此受中國人之誤），但爲表示學術之公平，特於此不吝對此書表示最大的讚意。

二是美國的費正清及其一派以東方社會論對中共阿諛。費正清出名之書，是《美國與中國》，出版於一九五八年，在本書出版後兩年，所以根本未曾提到他。他們之不學，已在〈中西歷史之理解〉中談到。費正清曲解中國歷史，已是中國人之恥辱。而居然有中國人還要由他學中國歷史，更是自辱了。對以上二事，我只在註五二之後加了一行提及，特在此序中略加評論於此。

其次，與西方人漢學著作有關者，在註一八九提到西方關於中國天文學著作，至少尚應加：

H. Chatley, *Ancient Chinese Astronomy* (1939)

H. Maspero, *L'Astronomie Chinoise avant les HAN* (1929), *Les Instruments Astronomique des Chinoise an temps des Han* (1939)

G. Abetti, *The History of Astronomy* (1954)（關於中國之論述）

又註二〇二關於中國藝術著作，至少應加：

W. Willetts, *Foundations of Chinese Art From Neolitic Pottery to Modern Architecture* (1965)

Werner Speiser, *The Art of China* (1960)

又上册第五章註八，說到聯合國文教會世界通史計畫，該書已在一九六九年出齊，其起訖與當時略有出入，因有餘白，已補記於原註之後。

還有下卷第六章七〇六頁註一八二、註一八三，在我看了朱戴堉《樂律全書》、《大英百科全書》論中國音樂及李約瑟書第四卷後，有所刪增，並改用董榕森先生一圖。又補記一九六〇年國際長度定義。

此外，新版增加了一個索引。初版後，我決定補一索引，並已請人在香港就近為之，作好後已將索引稿寄我。我記得似乎未曾整理，最近擬清出整理，竟未發現，因曾遷居，方疑遺失，但又發現香港一種版本上記有「上下二冊索引，玆因某種原因，索引原稿失去」之語。不得已，特煩杜聿新先生重新作一索引，特誌最大謝意。

看歷史書手頭宜有一中外大事年表。雖然書中是用同時比較法的，上卷已有兩個對照表（上冊二一二頁以下，下冊五八六頁以下）。玆將舊作《歷史哲學概論》中的中外文化史對照的簡明年表稍加補充，分三期刊於每卷之末。欲知年號，可參考《辭海》附錄。與外國對照可看W. I. Langer, *An Encyclopedia of World History*。

一個人總是自己的書的最壞校對者。此書初版得無大誤，係趙滋蕃先生之力。初版出版以後胡哲齊先生寄來一刊誤表，曾於再版時據以改正。但杜聿新先生在第三版中仍發現錯字不少。重印本係就杜先生本付印，又由梁先進先生負責校對，均此誌謝。

最後，最初鼓勵此書寫作的黃震遐先生在前幾年謝世，這是我重印此書時深為悼念之事。

（六）以史學燃吹希望

回顧我在民國二十年，由於中共之所謂土地革命及日本的九一八進攻，參加社會史論戰，研究史學，求中國之前途；復感於馬克斯主義之難通，及為俄人所曲解，乃於歷史及當世之比較研究中自立所見，以中國之出路必經由民族團結而非所謂階級鬥爭；自此深覺國家之大患，在史學之落後，輕信外人之言，乃信復興民族，必復興史學，而別無報國之道，遂益肆力以此事自任；復在中國與世界之空前大亂中將所見與中外歷史對照，建立一種理論歷史學，並應用於中國歷史、世界問題，爾來四十五年了。此一理論歷史學自須具有科學的三大條件：基於嚴格方法論，能說明世界與中國之歷史，能預見及指出合乎全體中國人共同利益之將來。對此將來，我抱著三大合理願望：重振知識分子之士氣與民族自尊自信之心，重新團結中國人之心力，走中國人自己立國建國之道路。知世界文化史上各民族迭有興衰，而中國文化曾有其光榮之價值；盛極一時之歐洲文化亦已衰落，今日美俄二強，原來乃一爲西方殖民地，一爲落後之國，乘時而興，不過二十世紀之事；則中國人自不致崇洋媚外，聽外國人的話分裂自殺。知今天美國與蘇俄之生活方式皆非人類之理想，而落後國之求進步，必自知其歷史條件與需要，根本無現成之模型，自必不致模倣美俄，自分左右而自相殘殺。此三大願望亦可歸結於一語，卽超越傳統、西化、俄化而前進。如此中國人自然統一。此非思想統一，而是立國立場與目標之統一，亦卽中國人恢復主人之精神，自爲命運之主人。蓋中國人之分裂相殺，乃精神上爲洋人奴隸之結果。其所以甘爲洋人之奴隸，乃不知一時知識與工業之落後並非永久的劣種。以中國人口之多，文化潛力之大，一旦克服其落後，自然爲世界上富強之國家，而此必以自主命運，脫離洋奴立場變爲主人立場而團結統一開始。而隨中國建國之進步，中國人既可爲第三世界樹立模範，又可爲全世界量力盡其責任，世界始有正義與和平可言。此何等大事？何至須以爲洋奴爲貴乎？彼毛澤東周恩來之徒，不求八億人之「和平共處」，而在世界上侈談「和平共處」；在不學無知，引入俄禍之後，仍無悔禍之心，對內「永遠不要忘記階級鬥爭」，而欲外聯「美帝」以抗「蘇修」；皆不知本末之愚賤。而餓死中國人「援助」第三世界以求「領導」，亦處處為俄帝舖路。蓋漢奸出身者，其智終不能出乎奴婢之狡猾以外。

在此四十多年間，我自己覺得在史學上頗有前人所未道的發明，而我也寫得精疲力竭，說得聲嘶力竭，然而毫無補於國事。這固然是由於我的能力薄弱，但亦由於「多數」的力量甚大，不過此一「多數」，亦無非反應世運之墮落而已。而此墮落，是我的書能夠說明的。尼克森說美國開始進入墮落，而他自己就是一個墮落的象徵。而蘇俄之墮落，已有阿馬里克、沙哈洛夫、索忍尼辛之證詞了。

但我說的歷史法則——無論個人和民族都有求自由的志願之法則——畢竟也在作用。在本書寫作中，有梁漱溟、胡風的事件出現。在本書出版後一年，大陸上即有新五四運動。又四年，俄華兩共開始反目。又九年，有珍寶島之事，中共說「新沙皇」了。年來大陸上的《中國到何處去?》的小册子，李一哲的大字報，天安門的「秦始皇時代過去了」的呼聲，以及毛澤東死後不到一月，江青被捕之事，表示大陸驚天動地之巨變，必在不遠的將來，而也必然變向非共。

在民國六十年時，我曾經說，那拜俄的正受到俄國的核子威脅，崇美的正要為美國所出賣，這總應該使中國人都覺悟了，必須超越西化俄化而前進了。

然而不然。在臺灣的報紙上，有人說，既然共產主義不好，縱使美國不要我們，也只有相信西方文明，跟著美國，拉著美國。那在美國受了教育的，因爲美國人以「現代化」來教落後地區的人「美化」，他們便回來宣傳「現代化」的福音，其無知墮落，至於說民族主義業已落伍，是義和團；說中國只有一千七百萬人。

還有更無出息的，是崇拜日本。許多工商界以日本「技術合作」爲發財捷徑，說不「交流」卽不得活命，最近還要開會加強「交流」。一個報紙社論說對日貿易逆差就是我們的經濟出路。

崇洋必定蔑視老百姓。那做官的，愈要生活「現代化」，便必定用種種名義，在老百姓身上找錢。這是自古已然了。現在特別的是，一位臺北市長耽心臺北市的人在民國八十年沒有水喝，非建翡翠谷大水庫不可。大家說危險，他說「我寧可冒著二三百萬市民被洪水沖失的危險，也不能讓幾百萬民衆坐待乾枯而死」。他說已定案，又說要研究。爲他研究的，有一位自稱純科學家的人，這位純科學家不僅有「中文比較不適宜於表達科學內容」的奇談，而且以科學經費爲生活補助之奇事。又奇的是他說的「純科學」早已「完全瞭解」「物質的構造」，卻不「瞭解」高水壩與地震有密切關係！

如此知識分子，如此官吏，如此科學家，不僅無知，並且是墮落，並墮落得甚爲嚴重：墮落到只顧今天的勢利，不僅不管禮義廉恥，也不管明天死活。如我在《中國之悲劇》中所說，如沒有一個在文化上在道德上較之共產主義更高的東西，不能代替共產主義。必有其靈魂確夠資格蔑視共產黨人者才能淘汰共產黨人。反共不是墮落分子的護身符。墮落之徒只是共產黨的肥料，而他們所打算的，大概是做外國人的奴才。

但我對大陸和此處不朽的勤勞忠厚的百姓，未污染的純潔愛國的青年，絕不失其信心。大陸上正在醞釀新的氣運，而在此處和海外，民族主義的思想也在發展，尤其是正在青年之中鬱勃的生長，這不是那一班崇洋媚日的行屍走肉所能完全腐蝕的。現在重印此書，就是要在我晚年作一次大的呼號，並逼自己「抖擻花牛落日肩」，繼之以中卷下卷之呼號，擊鼓催花，促進風雲之會合；此即重建自尊自信之心，記取慘痛的教訓，由傳統主義、西化主義、俄化主義解放，求全體中國人共同必要的、可能的、最適當的道路，以重建八億中國人精神之團結，於是一洗崇洋媚外之污，自相殘殺之恥，在正當目標上發揮中國人學術文化創造力，以重建我們不幸而偉大的國家。我還是要憑藉史學，以我的希望點燃、鼓吹大家的希望。

我所研究的歷史，不是歷史上若干事實之考證、說明或講法的問題，而是中國民族與中國文化萬世存亡興廢的問題。二十年前我曾題此書曰：「妄道積污成此局，栖皇自可傲羣奴。春秋自此開生面，不負書成見白鬚。」

今重刊舊著，再題詞曰：「曾用苦心酬國命，欲陶氣運藉春秋。暮年擊鼓催功竣，好看景星煥九州。」（《史記·天官書》：「天精而見景星。景星者，德星也，其狀無常，常出於有道之國。」）

六十五年十月

——原載《古代中國文化與中國知識份子》第四版序言

大漢風文化及其對世界之貢獻

(一) 所謂大漢風文化

我所謂「大漢風文化」(可譯爲 Sinicism),指古典時代以後的文化,中國進入亞洲史時期的文化。中國自戰國以來逐漸進入亞洲史,但到了張騫西征,中國才正式進入亞洲史。如漢學家夏德 (Hirth) 所說張騫是中國之哥倫布。

如果西方中古時代是對西方古典時代之否定,則中國之大漢風時代一面繼承先秦傳統,一面吸收外來成分——游牧民族的、波斯的、印度的、月氏的、羅馬的、阿拉伯的,以至近世西方義大利的成分,而作新的發展和創造。這不是否定古典文化,而是古典文化之發揚光大或超越前進。現在我要提到大漢風時代中國文化上許多有世界意義的創造：

哲學思想——諸子學派與百家爭鳴，孟子之性善論及荀子之研究禮制，準備了中國大一統之基礎。這便利了秦始皇之統一。但秦始皇忘恩負義，焚書坑儒，所以儒家首先起來反抗（如孔鮒、陸賈等）。到了漢代，儒家一面整理典籍，一面吸收百家之學，研究大一統帝國制度，這便是今文學派。此後因今文學趨於錮蔽，因老學之復興及釋教之東來，儒家又分為四大學派：㈠考證學派（自漢代古文學派至清代考證學派）。㈡義理學派（自揚雄至宋人理學、陽明心學）。㈢制度學派（自鄭玄三禮之學至浙東學派）。㈣史學。

史學——儒家春秋之學在漢代經司馬遷組織為一大系統，且成為一獨立學問。在最近以前，全世界史學，無此偉大規模。而此一史學又為制度學派之根據。

文學藝術——漢代以來由於南北之統一，有問答體之辭賦，有五言詩之完成。隋唐以來，又因民族的混合，西域音樂之流傳，佛教文學之輸入，都市之勃興，有七言詩及詞曲，白話小說及戲曲之發展。在造型藝術上亦因同樣的情形有秦漢之宮殿，漢代之壁畫，雲岡、龍門、敦煌之佛像與繪畫，唐宋以來，中國繪畫上寫實寫意兩派之發展。

科學工藝——中國最古之絲織，經兩漢、唐宋而日益進步。磁器、漆器及冶鑄，亦經兩漢至宋明而日益精美和進步。許多農作物因西域及南方作物之集中而普遍。蔗自三國始，茶自唐朝始，占稻、木棉自宋元始，至明代而普遍全國。輪種制度也是由中國開始的。築城、水利、灌溉系統在逐漸進步中。造紙術始於東漢，至唐代傳於西方。印刷術始於唐至宋有活字，韓人改用銅活字，至明代有各種套色套花之印刷。又自漢代方士研究鍊金之術，至唐代而有火藥，其後經五代至宋代開始偶用於軍事。金人和阿拉伯人均加改進，而由後者傳入西方。造船術也是在唐宋大加改進的。同時羅盤在宋朝改善。這是元朝和鄭和海上航海的基礎，這也由阿拉伯人傳入西方，成爲西方人航海的憑藉。而這一切則是以物理學和化學爲基礎的。

醫學與博物學也在漢代進於專門和系統研究。漢代醫學家有倉公、張機、華陀諸名家，而本草之學也起來了。神農本草載藥物三百六十五種。經過唐宋擴充，到明李時珍《本草綱目》收集藥物一千八百八十二種。這在生物學上至今還有價值的。

如果數學是文明發展的鏡子，則直角三角形定理、十進法和九九歌訣，都是數學上重要里程碑，皆爲中國最初發明。漢末劉徽的《九章算術》是同時代世界數學最高成就。此後南齊祖冲之是一大工藝家和數學家，他是世界上第一個發現精密圓周率的人。唐代有算學博士。宋代數學家有沈括，其後有秦九韶、李治、楊輝、朱世傑四大名家。中國數學與天文觀測有關。中國人肉眼觀察天文記錄之精密，是世界上一大驚奇。觀察儀器在漢朝已有突趨於細密。在元朝因受阿拉伯人之影響，以郭守敬最爲名家。到了明朝，由於閉關之故，除了實用算術——算盤計算——大有進步，在理論上無所發明。直到明末西士東來，又有徐光啓、王徵、李之藻、方以智、王錫闡、梅文鼎等人研究西洋人之知識，惜乎不久又因閉關而停滯了。大體說來，過去中國數學沒有突破微積分，而在天文觀察上則未發明望遠鏡而受到限制。

政治制度——秦漢以來，中國政治制度至少有四大特點。一是成立了一個超民族平民國家，各族一家，四民平等（漢人稱平民爲齊民）。二是成立了中央集權的官僚制度，而這些官吏經由考試任用，並依據法令行使其權力。三是宰相負實際行政之責任，而百官受御史之監察。四是儒家經典成爲不成文憲法，人民得上書言事，人民權利與言論自由在原則上是被承認的。漢代以來雖號稱尊儒，但此乃以儒家典籍爲公務員之基本教科書，個人信仰與學問研究，並不受法律之干涉。我們在基本精神上是民主的。所缺乏的，乃是成文憲法和經常的國會。黃梨洲主張以大學爲國會，不過未成事實。

經濟制度與政策——大體而言，自封建社會瓦解之後，到了戰國時代，各國都市勃興，中國進入初期資本主義時代。而在政策上，可說是自由經濟。到了漢初，所謂黃老之道，是無爲政策，也是自由競爭。至武帝時爲了對外作戰，鹽鐵專賣，國營事業開始。到了昭帝時代（西元前八一年），召集國民代表與政府官吏討論國家經濟政策，即《鹽鐵論》。自是以來，中國在經濟政策上大體是公私並進。而儒家或主張重農抑商，或主張藏富於民，並不一致。只是不與民爭利和薄賦輕徭，則是共同的。這還是主張自由經濟的。在生產技術上，農業經過兩漢之獎勵，三國以降江南之開發，到了南宋以後，因集約的農耕，和農業技術之講求，有農業革命的趨勢。在手工業方面，因技術分工之進步，及海外貿易之擴張，唐宋以來紙幣信用制度之確立，大都市勃興。宋代以來，中國已進入手工工廠制度。這一種經濟的發展，因元代色目人之統制而受到妨害，因明朝之閉關而受到萎縮。否則，我們看不出明朝的技術能力，一定不能在西方以前，突破工業革命。

中國文化發展固然很早，不過進步不是很快，但以為兩漢以來中國一直停滯，是錯誤的。中國之停滯，是十七世紀以來之事，而也是對西方之飛躍進步而言。

(二) 大漢風文化對東亞的影響

大漢風的文化，影響了中國周圍的游牧民族之開化、入侵和加入中國文化圈中，也因中國人民移居東南亞各地影響當地社會，然最重要的，是影響日韓越三國之建國和文化，構成一個大漢風的文化圈。朱雲影教授特別研究這個問題，有《中國文化圈之歷史的研究》。(一)中國衣冠文明對於日韓越的影響。(二)中國風俗對於日韓越的影響。(三)中國儒學對於日韓越的影響。(四)中國史學對於日韓越的影響。(五)中國文學對於日韓越的影響。(六)中國科學對於日韓越的影響。(七)中國宗教對於日韓越的影響。(八)中國農業文化對於日韓越的影響。(九)中國工業美術對於日韓越的影響。(十)中國歷代商業對於日韓越的影響。(十一)中國政治制度對於日韓越的影響。(十二)中國正統思想對於日韓越的影響。㈢中國歷代政權轉移對於日韓越的影響。在陸續發表中。現摘引朱先生的研究若干點如下。

一、中國歷代政權之轉移給與日韓越的影響，不一而足，試就彰明較著的事實，略舉數端：

⑴日韓越的建國，無一不與中國政局的演變有密切關係。就日本言，曹魏爲了擴張勢力範圍，册封耶馬台國女王爲「親魏倭王」，使熊襲族的狗奴國受到致命打擊，因此大和族纔得鞏固了種族領導權。五胡之亂，漢人紛紛東渡避難，輸入大陸文化，漸使日本步入建國之路，至大唐帝國放射萬丈光芒，給與日人莫大的刺激，便促成了日本史上劃時代的大化革新。就韓國言，因商朝亡而有箕子朝鮮的開創，因燕國亡而有衞滿朝的建立，五胡之亂，中國放棄朝鮮經營，始有三國之獨立，後來新羅憑藉盛唐的餘威，終於統一了朝鮮半島。就越南言，蜀國亡後而有蜀王子建立甌駱國，秦朝亡後而有秦故將趙佗建立南越國，自漢武帝滅南越，越南爲中國郡縣不下千年之久，至五代時，中原紛擾無力南顧，越人纔乘機獨立建國。由此可見各國之建國，無一不曾受到中國政潮餘波的激盪。

⑵日韓越歷代的治亂與衰，也多與中國政局的演變有密切關係。就日本言，田中義博士卽曾指出，奈良朝之所以多出了女皇（天皇七人中有四位爲女性），是因中國出了武則天，平將門的造反，是受了殘唐五代的刺激，而鎌倉以後的幕府政治，也似乎多少受到中國藩鎭的影響。就韓國言，中國發生五胡十六國之亂，朝鮮半島也發生三國之混戰。兩宋先後受到遼金元的侵略，朝

鮮半島也受到同樣的蹂躪，後來滿清興起，朝鮮一時又和明室同樣遭受悲慘的命運。就越南言，中國有南北朝之紛擾，越南也就屢遭林邑之蹂躪，有晚唐之衰弱，越南也就屢遭環王、南詔之入侵，五代時，中國羣雄割據，越南又隨之落入南漢的勢力範圍。可知中國實可說是亞洲的安定力量，中國安定，各國纔能安定，過去如此，今日亦然。

(3)日韓越由於久受漢文化的薰陶，對漢人建立的政權都比較表示好感，對非漢人建立的政權，當初莫不懷抱敵意。就日本言，中國南北朝對峙時，日本特別繞道朝貢南朝而不朝貢北朝，辻善之助博士卽曾指出，是由於親漢仇胡的緣故。鎌倉幕府不自量力，堅決與蒙古爲敵，大半也是基於親漢仇胡的傳統。就韓國言，雖然先後臣事過遼金，都是迫於淫威，不似事宋出於至誠。後來不得已對元稱臣，亦非心服，所以朱明興起，李成桂卽以親明反元的口號取得政權，到了明亡於淸，朝鮮還是歷久念念不忘。就越南言，陳朝創立未久，國基未固，敢於大量收容南宋遺民，堅決抵抗蒙古鐵騎，顯然也是基於親漢仇胡的感情。由此得到證明，眞能服人的，乃是文化，而不是武力。

二、就中國風俗對日韓越的影響而言，如姓氏、節令、音樂、遊戲、迷信、禮俗，中日韓越實無妨說是一個文化的大家庭。就漢姓對於日韓越各國的影響，謹述所見一二：

(1)日本原無所謂姓，故日本天皇直至宋代仍然無姓，如入宋僧成尋撰《參天台五台山記》，便有「本國王無姓」之語。(按《隋書‧日本國傳》謂其王姓阿每，純屬誤解)日本在三四世紀以前，爲氏族社會，氏的稱號採自地名或職業之名，如蘇我氏、物部氏便是。後來國家成立，氏族之長卽所謂「氏上」分擔國家公職，如由朝廷賜之以姓（Kabane）。日本《氏族志》云：「及垂仁朝、物部、石作部，賜姓曰連，士師部曰臣，鳥取部曰造，氏姓之法，自是而定矣。」姓初爲表示其所任官職之性質，因爲當時官職全係世襲，故後來姓又表示其氏之出身，後有官職的氏族，並不能取得朝廷的賜姓。日本今日姓氏制度之確立，乃在大批秦人漢人東渡之後。如自稱漢靈帝曾孫的阿知使主，率領帶方郡各大姓（劉、張、楊、趙、姜、樊、安、武、桓）十七縣男女二千餘人，於三世紀末渡日歸化，號漢劉氏，據大藏朝臣家《姓氏錄》，漢劉氏子孫後分爲菅原、秋月、上原、松尾等八十大姓。我們不難想像，漢人對於日本姓氏制度必曾給予若干影響。大化革新後，展開唐化運動，日人模仿漢式姓名者頗不乏人，如阿都仲麻呂名朝衡、藤原葛野麻呂名賀能、丁勝小麿名丁雄萬。至江戶時代，漢學家更爭相採用漢式姓名，如荻生徂改名物茂卿、服部南郭改名服子遷、平野金華改名平子和，便是著例。

(2)韓國的姓氏制度，也是接受中國的影響。高句麗和百濟，原爲扶餘之後，扶餘人向無姓氏，故二國初亦無姓。迨與中國交通之後，高句麗人始採國名首字稱高氏，但《後漢書》、《三國志》、《晉書》、《梁書》、《魏書》、《南史》、《北史》等，關於高句麗王騶官、遂成、伯固、位官、乙弗利、釗等，皆記其名而不舉其姓，至二十代長壽王，《宋書》、《梁書》、《齊書》始連姓稱爲高璉，可知高句麗至早到四五世紀，姓始流行。百濟在中國交通後，其王則省扶餘而稱餘氏，如《晉書》有餘句，《宋書》有餘映、餘昆、餘紀、餘都，《南齊書》有餘古、餘歷、餘固，《魏書》有餘慶、餘禮，《梁書》隆，《陳書》有餘昌、餘宣、餘璋。不過後來亦仿中國複姓，而稱扶餘，如《新唐書》、《舊唐書》有扶餘璋、扶餘豐、扶餘隆等。又《北史·百濟傳》，謂其國中大姓有沙、燕、木、苗等姓，其中一部分是百濟固有氏族的略稱，但多數採自漢姓。至於新羅，初有所謂天降姓，包括朴、昔、金三姓，其起源傳說荒誕不經，顯然出自後人的穿鑿。據中國史書，新羅國王稱姓之可考者，始於六世紀中葉眞與王金眞與（《北齊書·武成本紀》），自此新羅國王皆冠以金姓。新羅貴族稱姓之最早者，始於李、崔、孫、鄭、裴、薛六姓，這是由部落時代的六部改名而來。《三國史記·新羅本紀》儒理尼師今九年條：「改六部之名，仍賜姓：楊山部爲及梁部，姓李；高墟部爲沙梁部，姓崔；大樹部爲漸梁部，姓孫；于珍部爲本彼部，姓鄭；加利部爲漢祇部，姓裴；明活部爲習比部，姓薛。」上述六姓都不外唐代大姓，顯然是新羅統一後模仿唐文化而來。李重煥《八域志》云：「羅末通中國，始制姓氏，然僅士官與士族略有之，民庶則皆無。至高麗混一三韓，始仿中國，頒姓於八路，人皆有姓。」

(3)越南自秦漢至五代，爲中國郡縣不下千年之久，其間施政設教，完全和內地州郡無別，因此越人逐漸漢化，漢姓亦隨之而普及各地。《後漢書·任延傳》云：「駱越之民無嫁娶禮法，延乃移書屬縣，各使男年二十至五十，女年十五至四十，比以年齒相配，其貧無禮聘，令長吏以下各省俸祿以賑助之，同時相娶者二千餘人。是歲風雨順節，穀稼豐衍，其產子者始知種姓咸曰：

使我有是子者，任君也，多名子爲任。」這是漢化擴張的一例。又由於郡縣時代中越一家，漢人自由來往居住，所以中國各姓流寓越南者頗多，《越南輯略·人物篇》：「其國武姓，望族也，唐時則天之姪有爲交州都護者，遂家焉，傳至今此姓甚夥。翁姓亦望族，原籍廣東潮州人。范姓亦望族，則疑爲林邑國王之裔。其他阮姓、段姓、鄧姓皆多，而不聯宗。」越南獨立後，歷代國王模仿中國屢有賜姓之舉。黎聖宗時，禮部尙書范公毅上言：「古者建國因生以賜姓，契始封商賜以子姓，稷始封郜賜以姬姓，胙土以命氏，因氏以立宗，夫人各有姓，九官三公五臣十亂皆有大勳勞於國，未嘗賜以國姓者。至漢高祖賜婁敬姓劉，唐高祖賜世勣姓李，不過一辰（時）駕馭之術而已，不知姓有譜系，固不可混。」（《越史通鑑綱目》卷二十）建議令諸臣改還本姓，黎聖宗從之。但其後國王，仍不時有賜姓之舉。

(4)日韓越各國輸入中國風俗，連各種惡俗一同輸入了，如樗蒲、意錢的賭博，風水、讖緯的迷信，都隨著在各國流行起來，這一方面顯示各國過去企求全盤華化的熱望，同時也留下一個教訓，便是接受外來文化必須採取批判的態度。

有些風俗，原非中國所固有，如羌胡之樂器、波斯的球戲、印度的盂蘭盆會，先後傳入中國，又由中國傳入日韓越各國，這一方面證明了人類文化是無國界的，同時也隱約地展示了世界大同的遠景。

三、中國政治制度對日韓越的影響，眞是旣廣且深。

(1)單從年號一點，也可看出不平凡的意義。自漢武帝始創年號，至清末止二千零五十年間，所立年號包括正統僭僞約有八百左右，歷史上受中國文化影響較深的國家，都曾仿建年號，而日韓越尤其值得注意。日本自孝德天皇建元大化，至今日止一千三百年間，共建年號約一百三十。越南自丁部領首建年號太平，迄亡於法國約九九〇年間，共建年號一百二十有幾。韓國情形比較特殊，僅新羅法興王後百餘年間，自建年號數次，歷朝皆行中國年號，直至甲午戰爭後，纔再自建年號。今中國廢除年號已經半個世紀，獨日本仍保持傳統如故，眞使人不免有「禮失而求諸野」之感也。

(2)日韓越各國模仿中國的制度，也有徒取其形式而忽略其精神的。譬如科舉制度，在中國是一種實在的文官制度，是千餘年來士子進入仕途的正常門徑，任何身分的人，都有通過科舉參與政權的可能。日韓越卻不然。日本方面，大學限定五品以上的子弟纔有入學資格，也只有這一部分人能夠參加式部省的考試出任公職，平安中期後，連這種有限度的考試也取消了。韓國方面，新羅時代雖有讀書出身科的設置，但一切官職仍爲世族所把持，高麗後期和李氏朝鮮，是所謂「兩班」的天下，科舉只是「兩班」的裝飾品，連「中人」也有條件的限制，「常民」自然更無參加資格了。越南方面，李陳黎阮諸朝都曾實行科舉，但考中者，大抵只能出任教職或低級官職，很難發現如中國以科舉出身掌握大權的例子。中國的科舉制度，雖因後來採用八股文相當抵消其進步性，究竟不斷給歷代王朝輸入了新的血液，這也許是中國民族所以能持久不失墜活力的最大理由。

(3)日韓越各國模仿中國的制度，也有因歷史條件不同而遭遇一連串失敗的。譬如中國的貨幣制度，是經濟達到相當成熟階段的產物，日韓越各國當時仍停滯於自然經濟階段時，突然輸入此種外來制度，自難獲得社會的支持，所以各國初鑄貨幣，都難於通行，有的國家屢鑄屢停，多次試驗纔被國人接受，有的國家由於粗製濫造，信用掃地，國人拒不使用，結果只有聽任中國貨幣長期流通。這說明了一個眞理：栽培某種植物，必須有適宜的土壤，移殖某種制度，也必須有適宜的社會條件；否則「橘逾淮而爲枳」，這是不可不加警惕的。

四、中國儒學、科學、工藝美術對日韓越的影響，皆深刻而廣泛。

(1)在接觸西方文化以前，日韓越人民生活於儒學傳統之下一千數百年之久。各國的思想史如果抽去了儒學恐怕只將留得一片空白。都有孔廟、祀孔之典，都有漢學、宋學、朱子、陽明的派別。

日本學者對於儒學的研究，更表現了推陳出新的本領。譬如《易經》一書，中國和韓國的學者，多注重其卜筮的部分，卽言哲理，也不出形而上的範疇。日本學者卻從《易經》上「開物成務」一語，引起了探究自然哲學的熱情。貝原益軒首先在《大和本草·自序》中大呼：「古聖人『開物成務』之功實至大無比」，皆川淇園接著著《易學開物》一書加以發揚，於是《易經》的開物思想漸深入人心，如日本最高學府國立東京大學的前身開成學校，其校名便取自《易經》的

「開物成務」，說明了明治維新前後的知識分子如何深受此種思想的影響。

(2)我們檢討中國科學對於日韓越的影響之後，得到如下的認識：東亞各國的天文、曆法、數學、醫藥學，其發生與發展，都和中國有極密切的關係；中國的曆算醫術之普及，給各國後日接受西方的科學文明打下了堅實的基礎；中國過去的科學成就，已達到農業社會所能達到的高水準，但如何迎頭趕上近代工業社會的科學，並對世界文化有所貢獻，則有待於中國科學家今後的努力。

(3)我們檢討中國工藝美術對日韓越歷史的結果，得到幾點認識：中國各種工藝美術先後傳入各國，引起各國人民熱烈的模倣，推動了各國物質建設的齒輪，也豐富了各國人民精神生活的內容；由此可見先進的中國文化已充分達到先知覺後的歷史任務。日韓越各國人民接觸中國的技藝之後，不僅消極的模倣，也有積極的創造，如日人的蒔繪漆器，韓人的銅活字，越人的青花瓷器，都各有其特色，令人不無後來居上之感；由此可知文化雖有先進之分，民族實無孰優孰劣之別。

中國的工業技術，一向在東方國家中居於領先的地位。何以結果中國反而落伍，日本卻一躍而為近代工業國家？有人認為這是由於中國重道輕器的傳統思想，影響到近代接受西方技術的態度；其實日本又何嘗不是一樣受過此種思想的支配，如十四世紀的思想家北昌親房在《神皇正統記》中，即曾以「工巧之事」稱為「賤藝」加以輕視。可是到了近代，日本知識分子能勇敢地面對現實，迎接新潮流，中國知識分子卻只醉心八股利祿，不知八股利祿以外尚有何物，一部《天工開物》，在日本受到特別的重視，而在中國卻無人過問！中國近代化之延誤，旁的原因姑且不談，知識分子的短視、自私，實不能不負相當的責任！（此節俱得朱先生同意引用）

（三）中國文化對西方世界之貢獻

大漢風的文化不但在東亞構成了一個文化圈，卽對於更遠的西方，也發生了很大影響。

一、中國文化對古代西方及現代西方之影響：中國最初以「絲國」之名知名於希臘羅馬之世界。中國不僅以絲織長期專利世界，卽在鑄鐵方面，羅馬博物家普林尼謂「勝利之橄欖枝歸於絲國之人」。又羅馬名醫格倫本亞洲人，他以看脈方法看病，顯就是受中國影響。近世化學起於阿拉伯人之鍊金術，而鍊金術是傳自中國的。

中國之印刷、羅盤、火藥以及繪畫、磁器及其他文藝之屬自馬可波羅以後西傳，促進文藝復興，這是在培根之書上可以看到，而也是西方史學所公認，無須多說的。

近來美國漢學家顧理雅（H. G. Creel）教授注意到更多的方面，首先是官僚制度的現代國家問題。他在〈中國官僚制度之起源〉一文，摘其一要點如下：

「中國對於世界文化貢獻之計算書，早已超過「紙與火藥」之階段。不過直至今日，大家還很少注意到中國在發展那所謂「現代的、中央集權的、官僚制度國家」基本技術方面所起的作用，實堪奇異。因爲大規模的複雜組織，較之其他任何活動，實更爲現代之特徵，而正是在這方面，中國人也許是作了他們最重大的貢獻。

早在耶穌紀元之初，中華帝國顯示了二十世紀「超國家」的許多類似之處。在刺激官僚制度發展上，面積之重要曾爲人所注意，就領土而言，中華帝國乃是生存如許世紀之久的最大國家，在羅馬帝國獲得其最大面積時，中國早已更大了，雖然在人口方面，羅馬似乎超過當時中國。當時中國是由中央集權官府所治理的，這是羅馬帝國及現代以前任何國家不能比擬的。中央管理的中樞與地方官史，在西元之初達一三〇、二八五人（見王先謙《漢書補註》）。

中國由考試選擇官吏一事，一般雖認爲七世紀後（唐代）始形重要，然其雛型在西元前四世紀可以看出，而有西元前一六五年之文獻可證（見《董作賓先生六十紀念論文集》顧理雅〈法家〉）。此種考試，使寒微之士登於朝廷，而日漸增加的官吏須受太學教育，此太學是西元前一二四年正式設立的。遠在漢代（西元前二〇六～西元二二〇年），中國較之埃及、羅馬，甚至東羅馬帝國，其官吏之進升，更依據於其他官吏根據相當客觀標準之評判，此包括考試等第、經驗與年資、職務執行的種種記錄、功績等級。中央政府經由各種巡視制度，報告與統計，了解地方情形。他估計其收入，編制其預算。並如今日若干政府一樣，管理經濟活動，乃至管制物價。

凡此一切，自不是說古代中華之國「就像」我們今日國家。自然不是。但我相信，凡研究過有關證據的人一定能夠同意，中國政府之模式，遠在漢代，實與那種認爲是「現代的」(modern)特徵的「中央集權官僚政府」之典型者，表示顯著的類似。這在那些主要由M·韋柏著名研究得取中國官僚制度及其機能之概念的人看來，似乎可疑。可是不幸，韋柏不但自認不是漢學家，也沒有找來一個顧問。在印行他關於中國研究時，他是以「猶豫與最大的保留」而寫的。他雖自知其有限，可是，卻沒有節制他對中國文書作最原本的解釋，因而結果顯與事實不符。他在一九二〇年就死去了，自亦不能責備他。他留下許多有用和精確特識。然這不當使我們盲目於這一事實，即他關於中國官僚制度的圖像是誤人的。

如果中國發展官僚制度類乎我們今日，早在西方之前，是否西方現代國家受到中國影響呢？顯然是的。鄧嗣禹及 Lash 兩教授認爲這影響在十七世紀末傳到西方。而錢教授(T. S. Tsien)和 Mahdi 教授則認爲醫生任用之考試先由中國傳到報達，而在一一四〇年，由報達傳到西西里王羅傑二世 (King, Roger Ⅱ) 的宮中。這是歐洲考試制度最古的例子。西西里是當時歐洲最富最文明之國，而中國影響也由我的同事 Hartwell 教授加以證明。我不是說，「現代西方官僚制」是抄襲中國的。但我相信，西方政治制度之記算書，斷不能不顧中國影響。至少，也由於中西文化有共同之點。（轉載《中華雜誌》二卷七期之介紹文）

顧理雅教授還著有《孔子與中國之道》(*Confucius and the Chinese Way*) 一書，說到儒家思想之西傳，直接有貢獻於法國革命，因而間接亦與美國獨立有關。以下是其所說之節要。

二、法國革命與儒家思想。被稱爲「法國文學史科學創始人」的藍遜（Gustave Lansen），曾對法國大革命思想背景作了一番費力的分析。藍遜有兩篇論文發揮他的理論，認爲十八世紀的法國哲學以及作爲大革命基礎的政治理論在基本上都是本土的發展。在第一篇論文中，他一面承認外來的影響（包括來自中國的影響）有某種作用，而一面又辯稱：「造成十八世紀法國理性主義的運動……是一種內部陣痛的結果，那種內部是從文藝復與時代開始的，早已在改變著法國的社會精神，到了十七世紀末期突然變得更明顯、更急劇。」

這樣，據他說來，大約自一六〇〇年到一七一五年發生了一種轉變，其要點在於這幾種觀念：⑴需要清晰而一貫的思考，還要重視事實與經驗，無論對偏見或權威都不讓步；一個人必須爲他自己尋求眞理。⑵理性至尊，不受教條支配；因此凡是善良的人，儘管有種族或宗教的不同，在根本上都有同樣的道德原則，而個人可以爲其自己判別什麼是善或惡；通常而論，善就是「中庸」。⑶善的與快樂的被認爲一件事；人不應該設法消除欲望，而只應該指導欲望。重視的是享受現世；另一個世界的裁判消失了。⑷善不是像後來盧梭所說，存在於原始，而是文明與文化的產物。⑸快樂的哲學被擴大成互惠的哲學；人們感覺到，要想自己快樂，必須使別人快樂。⑹「慈善」的美德被「人道」的美德所取代。

藍遜承認關於中國的新知識對於這些觀念中的第二項的發展有一種影響，然而就這六種觀念全體而論，他還是要努力找出土生土長的與邏輯上的解釋。其中某些地方，他的解釋是不能完全使人相信的。舉例來說，從自我主義轉變到利他主義，事實上似乎絕不是像他所描寫的那樣單純而幾乎必然發生的一件事。

兩件事實特別值得指出。第一、讀者會注意到，就上述六種觀念中的任何一種看，十八世紀的法國思想已走到了與《論語》中的孔子以及最早的儒家思想極其相似的立場。第二、藍遜所標定的轉變時期，即一六六〇年到一七一五年，恰恰是這個早期儒家思想有力地傳到法國公衆間的時代。早期儒家著作的最早的譯文似乎是在一六六二年出版的，以後的數十年繼續又有其他的譯作。一六八五年有一批有學問的法國耶穌會士的一個特別團體帶著路易十四的信，被派到中國去；這批人和繼續前去的另外一些人住在中國，與歐洲一些極有地位的人書信來往極多。以後數十年內有好些種根據這些書信寫成的著作出版，使中國與孔子成爲人所共知，而那是從來未曾有的。

把十七、八兩世紀受到中國思想影響的德、英、法的學者、哲學家和政治家們的姓名大量列舉出來，已超越了本書的範圍。這種工作別人已經做了。我們也不能詳細考慮十八世紀哲學及法國大革命哲學與早期儒家哲學的相似之處。這種比較很容易就可以寫成一本書。在歐洲占有重要地位的自然律概念與孔子「道」的觀念相像，這一點是萊布尼玆(Leibniz)和渥爾夫(Christian Wolff)兩人看出來的。有人說，擔任過路易十六的閣臣，並且對中國深感興趣的屠果(Turgot)，曾以此自然律概念爲根據，向他的君主提出過若干修正王權的辦法。十八世紀的法國和中國又有一種相同的觀念，認爲政府應以人民幸福爲目的，政府應該是一種合作的事業，而不是一種競爭的企業；甚至孟德斯鳩也根據後一點稱讚中國政府，他說：「這個帝國是依照家庭式的政府之規模而組織成的。」

要把這幾個要點的證據說一個大略也說不盡，所以我們只考慮對法國大革命有基本重要性的兩種原則：第一是革命的權利；第二是人類的平等。

革命的國憲會議（National Convention）宣告：「當政府蹂躪人民權利時，革命是人民的，人民每一分子的，最神聖的權利和最不可或缺的責任。」這種理論雖與中世紀歐洲的政治理論完全不同，但這絕不是歐洲對於較古老的觀念首次挑戰。一定是有了中國政治理論的發現，這種挑戰才大大增強。因爲在廣被讚揚爲治理得最好而有秩序之國家的中國，人們早已公認，凡是面對著壓迫之時，革命恰恰正是一種「最神聖的權利和最不可或缺的責任」。在《論語》中已經暗示這個意思，而《孟子》裏更是明白表示出來。

平等的原則也很有意思。一七八九年國民會議（Assembly）通過了一個〈人權及公民權的宣言〉，其第一條說：「人是生而自由的，在權利上是平等的，並且將繼續如此。社會地位的不同只建築在對公衆的功用之上。」這一段文字與美國〈獨立宣言〉的前言相似，是人們常常說到的。還有一事値得申說，早在一六九六年，耶穌會士李明（Le Comte）在巴黎已發表過一分相似的言論，這也很值得注意。他寫道，在中國「貴族地位絕不是世襲的，人民在本質上沒有任何差別；只有他們所擔任的職位造成的差別」。

在大革命以前很久，公衆已廣泛知道中國的官職是嚴格按照才能標準來授給的。皮諾（Virgil Pinot）指出：「羡慕中國的人深信，他們發現中國，也只有中國，是才智可以使人得到國家最高榮位的國度，是每個人都靠才能而被判定社會地位，而王公的寵愛和出身的優越都不足以使人躋入與他自己才德不稱的職位上的國度。這樣的事在歐洲簡直是少有，或者可以說根本沒有，因而，所有的傳教士，不管其國籍爲何，都用熱情的詞藻，來讚揚這種令人驚嘆而完美無缺的制度。」

早在一六〇二年傳教士便做了這樣的報導，以後又繼續不斷地有。杜阿德（Du Halde）在一七三五年發表的一本廣被閱讀的著作中說：「一個讀書人，卽使是一個農夫的兒子，也能與最高貴人的兒子一樣有希望得到總督的，甚至首相的尊榮。」

這些觀察引起了廣泛的興趣，有很多本書討論這些事情，其中一本是柏爾登（Robert Burton）的《哀愁之解剖》（*Anatomy of Melancholy*），是一六二一年出版的。另一位英國人布治爾（Eustave Budgell），乃是 *Tatler* 及《觀察者》（*Spectator*）的投稿人，在一七三一年主張英國採取中國所實行的辦法。他認爲「在不列顛國協之內，有榮譽或利益的每一職位應該用來酬報眞有才幹的人是一條格言。假如一位近代政治人物在他的頭腦裏認爲，這種格言本身雖好，但在像英國這樣廣大而人口最多的王國恐怕難以實行；那末，請容我向這個政治人物報告，就在此時，這一光輝的箴言，在當今全世界最大，人口最多，治理得最好的帝國極嚴格地遵行著：我指的就是中國。……在中國，一個人若不眞是一個有學問的人就不能成爲一個滿大人，卽一個君子。」一七六二年，高德司密 (Oliver Goldsmith) 曾用此一論據來猛烈攻擊大不列顛的世襲貴族制。

在法國注意這件事的作家不少，其中有伏爾泰，有一七五九年任法國財政總長的 Etienne de Silhouette，有一七七四到一七七六年擔任同一職務的屠果，有擔任王家大使的波伏(Pierre Poivre)，以及創立重農主義理論的昆奈 (Francois Quesney)。總之，當法國革命「對民主理論貢獻了」此一選任官吏必須以個人品格及成就爲基礎的原則之時，人們早已都知道這是中國政治的理論。

那末，我們是否可以作一個結論，以爲法國革命「肇因」於中國的新知識呢？當然不是。我們要注意的不是那革命本身，而是十七、八世紀裏漸漸使整個西方思想標定了民主方向的那個精神革命。對於儒家思想的新知識只是這個精神革命的許多因素之一，這也是不待說的。

在歐洲，尤其是法國，整個的思想模式在十七、八兩個世紀裏有了轉變，轉變之後的模式在許多方面都與孔子思想相似。而且這種轉變和其相似之處，都不是表面的。有些相似之處顯然純是偶合，但就整個來說卻似乎不可能是如此。這些相似有多少程度是一個文化影響了另一個文化的結果，得有很細心的研究，這種研究還沒有作到足夠的地步。如果能作到這樣充分的研究，則德謨克拉西的歷史可以加上新而重要的一章了。

這樣的研究能收到什麼樣的結果，我們從洛甫卓艾（Arthue O. Lovejoy）在一九四八年發表的一篇〈一種浪漫主義的中國淵源〉（*The Chinese Origin of A Romanticism*）可以得到一點指示。這篇論文研究中國對一個西方國家，卽英國，在一個範圍裏，卽美學的範圍裏，有什麼影響，是一件引據精詳的作品。洛甫卓艾的結論是，「一種新的美學經典」是從中國傳入的。他說：「當規律、單純、一律、邏輯上容易了解等理想首次遭到駁難，而『幾何的』卽是眞美之假設不再被認爲是『人所公認爲一條自然律』之時，近代趣味的歷史到了一個轉捩點了。」而在英國，經歷十八世紀的大部分，似乎一般公認這種假設之被摒棄首先是由於中國藝術的影響和示範。

中國觀念的此種作用——卽對於以前被認爲一切文明人都同意的歐洲思想的牢固公理提供一種代替的東西——在藝術之外的種種方面遭到了反對，如人類快樂之價值這樣的基本問題上就是如此。基納德（Gilbert Chinard）指出「整個基督教文明是建築在快樂既非應得亦不可得這一觀念之上」。雖然有許多反對此種觀念的人，但一般而論他們只是些孤獨的呼聲，或只是些渺小的集團。

東方的發現使歐洲人看到了，如伏爾泰所明白描畫的「一個新的道德上及物質上的世界」。

他們發現中國，是一個値得稱爲是世界上最古老的國家，這個國家明白地擁有無可疑問的財富，在安靜的自足中，用一些在許多方面與歐洲正在倡行的正好相反的規律作自己的規範。在這個國度，快樂不被看作要不得而被看作一個最高目的，不僅是個人的，而且是國家的最高目的。人的平等不被否認；那些報導中國的人士確信，人的平等正是中國社會及政治理論的眞正基礎。

不可避免地，此一「新的宇宙」曾被歐洲獨立教派人士用來支持他們的非基督教的意見。與歐洲傳統發生衝突的任何習慣不能再說是「不可行」或「不曾有」了。伏爾泰高興地斷言：「那些反對拜爾（Bayle）立場，認爲無神社會不可能有的人，卻又認爲世界上最古老的政府（中國政府）是一個無神的社會。」維護現狀的人士宣稱，如果只以才能爲標準，而把政治權力賦予那些沒有世襲地位的人，則政府和秩序將被破壞。現在布治爾可以回答說：「這種光榮的正在被世界上『最大』、『人口最多』、『治理得最好』的帝國（我的意思是中國）最嚴格的遵守著、奉行著。」

三、富蘭克林、傑弗遜與中國文化。假如歐洲人不知道中國之影響歐洲民主傳統的程度，則大多數的美國人對於十八世紀啓蒙哲學，尤其法國哲學之影響美國民主觀念及制度大概所知也很有限。這影響所以更容易被忘記的原因，就在於美國革命比法國革命早，而且幫助了法國革命之產生。

然而，法國的啓蒙運動的觀念在美國革命的準備工作中確曾盡了一定的作用，而在美國革命之後的民主觀念的發展上更盡了很大的作用。美國〈獨立宣言〉的起草人傑弗遜曾被稱作「美國啓蒙的象徵」。孔子哲學對美國民主思想發展可能有的影響大概是，也許完全是，經過法國的影響而傳去的。美國革命中有重要地位的人物對於中國似乎極少注意，那便是因爲美國知識分子與法國接觸最密切的時代，正是中國在歐洲大大不被信任的時代。

但是，最低的限度，昆奈重農主義理論中還是有一個很淸楚的線索的。人們也往往不相信這個對於亞當斯密和馬克斯都有重大影響的重農主義理論眞是很受了中國的誘導。昆奈說他的理論得自中國這一事實，當然不是定論。但是熟悉中國政治及經濟理論文獻的人，看昆奈的作品，沒有一個不因其有高度的關聯而驚異。尤進者，昆奈理論的大部分很顯然的是從一些耶穌會士及伏爾泰的中國論說引申出來的。昆奈的《中國之專制》(*Despotism in China*)一書，前七章提出了重農主義的政治方面的理論，馬佛立克 (Lewis A. Maverick) 說是從 Jacgues Philibert Rousselot de Surgy 的一本描寫中國的著作裏「整個兒搬過去的」。

重農主義特別強調農業的重要性，並且主張國家應該促進農業。同時重農主義者認爲工商業是非生產性的，重農主義者主張自由貿易，只在農業上徵稅。昆奈相信，政府應該由「專制」王朝來領導，但其統治不能「專橫暴虐」，只能像中國的帝王那樣。

到這個地步爲止，昆奈的理論難得有一點不能從中國著作找到根據。但是，毫無疑問，昆奈及其學派的另一些人乃是把中國帝王的專制王權觀念（如我們所知，那是對於孔子思想的一種曲解）改作以適應他們歐洲的「開明專制」的理論。他們更強調私有財產的重要與「命定富有，使能擔任最榮譽公職」，這是儒家學說裏沒有的，甚或與儒家學說相異的。

昆奈的《中國之專制》一書發表在一七六七年，富蘭克林（Benjamin Franklin）就在那年到法國。昆奈那部書原發表在一種雜誌上，事實上富蘭克林曾是那雜誌的訂戶和投稿人。在昆奈的家裏，「富蘭克林發現他最感興趣的是一個愉快、親切、博學而有哲學氣味的社會」。他也成爲重農學派中兩位最有勢力的人物米拉波侯爵（Mirabeau）與屠果的朋友，因此費伊（Bernard Faij）說，富蘭克林「使這一著名的學派的巨大影響力轉向於有利美國，這是走到操縱（法國）輿論的一大步」。

傑弗遜對於重農主義者的觀念感到很大的興趣，他似乎是相當受了重農主義者的影響，雖然他難以接受仁慈專制的思想。傑弗遜有一封信中顯然地暗示，他曾注意到重農主義與中國的關聯，但是他和富蘭克林兩個人似乎都不曾被引動去對中國哲學本身作相當程度的研究。

但是把傑弗遜思想與孔子思想作一比較，還是饒有興趣的。他們的相似，在於對形而上學的沒有興趣，在於對窮人反抗富人的關切，在於堅持基本的人類平等，在於確信所有人類（包括野蠻人）的基本良善，在於不訴諸權威只訴諸於「一位誠實之士的頭腦和心靈」。傑弗遜說「政治的全盤藝術就是包含在誠的藝術之中」。這一段話與《論語》中的一段非常相像，而同樣的例子還有。

雖然孔子與傑弗遜都是用大力擁護一般人的利益的，但是他們兩人都不像輕視有些鼓吹民主的人才智絕不平等這一事實。一八一三年傑弗遜寫給約翰・亞當斯(John Adams)的信說：「我同意在人類中有一種天賦的貴族。這一點的根據在於道德和才具。……也有一種人爲的貴族，是建立在財富與出身上的，……我認爲天賦的貴族是自然對於教育，對於信託，對於社會的治理，最貴重的禮物。……我們難道不可以說，那種使這些天賦的貴族由最有效的純粹的選擇來充擔公務的政府型式是最好的嗎？」

把中國考試制度的理論不容易用更簡明的話來扼要表示了。傑弗遜相信把國家的有才幹的青年選拔出來加以教育以擔當政府事務，是極其急需的，所以他在一七七九年在弗琴尼亞的衆議院中，爲達成其目的而提出一項措施，叫做〈進一步普及知識法案〉(*A Bill for More General Diffusion of Knowledge*)。這個法案宣稱普及教育乃是保障民主最好的方法。法案又確稱，政府應該由「聰明而誠實的人」來管理，這些「被自然所賦予才德的人，應該受自由教育，他們應該在不論及財富與出身或其他不關緊要的條件下，應召來擔任職務」。而因爲窮人不能供給他們子女教育，他們中間的天才者必須發掘出來，爲了公共利益，「用公家的費用來教育他們」。有一點似乎是可以確定的，傑弗遜提出他的一七七九年法案之前，已經知道中國的考試制度的存在。已有證據告訴我們，在一七七六年以前，他已經讀過並曾註釋過伏爾泰的一本著作，在那本書中伏爾泰宣稱，「人們再也不能想像」還有一個比十七世紀的中國政府「更好的政府」，那個政府中一切權力實際上是操持在一個「只有經過幾次嚴格考試的人可以加入的」。官僚機構有好多早期的歐洲著作描寫中國的考試制度，我們知道其中至少有一種曾爲傑弗遜所收藏。

傑弗遜認爲他的教育計畫有基本的重要性。他確信，只有照某種這樣的辦法民主政治才能夠鞏固自己而不至於慢慢墮落到變成專制。他的一七七九年的法案修改到破壞了原來目的之程度。一八〇六年，他以總統身分向國會提議。修改憲法，以建立一個「國家的教育制度」。一八一三年他寫信給約翰·亞當斯說，他仍然希望，他原提的法案中的原理能夠成爲「我們政府拱門的基石」。一八一七年他寫道，他「正在專心致意於」促進一個包含此一原則的教育計畫。他爲這個計畫繼續工作、寫作直到他的晚年。

雖然傑弗遜所主張的教育計畫沒有被採用，但是西方民主國家的經由競爭性考試而構成的文官制度已經承認了任用官員必須依才幹而不依名望這一原則。此一制度在大英帝國中的淵源，我們已無需再費思索。一九四三年鄧嗣禹發表一種有精細根據的研究，說明英國的制度受了中國制度的啓發。他在許多論證之中特別指出這種考試制度首先由東印度公司在與中國發生接觸的印度那門採用，又特別指出英國議會辯論此一制度是否應採用時，擁護者與反對者兩方面同樣提到中國的制度。

美國後來也採用了文官考試制度，主要地是受了英國的影響。然而，值得指出的是，此一制度在等待國會通過時，愛默生 (Ralph Waldo Emerson) 評論說，關於「公職候補人須先經過考試」以顯示其合格這件事，「中國已在我們之前，也在英國法國之前，對於輕率用人有了這種根本的矯正」。（以上轉載自《中華雜誌》三卷十一期周道瞻先生譯文）

對於顧理雅所說的話，我只作兩個簡單的補充。一是羅斯福時代副總統華萊士有與顧理雅相同意見。他在一九四三年雙十節廣播中說：「美國建國初期之信仰直接得之於歐洲，間接取之於中國。」又十九世紀美國大思想家愛默生說：「孔子是全世界各民族的光榮。」

三、中國之科學。近年以來，中國人在科學上之貢獻及其價值，也被重新估計。一部重要著作是英國李約瑟所編著《中國科學與文化史》七大卷。他特別說到中國人能發明紙張、火藥、火箭、地震學、鑄鐵，最早的扇形圓拱、印刷和磁器，甚至還最初使用植物病毒之生物學控制法——用一種昆蟲殺另一種昆蟲。但他在前年的一篇總結性的報告中，說中國何以沒有文藝復興及缺乏加利略之故。此故在東西思想差異之中，而根源可追溯到巴比倫時代。由於西方相信神造世界，才有「自然法」的思想，終有加利略之數理證明。這是道家和孔子所缺乏的，中國人不能以數學法則來看自然。直到耶穌會之東來，才有西方科學方法（據一九六四年二月十七日《紐約時報》科學欄專論引《科學進步雜誌》）。《紐約時報》據該文說西方科學方法一直受孔子學說的抑壓不得發展。並且暗示，中共能取消孔子思想方法，所以也能使加利略精神在中國生根！此則全是亂道。他們忘記何以巴比倫人和中古歐洲人沒有近代科學和數學；又完全忽略近代西方數學三大決定性成就，是對數、解析幾何和微積分。對數有賴於阿拉伯人三角表，解析幾何起於航海作圖需要，微積分是解決彈道問題的。最早研究拋物線問題的亦是加利略。＜兩種新科學＞除討論水平與垂直運動外，＜第四天之對話＞，即是專門討論拋物線的。牛頓之萬有引力律，即將行星軌道、砲彈軌道，和一般物體之離心運動連結起來，而所以能夠，即有微積分。微積分觀念，希臘人、中國人、日本人皆有之，明代文化在各方面表現西方文藝復興的內容，然關閉限制其發展。而中西文化之發展失去平衡，也是在十七世紀才發生的。然則中西文化無根本差別也就可知了。

又另一漢學家維特浮格（K. Wittfogel）謂中國數學不如埃及人。然而懂得數學的人則意見大為不然。如史密士及霍格本承認早在西元前一千年已知九數觀念；中國早在畢達哥拉之前，已知勾股定理。並以為畢氏許多觀念，或受中國影響。「中國人在文化上之貢獻，我們負於他們究有多大，實尚須研究。他們在希臘人五百年前，已知希臘人之幾何學。他們發現很多有關數學的東西，並似乎知道為今日統計學之基礎的數之羣。（注二）不幸他們的知識，多被遺失。如古代亞歷山大圖書舘被焚一樣，中國圖書常被焚毀。中國實早有優於歐洲之文明。他們的曆家，不大有僧侶性質，較之歐洲，更為人文。何以今日中國人不能展此一初期有希望之傾向呢？這理由很難推斷。他們過於早熟，或為原因之一。而腐敗的象形文字不足以表示，不能以簡單方法表示簡單事物，而他們始終不能脫離他。」但最後一點，是錯誤的。因為中國文字並沒有多少象形字，中國數學書中早用符號。而他深知西方數學是在航海中發達的，卻忽略中國數學是在閉關中才落伍下來的。

先是法國拉克伯里等倡中國文化西來說，日人飯島忠夫和之，至謂儒家典籍皆受希臘影響而編者。日本天文史家新城新藏以洋洋六七百頁的證據，證明中國曆法之先進，於西洋印度二百年以上。又云：「十九年法，在默冬（Merton，前四三〇年）前約早一百六十七年；七十六年法，在加利普斯（前三三〇年）前約早一百年。」（注二）

如果數學是文明之鏡，圓周率亦可謂數學之鏡。茲將各國對圓周率研究之成績及其年代列表如下：

巴比倫，希伯萊，周代	三
埃及（前一五〇〇年）	三・一六
希臘，亞幾默德（前二二五年）	三・一四～三、一四二
中國，劉歆（約二〇年頃）	三・一五四
張衡（一二五年）	三・一六
蔡邕（一八五年）	三・一三
陸績、王蕃（二四〇年）	三・一四
劉徽（二五〇年）	三・一四一六
祖冲之、暅之（四八〇年頃）	三・一四一五九二六～七之間

印度，阿略波陀（四五〇年）　三・一四一六
阿拉伯，阿爾加什（Al-Kashi，一四三〇年）　三・一四一五九二六五三五八九八七三二
法國，微也達（Vieta，一五九三年）　三・一四一五九二六五三五～七
英國，瓦里士（Wallis，一六五〇年）　無限級數
日本，建部賢弘（一六九〇年）　無限級數

不過現在最新式飛機設計，用到三・一四一六已經很夠了。

這證明埃及人和亞幾默德的偉大，也證明劉徽、祖冲之的偉大。與史密士合著《日本數學史》的三上義夫云：「劉徽與祖冲之父子在全世界任何國家之先所開創算法之妙處，應使人對亞洲停滯性，再加吟味。」

誤信算盤係由羅馬傳入中國之小倉金之助，在讀了《九章算術》後，恍然大悟：「《九章算術》爲中國基本數學書，包括優秀的數學方法。在幾何與數論上或不如希臘，在算術與代數上，實超過希臘。……劉徽之研究，不論在方法上、在結果上，不僅可與亞幾默德比肩，毋寧更爲優秀。……而在某種意義上，實凌駕希臘之弟阿帆圖（Diophantus，《數學史研究》）。」他又說到歐洲十八世紀始知聯立方程式之解法，而劉徽已知之；則又何僅超過希臘人而已。（注三）

毫無疑義，中國人的學問才能沒有繼續發展，沒有達到西方十八、九世紀之高度。但這不是說中國文化有何內在原因不能再有所發展。正如英國貝納爾（Bernal）所云：「以中國人治事

之嚴謹態度、忍耐習慣、中庸德性，可以預期中國人對科學貢獻，不在歐美之下。」而我們的歷史任務，也可由此思過半矣。

(五) 中國為亞洲和平之安定力

在中國進入亞洲史後，不僅以其文化貢獻於世界，且本此文化之愛好和平精神，以其擁有的廣大人口和高度文化力，成為維持東亞乃至亞洲和平的安定力。因而，中國之強弱，與亞洲與世界治亂安危，也息息相關。

由於在歷史上中國的敵人來自北方的游牧民族，所以漢代以來確立了中國的國際政策，這便是東連朝鮮，斷匈奴左臂，西連西域，斷匈奴右臂。然後以對等和優勢武力，直接進攻匈奴的王庭（外蒙古的和林，庫倫西）。當時中國對於同盟國，是實行軍經援政策的，並保障他們的安全，然而並不干涉他們的內政的。由於中國勢力深入中亞，也維持了當時安息（波斯）與羅馬的均勢。等到晉朝永嘉之亂，中國撤退西域。匈奴餘衆西侵，引起蠻族大移動，而西羅馬也就崩潰了。

到了唐代，突厥為北亞之雄，唐朝照漢朝同樣方式應付突厥，結果突厥西遷。繼而大食（阿拉伯）勃興，中國戰敗，撤退西域（七五〇年）。自此中國的華北紛亂，而阿拉伯勢力遂得以威脅東羅馬，而突厥之族也終於席捲中亞和印度。

繼而蒙古繼金人而興，入據華北。遂得以中國技術加上蒙古馬力橫掃歐亞，最後統治中國之江南。直到蒙古帝國在中國首先崩潰，中亞和俄羅斯才由蒙古獲得解放，李氏朝鮮之建國，也是元朝崩潰以後之事。

在中國歷史上，各國對中國有一種朝貢制度。這是一種外交的禮貌，也代替外交的條約。事實上，中國之「賞賜」，遠較「朝貢」之價値爲多。而一旦接受朝貢，中國即有出兵助其安內攘外之責任。然事定卽撤兵，並不謀任何特權。「天朝」、「上國」之威望，卽由此而來。只要回想甲午戰爭還是對一個最古的同盟國盡其古老責任而起，又只要想到中國衰落以後，中亞、東南亞和朝鮮都先後成爲西方殖民地，就可知中國之安全與亞洲安危的關係何其密切；而拉鐵摩爾之流說中國是「次帝國主義者」是何等荒謬。

時至今日，大家不難想到，西方侵略中國，結果造成日本勃興於亞洲，和蘇俄勃興於世界。由此有一次二次大戰，而由日禍俄禍二者又合成中共之怪物，正威脅亞洲各國乃至世界。於今俄國人和西方人有對稱中共爲「黃禍」者。其實這何嘗是黃禍？這無非是白禍與赤禍之雜種而已。

因此，中國之復興是世界之利益。中國之禍亂，是世界之禍亂。從來如此，現在尤其如此。

——原載《中華民族的歷史任務》

注1 D. E. Smith, *History of Mathmatics*

Mikami, *the Development of Mathmatics in China and Japan*

L. Hagben, *Mathmatics for The Million*

注二 新城新藏《東洋天文學史研究》。又三上義夫《東洋思潮・天文篇》。又朱文鑫《曆法通志》。

注三 參看三上義夫《東洋思潮・數學篇》，小倉金之助《數學史研究》，李儼《中算史論叢》，拙著《古代中國文化與中國知識份子》下卷。

由利瑪竇前後來華西人論中國地位之變化

——七十二年十月三日在清華大學講

一

今年學界舉行利瑪竇來華四百年紀念，大家注意的是中西文化之交流。我今天講的題目稍微不同一點。在利瑪竇前後來華的西洋人甚多。我想由幾個代表性人物所見的中國文化學術的情形，以及當時中國與西方學術的實際情況的比較，來看中國地位的升降。不待說，學術文化地位之高低，決定政治地位之高低。

二

在漢末和唐朝，已有少數西方人來到中國。但多數人之來到，始於現代。我先對「現代」之概念加以解釋。

現在西方人所謂「現代史」（古與今之別），大多由一四五三年（土耳其滅東羅馬之年）或一四九二年（哥倫布發現美洲之年）開始。這有兩大標準。現在西方各國國語以及民族國家是在十五世紀形成的；而全世界之交通，是由十五世紀開始的。

我以爲十三世紀是世界現代史開始之時。第一、這時候十字軍之東進，蒙古人之西進會合，在「蒙古的和平」之下，歐亞水陸交通大盛。第二、現代的中國國語和歐洲人最早國語之義大利語是在這時候形成的。這還是用上述的兩個標準，不過更精確化。

(一) 馬可波羅

三 第一個到中國有名的現代西方人是十三、四世紀間西方最先進地區威尼斯的馬可波羅(Marco Polo, 1254～1324)。他在宋亡之時由陸路來到開平，在忽必烈時代擔任官職，後由海路回到威尼斯（一二七五～一二九五年）。後來參加威尼斯對熱拿亞的戰爭被俘，在獄中口授《東方見聞錄》。這是文藝復興期西方人關於東方知識的幾乎唯一的源泉，也是文藝復興的一大動力。

《馬可波羅遊記》中的中國，及其文明，是遠超乎當時威尼斯及整個西方世界之上，使馬可波羅驚嘆，這正與清末許多人到歐美遊歷後對西方之驚嘆，恰成相反的對照。當時不僅中國的財富、商業遠在西方之上，尤其是種種工藝，以及用煤作燃料，亦爲西方所不知。其實中國人用煤，遠在漢代。

把中國說得那麼文明和偉大，難得使人相信，以致很久以來馬可波羅即吹牛家之別名。馬可波羅說當時東方是黃金世界誠然甚多誇張，但當時中國文明遠在西方之上之前，則無疑義。在馬可波羅之世，中國有郭守敬這樣偉大的天文曆算家，他也是球面三角學的發明家，這是當時西方科學上重要人物的羅傑・培根不能相比的。當時西方最大的文學家是但丁，他寫「神的喜劇」，中國則有王實甫、關漢卿、白樸、馬致遠等人寫人的喜劇和悲劇。

十三、四世紀西方文化不僅低於中國，也低於阿拉伯人。十三世紀一個阿拉伯人的書說，歐洲人面色蒼白，智力亦低。不可忘記，西方人是在文藝復興初期由阿拉伯人學習，對其抗爭，而在文藝復興末期，才超過阿拉伯人的。

（二）品脫、沙勿略

四　承繼元代遺產，明朝初年，學術與國力，還是世界第一。這只要想到鄭和航海之事就可明白。鄭和自永樂三年至宣德八年（一四〇五～一四三三年）前後航海七次或八次，遠在西人之前百年到達非洲和亞洲的許多地方。中國海船平均載四百五十人，大者千人，每次出行，全部人員達二萬七千人。伯希和有《十五世紀中國航海家》的研究，近年又有 Duyvendak 的 *China's Discovery of Africa*（《中國發現非洲》，一九四九年）。

五　「蒙古的和平」促進當時東西商業。在十字軍之後，《馬可波羅遊記》促進西方人之東方熱。在鄭和的航海事業趨於停止之時，葡萄牙的恩利克王子讀了馬可波羅之書於一四一五年開始航海活動。一四五三年土耳其滅東羅馬隔斷了西方人東來之路。接著西班牙僱用哥倫布之發現新大陸，葡萄牙之達伽馬之發現印度洋航路，這是文藝復興的眞背景，所謂「冒險時代」（age of adventure）。冒險的學問來自義大利，實行者的先驅是葡萄牙與西班牙。

文藝復興促進宗教改革（一五一七年以來），宗教改革促進反改革，反改革之先鋒則是一五四〇年由教皇裁可的耶穌會。宗教改革與反改革也與民族運動連結起來，新舊教徒都從事於海外傳教與殖民活動。十六世紀的海外殖民活動與海盜活動也是關係密切的。

明武宗時代（一五一六年）葡萄牙人由印度到馬拉加，在那裏遇到中國商人，於是來到廣州。於是在中國有佛郎機之名。佛郎機由 Frank 來，當時指葡西二國，也指他們的火器，即銃。火藥發明於中國唐代，宋金戰爭中，蒙古西征中均曾用之。但尚無用於發射子彈之證據。西方在一三〇〇年前，無火器之證據。用火藥放射鐵彈始於十四世紀初宗教衝突中之方濟各派的教徒（Schwarz）。而在航海競爭中，葡、西、荷蘭各事發展，即佛郎機與紅夷大砲。

正當葡萄牙人東來，海上貿易大盛之時，明朝在嘉靖初年因日本貢使打架事件，正式實行閉關政策。這逼成「倭寇」之亂。所謂倭寇，實在是中國海盜以日本爲基地者。其先領袖是安徽人汪直，後來著名的是鄭芝龍。他們也是與葡萄牙人通氣的。

六　這時來到中國者有葡萄牙人品脫（Fernao Mendez Pinto），他有《旅行記》（一六一四年），說中國文明與他們「在平等地位」（parity）。他的書有英譯，收入《人人叢書》（*Everyman's Library*）。

最著名的是聖沙勿略（S. Francisco Xavier, 1506～1552）。他先在日本傳教，認識許多中國商人。知道日本文化由中國來，而由各方接觸，知道中國文化之高尚。因此，決心到中國一行。如中國基督化，日本隨之。他寫信給歐洲耶穌會教友云：

日本密邇中國，宗教學派，都自中國輸入。中國幅員廣大，境內安居樂業，絕無大小戰亂。據曾往中國的葡人報告，中國為正義之邦，一切均講正義，故以正義卓越著稱，為信仰基督的任何地區所不及。就我在日本所目覩，中國人智慧極高，遠勝日本人；且擅於思考，重視學術。中國物產豐富，且極名貴；人口繁盛，大城林立；樓臺亭閣，建築精美，部分採用石料。人人皆說中國盛產綢緞。有些中國人對我說：中國境內亦有若干不同宗教，察其所言，似為回教或猶太教。至於是否有人信奉基督，則語焉不詳。

又一信略謂：

中國面積至為廣濶，奉公守法，政治清明，全國統於一尊，人民無不服從，國家富強。凡國計民生所需者，無不具備，且極充裕。中國人聰明好學，尚仁義，重倫常，長於政治，孜孜求知，不怠不倦。中日兩國，一衣帶水，相距甚近。中國人為白色人種，不蓄鬚，眼眶細小，胸襟豁達，忠厚溫良，國內無戰事。如印度方面無所牽制，希望今年能前往中

國。……日本現行教派，無一不來自中國；中國一旦接受真道，日本必起而追隨，放棄現有各教。（中略）

我們現正以日文編撰一書，講述天主造世及基督小傳；然後，計畫將此書改寫為中文，以便帶往中國，使中國人知我亦通中國文字。（見方豪著《中國天主教史人物傳·沙勿略傳》）

他於一五五二年（嘉靖三一年）來到廣州外的上川島，因此時正是「倭寇」大擾浙江之年，海禁方嚴，不能入廣州，患病而死。

佛郎機銃爲當時中國所不知。王陽明看了佛郎機銃後嘆爲殺人利器，但也能立刻仿造，以後戚繼光也大造佛郎機銃，可知那是很簡單的機械。此時是文藝復興全盛期。平均而論，中西文化是在平等地位的。

(三) 利瑪竇、湯若望等

七　接著就是我們要談到的利瑪竇（Ricci Matteo, 1552～1610）。他是一五八二年（萬曆十年，張居正卒年）由印度到澳門的。所謂來華四百年，指其翌年到肇慶立教堂而言。而他擴大其影響，是一六〇〇年（萬曆二八年）到了北京，以及在此前後與徐光啓、李之藻、楊廷筠這些士大夫交遊以後之事，也就是與其他耶穌會士，如熊三拔、湯若望、南懷仁等以其五洲地圖，天文曆算知識以及望遠鏡、火器、自鳴鐘等西器爲中國人所重視之故。

(四)利瑪竇的時代大體上是「現代物理學之父」加利略（一五六四～一六四二年）時代，亦卽科學革命開始之時。望遠鏡就是加利略發明的。這常使一般人發生一種觀念，利瑪竇來華時，西方人的科學已比我們進步了。今天許多人所謂「文化交流」，是西學東傳之客氣說法。我要特別請大家注意的問題，是一六〇〇年左右，西方與中國文化與科學在一種什麼狀況。

先引用李約瑟（J. Needham）大著第三卷〈中國之科學與文明〉中的幾段話。他不認爲當時西士之科學勝於中國，他們的貢獻也絕非「純粹的福惠」（unmixed blessing）。

李氏說，當西方資本主義抬頭和文藝復興期，以宗教熱忱來華的耶穌會士，如利瑪竇、熊三拔、湯若望、南懷仁等，帶來了中國人所不知的希臘幾何學、文藝復興期的代數和望遠鏡，對中國科學發生永久的影響。然另一方面，他們帶到中國來的世界像，還是亞理士多德和多祿某式的。第一，雖然當時最好的歐洲人頭腦（如刻卜勒）已離開亞理士多德的封閉系統，然他們在中國卻反對中國進步的宣夜說。第二，他們知道哥白尼學說，卻妨害其在當時的傳播。當時西士對哥白尼之學說態度不一，而在教皇兩度懲罰加利略之哥白尼見解後（一六一六，一六三二年），對來華傳教士亦大有影響。而僅就曆法而言，地中心論與日中心論在數學上原是等價的。第三，代替哥白尼說，他們提倡一種錯誤的歲差（procession of eqinoxes）的理論，而謹愼的中國人不願構想這現象的理論。第四，他們完全不理解中國天文學之赤道座標與北極性質，將中國之赤道宿與希臘之黃道帶(Zodiac)涉爲一談。第五，雖然第谷在歐洲剛已作出赤道渾天儀，然而南懷仁卻將更不成的希臘黃道座標加於中國，甚至於一六七四年(康熙十三年)在北京建其希臘的黃道經緯儀。(四三八頁)他們乃利用康熙八年(一六六九年)的有利環境，即康熙除鰲拜親政以後，藉耶穌會士認欽天監曆法有誤，循例爲新朝立新曆之需要，「使中國作不必要的曆法改革，給中國系統一個致命的打擊」。(二五九頁)南懷仁將郭守敬的儀器放在倉庫以後，他的繼任者紀理安(Stumpt)竟將其融毀！(三八〇頁)直到宋君榮(Gaubil, ~1759)以來，西方人才開始知道中國天文記事的價值。(中國人在西方一千多年前發現太陽的黑子)

李氏說，這一切由於當時耶穌會士目的在傳播西教而不在傳播知識，不過恰遇明朝天文學衰落之時，乃得以西方文藝復興期的代數學，以證明西方宗教神話之優越。不過由於他們「高尙的冒險」，達到過去唐代印度人所沒有達到的目的，打開世界的科學交通。

當時西方教士有其根深的西方成見，標榜「西學」。而中國人要的是「新學」。一六三一年(崇禎四年)引起魏文魁父子的反感。一六六一年(順治十八年)引起楊光先的反對，皆由於此(四五四頁)。(以上見《中華》八卷一期〈書經日食〉舊文)

我想補充一點，就是利瑪竇的一些文件已譯爲英文。其中他批評到中國的科學思想，說中國人誤信他們的五行而不知西方的四行(地水氣火)。不過，他依然承認中國技術與哲學成就

(Gallagher, *China in the 16th Century, The Journals of Matthew Ricci*, 1953)。無疑四行不比五行進步。

當時西方之地理知識、幾何學知識、自鳴鐘、望遠鏡等器械，以及不斷改良中的火器，為中國人所不知，但中國人能立刻學習。以徐光啓的《農政全書》、宋應星的《天工開物》與當時西方技術相比，他們雖有若干奇器，大體上還在一個相同水準。當時西方有加利略對現代物理學奠定根基，然加氏亦立刻受到迫害。英國皇家學會研究加利略是利瑪竇到北京後六十年之事。一般而論，中西文化還在相同水準。不過當時正中國焦頭爛額於李自成、張獻忠和滿清之大亂時期。在加利略死後之二年，滿清入關了。由此可見中國在學問上所受的破壞如何鉅大。

如再考慮到下列兩點，更可想到利瑪竇時代中西文明是在對等狀態。總結文藝復興期哲學的佛蘭西斯・培根（一五六一～一六二六年）稱讚中國人三大發明，他所主張的學問新方法乃是希望求得中國人的成就。又一六六一年（順治十八年）鄭成功以金、廈偏師擊敗當時海上強國的荷蘭恢復臺灣，是中西實力之競賽。

剛才我與貴校李教務長說到這個問題，他說利瑪竇時代中西科學水準是「各有千秋」。這也與同等地位是一個意思。

八　但是，我們必須承認，加利略在〈兩世界之對話〉（一六三二年），〈新科學之對話〉（一六三六年）中所說的科學方法是我們所不知，或知之而不精的。其次，十七世紀中葉由笛卡兒發明的解析幾何；十七世紀末年，牛頓提出的運動法則，以及與萊布尼玆同時或先後提出的微積分算法，也是我們所不知的。自此以後西方科學大為發展，而也是他們海外擴張的武器。

(四) 張誠、杜阿德、巴多明

九　明末來華教士，在清初仍供職欽天監。康熙五年（一六六六年）湯若望死，南懷仁代為西士領袖，寫了許多信到歐洲，希望歐洲多派教士來華。有一封信落到路易十四手上（在位之年一六四三～一七一五，卽崇禎十六年至康熙五四年）。這位「太陽王」想在中國活動，但不願受葡人牽制。他在康熙五年設立科學院，決派一批數學家來華，首先六人，其中著名者是張誠(Gerbillon)、白進（Bouvet)、洪若翰（Fontaney)，皆耶穌會士，亦博學之士。康熙請他們到各地測量，作《皇輿全覽圖》。

南懷仁以後，紀理安主持欽天監。卽使後來因為禮儀問題發生爭執（耶穌會中有一派人認為中國人之敬天祭祖不合崇拜上帝之道）引起康熙反感，到雍正時代對西士傳教加以取締外，戴進賢（Kögler）依然主持天文，並任為禮部侍郎，直至乾隆時代仍住北京，秘密傳教。

在耶穌會活動時期，薛鳳祚由西士穆尼閣（Smogulecki）受學，其〈天步眞原〉是第一個運用對數的人，此在納皮爾發明對數之後三十年。同時之王錫闡則不受西士意見之拘束。他主張日繞地，其他行星則繞日，此與第谷之見解相同。繼而梅文鼎及其孫梅瑴成重新發現明代以前中國代數的價值以及郭守敬的學問的價值。他們與魏文魁、楊光先不同，是了解西學的。其後有江永及盛百二，至十七世紀末有徐朝俊。而要等到十九世紀初新教東來，哥白尼學說才爲中國人所知，要到馮桂芬，中國人天文學才與世界天文學合而爲一。

我以爲利瑪竇時代耶穌會的活動與康熙時代耶穌會對中國的影響是不同的。明末的耶穌會來華引起知識界自由研究風氣，而徐光啓等尙有「會通求勝」的意志，結果是增進知識的。康熙時代正是英國成立皇家學會（一六六四年）發展加利略學說之時，而康熙僅以西方的天文曆算知識裝飾清朝的門面（如〈御定曆象考成〉之類），而且以此卽盡「西學」之能事，結果是限制知識的。

十　然康熙時代來華的耶穌會士卻對西方造成大的影響。此卽將中國古典譯爲法文，將孔子的德治主義，中國的考試制度，以及政府對於農田水利之重視，介紹於西方。其後杜阿德（Du Halde）之《中華帝國全誌》（一七三五年）是開西方漢學之紀念碑。於是在十七世紀之歐洲，形成對中國之讚美。這傳到德國，鼓勵了萊布尼玆和吳爾夫的哲學；而在法國，成爲十八世紀啓蒙時代精神源泉之一。而另一源泉，則是英國的實驗科學與自由思想。

十一　十八世紀啓蒙哲學與百科全書派的代表思想家福祿特爾（一六九四～一七七八年）在兩篇〈中國論〉中說：(1)中國有世界最古之歷史。(2)中國政治以家庭之愛維持。(3)中國當局以國民福利為第一義務，故皇帝與官廳修理道路、溝通河流、開鑿運河以利交通，並保護學術和工業之研究。對於孟德斯鳩對中國專制主義（Despotism）的批評，福祿特爾說，中國法律甚嚴，並不表示中國是專制的、壓迫的。他說：「專制政治者，乃君主不問法律，除了自己意志以外，不管任何形式與理由，奪取某一國民生命財產之謂。」中國之皇帝並不能專橫，中國之政府有如天上天使之九級。他並結論說：「中國之行政組織，是世界最好的，是基於親權的，此是世界無二之國憲。……他國法律只有罰惡，中國法律還要賞善，此是世界無二之政治。但我們為法郎克、峩特諸族征服而服從其國俗之時，中國之政治組織能使自己之征服者採用其制度，此是天下無雙的。」

(4)最使福祿特爾對孔子及中國哲學感興趣的，是中國只守人類道德，無需上帝知識。他說西人常說「孔子之宗教」，是極不適當的。此世界最大聖者只提出德（virtue），並無其他，更無神秘和迷信。「禮儀問題」引起康熙對傳教士之反感，繼而雍正禁教後，當時教士有批評儒家之「天」是唯物論、無神論的。福祿特爾辯駁道，此由於耶穌會不為歐人所喜，教皇派了一個中國大字都不識的人去當代表惹出的麻煩。儒家不是唯物論者，唯物論者也不一定是無神論者。如謂唯物論者即無神論者，則許多教父以上帝與天使有肉體，才是錯誤的。對於批評中國人是偶像崇拜者一點，福氏說，跪坐之禮，是中國人普通社會敬禮。歐洲人自己喜歡空論，妄論萬里以外之事，將他人的坐几看作祭壇，無非是歐洲人之誤解而已。信仰自由是中國之國策。各種宗教與迷信都可輸入中國。於今自稱唯一眞理之教士，在中國人面前暴露其內訌，玩弄虛言，傾吐暴語，致使康熙皇帝爲此醜態所驚，致使雍正下逐客之令，咎在教士，不在中國云。

近世自由經濟先驅者魁奈（一六九四～一七七四年）也讚美中國。他於一七七六年發表〈中國專制政治論〉(*Despotisme de la Chine*) 對中國政治文化作了有系統研究。他說 Despot 本來不過 maitre, seigneur (master) 之意，與 monarque, roi, empereur（王、帝）同義。他根據當時報告，認爲中國皇帝在形式上雖是專制君主，但不是專橫暴君，而是必受天理——「自然法」拘束之仁君。中國專制乃「合法專制」(despotisme legal)，或開明專制，因而批評孟德斯鳩之誤解。他繼論中國人之所謂道卽自然法，說中國其所以能長久維持其不變，卽在中國人政治與生活最合乎自然法。

中國必須有才能的人始能擔任官吏、職務一事不僅在法國廣受讚揚，也在英國大受稱道（如歌爾德司密司），用以批評他們世襲的貴族制。

十二　當時也有人批評中國的專制主義，如孟德斯鳩，他是受了英國一個海將安生(Anson)遊記之影響，安氏在一七四〇～四四年間到過太平洋和中國沿海。盧梭對於中國禮讚懷疑，說這麼偉大的國家何以竟被韃靼（指滿人）征服？又馬布萊 (Mably)，一個力主平等的哲學家和外交官，則說中國的專制主義是衰弱的專制主義。

當時法國學界對中國之讚美或批評，都多少有對當時法國批評之含意在內。但在當時對中國文化估計中，有一問題被提出來，即中國實用科學不如道德之高。福祿特爾也提出此一問題。他在〈中國論〉中說：「中國人道德已達完全之域，但其實用科學並未出乎我們今日所知範圍，原因何在，我不能加以考察。」在此以前，一七三〇年，法國科學院長梅蘭（De Mairan）已寫信給在北京之巴多明（P. Parrenin）詢問：「中國自然科學、理論科學在建國之初即甚發達，然與倫理、法制、政治之進步成反比，其進步衰退、中止或停滯乃不可爭之事實。其原因究竟安在？」

巴氏之答覆無甚價值（政府輕視理論科學、缺乏競爭等），姑且從略。這便是後來與東方社會論有關的「亞洲停滯性」問題之起源。

由上可見，在十八世紀前期，西方的理論科學已有比中國進步之處，但在技術上，還都在前工業的水準，所以沒有顯著差別。而在政治上，西方絕無進步之處。人民有革命的權利，人類生而平等的觀念是由中國傳到西方的。如顧理雅（Creel）所說，這對美法革命都有影響。這是耶穌會所不及料的。時至今日，中國人竟有謂中國不夠資格實行西方民主者，何其自甘落後！

（五）馬戛爾尼

十三　十八世紀後期，即乾隆時代，有「十全武功」，用兵新疆。又開四庫館，誇其文治。

而世界則有重大變化：

一七五七年，英法在印度競爭中英國逐漸勝利，至是以孟加拉爲保護國。

一七六五年，英國瓦特發明蒸汽機。

一七七六年，亞當斯密著《國富論》，北美十三州發表〈獨立宣言〉。蒸汽機開始了工業革命，亞當斯密提倡的自由貿易促進資本主義之發展。英國自印度東進到東亞。美國革命由法國啓蒙思想而來，又回頭促進了法國大革命。工業革命與法國革命使歐洲面目一新，且突飛猛進。

在法國大革命之後四年，英國派使節馬戛爾尼（G. Macartney, 1737~1806）來華，請見乾隆，要求發展貿易。乾隆「字諭英王……天朝富有四海，無須爾等備辦物件」，至今英人傳爲笑談。

更重要的是馬戛爾尼回去發表了他的「遊記」（*An authentic account of An Embassy from the King of Great Britain to the Emperor of China*, 1797），在此書中不僅說中國的軍隊不中用，工業落後，亦無所謂道德的文明，因官吏罕不貪汚。我們固然沒有瓦特，乾嘉時代的漢學家、宋學家也無人可比福祿特爾和盧梭。我們決定的落後了。

世界上首先輕蔑中國文明者是英國海將安生的旅行記。而馬戛爾尼的遊記影響更大，這是與《馬可波羅遊記》完全相反的一種效果。《馬可波羅遊記》鼓勵西人東來觀光發財，馬戛爾尼之遊記則是鴉片戰爭，卽征服市場之前奏。如非拿破崙要征服歐洲，英國人可能提前進攻中國。

拿破崙還說中國是「睡獅」，鴉片戰爭前十年左右，黑格爾則說中國是在文明史的兒童時期。這與福祿特爾的中國觀是天淵之隔了。

（六）由義律到瓦德西

十四　鴉片戰爭開始後，查理・義律、柏麥、樸鼎查等擔任進攻中國之事。在「船堅砲利」之下，中國一敗塗地。當時澳門外報說：「中國之武裝，乃世界最弱最不中用之武裝；而其行事，亦紙上談謊而已。」不平等條約訂立，租界設立，英人魚貫而來。法國人及其他西洋人繼之而來。英法衝突，各結一個非西方的夥伴，打劫中國，此卽法俄同盟與英日同盟。

在英國支持之下，日本加入中國之劫略了。說日本是中國藩屬固然是瞎說，但在明朝，他們曾上表說：「書籍銅錢仰之上國久矣。」西力東來時，他也受到威脅。明治維新猶略晚於同治新政。然二十六年後甲午一戰打敗中國，自此以滅亡中國爲職志。在克里米爲英法打敗的俄國，轉向中國以求補償。繼而德國也加入劫掠。於是有瓜分運動。

中國發生義和團運動。十九世紀之末年就有八國聯軍。中國是國際的被侵略者、被侮辱者，或準殖民地了。

十五　在二十世紀第一年，卽一九〇一年二月三日，八國聯軍統帥瓦德西向德皇報告瓜分中國，是不可能，因爲列強都想建路開礦獲利，同時，中國人民也不是亡國奴。他報告威廉二世說：

中國文化在四百年前，常有若干方面，比較歐洲為優。但自彼時以後，遂成停頓不進之象，尤其對於火車輪船所引起之世界巨大變遷，未能加以理會。而且數世紀以來，未有外敵嚴重壓迫，以致養成一種不能戰爭之民族。所有上流階級，對於世界情形毫無所知，只是驕傲自大、盲目反對白人。至於官吏人員，則為腐敗之氣所充塞，毫無精神之可言。其在皇室方面，則又似乎不能再行產出振作有為之人物。但吾人在此卻有一事不應忘卻者，卽中國領土之內，除開西北兩面之蒙藏屬國不計外，共有人口四萬萬，均係屬於一個種族；並且不以宗教信仰相異而分裂，更有「神明華胄」之自尊思想，充滿腦中。此外更有一事，亦復不應忘卻者，卽吾人對於中國羣衆，不能視為已成衰弱或已失德性之人；彼等在實際上，尚含有無限蓬勃生氣；更加以備具出人意外之勤儉巧慧諸性，以及守法易治。余認為中國下層階級，在生理上，實遠較吾人多數工廠區域之下層階級為健全。倘若中國方面將來產生一位聰明而有魄力之人物，為其領袖，更能利用世界各國貢獻與彼之近代化方法，則余相信中國前途，尚有無窮希望。……至於中國所有好戰精神，尚未完全喪失，可於此次拳民運動中見之。

瓦德西又接著說：

倘若中國一旦強盛，則受其影響者實以俄國為最。俄國將於距其中央政府甚遠之數千公里遙長邊界上，行見一個含有危險甚或勢均力敵之對手產生。

因此，他建議德皇不應瓜分中國，該注重商業。他在報告中，還附動人的，後日實現的預言。他如此寫道：

近來有一中國老人，曾宣言曰：「我們自四百年以來，皆在睡夢之中；但其間我們深覺安適無已。你們白人，必欲促我們醒覺，則將來終有一日，你們對於此舉，深為扼腕之時，云云。」（上引鄭學稼《中共興亡史》第一卷）

我以為瓦德西之所說，當作由馬可波羅時代到他的時代中國在世界上情勢變遷之結論大致不差。到了民國，先有日本人日置益、西原龜三郎來要求二十一條，不過被五四打掉了。以後有加拉罕、馬林、吳定康、越飛、鮑羅廷這些蘇俄人來赤化中國，又有日本人土肥原、畑俊六、岡村寧次等來征服中國，繼而有史廸威、馬歇爾這些美國人來幫助中國或調解國共戰爭，中國逐漸演變為今天海峽兩邊的情勢，這就不能多說了。

（七）中國地位的變化及其原因

十六　由馬可波羅到瓦德西時代中國地位的變化可由一語盡之：中國由天朝變爲殖民地，由上國變爲下國，西洋人由洋鬼子變爲洋大人，東洋人也由倭奴變爲東洋大人。這情況至今還不能說有根本的變化。今天我們在世界上並不是一個完全獨立而平等的國家。

先看這變化過程。

在馬可波羅時代，卽十三、四世紀，中國文化先進於西方。

在沙勿略到利瑪竇時代，卽十五、六世紀，中國與西方在科學與技術上，還是在對等地位。

在張誠、巴多明時代，卽十七、八世紀前期，西方自然科學迅速進步，接著社會科學亦受自然法之影響而作新的探討，醞釀新的革命。我們雖受西方人禮讚，實際上自然科學在停滯狀態，政治也趨於腐敗了。

在馬戛爾尼時代，卽十八世紀後期，在瓦特以後，在亞當斯密以後，在美國獨立，法國革命以後，我們是決定的落後了。西洋人藐視中國了。於是就有鴉片戰爭以來的失敗、屈辱和禍亂。

十七　其次就要問：爲什麼中國由先進而落後下來；並且從此一直落後而不能趕上他人？亞當斯密曾根據十八世紀法國人之說提出一個理論，卽中國是「停滯」（stationary）的。停滯的原因，一是貧富之不均，一是政府輕視國際貿易。

所謂「停滯」，是不進步之意。是否中西社會屬於不同類型呢？黑格爾有世界史之三期或四期之說（東方世界，一人自由，幼年期；希臘羅馬世界，少數人自由，青壯年期；日耳曼人世界，人人自由，老年期）。馬克斯有社會發展四階段說（亞細亞生產方式、奴隸社會、封建社會、現代資本主義社會）。黑馬兩人之說是階段論與類型論之混合。至二十世紀初，麥克斯・韋柏（M. Weber）則有東西兩型社會論。西方社會是森林文化，是合理的，故有合理的現代科學與資本主義。東方社會是水利文化，是非合理的，不能由魔術解放，只有政治寄生資本主義。

還有更膚淺的說法。例如說中國民族性根本差勁，過去日本人更常說「支那人的劣根性」。或者，中國文字過於落後，沒有像西方人用拼音字母，是中國文化不進步的原因。在十九世紀，只有少數漢學家爲中國文化辯護，如美國之威廉士（著有《中國總論》）。

這都是西方人優越感的自圓其說。自第一次世界大戰以來，許多博學而公正的漢學家出來，先後將這些西方神話推翻了。

例如瑞典高本漢、美國顧理雅都說中國文字進步，中國的語言使中國文字不能拼音。德國的衞禮賢說中國自古以來卽以天文學爲政府大事。法國德索修、英國李約瑟稱讚中國古代天文學（赤道座標）比歐洲天文學（黃道座標）進步。幾何學是希臘人的，正如代數學是中國人和印度人的。顧理雅反駁韋柏道，如他所說的現代國家是眞的，則中國秦漢以來就是現代國家了。而且，自由民主思想，美法革命都與孔子學說有一定關係。現在尙有英國道生也批評東方社會論之無稽。（見 *The Legacy of China*，此書對中國文明，文學與科學有一般性介紹）

蘇俄對中國社會原有兩個說法。一是較早的亞洲生產方式說，二是國民黨清黨後，爲了破壞中國社會和報復，硬說中國是封建社會，命中共進行土地革命，然後在蘇俄領導下直接進入社會主義。實則中國自秦以來早已不是封建社會，馬克斯也沒有說中國是封建社會。亞洲生產方式說到了美國，費正清則改裝爲東方社會論。他說中國由於孔子學說，是天生「權威主義的」，不能民主的，毛澤東代表「中國傳統之現代化」，日本則是西方社會！但是他早期的夥件賴世和最近則說亞洲四國，日本、香港、新加坡、臺灣經濟迅速發展，實由於儒家學說傳統云。

這是說過去西方人的理論逐漸自己取消了，但問題需要解決。

（八）我的意見

十八 上面說到的問題——何以後進的西方成爲先進，何以先進的中國變爲落後，且至今不得翻身？這不僅在史學上是重要題目，有根本的理論重要性，而且是研究中國的前途、中國往何處去問題之先決問題。

又中國是第三世界國家之一，世界四分之三人類尙在低開發狀態。世界將來不僅決於所謂東西問題（美俄），尤其決於南北問題（低開發與已開發）。所以這也是世界往何處的先決問題。

這個問題很複雜，討論十年八年也不爲多。我是九一八以後，開始研究這個問題的。

我研究的方法或步驟是，先作成或簡或詳的文化史年表，看同一時期或同一年中西或世界文化史的大事，各民族文化成就之高低。我常以運動會的競賽來比喻人類文化史。今天這一種運動的金牌屬於甲國，明日另一種運動的金牌屬於乙國。例如，古代最先進國家是埃及，巴比倫、波斯之繼起，繼而希臘羅馬起來，繼而希臘羅馬先後滅亡，所謂蠻族的條頓、拉丁、斯拉夫各族起來。以中國與西方的比較而論，在古代，我們與希臘羅馬並駕齊驅。在中世，我們遠在近世西方各民族之先。而如上所述，在現代初期，我們還在西方之前。其後我們停滯，西人上前，逐漸與我們在對等地位。繼而我們逐漸落後，到了十八世紀後半期，便斷然落後了。

然近代西方諸國，其與起亦是參差不齊的。在開始，整個西方落後於回教世界。首先義大利諸城起來，繼而葡萄牙、西班牙起來，與回教徒爭勝。繼而法、英、荷蘭起來爭霸，繼而德國勃起。至於今日，歐洲矮小或衰落了，世界進入美俄二超強爭霸時代，而俄國原是歐洲最落後之國。了解世界各國之先進、落後並無先天之種，我就不相信中西文化有本質之不同，而韋柏到費正清之流的東方社會論也就不能成立。實際上，各國文化狀態也是古今不同的。

於是我們就要在各國文化盛衰、強弱、先進落後的狀態之變化中尋求其原因，能作普遍性的說明的原因。

我對每一時期每一民族的文化分爲三種系統或部分，即技術、制度與學藝（科學、哲學、藝術）。同時分析一民族內部、外部狀態。內部狀態指國民道德、知識及團結、對抗狀態；外部狀態指地理環境與國際環境。一國文化發展之先進與落後，就看這三種系統是否調和，以及內外兩種狀態對文化之創造的發展是否構成有利的條件。

十九　由此考察，我對各民族文化興衰有如下結論：

㈠在世界史上，一民族生存力及地位之高低決於生產力與戰鬥力，而其關鍵還是科學技術。十六世紀是西班牙世紀，他應用了義大利人的技術。十八世紀是法國世紀，拿破崙之能征服歐洲，由於法國握當時科學霸權，想想拉普拉斯。英國能打敗拿破崙，如英國人所說，是利物浦的煙囪，這也使十九世紀成爲英國世紀。於是就有鴉片戰爭。兩次世界大戰皆起於德國人對英國挑戰。二十世紀新物理學、X光、量子論、相對論、原子能、火箭與人造衞星都起於德國。而同盟國能戰勝軸心的，如美國人所說，並非由於馬歇爾與蒙哥馬利之將才，而是靠美國的馬達！兵船、大砲、飛機、原子彈並非就是文明，但根本不能製造這一切，也總不能自誇文明。

㈡技術由科學來，科學又是如何發達起來的呢？這就複雜了。西方自然科學之發達，是靠數學與實驗方法之合作。求學問要有方法，這是自古卽知的。但到了現代，由於列國競爭之需要，一方面尊重知識，以知識卽權力；另一方面，講求知識的方法，求事物之不變的因果法則。現代哲學以知識論爲中心，歸結於方法論。數學的方法又包括邏輯在內。

㈢科學離不開實驗。今天雖有控制的實驗，但最早實驗者乃是工匠。加利略爲現代物理學之祖始於比薩斜塔上落體試驗，但他的許多發明是經常與工匠討論來的。

㈣牡丹雖好，全仗綠葉扶持。瓦特的蒸汽機，前人也有想到的。但到十八世紀才成爲工業革命中的一項突破，而且，倘無亞當斯密之鼓吹自由貿易與海外貿易，蒸汽機也可被埋沒的。德國自然科學之後來居上是先由哲學和社會科學，亦卽德國人所謂精神科學（Geisteswissenschaftien）開始的。康德哲學教人以深思，打破沙鍋問到底。歷史學教人以民族精神與求勝意志。德國原是落後之國，但一切學術名詞絕不襲用法國和英國而力求自立，終於後來居上。

㈤以上所說，是就科學本身而言。但科學方法實際是一種研究程序。科學研究事物之原因，這原因之假說不是由程序決定的。這需要想像力。這在科學之外，這是文學藝術之範圍。而奠定現代科學方法的，不是哲學家，而是一位大藝術家達文奇。

㈥以上說的是科學與哲學、史學、社會科學、文學藝術皆有關係。這是說一切學術是互相扶持的。但是還有學問以外的實際因素，首先是上述一國的內部狀態。這首先是自由研究的空氣，這也連帶一國的制度、政策，政府的品質，社會的團結狀態與精神風氣。現代科學之發達，首先是各國由教條解放，而在十七世紀設立科學院，及其他專利與榮譽的制度，獎勵、扶助、投資，鼓勵研究發展，並與教育制度、工商政策配合發展的。另一方面，貪汚，任用私人，以權力爲知識，只有破壞學問。內戰在各方面毀滅科學和科學家。三十年戰爭（一六一八～四八年）使德意志變成落後之國。洪楊戰爭毀滅了許多數學家的生命。專制與獨裁不一定不能促進科技，此由成吉斯汗和希特勒乃至蘇俄的例子可知。但畢竟是自由民主制度更能普遍的產生各種科學人才。不過腐敗（不依才能而定價値）也要毀滅民主。最後，社會價値觀念也是重要的。如果一個社會不尊重科學家，只尊重血統、權力，升官發財甚至歌星，一國國民失去榮譽心，以爲只要冒做，無需科學，卽不談法律問題，那也只有使一國的智能墮落。

(七)還有外部狀態。地理狀況在文化初期決定文化發展之方向，如農耕、草原、海洋民族之形成以及文明常起於大川。航海之需要與海外殖民活動，是現代史與現代科學之主要動力。造船需要物理學知識，確定船在大海中的地位需要天文與數學知識。而戰爭中心區域之邊緣地帶常得他人戰爭之益。如十字軍戰爭時之義大利，歐陸旁邊之英國，中國大陸旁邊之日本，以及兩洋之外之美國。

還有因此而來的國際情勢。平等的國際競爭是科技發展之動力，此現代歐洲歷史所證明者。但在殖民地，如日治時臺灣，除醫學、農學外，不許有其他科學。在半殖民地，因工商不能發達，科學人才無用武之地，科學亦紙上談兵，如抗戰前之中國。而近九十年中日國運之不同，至少半由於國際形勢。英日同盟與朴茨茅斯條約扶助日本之發展，雅爾達密約造成大陸之淪陷，還有何科學發展之可言？

以上所說的技術、制度與學術之調和，內外情勢所造成的適當的刺激、需要，一國社會團結狀態，與國際形勢下的野心和發憤結合起來，對科學之進步形成有利與否之條件。

(八)最後，我們還不可忘記一國知識分子及其科學家的意志和傾向。這就是他們對學術有無強烈的好奇心與求知欲，有無對眞理的最高誠意，對國家的最大責任心？他們能否爲了眞理而犧牲一切？他們能否爲了國家的地位，不顧個人的利害，推賢服善，不嫉功忌賢，不黨同伐異，不純盜虛聲，或借外人以自重，假學問之名，維持個人與集團之利益？是不是確有眞知灼見，憑其才能與功力引導青年走上科學進步之路？更重要者，當一國的客觀情勢並非有利於科學發展時，一國知識界是走抵抗力最強之路，還是走抵抗力最弱之路？

以上八種因素可以說明科學與文明之盛衰，可以解釋西方由落後而先進，中國由先進而落後，且至今落後之故；過去中日出發點相同而結果不同，二次大戰後一戰敗國一戰勝國，而現在日本已成先進國，我們還是落後國之故。

答案因對照而更明顯。現代西方科學之發達是過去所無的。他是在有利科技發展的因素同時發生作用的情況下發展的。最重要者，他們是爲了與回教徒爭生存之需要，必須求知，在航海運動中先對回教徒爭勝，繼而互相爭勝而發展起來的。這只要想到培根說「知識卽權力」，「制波浪者制世界」，讚美中國人三大發明，思過半矣。他是在學者與工匠合作，對自然法則、因果法則之追求中發展起來的，這只要想到加利略的對話是在造船廠中寫的，思過半矣。他是以民族國家、資本主義爲後盾，在種種獎勵和學者的分工合作與集思廣益之中發展起來的，這只要想到各國科學院之設立以及都與航海探險有密切關係，思過半矣。

再反觀中國。唐宋以來，海外貿易漸盛。此亦受阿拉伯人之影響。元代航海大盛，明初鄭和卽承此力。然至嘉靖閉關，此乃深自錮蔽。想到法國史家格魯塞（Grousset）說，如果天朝在鄭和以後繼續航海，則葡萄牙船隻到達廣州時即將被消滅而不能在亞洲橫行，思過半矣。而明朝還用八股來束縛思想，且驅知識分子於利祿之途，反而輕視商人工匠，唯有造成無能無恥。此想到王曇之詩「一代文章明八股，崇禎元年天地腐」，而一般士大夫竟拜倒魏閹之前而稱義父，思過半矣。唯因過去蓄積尙厚，西方著著前進，尙未立刻趕上超過我們，此停滯之評語之由來。

一方面，種種有利科技發展因素同時作用而加速，另一方面，則自限發展而停滯，終於在工業革命中落後下來。

然則何以落後以後不能趕上他人？而日本人又能走到我們前面呢？

這一方面，由於日本因外力壓迫而統一，又得英國之扶持，認爲他可以滅華而自大。征服支那以征服世界之野心，鼓舞日本人在知識上的努力。而日本之有利條件就是中國之不利條件。我們的外患內亂幾無寧日，久而久之，也就苟且而自暴自棄，喪失自立爭勝意志了。

但也不可忽視這個對照。日本人不僅能團結愛國，而且在學問上用功（勉強）、認眞（眞面目）。而平均而言，我們知識分子是馬馬虎虎的，而且是在傳統主義、西化主義、俄化主義中翻筋斗，並藉外人勢力以自雄的。想想毛澤東自稱中國唯一無二的英雄，而又以「一面倒」得意，這不是一人之墮落，而是幾代的墮落所積成的大墮落！

民國以來，日本阻礙中國學術之進步，然民國二十六年以後，中國人民以莫大犧牲而成爲獨立國家了。然不久中國因內戰而赤化。時至今日，戰敗的日本成爲世界七富之一，甚至發展之快，有世界第一之稱（見七月號《中華》）。中共向他伸手借錢，我們每年送他四十億，最近又有大汽車廠及重車廠由日本豐田來「合作」計畫。又可怕的，他說臺灣海峽是他的防衞線。

原因一方面是日本軍國之愚蠢使他自己吃原子彈，也使中國遭受雅爾達密約之禍，陷於內亂，終有毛政權之成立，貽害中國。而另一方面，毛政權參加韓戰，又使日本獲得神風。這是客觀原因。而在主觀上，日本人在亡國之恥辱與痛苦中拼命在經濟上學問上謀國家之復興，以對外發展爲目的。而我們的政府官吏以及科學界，我不便在此批評，但有一點是很明白的，即不是以科學自立爲目的，以對外爭勝爲目的的。而似乎是以當洋人下手爲光榮，以對內爭勝爲目的的。

二十　我的話要結束了。如上所說，我們是在第一工業革命中落後下來，受難受辱一百四十年至今未已的。今天中國變爲兩個，原因即在於此。而我們依然落後之故，除外國人抑壓的原因，政府官吏苟且的原因之外，知識界亦有自立求勝之意志不足之原因，也就是一種向抵抗力最弱處發展（即討便宜）之習性。

現在是第二或第三工業革命時代，核能、飛彈、合成化學、分子生物學、DNA、激光、自動化與電腦時代。現在我們又有落後的危險，但並非沒有挽救的時間。如果又落後了，那有什麼結果呢？那便是中國大陸可亡於蘇俄，臺灣可亡於日本！因爲西方人認爲中國不可征服，如瓦德西這麼說，英國的巴麥斯頓也早如此說。但雍正時代，俄使薩瓦就認爲中國能夠征服，史達林以來，此策未曾放棄。日本自豐臣秀吉以來即認爲中國可以征服，明治以來，此策未曾放棄。

如何才能免於滅亡呢？只有求得學問之獨立。大陸得要求對俄科技以及社會科學之獨立，即由馬列獨立。在臺灣必求對日科技獨立。有人以爲我是反日的。其實這只是因爲日本要反中國。但能在科技上與日平等，不致被吃，也可合作的。不過裕隆式的「合作」僅當牛馬而已。

各位同學：求得科技的獨立，對日科技的平等，應是清華的責任，是各位的責任。這要有自立爭勝之意志，向抵抗力最強處前進之精神。這是我今天來對各位講話的原因。

——原載七十二年十二月《中華雜誌》

西方何時才有民主？中國是否封建社會？

(一)中國民主運動之障礙問題

今天大陸與海外青年反對共產黨的獨裁政治，要求實現民主政治，這是當然的，而且應該視爲中國最大的希望。於是他們到了美國或歐洲國家，或者雖未到過而也當然聽說過，也便對西方國家的民主表示嚮往，這也是極自然之事。在這種情形下，也自然要發生一個問題：何以中國沒有與西方國家以同樣步調進入民主政體？甚至在西方進入民主以後，我們依然跟不上，以至到了二十世紀的八十年代，提倡民主的人如魏京生等還要坐牢？這探討也是應有的，不可少的。

就我極有限的見聞而言，在最近一兩年間，我看到和聽到下面這些意見。有人將原因歸於中國封建社會之長期延續，並將這延續原因歸於中國封建社會「超穩定系統」。（金觀濤、劉青峯《歷史的沉思》）有人將中國封建歷史和封建意識無限期延長的原因歸於中國文化之本身：法家將統治者放在法外，而西方法家將統治者放在法內；儒家的孟子也只要禮讓，不要民主；在中國信史之中，無法找到民主法治的根據；然而希臘羅馬的文化固然豐碩，而英國的大憲章和議會制度的傳統與我們大不相同。基督教宣揚博愛平等，所以才有人文主義和啓蒙主義的興起。況且教會組織成為制衡力量。而中國情形恰和歐洲相反，一向實行政教合一。美國是唯一在戰爭後建立民主政制的國家，這和美國特殊的文化、種族背景有關。（寒山碧《從中西文化探索中國的出路》）有人說到中國封建主義是壓在中國人民頭上最大禍害，對領袖的個人迷信，特權等級制，文字獄，戀愛婚姻不自由，專制獨裁，一榮俱榮，一損俱損，焚書坑儒，對文化知識的仇視……，都屬於封建主義。而中國封建主義不能轉變為資本主義，則又由於中國是亞細亞生產方式。（林希翎《給鄧小平的萬言書》）在美國和臺灣的中國學界，以「封建」批評中國社會文化落後者固然甚多，最近有人說，中國傳統崇尚上下尊卑的權威秩序，由此編織出來的政治文化的內涵，多有矛盾，互相牴觸；再加上我們的民主教育言教多於身教，使得民主精神理念一時無法貫徹。藥方是公平公正，容忍異己，關懷參與及養成守法習慣。（七月十日《自立晚報・社論》引葉啓政文）而我在若干所謂座談會上幾次聽到留學生或大學教授說到「中國民族的劣根性」。

以上的一些對中國民主不進步的診斷，是民國初年以來七十年間即有人以同樣或類似的話說過無數次的，正因這些診斷並不正確，所以七十年間，我們的民主並無進步，而且有時走入更大的陷阱。我先說我親身的見聞。

（二）由西化主義到俄化主義

民國成立之初，很多人失望於民初的政治現象，袁世凱乘機以尊孔為名進行帝制，接受日本的二十一條。於是陳獨秀首先起來創辦《新青年》，提倡新文化運動。他認為中國舊文化腐敗落後，而西洋文化似乎生來就是民主與科學的。「德謨克拉西先生」是希臘人，「塞因斯先生」是拉丁人。我們只有在文化上徹底西化才是出路。可是障礙必先去掉，那就是以孔教為基礎的舊文化、舊思想、舊倫理、舊政治。這一切表現於舊文學，所以舊文學也要打倒。那時還沒有使用「封建」這個名詞，唯以孔子為中國落後腐敗的罪魁。凡是中國的都是舊的，凡是西洋的都是新的。當時憤慨之餘，自慚形穢，有人說「中國不亡，是無天理」。當時新人物以笑罵中國文化為進步標誌。中國文化「一無是處」，中國文化就是太監、小腳、姨太太、鴉片煙！最極端的如錢玄同，認為中國文字根本不行。看人家只要二十六個字母就能看書。所以最好用法文英文為國語。一時不容易做到，可用國語羅馬字拼音，而以簡體字為過渡。

還有科學。胡適認為，科學最重要的是方法。那便是「大膽假設，小心求證」。科學方法在中國倒有一點，那便是乾嘉的漢學方法，首先是閻若璩的疑古方法。

疑古派的先驅是日本人帝國主義者白鳥庫吉，他曾寫〈堯舜禹抹煞論〉。中國疑古派錢玄同、顧頡剛擴大他的工作。由於商代文物已經發現，不必懷疑，但沒有發現夏代之物，所以夏代一定沒有，所以禹只是鼎上的爬蟲圖案而已。禹既沒有，豈有堯舜？於是「祖述堯舜」的孔子，就是大造謠者。他們的「科學」無須觀察和實驗，只須大膽否定中國歷史，宣布這是僞書，那也是僞書。這種疑古科學一直到九一八才停止（那時白鳥已「考證」出「滿蒙非中國領土」）。

但是在中國民族運動高潮的五四運動中，西化主義早已證明無用。五四運動要求外抗強權、內除國賊和收回國權，新文化的科學民主似乎緩不濟急，「大膽假設」更無用武之地。而這時候，西方國家一味袒日，西方人又對中國人崇拜得五體投地的西方文化提出自我批評。俄國在革命後自稱社會主義國家，批評資本主義、帝國主義已經沒落，說同情中國民族運動，並將外抗強權、內除國賊口號修改爲打倒帝國主義和軍閥，又有組織民衆，進行革命的方法。這就使中國知識界認爲莫斯科才是更新文化的所在地，於是西化領袖陳獨秀變爲俄化領袖、中共家長了。到了民國十二年臨城案發生，列強有成立新八國聯軍之議，中國人民大爲憤怒，而蘇俄乘機發表第三次對華宣言，於是整個中國知識界傾向蘇俄了。還可提到，就在臨城案發生之年，北京的國會賄選曹錕爲總統。這使許多人批評代議制度的破產，於是所謂無產階級專政也是一種新潮了。這也便有孫中山先生的聯俄容共政策，民國十三年國民黨之改組和十五年之北伐，俄化派的共產運動是由於西帝日帝壓迫中國和中國西化派淺薄無能而來的。

在北伐中，「封建」一詞大爲流行了。軍閥、地主是封建，孔子與和尚廟也是封建，武昌城牆是封建，戀愛被拒絕、婚姻不自由也是封建。那時也有流血，如在湖南打死葉德輝，但規模還小。

這促成民國十六年的國共分裂，蘇俄說是「中國革命失敗」。爲了追究失敗責任及繼續在中國進行「革命」（實卽破壞、「改造」、控制中國），蘇俄發生中國社會史論戰（見下）。最後由史達林「批示」中國是封建社會，然後由布哈林製造理論，經由第三國際和中共的六次大會，「決議」中共任務是以土地革命打破中國封建社會，然後在蘇俄無產階級領導下，不經資本主義，直接進入社會主義。這是民國十七年來中共的正式政策。於是中國共產黨人到處燒殺，國民黨也便有五次圍剿。

抗戰期間，土地革命雖然暫時緩和了一下，但中共政權成立後，立刻雷厲風行的實行「土改」，說是實行「新民主主義」，繼而「大躍進」，自稱進入社會主義了。

自從第三國際議決中國是封建社會以來，先有潘東周在《新思潮》上宣傳第三國際理論，繼有郭沫若以甲骨文、金文套馬克斯「公式」，證明殷商是原始共產社會，西周是奴隸社會，東周以後是封建社會。中共到了延安以後，毛澤東和范文瀾等無數的文章和書籍說自秦漢以至鴉片戰爭的中國是封建社會，以後是半殖民地半封建社會。中共政權成立以後，這一套變爲各級教科書和圖表。一九八二年的中共「憲法」還說「毛澤東主席爲領袖的中國共產黨終於推翻了帝國主義、封建主義和官僚資本主義。」

回想我們清末以來就有鄭觀應、康有爲主張開議院、行民主，民國之初也有國會，加上新文化運動的提倡，認爲中國不進步之毛病出在孔子，孔子未打倒，國會變爲豬仔會了。以後中共起來，認爲毛病在封建。經過十多年的內戰，三十多年的政權拼命土革、土改，封建基礎應該粉碎了，死人不下五千萬，可以說是封建鬼罷。而由於江青「同志」和紅衞兵之努力，孔子總算曾經打倒了。這樣打封建的中共政權，據李一哲說，既沒有新民主主義，也沒有社會主義，竟還是一個封建法西斯政權！而現在，中共又要重修曲阜的孔廟了。

這是什麼緣故？封建社會的經濟基礎沒有了，而封建勢力和思想還是那麼有力，竟將中共也封建化了，豈僅馬克斯主義根本荒謬，而且封建成爲不死的鳳凰，甚至是耶和華，要懲罰那些反封建勢力嗎？或者，民主政治這個寶貝，是優秀的西方民族、西方文化才能發明，才能實現的，根本不是我們這個「劣根性」的中國民族所能享受的嗎？或者，一切出自西化派、俄化派的無知，他們活見鬼，害得大家打鬼，而結果是自相殘殺！

這些問題，七十多年間很多人討論過，西洋人也討論過，而我並且特別研究過，還可說是由這些意見的思考而形成我對中國問題的看法的。我以爲中國民主運動之停滯坎坷，原因不在孔子，不在西方民族與文化有何先天優越性，中國民族與文化有何先天劣根性，尤其不在中國有什麼封建主義之延續；原因除了西帝日帝俄帝之破壞和障礙外，主觀上最大的障礙正在西化派之無知爲俄化派開路，而俄化派拿著史達林的草紙當聖經，他們數十年來所打倒的不是什麼封建，而是中國人的生命、財產、知識，也就是馬克斯所說的「生產力」！

不幸由於海峽雙方都有思想的與書籍的控制，而也缺乏公開的討論，就造成思想與文化的脫節，唯有西化、俄化的影響則甚爲長久而持續，以致今天許多追求民主的青年，不知不覺走入西化派與俄化派之覆轍。兩個錯誤相加，不能得出正確的答案，只有延長中國之落後與混亂的。我在此文中想討論下列問題以供有志中國民主者之參考：

一、何謂民主？西方何時，以何種條件才有民主？

二、何謂封建？中國是否封建社會？

三、論中西文化之比較及中國民族與文化絕無反民主之劣根性。

四、促進中國民主之條件與方法。

(一) 何謂民主？西方何時始有民主政體？

(1)什麼是民主？這在西方也沒有一個完全定義。但《牛津字典》的定義大體公認甚當：①一國政府由全體人民直接選舉或其代表組成；②這社會不承認遺傳的階級差別，並容忍少數的觀點。還要補充兩點：③人民的權利（人身、言論、出版、集會、結社自由）受到最大的保障，無害他人之事，不受政府之干涉。④政府之法律與命令必須人民之同意。違反民意的政府，人民可以罷免或推翻。

我在這裏沒有提到政黨政治。一來因爲這在上述第③條之內，二來民主政治還在變化，已有很多學者提出今日「壓力團體」的作用已經逐漸有超過政黨之勢了。

⑵原始民主。有許多英國人自稱英國在原始時代卽有民主。但晚近英國歷史家（如東比）否認此說，認爲日耳曼民族都有原始民主。這是由羅馬史家塔西佗的記載可以看出的。我們看《五代史》載：契丹原分爲八部，每部皆號大人，共推一人爲主，每三年更代一次。至阿保機始成世襲之制，而不復交代。〈禮運〉所謂大同小康，亦可作如是觀。所謂堯舜禪讓乃是原始民主，並非神話。不過隨著私有財產之擴大以及既得利益之形成，或者某些共主之威信，原始民主爲世襲君王所代替了。

⑶希臘民主非今日民主。由於德謨克拉西一詞源於希臘，遂以希臘卽有民主，乃望文生義。希臘都是小島之城邦，政體各不相同，有貴族的，有寡頭的，有民主的，有暴君的。所謂民主，大抵爲不超過萬人之城邦，再將奴隸、婦女、小兒除外，以此少數之人選舉或抽籤擔任公職之意。這也是原始民主之流傳。柏拉圖與亞理士多德認爲這四種政治是互相轉化的。柏拉圖的《理想國》很多人認爲近乎極權，亞理士多德則主張一種立憲的王政（他所謂 polity）。

至於羅馬共和國之元老院，只是世家豪族之寡頭政權。

(4)大憲章非民主。以大憲章爲民主是清末梁啓超等人之宣傳，今天沒有一個有地位西方歷史家如此說的。一二一五年英國〈大憲章〉是標準封建文書，即封建貴族要求國王承認其特權而交換他們對國王矢忠的契約。如二十一條：伯爵男爵之犯罪者，僅得由貴族按其犯罪之輕重科罰金。第五十七條：任何人未經其貴族之合法裁判，其土地、不動產、自由或權利遭受剝奪者應立即予以恢復。六十一條規定貴族可對國王加以「糾正」，但糾正之後，仍當照舊對國王效忠。不過有兩點應該注意：一、所謂自由（liberties）本是特權（privileges）之意。當貴族特權普及於一切人民時，就是自由了。二、封建社會中的契約觀念，以後也變爲民主政治的理論與憲政之實行（人民之權利義務）。就這二點而言，封建與民主不是針鋒相對、水火不相容的。另一方面，反封建的革命運動大概以農民暴動與農民戰爭出現，如德國一五二四～二五年的大農民戰爭。這在歐洲，是很少成功的。

(5)民主經荷英美法四大革命而奠定，其對象是絕對王政、帝政。四大革命與戰爭是：

一是一五六八～一六四八年的荷蘭脫離西班牙獨立戰爭（明隆慶至清初）。

二是一六四二～四九年英國清教徒與英國王黨的戰爭（查理一世上斷頭臺），以及一六八八九～九〇年的名譽革命，包括權利法案之通過和國會之成爲常設機關（崇禎一五年至康熙二九年）。

三是一七七六年美國獨立戰爭及其宗旨之美國〈獨立宣言〉所說——人類生而平等，皆有追求生命、自由及幸福之權利，政府之權力必得被治者之同意，而不得違反公共利益。繼而至一七八七年由憲法會議制定合衆國憲法，爲世界成文憲法之始（乾隆四一～五二年）。

四是一七八九年法國大革命及人與公民權利宣言——人類生而在權利方面自由平等，自由以無害他人爲限，法律必基於公意，觀念及意見之自由交通是最珍貴的人權，武力只能爲公共利益而使用，財產是神聖的，除了公共需要之外，不得侵犯。一七九一年有第一部憲法（乾隆五四～五六年）。

此四大革命中，美法革命又最爲重要。西方民主是美法革命以後之事。

(6)民主政治之過程與條件。何以西方到這時才有民主政體？這便要考察民主的目的、過程與條件。重要者如下：

①民主運動都是對抗國外的（如荷美）或國內的（如英法）的皇帝或國王的絕對權力而起，尤其是對不當征稅而起（如英克倫威爾反對查理苛征，北美反對茶稅，法國因三級會議討論征稅，荷蘭反西亦因西班牙與法國戰後之通貨膨脹與重稅），而這也就是表示民主運動的經濟背景。在航海運動以後，西方都市、資本主義、工商階級才大爲發展。在此過程中，一方面，國王藉商人之協助壓倒貴族擴張王權，而有「王權神授」、「朕卽國家」之說。另一方面，工商階級或布爾喬亞因財富之增加也便進一步要求政權，首先要求政治上的發言權，要參與國事。布爾喬

亞也代表農民的要求。民主運動是以廣大中產階級爲基礎，並以他們的財力和人力爲後盾的。這時國王的武力不能控制他們了。

②這中產階級是有精神武裝和修養的。荷蘭與英國革命有加爾文主義和清教思想爲武器。洛克是經過英國革命的人，他的著作以及牛頓的研究啓發了孟德斯鳩以及十八世紀法國啓蒙學派，這也就養成了美法革命的人才。

③民主運動的機構由國王的諮詢機構變化而來。民主政體是要防止權力集中，於是有三權之分立。然民主需要自由討論和民意集中，於是民主又以國會（Parlement, Parliament）爲標誌。而這個法國字，是說話之意，亦本爲國王之諮詢機關。由國王之諮詢機關變爲監督行政權的立法機關，就是民主政治之形成。

(7)民主政體、官僚政體、獨裁政體。美法革命是民主革命，亦國民革命。這和同時的英國的工業革命結合起來不僅增進了英法美諸國資產階級的力量，也推進了歐洲以及亞美非各洲的國民革命與民主運動，繼而經濟民主（社會主義）運動也起來了。不過在歐洲的三大帝國——霍亨索倫（德）、哈布斯堡（奧）、羅曼諾夫（俄）之內，雖先後有國會之設立，實際上是行的官僚政治。第一次世界大戰後，民主憲政更爲普及，然而在俄國與義德兩種獨裁起來了，而西班牙葡萄牙，有長期軍人專政。由西方到美法革命才有民主政體，而義德西葡都有嚴酷的獨裁和軍人專政，可見民主政體並非西方民族與文化獨有的或必有的。

(8)民主政治還要繼續發展。美法民主政體奠立了民主的規模。但不是說這已盡政治之能事。就國內而論，法國革命後，經過兩次帝政，現在是第五共和，共經過十五部憲法。美國獨立後發生南北戰爭，到今尚有民權運動，國內黑人、紅人、黃人還是受歧視的。就國際而論，西方國家民主政體成立以後，更加發揮帝國主義。鴉片戰爭即發生於英國自由黨內閣之時。直至今日，美國雖然提出世界人權宣言，但他的國際行爲，是歐洲人也不滿的。他反對巴勒斯坦的恐怖主義，但拼命袒護以色列的恐怖主義。

(四)何謂封建制度?中國是封建社會嗎?

(1)何謂封建制度?在西方，封建有二義。夏理曼以來，皇帝給其下屬以封土(fief, feud)，其下屬亦以土地頒給其下屬。在層層分封之中，各下屬又各對其上級誓忠、貢獻、作戰，朝其宮廷，受其裁判。此是封建之第一義。又在歐洲中古時代，王、公、侯、伯、子、男各級貴族都是武士，他們的生活是打仗、吃喝、遊樂、比武和戀愛，這些大的貴族土地形成領地(Manor, Herrenhof，按舊譯莊園，但與我國莊園不相同)，在領地中，有各種不同身分的農奴、隸農或自由農民和手藝人，但都是領地「主人的人」，即都受其保護，爲其工作，受其裁判。其中農奴是附著於土地，不能移動的。貴族與農奴都是世襲的。此封建之第二義。

直到一七二七年，一個法國歷史家布蘭威才以封建制度（féodalité）來指中世紀社會。而使此一名詞為大衆所知者，則為有名的孟德斯鳩，由此傳於其他國家。孟德斯鳩用以指中古時代的兩大特徵：主權分散於小的諸侯乃至農村貴族經濟上的領地，雖然領地不一定皆為封地。法國革命時國民會議有「完全取消封建制」之命令，許多歷史家指出這名詞是「選擇不當」的。（此據Marc Bloch, Feudal Society）

我國封建一詞，與歐人所用第一義大同小異。《說文》：「封，爵諸侯之土也。」周滅商後，大封子弟親戚功臣，使受爵立國，以屏藩周室。其時田制是井田。至秦始皇，廢封建，立郡縣，亦與西方之專制王政時代相似。所謂小異，乃指歐洲封建社會乃外敵交侵，內部大戰之產物。是故在周代井田中農民之地位尚較歐洲之農奴為佳。戰國以來，廢井田，開阡陌，即承認土地私有。而秦漢以來，土地自由買賣，此亦與歐洲封建制度瓦解以後農村資本主義化之情況相同。於是，明亡以後許多學者鑒於兵權集中、土地兼併之不利，因而主張恢復封建和井田。此所謂復封建，是與法國革命時代之廢封建不相干的。

自馬克斯使用封建一詞，俄人濫用，中共無知傳播其瞎說以後，造成我國思想上——因而實際上之大亂。

⑵所謂唯物史觀「公式」。史達林說中國是封建社會，是假借馬克斯的唯物史觀「公式」。此見於一八五九年之〈政治經濟學批評序言〉。要點有二。一為社會構造。此是一個三層樓房。

基礎是經濟，包括生產力與生產關係。上爲上層建築之政治法律，最上層爲意識形態，卽思想學術。生產力與生產關係之協調與衝突，造成社會之變革。二爲社會變革形成社會進程。自原始社會以後，人類社會經濟形態經過亞細亞生產方式、古代（奴隸）、封建（中世）、現代（資本主義）。現代資本主義社會因世界性的生產方式與私有財產的生產關係之衝突而必然崩潰，亦必然走向社會主義、共產主義，始能解放生產力。馬克斯將古代社會、封建社會、資本主義社會看作三種奴隸制度，卽人身奴隸、農業奴隸、工錢奴隸。

關於第一點，經過恩格斯的修正（意識形態與上層建築也可影響經濟），樸列汗諸夫的修正（在原始社會經濟直接影響藝術，在階級社會則通過社會心理），謝勒的批評（知識在社會中有發動作用，但傳統及現實的政治經濟因素有限制作用），阿佛萊・韋柏的批評（社會過程、文明過程、文化運動各有法則，又外部構造甚爲重要），亦所餘無幾，玆姑不論。關於第二點，由於在一九二五～二七年間在蘇俄共黨之內，因中國問題發生中國社會史論戰，也影響馬克斯社會階段論之本身。

(3)蘇俄的中國社會史論戰。一九二五年後，蘇俄共黨與中國問題專家對中國歷史有三派意見。①幹部派以史達林爲首，認爲中國社會是封建社會，應實行土地革命。②反對派以托洛斯基、拉狄克爲首，認中國是商業資本主義社會。③馬恩學院院長梁山諸夫及匈牙利兩位經濟學專家瓦爾加、馬札亞爾則認爲中國不是封建社會而是亞細亞生產方式，並援引麥克斯・韋柏之說，謂中國與西方之森林文化不同，是水利文化，國王爲地主，士大夫的官僚是統治階級。由此有不同革命策略。封建說主張土地革命，後二者不同意。

一九二七年國共分裂。此時史達林控制黨權，繼而托洛斯基被逐出俄共中央，史達林命中共進行暴動。一九二八年中共與第三國際同時開六次大會制定綱領，確定中國爲封建社會，因而以土地革命打破中國封建社會是中國革命的首要方針。

史達林認爲中國是封建社會之根據何在呢？馬克斯既認爲封建社會是農奴社會，史達林則認爲中國佃農是農奴，並由布哈林將中國北洋政府農商部的一個統計中的佃農百分比加以改竄擴大，以證明中國是封建社會。這改竄，是瓦爾加公開指出的（瓦爾加後來是史達林的最高經濟顧問）。一九三〇年史達林下令不許談亞細亞生產方式。一九三五年他的〈聯共黨史〉將馬克斯公式中的亞細亞生產方式根本刪除。但二次大戰後蘇俄又在第三世界宣傳亞洲生產方式了！

這也可見蘇俄是假借學術作宣傳的。

(4)中國社會史論戰。蘇俄論戰影響中國生存，自然要影響中國學界。首先討論這問題的是共黨之潘東周的《新思潮》，國民黨的顧孟餘，和「新生命」派的梅思平、陶希聖，中共反對派的嚴靈峯。民國二十年，王禮錫創辦《讀書雜誌》，出版《中國社會史論戰》四輯，引起全國和世界的注意，而大都是反封建社會論的。這論戰的經過與內容可看鄭學稼先生的《中國社會史論戰的起因和內容》一書。而其要點，茲轉載當時美國太平洋學會維特浮格（Wittfogel）與王毓銓

王朝名	古代帝朝以前				帝朝時代											現代
					東周		周繼續的發展時代停滯沒落時代									
著作家名	夏以前	夏	商～殷	西周	春秋戰國		秦	漢	三國南北朝	隋	唐	宋	元	明	清	現代中國
	～前二二〇五	前二二〇五～前一八一八	前一七六六～前一一五四	前一一二二～前七八一	前七七〇～前四〇三	前四〇三～前二四七	前二五五～前二〇七	前二〇六～後二二〇	二二一～五八八	五八九～六一七	六一八～九〇六	九六〇～一二七九	一二八〇～一三六七	一三六八～一六四四	一六四五～一八四二	（一八四二年以後）
郭沫若	原始共產制			奴隸制	封建制											資本制
陶希聖	原始氏族社會		氏族社會末期原始封建制		由原始封建制到「古代社會」的過渡期		「古代社會」		發展的封建制		商業資本主義					半殖民地社會
李季	原始共產主義的生產方法（迄前一四〇二年）		亞細亞的生產方法前一四〇一～前一一三五	封建的生產方法前一一三四年以後	封建的生產方法崩壞的時代		前資本主義的生產方法（前二四六～後一八三九）									資本主義的生產方法
王宜昌	原始共有社會		「古代社會」						封建制度							資本主義
胡秋原	原始社會		氏族社會	封建社會			專制主義社會									專制主義半殖民地時代
冀朝鼎	（此時代不論）			古典的封建制			半封建制（東洋的社會）									
陳嘯江	原始社會至氏族社會		封建社會				佃傭社會									外資本主義社會

合作的《中國社會科學文獻》調查報告中〈中國社會史的發展問題，中國指導的學者之見解〉之簡表如前。（原載 *Pacific Affairs*, Sep. 1938）

(5)我的主張。何以我當時主張秦漢以來中國是專制主義社會，不是亞細亞生產方式或封建社會呢？我認爲馬克斯的公式根本有問題：①馬克斯之四階段論是就西洋史上之埃及、希臘羅馬、中世、現代之分期立論，並非每一社會皆須經此四階段。②中國與日耳曼並未經奴隸社會。美國在林肯放奴前也曾經奴隸制度。③馬克斯所謂亞細亞生產方式指原始公社，他說鴉片戰爭時中國是亞細亞生產方式，顯然由於他對中國歷史缺乏研究。④我所謂專制主義卽 absolutism，西洋史家公認這是由文藝復興到法國革命五百年間社會的特色，亦卽由「王權神授」、「朕卽國家」所代表的。馬克斯以封建社會卽農奴制度，但他在《資本論》中說農奴制在歐洲已在十四世紀崩潰了，他也使用專制主義的名詞，惟有時將封建與專制區別，有時又混爲一談。但由十四世紀到十八世紀的歐洲，是在政治經濟文化各方面與中古不同的。而德國的馬克斯主義者霍善、斯坦因和蘇俄文藝史家佛理采也都承認封建社會與資本主義社會之間有一專制主義時代。⑤農奴制度亦不限於封建時代。西歐農奴制終止時，東歐正在加強，直到十九世紀末，甚至到二十世紀初，還有農奴（史達林之母是一農奴）。但不能說沙俄帝國主義還是封建社會，正如不能說林肯放奴以前的美國是古代社會一樣！

由《國策》、《史記》，我們可以看出戰國時代七國都市之發展，「貨殖」事業之抬頭，終有陽翟大賈呂不韋爲秦國宰相，這是封建制度瓦解之過程，也是百家爭鳴的背景，而也是秦漢統一帝國之基礎。秦漢以來的中國，有中央集權的官僚制度而無世襲的諸侯貴族，土地是可以自由買賣的一種地產，所以絕非封建社會（封建的封地是世襲的，不可買賣的），而佃農租田主之地除納租穀租金外別無義務，不僅可以自由移動和退租，田主對佃戶亦斷無司法權。佃戶地位等於英國之farmer，絕非農奴。而中國商品經濟、信用制度與手工工廠之情況與歐洲封建至工業社會間之十四～十八世紀社會是同一類型，只是尙無蒸汽機，突破工業資本主義，故曰專制主義時代。其所以長於西方四倍之久，即因中間遭遇三次蠻族之入侵（五胡、遼金蒙古、滿淸），造成生產力之後退，和三期循環。我的主張，得到一些朋友的贊成（如王禮錫、李麥麥）。反對的文章很少言之成理，主要的是說專制主義是政治不是經濟。他們忘記，「封建」也是政治不是經濟，而且如果沒有政治力之推動，是既無封建，也沒有資本主義的。

其後我看到繆勒賴耶（Müller-Lyer）之書，他認爲由奴隸社會到中世的封建社會是一倒退，日耳曼人亦無奴隸制社會。繼而看到李季譯出松巴特（Sombart）的《現代資本主義》，這紀念碑的著作將資本主義分爲三期：①自十三世紀義大利開始早期資本主義，②十八世紀英國開始盛期（高期）資本主義，③十九世紀末年以來，資本主義進入晚期了。所謂專制主義時代就是早期資本主義時代。

(6)歐美社會史論戰。近年以來，世界上有幾本重要著作出現。①比利時史學家皮連芮之《歐洲史》（H. Pirenne, *A History of Europe*，作者在第一次大戰中德國獄中所寫，英譯本出版於一九五六年）。在此書中，作者說至十一世紀爲止，西方無城市。十字軍後，西方商業重新發展。十五世紀以來，王政與資產階級合作，反對封建貴族，進行海上擴張。②法國史家布洛克的《封建社會論》（Mare Bloch, *La Societe Feodale*）。此是布氏在一九四〇年所著，四年後因參加抗德運動爲德軍槍殺。英譯本出於一九六一年。布洛克之書，認爲九世紀中葉至十三世紀中葉之西歐中歐，才是封建社會；其特徵是：隸屬的農民，廣泛使用服役地租以代薪俸，專業武士至上，服從與保護之紐帶將人與人結起來，權力之分散等。他所謂封建社會包括封地與領地兩種制度。③法國社會主義者勒飛佛的《法國革命的到來》（英譯本Georges Lefebvre, *The Coming of the French Revolution*, 1947）。④馬克斯遺稿，《政治經濟學批評綱要》（*Grundrisse der Kritik der Politischen Ökonomie*）。此係一九四一年在莫斯科出版，但到一九五三年在柏林出版，始爲世所知。這是他寫〈政治經濟學批評序言〉的筆記和準備，其中有一段關於「資本家生產以前諸形態」（Formen die der Kapitalistischen Production vorhergeben），可見唯物史觀之由來。於是，這就發生了歐美的社會史論戰。

這論戰環繞「封建主義到資本主義的過渡」問題，起於美國最著名的馬克斯主義者史微濟（P. Sweezy）對英國馬克斯主義者多布（Dobb）的《資本主義發展之研究》之批評，繼有其他非馬克斯派之參加。討論最先刊於一九五〇年代的《科學與社會雜誌》（*Science and Society*），近來已印爲一本書了（*The Transition from Feudalism to Capitalism*，我手頭的是Verso Edition，一九八四年的第四版）。

與馬克斯同，多布以封建制度與農奴制度爲一事，他說封建制度在十四世紀已發生危機，而十六世紀下半期可說是資本家時期之開始，這中間階段既非封建，又非資本家，他的生產方式是什麼？多布說這時期商業資本發達，但依馬克斯之說，商業資本有兩條路，所以還是封建的（按此是五十年前中國社會史論戰中很多人引用和討論過的，因版面有限，從略）。史徵濟據皮連芮、布洛克之書及新發現的馬克斯手稿（《綱要》），認爲十五、六世紀的專制王政時期不能稱爲封建時代，而應稱爲「前資本主義的商品生產時代」（precapitalistic commodity production）。

支持多布的人說（如C. Hill 及日人高橋），一七八九年法國革命初期農民起來暴動，國民會議在八月十一日下令廢除封建特權，一八四八年馬克斯恩格斯的〈共產主義者宣言〉說到「法國革命取消了封建財產，建立布爾喬亞財產」。難道法國革命是無的放矢嗎？他們又引用恩格斯的〈反杜林論〉，說十五、六世紀社會日益是資產階級的，但國家還是封建的。又引用蘇俄史學家的話，專制王政還是封建地主的國家，英國都鐸和司圖亞王朝根本是封建的，一六四〇～四九年才由資本家政權所代替云云。但這只是引用權威，而不是就事論事。

勒飛佛以研究法國革命，尤其以研究當時農民狀況知名。他證明法國人民所要反對的「舊制」(ancien régimé) 並不在於法國封建制度或農奴制度使法國農民特別困苦，恰恰相反，是因爲法國人民生活與知識提高，而法國老朽的專制政府不能適應當時的需要。當時已無農奴制度，有之也只在若干僻遠地方有其遺跡。而國王亦早已下令保護農奴的自由移動。當時農民最反對的是一種丁稅 (taille) 全由他們負擔而貴族及僧侶完全免稅，又反對教會的十一稅 (tithe)。此外，領主在其領地上對農民打獵、養鴿、養兎有所征課。(按巴士底獄衝破後貴族馬上聲明放棄特權，所以八月廿七日的〈人權宣言〉沒有一句話提到封建特權問題) 在此次論戰中，勒飛佛提出封建制度與領地農奴不是一事，又提出馬克斯不知兩種商業資本作用是一樣的。他表示他比較贊成史微濟。英國馬克斯遺稿研究者霍布斯朋 (Eric Hobsbawm) 雖是站在中間立場，但將由十世紀黑暗時代到英國工業革命、美法革命之間八百年分爲六個階段。

看了歐美社會史論戰後，我想提出三點：一、五十年代歐美社會史論戰的水準，比三十年代上海論戰的水準可說只低而不高。例如史微濟之「前資本主義」是李季說得更有力的。史氏所指，實卽早期資本主義。我不用前資本主義這個名稱，因這可指早期資本主義，亦可指封建制度或所謂亞洲生產方式、奴隸制度。二、如不跳出馬克斯的唯物史觀公式和「封建—資本」的二分法，我看無法研究社會經濟史。馬克斯在《綱要》中自稱研究社會經濟形態十五年。但研究了二十五年、三十五年的人不應該有更多發明嗎？三、法國革命前的封建遺跡在中國是早已沒有的。在中國，「皇糧國課」是由地主負擔的，佃農對田主除了依契約付租外，地主對他既不能有裁判權，亦不能有其他任何征課，中國亦從來沒有所謂十一稅。

(7)西方人對中國歷史之分期。除了蘇俄人以及中共以馬克斯十五年研究的公式硬套中國歷史，盡力穿鑿附會荒謬到說中國到毛澤東才打破封建社會以外，西方人也有深通中國歷史的專家則不然。據我所知，他們有兩種傾向。其一如法國格魯塞（R. Grousset）、英國的蘇西爾（Soothill）等皆以周代爲封建社會。而拉托列（Latourette）則謂如封建指歐洲中古和過去日本，則稱周代爲封建並不正確，他並且認爲西方之古代、中古、現代之分期完全不適用於中國。漢朝以後之歷史大體是漢代歷史之模式之重演。

一九六〇年畢生研究中國藝術的德國科倫大學教授和科倫博物館東亞藝術部主任史佩塞（Werner Speiser）博士寫了《中國藝術，及其精神與社會》（*The Art of China, Spirit and Society*）一書，甚多精彩之論。他以周代爲封建時代，秦漢爲統一國家，三國六朝爲動亂時代，唐代爲古典時代，宋代爲退守時代，宋元又爲畫院時代，明代爲資產階級時代，清代爲政治思想時代。他以明代爲布爾喬亞時代是很有見地的。「封建社會」無法說明中國多彩多姿的思想和藝術的變化啊！

了解西方到美法革命時期因有高級資本主義和中產階級的條件才有民主政體，中國的早期資本主義早已瓦解了封建社會，只是還沒有充分發展足以瓦解專制主義，就可進而討論中西文化之比較和中國民主政治之途徑。

——原載民國七十四年十一月《中華雜誌》

論中西文化異同與中國未能完成美法式革命之故

(一) 中國社會史論戰以後

現在繼續討論上文(西方何時才有民主?中國是否封建社會?)所說後面兩個問題:中西文化之比較與促進民主之途徑。我先略說我研究的經過。

一九三一~三三年的中國社會史論戰之目的有二:特別的是要討論中國是否封建社會,一般的是要解決中國之前途問題。了解中國不是封建社會,可知中共之土地革命全是無知自殺,爲蘇俄破壞自己的國家。了解中國是專制主義社會,即是說中國尚在前民主階段,而其所以尚在前民主階段,即是資本主義之發展不足,未能使中國自主的走向工業化之路。爲西方文化之特色的科學、民主，是與資本主義或工業三位一體的。這是由馬克斯主義的觀點極易看出，而西化派幾乎不懂的。

由於中國沒有進於工業社會，所以中國就要受到西方工業國家的侵略，而變爲半殖民地。所以中國前途問題一是民主化，二是工業化。由於日本不容許中國工業化而且要侵略中國以保障他自己的工業發展，所以中國民族當前的任務是抗日。我當時了解中國停滯於專制主義由於資本主義之不發展，但在社會主義潮流之壓力下（在三十年代、四十年代，中國知識分子百分之九十五以上是自稱社會主義者的，國民黨人中大部分也是相信社會主義的，連汪精衛也自認是社會主義者），我雖認爲當前中國雖有發展民族資本之必要，但中國最後的前途是社會主義——以上是我提出專制主義理論之時的政治見解。

然則何以中國不能如西方一樣，早日突破專制主義進於民主與工業革命呢？我曾作過中西文化比較史的研究。經此比較，我以爲在古代，中西文化並駕齊驅（西方愛琴希臘羅馬時代，中國商周秦漢兩晉）。在中世，中國遠在西方之前（西方東羅馬、夏理曼帝國、神聖羅馬帝國與西班牙英法初期，中國齊梁隋唐宋元）。在現代初期，明代前期，尚在西方以前，至一六〇〇年左右，西方已趕上中國。而自此以後，中國仍故步自封，而西人則突飛猛進，差距日增，於是至十九世紀中葉而有鴉片戰爭之禍。當時已有中國或亞洲「停滯」之說（這是十八世紀法國人、英國人對中國不進步之用語）。我以爲這停滯由於中國遭遇三次蠻族入侵，這是考慮到西方民族大移動造成西方之後退，以及清人入關以後中國四十年之長期內戰造成中國社會經濟之大破壞。

一九三四年我到歐洲，這給我進一步對中西文化作實地比較研究的機會。繼而抗戰歸國，我才有系統的讀四部之書並實際接觸中國多方面的社會。五十幾年間我所致力的，主要是由中西文化之比較求歷史之理論，以求中國與世界之出路。除了中國社會史之分期大體上我仍保持舊說（不過後來我以爲夏商周皆封建時代）之外，茲就中西文化之異同與如何促進中國民主政治兩個問題略述我的看法。

(一) 人種無優劣之分，中西文化亦無本質的差別

第一、我認爲人種無優劣之分，中西文化因地理、歷史之不同，有發展之遲速及特殊成就，但並無根本之不同。

(1)由人性大同論到種族不平等論。孔子說：「四海之內，皆兄弟也。」中國人相信「人之初，性本善；性相近，習相遠」。也相信「東海有聖人焉，此心同，此理同；西海有聖人焉，此心同，此理同」。西方啓蒙時代，也認爲人類有普遍的共性，此所以人類歷史和知識才有成爲科學研究之可能。

德國浪漫派則不然。他們以爲各民族都有特殊的個性，各民族的歷史即不同個性之發展。這

發展為新康德派，以自然科學為訂立法則之學，歷史文化科學為記述個性之學。二十世紀的斯本格勒以為人類文化有九種不同的類型（東比為二十一種亦受其影響）。

說人種不平等者以印度之婆羅門教為最早，即四種性之說，以婆羅門最為優秀。法國哥賓諾受浪漫派之影響，著《人種不平等論》，以雅利安人最為優秀。及《進化論》出，各帝國主義假借為社會達爾文主義，各自以為優種，以被壓迫者為劣種（lesser breeds）。吉卜林有東西永遠不相逢之詩。至希特勒、羅森柏輩又以日耳曼純種為最優，有權統治世界。日本軍閥學舌，自稱「天孫」子孫，而中國人則有「奴隸劣根性」，所以他有權滅中國人之種。此種種族主義不僅毫無科學根據，而也是人類罪人。希特勒為禍世界，羅森柏及日本戰犯亦皆被處絞刑了。

今天的生物學、人類學或者心理學證明了凡屬人類，其生理構造及基本智能是相同的。人類的基因構造對於人體的化學反應或性向有一定重要性，個別的人容有不同，但以全世界之人種而論，在體質和生理上絕無何種高下之分。

(2)民族特長皆環境訓練之產物，不是不可變的。一個學校的學生其智力、性向與興趣因出生（甚至在胎中）環境而不同是事實。我們也時常認為某一民族有某種特長，如謂希臘人長於藝術與哲學，羅馬人長於戰爭和法律，義大利人有藝術天才，德國人是有紀律的民族，而英國人有航海天才等等。然這些話只是這些民族一時之事。我們不要忘記，希臘哲學是在小亞細亞開花，而科學是在埃及亞歷山大城結實的；也不要忘記雅典與斯巴達是兩種不同希臘；也要知道希臘哲學到了普洛丁洛已面目全非了。羅馬帝國末期不僅信仰一變，而也根本喪失戰鬥意志。文藝復興期的義大利的天才，以後似乎很少再見。而英國原是牧羊人之國，在西班牙活動海上之時，曾笑英人爲「海狗」（當海盜而已）。而看看菲希特〈告德意志人民書〉，其所說德國人與我們對德國的印象是何等不同。我們還可想到拿破崙的雄風，是法國過去和後來都沒有表現過的。正如顧炎武所說：「觀哀平之可以變而爲東漢，五代之可以變而爲宋，則知天下無不可變之風俗。」民族性表現於風俗。這也就是說，民族性不是不變的。

(3)人類文化性能相同，但由於內外環境之條件，發展有遲速，成就有高低，也形成一定特點。所謂文化，是各種人羣或民族爲了應付外部環境（自然的和國際的）和內部需要所創造的全套裝備，以保障一民族之自由、生存和福利的。而所謂全套裝備即政治經濟和學術的系統。而當外部或內部環境變動之時，則這套裝備也要有所因革損益。人類能創造文化，由於人類有道德意識與理性思考能力。由於外部環境之不同，所以初民生活與文化即有漁獵、遊牧和農耕之分化。然因人類心智大體相同，加之有相互交換之必要，所以人類文化亦有共同的性質，又因環境之有利與不利，文化蓄積之厚薄，統治層的智識水準，內部團結與競爭的情況各不相同，便有發展之遲速。而如果內外環境長期沒有重大變化而其應付相當成功，自然容易造成一民族文化之特色，即突出的性格。然各民族文化是在世界歷史上展覽和競賽的，所以又有成就之高低。而正如運動會一樣，至今爲止，沒有一個民族成就是永遠最高的。

這一切，在我在其他論歷史與文化的書與論文中談到甚多，此處只提到為止。在原則上，我否認有什麼民族優劣根性、固定不變的民族性，或中西文化有何根本之不同。

(三) 地理歷史形成中西文化之特色

第二，雖然中西文化無根本之不同而是異地則皆然之事，但在長期的地理、歷史環境中各自形成一定的特點或習性，是不可否認的。這種特點不是不可改變，也不一定可以概括所有西方人中國人而無例外，但二次世界大戰以前的西方，以及鴉片戰爭以前的中國，在文化上各有其特色，是可得而言的。為便於對照，先說西方。

(1)西方文化是在地中海岸各民族之征服、奴役、鬥爭中發展起來的。他的特色是走向權力主義。西方文化範圍包括古代近東的埃及、兩河和巴勒斯坦、希臘、羅馬，以及近代西洋民族，尤其是日耳曼人。這有不同的文化內容。但共同之點，是在地中海岸各民族的征服、奴役、鬥爭中發展起來，所以自古卽有奴隸制度和宗教（宗教之神皆部落保護神）。近世日耳曼之文化原只有原始風習，但都接受了基督教，亦原與希臘羅馬文化無關，然後來與回教鬥爭（十字軍）而進入文明，再經文藝復興始與希臘羅馬遺產發生關係。繼而從事航海冒險，始迅速發展而成為暴富。他們的生存鬥爭、民族鬥爭、階級鬥爭，非常猛烈。然有鬥爭必有聯合，有均勢，有國際公法。

這促成他們的進步，也能合作同盟，征服亞洲和非洲。於是走出歷史舞臺不到一千年，至十九世紀末，竟成爲世界之主人，使世界成爲歐化世界了。

由於西方人成爲世界之主人，關於西方文化的種種神話、宣傳和妄自尊大自必然形成。他們以西方文化爲人類文化之模範或頂點。但到了二十世紀，歐洲時代過去了。亞洲非洲民族主義、蘇俄共產主義、美國的大資本主義起來了。後二者一個是歐洲而非西方，一個是西方而非歐洲。自斯本格勒到東比，都對西方文化的前途表示悲觀，而也表示一種清醒。

在歐洲人逐漸清醒之時，美國人先以爲「美國世紀」到了，繼而不得不承認是兩超強時代。現在雷根、舒茲雖然口頭表示樂觀，但已不能不承認蘇俄的核子武力超過美國，而蘇俄亦公言絕不容許美國有領先的武力了。

西方文明的特色是什麼呢？有三個人的論斷是最正確的。一是馬克斯，他說現代西方文化是資產階級的文化。二是阿佛萊・韋柏（麥克斯・韋柏之弟）的〈歐洲歷史之告別或虛無主義之克服〉說得最簡明中肯。他說歐洲文明自始即捲入希臘主義及希伯萊主義兩極端教條中。歐洲自文藝復興以來即進入三大過程：現代民族國家、現代資本主義、現代科學之發達。三者都發揮權力，都有吃人的傾向，也就是虛無主義。這權力系統到十九世紀達其頂點，於是有二十世紀的兩次大戰。由權力鬥爭而生的虛無主義由馬克斯給以理智形式，尼采則將人類分爲「超人」與「低人」。於是有共產主義與納粹主義對西方文化復仇。結論是必須超越西方文明，人類才有出路。

（見五十四年九月《中華雜誌》〈二十世紀歷史、文化、知識社會學〉）三是美國史學家比爾德在《美國文明之興起》（C. Beard, *The Rise of American Civilization*）中說：「所謂西方或現代文明與中古及東方文明不同者，即在根底上，基於機械與科學，與基於農業與手工業的商業不同。這實際上，是一種技術的文明（technological civilization），他不過兩百年的歷史。」（這是一九二七年的話）這種技術文化發展到極端，便是赫胥黎的《美麗的新世界》和奥維爾的《一九八四年》。

西方文化是一步一步向權力主義發展的。開始以學問爲權力，繼而以經濟爲權力，最後以技術加赤裸的暴力獨裁爲權力。不要以爲西方文化與極權主義不同。莫索里尼、希特勒是道地歐洲人。當經濟能維持權力時，他們講民主。經濟力量不足時，極權主義就來了。列寧與莫索里尼是由一個師父——法國《暴力論》著者索來爾（Sorel）來的。馬列主義之馬克斯也是道地的歐洲人。

⑵中國文化之特色。與西方文化起於地中海四戰之地者不同，中國文化是起源於黃河長江之上游，一個相當孤立的環境中的（北爲大漠，西及西南爲帕米爾及喜馬拉雅，東爲大洋）。我曾提出中國文化之十大特點：

一、發生於本土，由天文、水利建國，非由征服建國；故——

二、宗教觀念甚爲薄弱；故又——

三、無嚴格階級之制；

四、而且，在文化之形成期，外來之影響較少；故——

五、由文字造成一同質之文化；

六、開化早而進化慢，但歷史亦未曾中斷；

七、富於和平色彩、天下精神；

八、富於實用色彩、寬容精神。（《古代中國文化與中國知識份子》一三七頁）

我還說到，中國在古代之「光榮孤立」及以文字為核心之文化一旦形成之後，構成一種自存力與抵抗力。這保持中國歷史之完整性與其同化力。中國文化由於自然發展者多，由外來刺激而奮進者少。中國文化戛戛獨創，有雍容莊嚴之致由於此；但不如西方之轉益多師，富於動進之力，亦由於此。但是，也不如他們易受外來征服而中斷其歷史，亦由於此。而中國開化極早而進化較慢，亦由此而來。（同上一三〇頁）此外，在以後發展中，又有兩大特色：

九、在論孔子之章，我說到孔子集人文主義之大成，所謂人文主義包括愛人，自尊人格尊嚴，理性態度，義利之辨，不假神權和尊重歷史。

十、在論司馬遷之節，我說先秦人談「天下」，至史公則常談「後世」。對後人後世的關心便形成世界史精神，也便有因革損益的改革和希望的樂觀。

再引幾個西方人的觀察和研究來補充以上所說。羅素指出中國文化三大特點：①文字以符號構成，不用拼音。②以孔子之倫理爲準而無宗教。③治國用考試取士，而無世襲的貴族及階級制度。（《中國之問題》）瑞典高本漢（Kalgren）說，由於中國語爲單音語，同音字多，必以四聲區別，必用符號。（*Sound and Symbol in Chinese*）英國人類學家濟斯提出一點：中國人以仁愛爲第一義，仇恨爲第二義，以和平爲實行哲學，最近於進化理想，乃中國文化最高成就。（*Arthur Keith, Evolution and Ethics*）法國史學家格魯塞說，孔子教人首先要自我完成是與蘇格拉底一樣的。他主張仁（博愛），其氣氛不同於佛教之克己，與基督教之自我犧牲更爲不同。孔子之倫理是要求社會之調和，「使社會秩序與自然法則或宇宙秩序合作」（按此比「天人合一」之說合理得多）。又說：「在半個亞洲，中國代表人文主義一詞最廣泛的意義，而也代表文明一詞最寶貴的意義。」（*The Sum of History*）

⑶拉托列論中國文化特色與中國民族性。出身浸禮會牧師，在中國多年，曾任美國歷史學會會長的拉托列教授在他幾本講中國與遠東歷史之書中，所說與我上說諸點頗多相同之處。他說東亞是一非常孤立地區，中國人在這裏發展了豐富而對人類極有價值的文化。其特色有下列十點：

一、中國文化極古，且繼續發展，不像世界其他文化受到外來影響而中斷（按這是許多西方人都看出的）；

二、由於繼續，這文明卻甚少創新。就近來情況看來，是在衰落之中；

三、這文化的基本原則是自認爲是一正常的文化而可用於世界的，與其不合者即是夷狄；

（按希臘人亦以非希臘爲夷狄）

四、由於自信其文化之優越，故不如日本人之及早採用西方機器而得利。日本亦甚驕傲，不過能向鄰人學習，而亦有自卑感。但中國人之文化優越感也是在二十世紀能夠相信抗戰終必勝利之理由；

五、是一種老練（sophiscation）。中國人因爲經驗豐富，對於進步是抱一種懷疑的微笑的。他們有一種存疑主義，但相信宇宙在正義的一面；

六、中國文化是此世的，他們不斷努力在此時此地實現一理想社會；

七、中國文化是由儒學支配的；

八、儒學之長城是由皇帝及由科舉考試而來的官僚構成的國家；

九、其次就是家族制度；

十、中國的文學、藝術、詩文、繪畫、建築、陶瓷，都是獨創的、特殊無比的（suigeneris）。（*A Short History of the Far East*）

拉托列還說到古代中國文明與現代西方文明是「相似的」（similar）。中國的美術是「無人勝過的」（unsurpassed），但科學方法與機械甚差。於是到十九世紀遇到擴張而侵略的西方之壓迫，這文明竟不能適應而崩潰了。（*The Chinese, Their History and Culture*）

他評價中國文化之強點與弱點。強點是：著重理想的社會之實現，對所受教育的社會之責任觀念，注重智慧與道德，以及這文化給與家族以相對安定性，政治構造是適應這些理想的。此其所以能在很長的時期維持中國人生活的統一。

中國文化的弱點使他在二十世紀西方衝擊下遭遇崩潰的原因是很多的。科舉與教育制度不能啓發新思想，使這靜止文化在異族朝廷下趨於頹廢，以致西方壓力增加時竟無準備。再者，中國人輕視武士，而西方則傳統上尊重軍人及善於作戰的武人，他們也就能以武器使中國人屈從其意志。西方文化是動力的。他們也在十九、二十世紀進入一種發展和運用自然科學的革命過程，而在機器、工業革命和社會之機械化中表演其實力。而中國人雖有種種發明，但沒有發展科學方法、數學和機械，如西方人用以壓迫他們者。此外，西方又有民主政治，社會主義和共產主義的激動，而基督教也有其活力。「然較之其他前工業的文化（preindustrial culture），中國人的經濟生活是高度發展的」，這「人類大文明不是印度或其西亞文化可比的」。這文化究竟是被壓迫而消失，還是因能適應而保存其獨立存在，他還不能斷言，不過他說到共產主義是會在中國消逝的。（*A History of Modern China*）

(4)中國人性格與西方人並無不同。此外，拉托列還說到中國人的性格。「根本上，中國人與其他人類是一樣的。不同的是一般風俗習慣。中國的個人有與西方個人同樣情緒、同樣衝動、同樣反應」。可是，他認爲「中國人看來有一特點，就是中國男人在西方人看來有一定程度的女性化。此非說他們不能如西方人一樣勇敢和決斷，而是有西方人認爲是女性的敏感和精細。尖銳的幽默感，對他人情感之理解，對性格之幾乎直覺的看出，常極準確到不可思議，也是這種性質。」(*A Short History of the Far East*)

又十九世紀一位法國教士和旅行家猶克說，中國人有商業天才，因爲他們在金錢中既有追求之熱情，而又保持一種玩錢的愉快。又說到中國人聰明、機敏、刻苦、耐勞，是能夠發展陸軍與海軍力量的。(Abbé Huc, *The Chinese Empire*)

以上許多西方人之有教養者對於中國歷史與文化之尊重與我國西化派、俄化派之愚笨而不自知比較起來，能不使我們慚愧？他們認爲中國在西方壓迫下解體的原因主要在科學技術之落後尙非民主問題，也無疑是正確的。

由上所說，中西文化在本質上並無不同，差別在於不同的地理歷史情況使西方文化在矛盾衝突中動力的發展，而中國表現一種安定的發展。前者追求權力，走向帝國主義、極權主義，並刺激了一種更厲害的共產極權主義。中國文化追求和平，不願侵略，而對壓迫如不能積極抵抗，則作消極抵抗。然而人文主義發展甚早，故無宗教、無階級制度，這是應使科學民主都能發展的，而竟皆不如人，以致反成爲帝國主義及極權主義之犧牲者。這原因又在何處呢？

(四)中西科學、民主進展之遲速與民主政治之條件

第三，在中西文化之對比中，科學與民主二者最關重要；二者在兩方面是發展的速度問題，不是唯西方才有而中國根本沒有的問題。先略說科學。

(1)現代西方科學是科學革命以後，卽加利略、牛頓以後之事。西化派以爲賽因斯生於西方。其實，拉丁文之「賽」就是知，「因斯」乃表示性質之名詞。賽因斯卽知識，然零碎之知識並無用處，知識必有組織和系統，必形成一種原理，是卽學問。賽因斯卽「學」之意，等於希臘文之「愛知」——哲學。現代西方人由於生活上知識需要日增，重視知識也就重視求知的方法，將過去法律上之「自然法」觀念變爲自然法則觀念，以事物之因果關係爲自然法則。至加利略，便以數學及實驗之並用，以求自然現象力學方面之因果關係，開闢了現代力學或物理學。牛頓繼之，有萬有引力及運動三律，奠定現代物理學基礎，直至相對論出才發生新的問題。由於科學重視方法，一八四三年穆勒〈邏輯系統〉討論歸納法，自此認爲必用科學方法所得之知識始爲科學。然至二十世紀，因符號邏輯之發展，歸納法在科學上之分量又成爲一個問題。又在英法，賽因斯通指自然科學。其他學問由模倣自然科學而來，故有道德科學、人文科學、社會科學之稱。而德國人不用「賽因斯」而曰“wissenschaft”，wissen卽知，shaft爲體幹之意。我們的科學二字，

原由日本人譯語而來，日本人用科字，基於孔門四科之意，即分科之學。近年以來，日本多僅用「學」字而將「科」字省去。西化派對這一切不甚了了，才以科學爲奇特之學，以爲中國從無科學，甚至傳統派也有人承認中國沒有科學精神。這是承認中國人從來無知，更不知有學。其實甲骨文即有學字，夏商周皆有學校。《商書・說命篇》曰：「念終始，典於學。」至孔子，一生講學。所謂道，所謂理，都指事物之原理。中國學問起於史官，此一觀天文，二記人事。天文之學自始是與觀察、計算、證驗不可分離的。中國人過去在科學上的貢獻，以西方人能作比較研究，多由他們提出，而李約瑟七大卷之《中國科學文明史》論述中國數學與天文地質，物質工程與技術，化學與工業化學，生物學農學與醫學，此一紀念碑之大著，充分證明中國人在科學上的貢獻。十五世紀以前世界上的重大發明，出自中國者爲最多。

但也必須增加一句，過去中國的科學研究並未超過加利略、牛頓以後的水準。雖然在十八世紀，中國尚有種痘術傳入歐洲，又若干數學原理，中國人提出在西人之前。此外也如李約瑟所說，中國在機械論方面雖落後於西方，而有機論則爲西方之先進。

(2)英美法革命以前，西方在政治方面遠不如中國。在希臘羅馬時代，奴隸是無人權的。而在奴隸制盛時，自由民與奴隸人數是一與三比。即此一點，中國政治再壞也較此爲佳。羅馬帝政時代尼祿殺母殺妻殺師固殘忍至極，而以迫劍奴與獅鬥到流血爲樂，也還是中國沒有的。到了近世，「朕卽國家」的謬論，中國還沒有一個昏君敢說。中國是全中國人之中國，是應由皇帝與賢人共治的。除了末朝亂世，中國大體上是由文人政府依據慣例和刑律行使權力。財產固受保障，而人命關天；《書經》說：「與其殺一不辜，寧失不經。」《孟子》說「殺一不辜而取天下不爲」。一年只有秋天可處死刑，也要經過皇帝及有關機關批准。在死刑中，戰國有車裂之刑，秦有梟首示衆之刑。隋唐以後皆廢，死刑唯斬、絞兩種，唯保留凌遲以處大逆。《明史》亦云「凌遲非五刑之正」。試看我在本誌今年七月號介紹的法國著名哲學家福科 (M. Foucault)，在他近著《紀律與懲罰》一書之開頭所引當時一件新聞：

> 一七五七年三月二日犯大逆罪的達免氏判處「謝罪之刑」。犯人裝在貨車上，只穿一件襯衫，手持一根兩磅重的燃燒的蠟燭，經過巴黎教堂到格列夫廣場，在那裏行刑臺上，要用燒紅的箝子將他的肉從胸部、臂上、股上、腿上拉下來，他犯罪的右手拿著用琉璜燒紅的刀子，在他的肌肉箝開之處，潑下熔化的鉛，沸騰的油，燃燒的樹脂、蠟與琉璜等融在一起，然後，將他的身體拖下來，用四匹馬來加以四分，而他的四肢也就在火油上變為灰燼，散入風中。最後四馬分屍，可是最後手術費時甚長。四匹馬拉不好，結果改為六匹馬，這還不夠用，結果為了切開犯人的兩股，只好割裂他的腱子，而用斧頭砍那關節之處。

這是車裂加特級凌遲。此時是乾隆二十二年，孟德斯鳩《法的精神》已出版九年了。這樣公開的殘忍在中國還沒有。一六三〇年崇禎磔袁崇煥於市，止於凌遲。

在言論自由方面，以前西方也不如中國。蘇格拉底因瀆神及煽惑青年二罪被處死刑。孔子

「不語怪力亂神」，三千餘弟子，並沒有事。他號稱「素王」，這在羅馬帝國也有大逆之嫌。唐律以來，縱有謀叛言論，但如無行動，亦不爲罪。有罪之後，只要出家（作和尚、道士），亦可不究。而在西方，除了政權之外，還有教皇監督思想。布魯諾說地動而受炮烙之刑，這在中國是不可能的。

由此可以想到，何以十八世紀法國啓蒙派認爲中國的開明專制是政府的模範。中國專制是相對的，不是絕對的。他們不是基於空想，而是基於在北京的教士的報告。一位教士兼商人和殖民官的派福（Poivre）甚至於說，中國的法律變爲世界法律，這世界才合乎理想；「到北京去！看看人類最強者，那是眞與美的化身」。

(3)中國早有民主的理論與實行，只是沒有突破英國名譽革命與美法革命後的水準。法國革命前夕召集全級會議，照例大家高呼國王萬歲，而此時拉米波說：「國民萬歲（Uive le Nation）！」一字之變，民族主義、民主主義之始。在理論上，民主政治無非以主權在民。《尚書》以來，卽認爲政治必須安民，民爲邦本。孔子主張必以人民之愛惡爲愛惡，至孟子更明言民貴君輕，而對於暴君，則有革命之權。在實際上，民主政治是民意政治。周召公云：天子聽政，使公卿至於列士獻言而王斟酌之。厲王使巫者監謗，召公謂「防民之口甚於防川」，而國人終逐厲王。歷代除諫官與御史外，朝廷常下詔求言，求直言極諫之士。其次，民主政治是人民經由選舉而自治。然民主政治亦非成於一日。就被選舉者之範圍言，由固定之範圍到全國各地。就被選舉者之職權言，由低級公職人員至中央省縣首長，或由人民選舉代表，使政權之諮詢機關進爲立法機關。就選舉者之資格言，由有權力者，有資產者，由男性投票而進於一人一票。我國過去，村級之事務，向由人民直接選舉保正。漢代由官吏於鄉里選舉孝廉方正，然後敍官。九品中正尤有一定範圍。隋唐以降，人民由考試參與國事，且可高至宰相，亦有民主的性質。又漢人有明堂議政之主張。雖未實現，然《後漢書・百官志》云：凡國有大造大疑則與司徒司空通而論之。國有過事，則與三公通諫爭之。如議鹽鐵，議典禮，議食貨，議邊事，記載甚多。歷代皇帝之早朝，亦是集議。至黃梨洲有大學議政，皇帝聽講的主張。如能實現，就是現代國會了。但我們沒有一個常設機構，限制皇權，決定國策。至於一人一票，在西方也只是第一次世界大戰以後之事。

(4) 加爾根論中國民主。西方人研究中國古代科學甚多，此處要提到一位承認中國民主的人，那就是《孫文學說》之中提到的加爾根（Archibald Calquhoun）。他是倫敦《泰晤士報》遠東記者，他的《轉變中的中國》（*China In Transformation*）出版於一九〇〇年，第十一章題爲〈中國的民主〉。他引用許多西方作家的言論，說中國長壽的原因在人民有很高程度之自治。中國人是一個平靜，有秩序而勤勞民族，也是非政治的民族。他們對國家冷淡，只關心自己的事情。中國照例有兩個政府，一個是本土的人民的政府，一個是由上面由外面來的政府。那一個更有力量，用不著多說。人民以人權自治，這是任何「天子」不敢懷疑的。反之，自《書經》以來，就承認人民有廢君主之權。法國獪克（卽上引 Huc）說中國輿論可以制衡皇帝的過度行爲。

儒家認為一個朝代是受命於天，但如若無道，可以革命。人民權利主要是土地所有、工商自由、地方事務之管理。皇帝之權只是收稅，而不得加稅是根本法律。李希霍芬（德國地理學家，曾著《中國》一書）說：「全世界沒有像中國人那樣不受國家干涉的。」當然，中央專制與民主的自治政府並不調和。鄉村的保正是民選的，但選舉沒有超乎鄉村或鄉村組合之上。沒有代議制。御史是為人民說話的機構，但其權有限，而如果御史腐敗，也就無人為人民訴說不平了。於是人民有不正規方法來行使民權。這包括抓住縣官加以懲罰，地方暴動，揭貼，還有秘密結社。西元四二〇年至一六四四年間，革命有十二次。小變亂更不計其數。加爾根又說到，在中國人與政府之間，是人民享有無比的自由，政府在人民生活上所表演的是無限小的部分。「中國人在工商、旅行、娛樂、宗教方面有完全自由，並不需要國會法案或政府來干涉，而是由自願的結社來約束，而這也不必要政府來承認。一切行業都有公會。而與政府衝突時也有談判。如政府堅持加稅，談判不成，他們便停業。……中國人民不是孤立的。所以各種福利結社遍於全國，甚至乞丐、小偷也有組織，叫化子也有王爺。……」

加爾根所說固為費正清這類中國通所不知，對今日海峽兩岸的人也許有神話之感。但像我這樣年齡的人知道這是確實的。中國固有民主之消失是布爾塞維克主義輸入——國共合作——北伐——清黨——南昌暴動以後之事。雖然如此，過去中國畢竟沒有自動的進入正規的代議政治或政黨政治。

⑸中西科學與民主之差距起於西方航海促進資本主義之發展、科學革命和英美法革命，而同時的中國則有閉關政策。何以原在中國後面的西方在中國之先完成科學革命，並有英美法之民主革命，而中國雖有科學與民主卻沒有同樣的突破呢？這是資本主義發展之速度問題。中國社會史論戰時我將中國資本主義之後退歸於蠻族之入侵，繼續的研究我發現閉關與航海是另一重大關鍵。西方因航海及海外貿易使其資本主義前所未有的發展，而科學與民主也隨之而來。試看下表：

一四九二　西班牙派哥倫布發現美洲
一四九七　葡萄牙達伽馬發現印度洋航路
一五二二　西班牙派麥哲倫環航地球一周
一六〇〇　英國東印度公司成立
一六〇二　荷蘭東印度公司成立
一六二三　荷蘭西印度公司成立
一六三六　加利略《新科學對話》
一六五一　英克倫威爾頒航海條例
一六六四　法國東印度公司成立
一六八八　英牛頓《自然哲學之原理》

一六八八　英名譽革命

一六九〇　英洛克《政府論》

一七五八　福祿特爾《各民族精神論》

一七六二　盧梭《民約論》

一七六五　瓦特改進蒸汽機

一七七六　美國革命、亞當斯密《國富論》

一七八九　法國大革命

海外貿易才易於蓄積鉅大財富，而取得殖民地更能暴富。但造船需要計算和物理學，而在海上航行需要測定船隻所在地，這需要三角學。加利略的《新科學對話》是在造船廠中舉行的。英國首先由海外貿易獲得鉅大利益促進社會的繁榮、中產階級之壯大，而出版事業亦由此而興，促進自由思想之普及，於是有克倫威爾之革命。名譽革命確保國內和平，專心對外發展。東印度公司是特許的專利組織，海外貿易利益既大，自然發生應由大家共享的要求，於是有自由貿易論，當然也就反對不當稅法了。所以《國富論》之出版恰與美國獨立同年。前此，瓦特的蒸汽機發明，工業革命與自由貿易論互相推進，也共同推進資本主義飛躍的發展、科學與民主的邁進。何以工業革命開始於英國而非法國、德國、義大利？如首先使用「帝國主義」一詞的霍布斯所說，那是工業革命的一切條件首先集中於英國之故。在這些條件中，印度之廣大市場也有決定性。想想那時印度三億人只要每人多用一吋布，需要多少布？廉價而效率高的機器就成爲人們日夜腦中之大事，而瓦特之發明也就應運而生了。不久，如英國人所自稱，打破拿破崙的是利物浦的煙囱。

另一方面，中國人在元朝已經航海到東非洲。明朝鄭和航海早於哥倫布八十年（一四〇五～三三年）。然到了嘉靖二年（一五二三年），因日本貢使打架，開始正式「閉關」，而此時麥哲倫已周航世界了。當時中國民間亦有人起來作海上貿易，例如以日本五島爲基地的安徽人汪直。但明朝認爲是「倭寇」加以攻剿。繼而日本豐臣秀吉侵略朝鮮，中國出兵援韓。潰兵散在遼東，努爾哈赤收集爲漢軍旗。而因財政不支，由太監主持鑛稅，挖人墳墓，引起民變。士大夫批評時政，而魏忠賢則濫肆殺戮，加上貪汚，流寇大起。繼而李自成入京，而清人乘機入關。在一六〇〇年利瑪竇到北京之年，亦英國成立東印度公司之年。六十一年後，鄭成功猶能擊敗當時海上之雄的荷蘭，中西國力還在對等狀態。自鄭成功據臺灣反清，清人閉關更力。而自崇禎元年至施琅入臺，中國內戰凡五十五年。等到瓦特發明蒸汽機，中國便決定的落後，也便有鴉片戰爭以來失敗屈辱的歷史。

這一中西文化興衰的重大關鍵，我曾在《古代中國文化與中國知識份子》、《中國英雄傳·鄭和鄭成功傳》、《復社及其人物》諸書中加以分析。亞當斯密也早在《國富論》中說中國文化不是落後而是「停滯」（stagnation），所以「停滯」由於不重視海外貿易。而閉關亦必趨於自殺。等到工業革命，更望塵莫及了。如格魯塞所說，在十七、八世紀，中國幾乎維持他對歐洲水準，這是由鄭成功擊敗荷蘭和在尼布楚阻止俄國可以看出的（按阻止俄人者也是鄭成功訓練的兵）；然到一八四〇年，中國似乎落後幾世紀，確是木乃伊化了。

(6)民主政治之條件。由上所說，可知民主政治必須有資本主義發展為其基礎形成三大條件：

一、物質條件——資本主義之發展促進手工工廠轉變為機械工業，即工業革命，因而工商業之繁榮，農業亦得以發展。

二、人力條件——於是才有廣大的新中產階級和獨立的知識分子。

三、精神條件——全民族團結之意志，每一國民為國家盡力的責任心，自由的政治理論，工業的經濟學說，科學技術，人文科學以及國民的文學藝術，這都需要知識分子啓發、發明、創造和供給。

民主政治實際上是民族主義之完成，即全體國民平等團結、分工合作之完成。所以不管資本主義有如何流弊，但在人類歷史上必經過一個資本主義發展時期才能供給民主政治以物質、人力和精神力的條件，解除封建主義與專制主義之靠山的武力。以中國之大，沒有高度發展的資本主義，養成新中產階級和獨立知識分子，是不易鞏固民主政體的。

說到此處，似乎更可明白，中西文化之差別，實際上是資本主義發展的遲速之差別，也就是科學與民主的發展程度之差別。而這一關鍵如我在《復社及其人物》所說，還要追溯到朱元璋的兩大政策：「片板不許下海」和八股取士之祖制（何以他如此反動，此處不能具論，但簡單一句話，是他知道打倒元朝是海上力量，而乞丐出身的他想建立萬世一系的朝廷。他也是以其半通不通的知識首興文字獄者）。一失足成千古恨，中國沒有變爲帝國主義國家，然又不幸變爲半殖民地。以後我要繼續談到鴉片戰爭後西帝日帝俄帝共同破壞中國民主政治的條件，而中國西化派和俄化派又極力幫助帝國主義者。於是，更可了解中國民主政治的厄運不是什麼封建主義或中國民族的劣根性與文化的先天弱點，然後也就可以想到促進中國民主的正道何在。

——原載民國七十四年十二月《中華雜誌》

亞洲前途：現代化？還是以自己的方式發展？

——一九六八年十二月十八日在漢城高麗大學亞細亞研究所對「亞洲現代化問題」之討論講話

李所長，各位先生、女士：

在對討論題目提出鄙見之前，請容我先說一點個人小事，亦即今日我說話之由來。十二年前我第一次訪問貴國。三年前（一九六五年）貴校爲紀念成立六十年，由亞細亞研究所於六月底召集國際史學會議，討論「亞洲現代化問題」（The Problems of Modernization in Asia），中國方面被邀者據說有十餘人，我爲其中之一。我當時並未決定是否一定參加。以後聽說供給參加此一會議者之旅費及食宿費之亞洲學會覺得經濟困難，將中國方面減爲四人，其他的人則只供給旅費，我的名字在後者之列。此時貴校貴所的李相殷所長說，無論如何希望我能參加，食宿之費，貴所願意負擔。我覺得李所長雅意不可卻，乃決定前來，並趕寫論文。我也希望乘此機會對貴國所藏中國文物與各種情形作進一步理解。到了六月間，我國方面似乎有一二人不願我來參加，或者更確實的說，希望將我的旅行許可作爲我撤銷一件訴訟的交換條件。我未便接受這交易，也便當然決定不來，只將論文寄來。到了今年夏天，我在美的兒女寄我飛機票請我去看看他們，並得蔣總統之許可，乃有今年之個人旅行。現特經貴國回國，在我是踐三年前之宿約。李所長也要我將當年全部會議報告看看，說一點個人的觀感或批評，以補當年之討論。此今日講話之由來。

十天以來，我除了參觀貴國圖書文物並訪問幾位學界朋友外，晚上也曾抽空翻閱報告以及貴國雜誌上有關文章。如諸位所知，這報告除〈旨趣書〉、致詞外，有論文六十篇，以及討論記錄和會議總結報告，共計八百多頁，我不能從頭到尾看完，只抽看了一部分，大約四分之一罷。

我現在要說的有兩部分：一是我對於已經看了的一些文章和討論的感想，二是我對於有關問題的積極主張。若干點是我的論文曾經提到的。

首先，我想說，貴校以「亞洲現代化」爲題，發起東西學者共同討論，是有意義的。爲什麼要討論「現代化」呢？如李相殷先生在報告中前言及致詞中說到的，亞洲現代化乃求亞洲之進步(progress)、亞洲之發展(development)、亞洲之前進(advancement)。「發展」與「前進」字樣，也是見於許多文章中的。因此也可以說，實際上討論的是亞洲將來問題、前途問題、復興問題、再建問題；也就是李相殷先生所說「亞洲將來的理想與計畫問題」。而以亞洲現代化作爲亞洲將來發展之目標者，則如〈旨趣書〉（Prospectus）所說，在現代史過程中，在亞洲與西方接觸後，不能不承認西方之優勢，不得不求達到西方之同等的科學技術與經濟水準。這就是說，西方在現代化方面先進於亞洲，西方之路，也是亞洲之路，問題只在研究亞洲迅速現代化的方法。然在這裏，顯然有兩個根本前提需要解決。什麼叫做現代化？如以西方作爲現代化標準，亞洲人是否必要與可能走西方之路？所以我想，對於「現代化」概念，可取三種接近(approaches)途徑。

㈠看「現代化」一詞有無一般的確切意義，足以認爲是亞洲之當然（必要與可能）的前進目標。

㈡如現代化之意義不能完全確定，看他是否可以給以選擇的意義，即〈旨趣書〉所說的現代化之「內含定義」所規定的「科學化」與「民主化」二點，並認其卽足爲亞洲的前進目標。

㈢如現代化之一般意義難於確定，或亦難確定的解釋爲「科學化」、「民主化」，或卽令如此解釋，亦不足解決亞洲問題，不妨將他當作一種類乎科學方法上所謂工作假說（working hypothesis），不妨暫用他來討論亞洲之將來，以便發現有關的種種問題，達到更合理有效的觀念。

（一）「現代化」一詞之意義根本是含糊不清的

就第一點而言，modernization 一詞之意義是含糊的，如報告中印度的 Ray 教授所云。Dore 教授也說到現代化定義的困難。貴國出版的 *Korea Quarterly* 上亦有一文說到貴國人士對 modernization 一詞的觀念極不一致。因爲 modern 本來不過是「今」與「新」之意。所以 modernization 本不過中國「日新又新」之意。如果我們只是說，要建一新亞洲、新韓國，我想這沒有任何問題。那麼，也就沒有召集一個會議來討論之必要了。因爲需要討論的，乃是怎樣的一種「新」。

事實上，「現代」與「現代化」又多少有其通常的意義。在美國人口語中，現代化大抵指技術上之改革或創新，使其 up-to-date 之意，卽最新式之意。如一個工廠、一個軍隊中之裝備「現代化」。然一個國家一個洲之改造，性質則有不同。在亞洲，又向來有一觀念，卽凡是洋東西就是摩登的、時髦的。各位不要以爲中國人是保守的，而是很喜歡摩登的。但不務根本、不務正業，只打聽外洋摩登行情而追逐之，過去模倣歐洲，於今有的模倣蘇俄，有的模倣美國。那模倣蘇俄者之自殺姑且不說，模倣美國亦有害無益。不僅因爲美國進步得快，只模倣他們之新，總不免落後一步；而且，立國之道，要緊的是問自己的需要，並充實此需要之條件。不問需要和條件，只爲摩登而摩登，不僅浪費，且是兒戲。Hippie 固然不一定需要，即計算機也不一定是到處用得著的。我看見一本日本書說，日本人到處用計算機，用不上也用，反而造成浪費。而如以整個國事爲兒戲，那也是慢性自殺。而且，「傳統」之爲物，不是那麼容易根絕的。沒有眞正的「新」東西，只有洋「摩登」之模倣，結果只有舊腐敗之「現代化」，與洋腐敗之「傳統化」，即新舊腐敗之大化合！中國就是在此二重腐敗之中中毒或痲木而倒下的。

美國也有人努力對「現代化」一詞給以一般性的確定的專門意義或定義的。報告中曾有文章引用前美國駐日大使 Reischauer 對於現代化的「定義」，即指「現代世界最重要變化」而言，特別指工業化及其相隨的行爲與價値觀念而言。然除工業化而外，現代世界重要變化太多了：文藝復興、宗教改革、科學革命、工業革命；重商主義、自由貿易、保護貿易；民族國家、殖民主義、帝國主義；資本主義、社會主義、共產主義；專制王政、民主政治、極權主義；國家主義與無政府主義、保守主義與自由主義、舊教與新教、有神論與無神論、科學主義與反科學主義；宗教戰爭、民族戰爭、殖民戰爭、兩次大戰，以及歐洲之由興而衰、美國與蘇俄之勃興、亞洲之動亂，這一切，都是現代的重要現象。由此言之，這個名詞對我們所討論的亞洲將來目標問題幾無意義可言。而另一方面，帝國主義、強權政治確是現代世界重要現象中最重要的。這大概是 Reischauer 及其朋友稱日本爲「現代化之最成功者」之故；由於他最成功，所以其他東亞國家也便失敗了！而即將現代化的概念指工業化，但第一，爲什麼不直接說工業化？第二，在工業制度上有資本主義與社會主義之對立（或者還加上混合經濟），有美國與蘇俄兩大工業國家型態之對立。如Dore教授的論文所說，美俄究竟誰是「全現代化」、「半現代化」，是很難說的。今天有許多美國人以「後現代」（post-modern）自稱，其實蘇俄亦早已自命是繼資本主義社會而起者。由於工業化概念之本身並不能決定亞洲國家何所適從，對亞洲國家目標而言，此種現代化之概念仍無確定意義；尤其是他並不排除獨裁。

參加上次會議的美國普林斯頓大學的Levy教授近有專講modernization的新著，他說得非常sophiscated，不過，大體上無非是說，隨著工業技術之發展，在制度上專門化的程度愈高，而合作的程度也愈高。此則依然歸結到工業化之意。

亞洲需要工業化，這是沒有問題的。然如上所說，最重要的是落後國家為了工業化究應採取社會主義或資本主義、民主政治或極權政治，依然是一未決問題。雖然不少的亞洲領袖和學者主張社會主義，而西方亦頗有人認為「共產主義是落後國家工業化之捷徑」的。

(二) 將現代化限定為科學化、民主化，則與西方化同義；然歐化不排除獨裁，美化沒有可能

由於現代化之意義甚多，而且包括好的和壞的東西在內，至少他不一定包含民主。此所以〈旨趣書〉將現代化限定為科學化與民主化之意義，即Ray教授所謂選擇的意義。這二者是現代

西方或西方現代的兩大優秀成就。此則他的意義與「西方化」（westernization）同義。Shils所說的現代化，其意義就是西方民主國家狀態。Scalapino教授在其論文中亦承認其現代化就是西方化。美國人民喜歡向非西方人推薦「現代化」的觀念。有一本美國書說，我們要求亞洲或落後地區「西方化」，他們很難接受，說「現代化」好了！

然正如Ray教授所說，即在此選擇意義上，「現代化」也有自相衝突的過程。即一方面，趨於個人更大自由，而另一方面，趨於個人對國家之服從，這便是納粹德國、法西斯義大利，及西班牙、葡萄牙的極權主義，尤其是蘇俄之極端形式。而就科學化而言，亦有科學世界觀與意識形態世界觀之對立。這衝突傾向，都是現代化過程中產生的。這可見現代化的概念，並不能保證〈旨趣書〉所說的科學與民主之理想。這不關我們選擇問題，而是工業可造成專制，民主也可成爲獨裁的橋樑，而不論價值的科學亦將造成意識形態。

或者有人說，過去西方化指歐化（Europeanization），今天西方化指美化（Americanization），而美國畢竟是科學的、民主的。然這又有兩個問題。一是可能問題。Chai Jaihi教授說，美國與歐洲一樣，有其傳統的社會基礎。韓國——其他亞洲國家也一樣——亦然，因此不能歐化和美化。Ray教授說，也許有一個單一的西歐，但並無一個單一的美國，而亞洲各國情形是不一致的（其實也沒有單一的西歐）。這就是說，美國既不是一個單一的範本，不同亞洲國家也不能一律美化。二是必要問題。今天恐怕沒有亞洲人以十九世紀之西歐爲天堂，而二十世紀之西歐，不僅內外不安，卽在經濟上，亦未必進步於日本。美國又是否卽爲人類的天堂呢？在論文集中，Ha Kirak 教授提出現代文化由「自我發現」到「自我疏外」(self-estrangment)。這在西方各國如此，而在美國高度發展的大衆社會，卽高度工業與民主社會，這情形尤爲顯著。於是 Choe Myung Kwan 教授又提出和諧、正義、和平三點作爲現代化之特徵，然這恐怕只能說是「未來化」而非現代化了。

〈旨趣書〉和許多論文都注意到現代化與價值尤其是與亞洲之傳統價值關係問題。貴國許多學者說到主體性 (subjectivity)，結論報告說到，上次討論中一般認爲亞洲國家如失去與傳統價值觀的聯繫將極危險，亞洲人應自豪於亞洲遺產，以自信將傳統與現代化同時進行。但是，在將傳統與現代化對照之情形下，說現代化又要保存若干傳統，在觀念上不免是多少矛盾的。

報告中 Cha Ki Pyok 教授指出現代化或現代西方國家的三大特色，是民族主義、民主政治和工業主義。又說現代化意指工業化成就，較其他事物爲多。他在結論中指出亞洲國家不可能將工業化與民主化同時實現，而必須以「強有力政治領導」來推進工業化。他的意見，我且保留批評，但至少可見他認爲亞洲國家不能照樣走西方之路。

一旦走不通的時候，就要發生更大的危險。五十多年前，在中國新文化運動和五四運動以後，中國人談「賽」先生、「德」先生，其所了解的西方化就是如〈旨趣書〉所說一樣的。但五四以後，中國人對科學、民主十二分熱心而又走不通之時，共產主義潮流來了。共黨說，馬克斯主義最科學，無產階級專政是眞民主。於是中國知識界便又熱心於這種最科學、眞民主了。這並不是中國人的信心不堅。大家可以看看現代歐洲文化發祥地的義大利和西方科學與民主發源地的法蘭西，一個是無政府主義與共產主義起源的國家，一個是法西斯主義起源的國家，而現在都是共產黨力量最強大的國家。又一個是希望聯俄華共反美的，一個是天天想承認中共的。如非還有一美國，他們恐怕早已共產化了。

這可見科學化與民主化並不保證亞洲國家之西方化。卽令西方國家，亦不保證其不共產化！

(三) 現代化討論之意義，在以其作爲一個引子討論亞洲之理想的將來

由於現代化一詞之意義不明及問題之複雜，在上次討論中，就有如 Scalapino 教授在休會致詞中所說的一種情形，卽超出現代化的概念以外；同時各說各的，卽他所謂未能在討論中改變各自的觀念，因而希望會後大家再思考。其實這毋寧是當然的。然而我仍說有意義者，不僅在此討論中有東西學界之相遇，而且以現代化爲題目，提出了許多亞洲將來之問題，如說到工業化、政治領導、極權主義之拒絕、傳統之不可廢等等。這就是現代化概念在亞洲將來問題討論上有一種「工作假說」之意義。李所長說現代化討論不只是一個定義問題，而且是未來理想與計畫之方向問題以及過去得失之估計問題，「心存人類將來，亞洲知識界正企圖由更高的平面

(higher plain) 對現代化加以深思」。我以爲這幾句話指出了我們應該接近的問題之所在。但我覺得，報告中的文章和討論似乎沒有充分注意到這個方向——也許是我的疏忽，有而沒有讀到。

無疑，不論如何，現在的西歐和美國，就一般人民生活水準而論，總比落後的亞洲好得多。假如亞洲國家能如他們一樣，總比現狀爲佳。但是，就我看的文章而論，似乎沒有充分注意到現代西方民主科學之由來，正是以亞洲（以及非洲）之落後爲條件的。明白些說，西方之科學與民主時代，正是帝國主義時代。卽以日本而論，過去日本「現代化最成功」，乃以韓國與中國之落後爲條件的。現在日本「現代化最成功」，是以韓國與越南之戰亂爲條件的。而也沒有充分注意，今天共產主義對落後亞洲以及先進西方或美國，已構成生死威脅。這威脅不解除，整個「現代化」都有趨於消滅之可能。然在此威脅之前，許多西方國家，許多高唱「現代化」的人，卻以與共黨苟且或「共存」爲最大之幸福，對西方文化不僅無保衞之決心，且欲自加毁滅。想到這一威脅之由來與現狀，我斷然否認亞洲國家必須在蘇俄式或西方式國家間二者選一，因爲卽令「化」到和西方一樣，也無非重新陷入禍亂之輪廻。西方有識之士，亦深知自己文化在危機中，不足爲人類法。唯美國立國之道，與西歐不同，而地理環境亦特殊優異，於今爲了自保，有反共意志，且有建新世界之動機。然無論他是否天堂，至少不是亞洲國家都能「化」爲美國的。我以爲亞洲國家應有的大覺悟和大努力，乃是以自己的方式發展自己的民力國力，相互團結，並與非洲新興國家團結，與美國團結，共同抗拒共產主義；並共同建設一個新的世界，永絕人類一切禍亂之根。我們必須走向人類歷史之將來，而絕不是走西方的老路。這是我不揣淺陋，試圖提出我的看法的平面。

（四）亞洲問題之實質

以下我要提出我積極的見解。要說的是：亞洲問題之實質、根源，亦卽亞洲之落後與西方帝國主義之因果關聯；過去亞洲人解決自己問題之失得；因而我們在根本上努力之途徑。而我想，這些問題是應在整個世界史的過程中，在國際政治的關係中來看，而不能只就亞洲與西方之切面來看的。

但也不妨由「現代化」的問題談起。亞洲各國原來並非沒有各自的問題。但與西方全面接觸後，一切問題開始發生變化。於是有所謂「亞洲現代化」的問題。儘管我不贊成這個口號，但這口號也指出一大事實，卽亞洲落後於西方。由於落後，亞洲長期陷於被侵害之命運，過去受西方及其同盟國的侵略，現在又受西方反對物的共產主義的侵略。

什麼叫做落後呢？無他，經濟落後，工業落後，技術落後，知識落後，國民生活水準、知識程度落後而已。所謂落後，其實質就是如此。

因此，亞洲國家的任務就非常簡單：那便是塡補亞洲與西方之間的 gap —— 就今天而言，就是使亞洲各國工業化。能工業化，也就無須西方化。

可是，要使亞洲工業化，必須具備工業化的條件，解決各種障礙和困難，並研究這些條件和解決困難的有效方法。由於亞洲各國經濟發展程度，人力、資源及社會環境各不相同，在方法上各國輕重緩急之點就不一致。因此，目標雖簡單，方法問題便極複雜，而斷乎不是「現代化」、「西方化」、「科學化」、「民主化」所能了事的。

亞洲國家不能步西方之後塵以求工業化，第一個理由就是過去西方國家工業化，乃發生於世界史之一定時期，他們不僅是以獨立國家進行的，並且是以帝國主義政策來進行的，犧牲亞洲國家，乃至犧牲其他西方國家而進行的。忽視這一事實，我們不僅不知亞洲落後的根源，而且也容易得到科學民主代表西方文化之片面結論，而忽視二者之由來；於是也便不易了解我們應該致力之道。第二個理由就是現代西方國家之進步，在不同時期，在不同的國家，因其面臨的內外情勢不同，其方法也是不同的。例如，以經濟政策而論，現在西方國家在初期資本主義時代，均有所謂「重商主義」。及英法乘工業革命之機運成為先進國時，高唱「自由貿易」，而德美等後進國，則厲行「保護政策」。時至今日，高度發展的資本主義國家又皆相信凱因斯學說，以增加政府支出或漸進通貨膨脹與增加消費來解決就業問題。但落後國家的問題不僅充分就業，而且還有提高生產力水準問題；加以資本、技術、資源都沒有先進國的條件，而且落後國家的消費也是飲食起居方面的，利用低廉勞力的消費。如果照凱因斯辦法，只有造成通貨膨脹，走向竭澤而漁，促進貪污和腐敗！亞洲國家工業化運動以及其他建國運動之失敗，而一直在今天繼續失敗的最主要原因，就在不問自己的需要與條件，只打聽西方「最新潮」這一點。於是在工人很少的地方，以自殺方法製造普羅以實行馬克斯主義；在資本不足的地方，以浪費的方法製造貪污以實行凱因斯主義！

我想，爲了克服亞洲之落後，我們必須徹底了解兩個問題。一般而論，要了解亞洲落後與西方先進之根源。特別而論，要了解若干落後國家成爲先進國家的經驗，然後，在衡量自己的需要與條件後，考慮自己合理的途徑。

（五）西方帝國主義是造成亞洲落後的決定因素

先說亞洲落後之根源問題。

亞洲是否從來落後於歐洲的呢？顯然不是的。不要說十三世紀，直到十六世紀，亞洲人的奧斯曼帝國，還是歐洲最強大的國家。亞洲落後於歐洲，乃是十七世紀以來之事。

由於亞洲並非從來落後的，我願意將克服落後的問題稱爲「亞洲復興問題」，而不用有語病的「亞洲現代化問題」。

十六世紀亞洲有三個文明的大帝國，即奧斯曼土耳其、莫臥兒的印度和明朝的中國。此外，還有王國的貴國，正經過了李朝的全盛時期。但到了十六世紀末和十七世紀初，都趨於衰亂。衰亂的原因，在奧斯曼與印度皆由於宮廷的腐敗、內部的民族之爭與軍隊的專橫。而在中國，則由於閉關造成自己知識之落伍和內部的矛盾，而在壬辰（一五九二年）豐臣秀吉戰爭之後，中韓兩國並趨衰亂，中國終因流寇與滿清交迫而亡。清朝又復繼承明朝的閉關政策，而滿漢之軋轢，是在滿清兩百六十八年間未曾一天停止的。

而另一方面，則十六七世紀以來西方國家以葡萄牙西班牙爲首，荷蘭英法繼之，以民族國家之體制，將全國民（教士、貴族、商人）投入航海殖民的運動。新大陸之發現與印度洋航路之開通，刺激西方諸國民的精力之發揮和諸國民的海上競爭，使船砲技術日精。現代西方國家是通過航海殖民運動，獲得技術與資本主義之發展，因而在十六七世紀趕上和超過亞洲國家的。人們如果奇怪何以區區之葡萄牙能在當時橫行印度洋上，則可回想到十三世紀一個小小的蒙古部落，能以其騎兵橫掃歐亞。無他，一時無敵手，他們就能稱雄。如 Grousset 所說，如果葡萄牙人早一百年到東方來，遇到鄭和的艦隊，結果將大不相同了。「幸而天朝的子孫是不要海軍的」。

然在十六、七、八世紀之間，西方對亞洲一點技術上的優勢，還不是決定的。決定西方優勢的，是工業革命。但不可忘記，如尼赫魯所說，亦如許多英美歷史家所說，印度市場是促成英國首先工業革命之一大刺激力。從此先進的愈先進，落後的愈落後，並且是互爲因果的。

馬克斯以「現代社會」卽資本主義社會，而這是今日社會經濟史家所公認的。Cha Ki Pyok 教授以民族主義、民主政治、工業主義三者爲現代西方三大標誌，在一種意義上亦並不錯。然此三者，亦皆資本主義發展之產物。在資本主義發展過程中，都市之勃興，給西方國家以專制王政的民族國家以核心。此時構成西方社會的三階級——教士、武士貴族、都市市民——的地位發生變化，市民逐漸成爲主人。於是民主政治逐漸代替專制王政。民主政治者，是民族國家之延長，尤其是市民階級的政治方式。及在資本主義發展過程中，爲了肆應廣大市場，有新的人工動力之必要，於是蒸汽機應運而出，繼而電力以及內燃機等出現了。而第四階級的產業工人也出現了。

等到蒸汽機出現，資本主義也發生變化了。如用松巴特（Sombart）術語，蒸汽機以前的資本主義是「初期資本主義」（fur-kapitalismus），蒸汽機以後的資本主義是「高期資本主義」（hoch-kapitalismus），這兩個術語也是爲英美經濟史家（照樣或改換字面）所採用的。我們可說，蒸汽機以前，亞洲與西方都在初期資本主義社會，至多是程度之差。而在西方突破高期資本主義後，技術上之距離到了不成比例的程度，亞洲之初期資本主義日趨崩潰，構成西方資本主義之「外圍」，而這也便是帝國主義化和殖民地化之過程，且互爲條件，如盧森堡女士(R. Luxemburg) 所說的。

這就是說，在工業革命以前，亞洲之落後是有限的一時的現象。而工業革命以後，西方國家則以帝國主義的政策強制亞洲之落後，使亞洲比其原來的落後狀態更爲落後。日本人曾將他對中國的要求給以簡明公式：「工日本，農中國。」這也是一切帝國主義對殖民地的政策之公式。

亞洲人欣賞而也應該欣賞西方民主政治與科學之成就，但也不可忽視西方民主政治之確立，不僅是工業革命促進市民階級權力以後之事，而且西方對內實行民主政治，是與對外發展帝國主義政策同時之事。而這帝國主義政策，又是與拿破崙戰爭以後，西方的英法與沙俄由瓜分奧斯曼（所謂「東方問題」）轉到瓜分中國（所謂「遠東問題」）同時的。這只要想到英國自由黨的反穀物法案起於一八三八年而到一八四六年獲得決定勝利；而在第一次鴉片戰爭後對中國進行第二次鴉片戰爭者乃是英國自由黨的政府，就可明白了。而十九世紀之所以爲科學上「神奇的世紀」（Wonderful Century），也是在工業革命的新動力之基礎上，在帝國主義猛進中，因商業的與軍事的二重需要而促進的。

歐洲列強之遠東競爭是其近東競爭之延長，也就是說，十九世紀下期，整個亞洲，由近東到遠東，變爲歐洲列強爭奪對象了。而這時歐洲發生兩件大事：

一是歐洲列強陣容之變化。德意志在一八七一年統一，加入西方帝國主義的世界競爭，同時，英法在東南亞，在其他地區的衝突日益趨於劇烈。而法國在一八八五年侵略臺閩失利，英國則在南非遭遇波爾戰爭。西方兩強的法國英國乃各聯一個非西方的伙伴，此卽法俄同盟與英日同盟。一般人談到西方帝國主義，只注意英國而忽略法國。其實是一八九一年的法俄同盟以及西伯利亞大鐵道之建設，才造成整個亞洲及歐洲局勢之變化，造成一八九四～九五年之中日戰爭，造成一九〇四～〇五年之日俄戰爭，以及一九〇七年之英法日俄四國協商以瓜分中東和遠東，以及第一次世界大戰之大決鬥的。而這也便是西方列強一步一步爲俄國和日本的權力開路。

二是歐洲社會內部的變化。當西方的市民階級成爲社會之主人後，引起工人階級之不滿，乃有社會主義運動。在西方侵略中國之時，馬克斯在一八四八年發表〈共產主義者宣言〉，主張普羅列特里亞的革命。自此以後，西方的社會黨大抵利用民主政治增進工人權利，亦贊助西方帝國主義者與其分肥。其無肥可分者，則轉向暴力革命。而自社會主義運動起來後，歐洲的資本家也加強對外擴張和侵略，並藉此將國內剩餘資本和剩餘人口（卽流氓）輸出落後國家，以緩和國內危機。由紳士帝國主義到流氓帝國主義——也便是現代極權主義（totalitarianism）的來源，如 H. Arendt 女士所說的。

第一次世界大戰使歐洲權力與社會發生不可挽救的破裂。戰勝的英法雖然還維持民主政治形式，但信用已衰，而在俄義德，共產主義、法西斯主義、納粹主義相繼而起。這三種極權主義，也都是新帝國主義。一九三〇年大恐慌後，日本首先進攻中國，繼而「軸心」成立，企圖重新瓜分世界。第二次世界大戰發生，舊帝國主義的英法不堪軸心之一擊。納粹的空軍（luftwaffe）使海權英法的海外帝國節節解體。日本則由侵略中國進而橫掃南太平洋和印度洋，乃至偷襲珍珠港，要建立日本的「大東亞新秩序」。

美國在珍珠港事件後一意打仗，蘇俄則同時從事地下活動，播種和培育共產主義政權。等到美國的資源、馬達和空中堡壘擊敗軸心時，卻以和平正義之名，與史達林成立公開的和秘密的雅爾達協定，將東歐拱手讓給蘇俄，甚至對西柏林只留一條空中走廊；而在東方，則同意蘇俄「恢復一九〇四年以前帝俄在滿洲之權利」。於是在二次大戰結束時，蘇俄已乘西方帝國主義和軸心帝國主義之崩潰，利用歐亞大陸之權力眞空，利用雅爾達條約及東亞、東歐之共黨，建立「赤色新秩序」。

一九四五年軸心投降時，美國與蘇俄還在蜜月中。直到一九四八年美國才了解蘇俄之禍心，急謀對抗，乃有所謂「冷戰」時代。然而棋輸一著，大錯鑄成，直至今日，難謂已奪回主動。亞洲國家也便與其他世界捲入冷戰之中，造成內外不安的基本因素，難於從事建設。

以上所說，意在指出亞洲之落後與西方之先進，其根源並不完全在於民主與科學之有無，而在整個現代史形成過程中，在歐亞相互關係和國際權力關係中。由上所述，可以看出西方國家利用亞洲一時落後發展帝國主義，才決定的造成亞洲之落後與西方之先進的。西方之科學與民主，也是在帝國主義過程中發展的。然西方帝國主義只足爲俄日開路，爲軸心開路，造成自己的崩潰。而軸心以及美國又只能爲蘇俄帝國主義開路。時至今日，落後亞洲與先進西方一齊在蘇俄威脅陰影之下。而過去最先進的西歐，對蘇俄而言亦成爲落後地區了。由此又可見昔日西方先進的條件，又成爲後來自己沒落的條件。於是可見東西之分裂，乃是今日世界禍亂之根源。因而要根絕世界之禍亂，必須重建東西聯合之新世界。

不了解帝國主義的破壞性，我們不能了解亞洲落後之根源，也便不能了解一個新世界之道路。如是亞洲將來之討論也將是片面的。

試想十六七世紀間，德意志是西方先進地區。然因三十年戰爭（一六一八～四八年）之破壞，直到十九世紀前半期，還是落後地區。亞洲諸國其被西方侵略者，長者達三百四五十年（如印度），短者達六十年（如韓國；〈旨趣書〉謂韓國現代化始於一八七六年日韓江華條約，其實此約乃韓國殖民地化之始）。帝國主義原離不了暴力。在帝國主義有系統的經濟壓榨之下，加上其他暴力行動、政治干涉，再加上冷戰之漩渦、共黨的擾亂，則今日亞洲依然落後，依然不安，是很自然的。

以上所說現代世界史之過程之圖像，還應在另一方面加以補充，始見其全貌。此即西方國家先進程度，並非自始均等的。西方之德美和「準西方」之日俄，皆是由落後國而成爲先進國的。所以不妨看看他們是如何發展的。

三十年戰爭後德意志一直陷於分裂狀態。普魯士雖然整軍經武，然在十九世紀初只能與拿破崙訂城下之盟。不過從此德人民族主義高漲，並精進於學術研究，且絕不步英法後塵。此學問獨立之努力，是德意志力量之源泉。直到一八七〇年左右，在對奧對法戰勝後，才成立了獨立而統一的帝國，但行官僚政治而不行民主政治，以國家的力量發展工業；同時，以有效率的軍國主義與巧妙的外交縱橫，推進大陸帝國主義並爭取海外殖民地。這效果是驚人的，到二十世紀初，他已能對當時海上之王的英國挑戰，以此一再陷於其他西方國家的圍攻。第一次戰敗後藉再軍備而復興；第二次戰敗後，開始藉不軍備而復興。

美國之發展尤其驚人。他原爲殖民地。其人民秉清教徒之傳統，刻苦勤勞，在獨立後，以開國者之賢明，創制了世界第一部民主的憲法，將不同的人羣團結爲新的民族，是美國成功之根本。然美國的地理條件，亦非他國所能比。(1)他在白人對一千多萬紅人幾乎滅種以後，擁有世界最富資源之土地。(2)地廣人稀，促進機械之發明。(3)他未嘗以帝國主義爲國策，然在西方權力時代能以「利益均霑」、「機會均等」之名坐享其成。因此，他可以孤立而不必熱心於海外擴張，因而亦少因戰爭而耗其國力。他可以販賣術(salemanship)代替外交。(4)他有兩洋之保護，不受歐洲帝國主義之干涉，除獨立戰爭及一八一二年之役外，國土上一直未曾受到國際戰爭之破壞。在他身旁，也沒有強大敵國。雖然如此，第一次大戰前，美國雖極力實行保護政策，依然是歐洲債務國。經過第一次大戰，他一變而爲世界債權國，經過歐洲納粹之亂，大量吸收歐洲人才，經過第二次大戰，成爲世界第一工業國了。因爲兩次大戰中，歐亞成爲戰場，亞洲多遭殘破，歐洲日趨衰落，而美國則以其天惠的地理條件收穫戰爭之利而不受戰事之害。也可以說，美國過去藉歐洲之權力而「現代化」，今日又藉歐洲之沒落而「最現代化」。此天惠的地理條件，是與中國之有俄日兩大惡鄰完全相反的。然而，在他成爲世界第一富強之國之時，他的負擔成爲全球的，而天惠的地理條件則過去了。今天一個古巴，已使美國難於應付。試想美國是中國，加拿大是蘇俄，紐芬蘭或西印度羣島是日本，而在墨西哥，尚有英法基地，在第一次大戰中，日本進攻波士頓，九一八後，日本進攻匹茲堡。美國今日又如何呢？

再看兩個非西方國家的日本與俄國之發展。

日本在明治維新以前，既未統一，在經濟及知識上均落後於中國。不過看到中國被侵略而提高警覺。明治維新使日本統一。但甲午戰前，日本仍在不平等條約下，還未獨立。經過甲午戰爭，日本獲得大批現金的賠償，且取消不平等條約而成爲獨立國了。而且獲得朝鮮和中國市場了。他順利的發展輕工業。俄國之野心促成英日同盟，他在英美支持下戰勝俄國後，獨占朝鮮和南滿市場，並利用南滿煤鐵發展重工業。到第一次大戰，日本乘西方撤退亞洲的機會，充分發展重工業，並成爲世界第三海軍國。一句話，日本是藉加入西方帝國主義權力機構，犧牲韓中二國而成爲「亞洲現代化之最成功者」的。這經驗使日本又想利用德國納粹博取更大成功——「大東亞新秩序」——如是此「亞洲現代化最成功者」偷襲珍珠港，而這卻造成廣島長崎之禍。戰後日本一片廢墟。然韓國的戰亂使韓國更落後，而對日本，又是使日本「現代化最成功」之「新神風」。今日美國爲了平衡中共，極力扶持日本。日本無須國防，一意發展工商，駸駸乎第三工業國了。並且，積極運動美國若干人，贊成他承認中共了。

俄國在革命前是歐洲最落後地區。雖然兼併了西伯利亞和中亞國家，並無力開發。俄國之工業化得力於法國之協助，而目的則爲了侵略中國。然其效能之低，由其先敗於日本，及第一次大戰中敗於德國可以見之。俄國革命後，共產黨人極力工業化。但落後國家之工業化需要先進國之資本。由於共黨賴債，無法利用外國資本，而一時亦無殖民地可以征服。史達林乃想出一主意，即是征服國內的農民，於是有「集體農莊」和千萬農民之屠殺。集體農莊就是蘇俄國內的殖民地。然其效能之不足，由德蘇戰爭可以見之。美國的援助和參戰，使其轉敗為勝。到了第二次大戰後，史達林於取得由柏林到滿洲之控制後，乘機搶劫東歐和滿洲的機器，既使這些地方落後，又使蘇俄「現代化」，再一面輸出共產以擾亂世界，一面虜入德國科學家與美國爭勝。

由此可見，德美日蘇均以後進國躍為先進國，當然有許多長處和經驗可供我們借鏡，如一般國民之愛國心和刻苦勤勞，德國之科學，美國之民主，乃至蘇俄之堅定決心，都是不可否認的；然而他們成功之巨大，一般的也是利用了國際形勢之機會，直接利用武力，或加入世界權力之一方，乃至犧牲他人，也是不可否認的。

然無論英法這些國家的機會，德美日蘇這些國家的機會，對今日亞洲諸民族而言，是永遠難於再來的，而也不應該期望其再來的。美國的地理條件非亞洲國家所能有，蘇俄征服國內農民和劫掠他國的方法也斷不可行。而這也便是亞洲國家之復興不能「西方化」，不能「蘇俄化」之根本理由。

（六）西方文化對亞洲之利害

或者有人說，當西方國家向東方發展時，作爲一種權力，作爲帝國主義，他們的經濟、政治、軍事的力量固然對落後地區發生破壞作用，然他的文化或生活方式，包括民主與科學在內，亦向落後地區——不僅亞洲、非洲，亦向東歐衝擊，而這則是有啓蒙的乃至建設的作用的。這兩方面是應加區別的。

這話當然不錯。但需要作三點補充。第一，隨西方權力而東來的文化，包括各種東西，如基督教、科學、技術、文學、藝術；社會科學、哲學、民族主義、民主政治、社會主義、共產主義等意識形態，以及其他各種西洋紳士與流氓的生活方式與娛樂、毒品、暴力、欺詐、驕奢淫佚、腐敗墮落與種種無恥等等。這有健康的東西與不健康的東西。第二，這些東西之爲利爲害，當然要視亞洲民族之態度而定，即是否能批評的接受而定。第三，然全體說來（合亞洲、東歐和非洲而言），由於西方文化與其權力有不可分的關係，這些東西對亞洲之影響，迄今爲止，在總決算書上，害的分量也許還略多於利。要變有害爲有利，還須亞洲人在知識上和政治上成熟。

在西方文化對落後地區衝擊時，因後者狀態之不同而有兩種反應。在相當獨立的國家，大抵學習西方科學技術，效法其帝國主義，乃至準備取而代之；如過去之德國、俄國以及日本皆然。

而所謂共產主義者，實對西方文化之弊而起，而又承繼其中之帝國主義的。共產主義之威脅尚未解除以前，卽不能不說害的成分大於利的成分。

在領土、主權受到損害的民族與國家，則因各該民族與國家對西方權力的反感，因而對其文化亦生反感。愛國心爲人類天性，最初的愛國主義總是以傳統名義起來的。然以西方權力爲後盾之西方文化有其不可抗之壓力，同時落後地區之固有文化隨其固有經濟而衰落之時，發生一種固有文化之危機。其表現卽「西化運動」之起。而這又必引起「傳統派」之反抗，也便有「傳統派」與「西化派」之論爭。由於在西方權力下落後地區日益趨於落後，日益趨於不正常，傳統派日益趨於復古，而西化派則因模倣西方而逐漸抬頭。於是愛國主義首先採用西方之軍備與科學，繼亦援引西方之民族主義，而因十九世紀下半期正西方民主政治鼎盛之時，亦主張西方之民主立憲。亞洲之民族主義運動一時可說都是「西方的民族主義」。如「少年土耳其黨」及中國之變法、革命運動，皆是如此。這是西方文化對亞洲之積極效果。可是，一方面，此種民族派往往因其「西化」，趨於浮薄，與人民疏遠，也便不能解決自己國家的問題。另一方面，西方帝國主義者因其短視自私，對於亞洲之「西化的」民族運動、民主運動總是討厭的，加以妨害的，直到他們無力妨害之時。亞洲民族運動之抬頭，是第一次大戰以來之事。

但在第一次大戰後，西方文化危機暴露，蘇俄革命發生，共產主義又成爲一新潮流了。亞洲民族主義者因在思想上無力解決固有文化危機及西方文化危機之「二重危機」，益徬徨於落後國家復興之道；而在政治上則因蘇俄反帝和援助民族運動之宣傳，有系統的滲透民族運動，因西方帝國主義者對亞洲民族運動之「頑固的」短視自私，再加上戰後西方知識界或基於正義，或基於無知之贊助共產主義，亦對亞洲知識界發生影響；於是亞洲民族主義往往與共產主義同盟或受其影響，卽由「西化」而「俄化」。

然共產主義並非落後國家之需要。民族主義者無論爲了自己的利害或國家之利害，終必與共產主義者分離。所以今天亞洲或非洲，都有民族派與共產派之爭鬥。在國內人民之反應與國際冷戰中，民族派與共產派都有分化。但就目前而言，共產派似乎較爲強悍。二者最後勝負，將決定亞洲因而世界之將來。

在這一過程中，中國之命運，是亞洲諸國的鏡子。在西化和俄日之連續的聯合的壓迫下，中國之民族運動，由洋務運動而政法改革而中華民國之建國而新文化運動，一直是在「西方化」影響下進行的。但西方列強照例袒護中國的反動勢力。五四前後是中國文化危機高潮，亦西方化熱心之高潮。但隨著西方文化危機之暴露，隨著西方國家協助日本而不支持中國之關稅與法權之自主運動，就逼著五四時期中國西化派領袖成爲共產黨的領袖，也逼著一向認爲美國是中國建國模範的中華民國創造者認爲俄國革命是「人類一大希望」。中國共產主義的種子是由此而播種下來的。而首先擔任播種任務的，並非俄國人，而是西方人，卽荷蘭之馬林・斯里微列（Maring-Slevelet）。

中國民族派終於統一中國，成立國民政府，並在共黨野心暴露後鎮壓共黨。日本不停的侵略，使中國除抗戰外別無他途。在抗戰勝利以後，中國方有機會重建國家之時，又居然讓共黨取得政權，造成中國與亞洲之大亂。美國所謂「自由派」說，這是中國民族派「腐敗無能」之故。我無意反駁這一點。我只指出，這只說了問題之一面，而且，也沒有說明這「腐敗無能」之根源。中國赤化之故，可由外部和內部兩方面來看。

由外部說，中國民族派統一中國之後所面臨的打擊，是非常的。日本自九一八起，公然以武力肢解中國。他的老盟友英國不斷想承認「滿洲國」，只因美國反對而作罷。中國希望國際聯盟主持正義，而英法則甘心國際聯盟之死亡。而在這時候，蘇俄又命令中共暴動於內，並乘機拿走唐努烏梁海和外蒙，而且入侵新疆。

等到中國獨力抗戰之初，美國依然在「現款自運」法案下以汽油廢鐵售與日本。蘇俄則藉與中國成立「互不侵犯」條約，使中共成立軍隊，假參加抗戰爲名，實則與日軍合作，襲擊國軍。

日本偷襲珍珠港後，中美成爲併肩作戰之盟友。然當中國與民主國家共同慶祝勝利之時，中國實在一個前門出狼，後門進虎之局。爲此虎開門者則是美國。一九〇五年老羅斯福在朴茨茅斯不得中國同意將南滿由俄國手中轉交日本；至是四十年後，小羅斯福在雅爾達不得中國同意將南滿由日本手中轉交蘇俄，並附加一個外蒙。在此藍圖下，乃有所謂「中蘇友好同盟條約」，使中共「打通國際路線」，再在哈利曼先生協助下，使蘇俄得以武裝中共並訓練之，使中國在八年抗戰之後，再面臨一個赤色關東軍之南下。

繼而在中國民族主義者與共產主義者作生死鬥爭之時，西方，尤其是美國的「遠東專家」又歌頌中共爲「民主派」，爲「土地改革家」，誤導他們的政府和輿論，打擊中國民族派之反共意志。而中國的民族派經此打擊，也的確喪失了抵抗的意志。

爲什麼喪失抵抗意志呢？這便當看看中國內部情形。中國在長期「西化」過程中，經濟日趨破產，但在政治上，西化派是日益抬頭的。中國自廢科舉與學校以來，政治上的「菁英」(elite)，大體上是新式學校出來的，尤其是留學生。中國青年出洋留學，自容閎算起，百年以上。自一八七一年正式派人赴美留學算起，亦將近百年。北伐以後，留美學生在中國各方面，尤其在政治上在教育上是「第一等人」，社會亦以偶像視之，其中自有人才。然中國的擔子甚重，而他們的地位與其能力多不甚相符。一般而論，大多不甚「知稼穡之艱難」。他們飲食起居力求像洋人，知道若干洋名詞，然於洋人之學，又往往只是一知半解。他們很看不起中國和中國人民，但如何使國家進步，又實少眞知。他們既必養尊處優，在政治上只有走上「腐敗無能」之路。在教育上，他們大抵回國卽爲教授。其中有好教授，其次，也能照本宣科，然而洋書未讀幾本，讀亦未通，只能大言欺詐者亦復不少。此自不能作育人才。由於「西化派」在政治上教育上有權位而無才能，也便使不滿的知識分子與青年以馬克斯主義爲批評的武器，唯由於崇洋已成風氣，俄國人也是洋人，便相率投入俄化潮流中了。這般西化派是不聽中國人的話，而只聽洋人的話的。俄化派更是專聽俄國洋人的話的。等到美國洋人恭維共黨「民主」之時，昔日趾高氣揚的西化派當然也就神氣蕭索，設法改頭換面了。

由此可見，西方國家在世界上爲蘇俄權力開路，而中國的西化派則在國內爲俄化派的中共開路。

中國之倒下，美國以爲一本「白皮書」即可「勾消」之，他們的如意想法是毛澤東可以狄托化；即令不然，落後的中國亦不足爲患。他們未料到韓戰立刻起來。血戰三年，方慶韓戰停火之時，亦未料到越戰繼之而起。他們更未料到一批歐美留學生如王淦昌、錢三強、錢學森之屬爲毛澤東服務，竟使落後的中共製造出原子彈；然這班留學生也不過步 Pontecorvo 之類的後塵。

而韓戰與越戰的情況之不同，也值得注意。貴國在「現代化」或「西化」方面，自不如越南。越南在老牌西方的「法國化」之下，由嘉隆王時代算起有一百六十餘年，早於中國之「英美化」；由一八六三年之西貢條約算起，有一百餘年，早於貴國之江華條約。但貴國民族派的戰鬥意志，非越南民族派可比，而南韓也沒有韓共游擊隊。再以河內與西貢比較，無論如何後者總有更多的民主化和科學化，而強弱與氣象則成反比。如謂西貢民主科學得不夠，則越戰竟成爲世界最民主、最科學的美國對外作戰以來最不愉快的戰爭，而且幾乎要造成美國國內之分裂！這可見今天世界問題、亞洲問題不僅民主、科學而已。

以上一切，值得我們深思。

西化國家過去對付亞洲國家處處有餘，然一遇到共黨，就表現不足。羅斯福與邱吉爾是當代西方最優秀政治家，然遇到史達林即在門智上失敗。這不是偶然的，不是羅斯福生病或一個希斯在旁所能解釋的，因爲老羅斯福幹過同樣的事。再看整個西方支配的現代史，一步一步爲軸心開路，爲共產主義開路，更不是偶然的。

如果說這由於對世界對亞洲事務的經驗不足，則在二次大戰後，當蘇俄決心打倒美國之時，美國始而說「圍堵」，繼而說「解放」，繼而只有「選擇反應」，而結果還只有「和平共存」、「談判時代」。這可見美國對於自己的存亡，根本並無長遠的計畫，對於共黨只有防禦之一策。這也不是偶然的。

而一般受過民主與科學訓練的知識分子，其以科學知識爲蘇俄作間諜者固爲數不多，然以民主反民主者則實繁有徒，如西方共黨、同路人和新左派。其中遠東專家並能以各種妄言，爲中共說法。他們表面上得意於馬克斯說共產主義首先實現於先進國的預言之不確，反過來說共產主義是後進國工業化之捷徑。這無非是共黨「到巴黎之大門是北京」的另一說法。他們還有東方社會論，說東方人只知吃飯，不知自由，故共產主義可行於東方。現在如 Fitzgerald 希望中共能利用西方訓練出來的「專家」，以保持西方與中共的聯繫。Reischauer 則以爲只要有日本，便天下太平。而時至今日，他們年輕的一代一面吃麻藥，一面高呼毛澤東胡志明萬歲！他們不僅要毀滅他們的民主，而且壓迫其教授不許參加國防的研究。這也絕不是偶然的。

這最客氣的說，是唯利是圖，眼光淺近。這是勢利主義，也就是「腐敗無能」！這根源卽在西方社會、西方文化之發展原由侵略亞洲，寄生於亞洲而來。過去西方之所以能「自由侵略」亞洲，歸根結柢，無非藉一時技術優勢。而自黑格爾以來，他們卻「自由自吹」，說他們有特殊的「自由」、「理性」和「民主」。等到更凶惡强盜之共黨有同類技術時，他們不談「自由」、「理性」、「民主」了，只想討好（姑息）乃至投降，並爲討好、投降自圓其說而「自由亂說」。蓋寄生性形成其腐敗的第二天性，喪失道義勇氣，缺乏世界觀，於是聰明才智除了技術以外，也就有限了。這便是西方文化之限制性。而亞洲西化派本是「次西人」，其「腐敗無能」乃是西方社會「腐敗無能」之延長！因此，他們指摘亞洲西化派之「腐敗無能」恰恰忘記耶穌所說：「爲什麼看見你弟兄眼中有刺，卻不想自己眼中有梁木呢？」

所幸共產主義亦有其弱點，亦有其限制性，亦腐敗無能，且更狂妄。所以今天還有一個「恐怖的平衡」。

關於西方文化與共產主義雙方的限制性，下面還將加以申論。然卽此已可說明「現代化」、「西方化」不是萬應藥方；亞洲及落後地區之復興，不只是民主化科學化的問題。而亞洲國家如以「現代化」、「西方化」、「美國化」爲目標，那只足成爲到「腐敗無能」和赤化之捷徑，而絕無民主與科學！

今天許多美國人向亞洲國家推薦「現代化」、「西方化」、「美國化」。一方面說，這是

「何不食肉糜」的說法。另一方面說，他們自己尚不知如何謀國，便想作亞洲之教師，不有一點過於自大嗎？

我很坦白說，亞洲人應該在技術上學習美國，在外交上聯合美國，但在立國之道上，在復興國家之大業上，絕不能做任何洋人或美國人之 Yes man。否則，只有災及其身。

（七）亞洲民族復興運動之成功與不成功

由上可見，亞洲民族之復興，第一步必須解除帝國主義之壓力，以求得獨立統一。不解除外部壓力，工業化卽不可能；工業不發達，根本不能免於侵略，且不說民主政治無由鞏固，科學亦無所用之。

經過第一次大戰，亞洲民族運動抬頭。第二次大戰後，舊西方帝國主義崩潰，軸心亦投降，過去殖民地先後獨立，成立新國家。這是亞洲以及非洲民族運動的成功。

但是，獨立統一只是建設之前提。當過去西方國家以及軸心國家都在經濟上復興時，亞洲以及非洲的新國家，一般而言，依然落後，依然貧困，且未能達到政治的安定。有的陷於相互衝突中，給共黨以機會；有的直接受共黨之威脅；有的已被共黨占領一部或全部，甚至正在進行內戰之中。其所以如此，一個基本原因，還在其落後。就此而言，亞洲民族運動還未成功。然則何以亞洲諸國未能克服其落後呢？

這原因或困難，一部分由於過去帝國主義侵略所造成的「負債」，一部分則由亞洲或落後國家自身在觀念上、知識上、經驗上的弱點，尤其是雖在政治上獨立，而在觀念上還未獨立。一個基本的困難，便是在新國家中沒有能形成一個國民的政治的中心力量。現代國家之結成，都是由於有一種中心力量及其政治菁英（power elite）。例如西歐，先是貴族階級，繼而是市民化的貴族，最後是市民（bourgeosie）。日本明治維新，實靠下級武士（samurai）。在中國、韓國、印度、埃及或其他亞非國家，在固有的統治勢力或制度瓦解以後，新起的勢力大概是在民族主義運動中起來的受過「現代」訓練的軍人或受過「現代」教育的知識分子。然由於本國的社會已被破壞，他們都沒有社會基礎，而只有「意識形態」，亦即都是「意識形態人」（ideologue）。其結果有二：

一是他們以革命取得政權後，逐漸成爲既得利益階級。既得利益階級不願放棄政權，革命的既得利益階級尤其不願放棄政權。但既得利益階級必然趨於腐敗。這就是從黃海到幾內亞灣，從薩爾瓦多到巴拿馬的普遍現象。

二是由於他們都是意識形態人，而意識形態是實際利害之方便說法，所以他們儘管講民族與獨立，實際上他們是將其在所接受的意識形態與他們的現實利害結合起來而決定他的言論與行動的。然在今天意識形態時代，意識形態甚多，民族主義之意識形態亦可因與傳統主義、西化主義、俄化主義結合而發生變異，所以他們慣於以外國名詞爭論。特別是在共產主義之大意識形態輸入後，他們又有左右之爭乃至於相殺了。最早的例子在中國，最新的例子是越南。

在帝國主義長期壓榨下，落後地區固有中產階級早已破產，而在帝國主義撤退後只剩下陳舊的機器，而陳舊的機器，等於陳舊的兵器，沒有用處的。於是資本之缺乏，成爲落後國家經濟上根本困難。加之現在企業需要管理人才與技術人才，在殖民地時代只有買辦與工頭，而現在意識形態家多於技術家。經驗之不足，技術之不足，又是經濟之致命傷。再亞洲民族主義者在二十年代以來都多少受社會主義之影響。現在爲了政權之便利，更願嘗試國家經營，統制辦法。在這情況下，與政權有關的特權商人便有機會壟斷經濟事業，而這種政治寄生資本，實在是反民族的，製造腐敗，破壞經濟的。

新興國家的統治勢力既有趨於腐敗之性質，而又有經濟不發展之困難，所以新興國家雖然獨立，依然貧困。窮困自然產生不滿。這不滿情緒，又因教育之較過去發達，知識青年日益增多，而又不能就業而日益嚴重。這些新的知識青年如西方國家的青年一樣，對過去歷史印象模糊，但感到共產主義是爲他們發洩不滿之情的一個總出口。他們也如西方青年一樣反對上一代。

上一代中之執政者知道自己趨於孤立，只好運用最大盾牌的民族主義。或者將人民之不滿情緒導向其他的仇人，乃有阿拉伯與以色列，巴基斯坦與印度之爭戰。或者以「菲化」、「泰化」、「越化」、「印尼化」之名歧視少數民族之華僑，乃至沒收其財產，滿足其暴民。此外，或者藉「中立」與「不結盟」之名，玩弄外交手段，共黨之機會也就更多了。

總之，亞非新國之困難，一部分是過去帝國主義統治造成的，而一部分則是在政治獨立以後，精神上尚未獨立而成年，不知如何由落後國家變爲先進國家，只在已有的意識形態中尋求或調配出路，而不知今日落後國家所面臨的問題是沒有先例的。此精神之未成熟，便造成政治之不安，經濟之無成。此所以革命易而建國難。

落後國家占今日世界最大多數的人口。落後地區之不安，增進共產主義之野心，和整個自由世界之困難與危險。

(八)落後國家之復興首須確知必依自己的方式發展：好學第一

在我們了解亞洲國家落後的實質、落後之根源、西化之無益、當前的困難之後，便可談亞洲復興之路。亞洲各國情況不同，現只就共同的落後之點一談，而我以爲這也適用於非洲與一般落後國家復興之路。

第一、落後國家之復興，首先要有一種精神的獨立和建設。亞洲要徹底了解今日落後國家之復興，沒有一個現成的模型。歷史命定今日亞洲各國的人必須創造一新國家、一新社會、一新的國民文化。不能完成這任務，便是失敗；而要去找一個現成模型，便是失敗之路。

因爲，傳統不能恢復了。亞洲各國固有傳統本非一成不變的，亦非都值得保存的。如果西力東來前的傳統是可恢復的，何至過去被西方帝國主義所侵略？當然，我們必須在自己基礎上，由自己的文化遺產出發，然不能發展爲新的傳統超過舊的傳統，他也只有爲「非傳統」所毀滅。而「西方化」是不通之路。一則，西方過去的方式，西方自己已行不通。二則，東方國家有他不同的需要，不同的條件，也無法模倣。當然，西方的技術是應學的，但也不能不求超過，否則依然落後。西洋民主制度之長處是可學的，但也不能完全倣效。然而西方之腐敗與勢利主義，是斷不可沾染的。

而當然，「蘇俄化」的道路，共產主義的道路，更不可嘗試。說共產主義是落後國家工業化捷徑之人眞是盲目於自己，盲目於東方的假學者荒謬絕倫之言，萬不可聽的。

總之，亞洲國家必須超越傳統、西化、俄化，向新社會、新世界而前進。這句話可以換句話說，亞洲國家必須依照自身方式而發展 (development in her own way) 。卽首先研究今日先進國一般的知識、經濟和其他的成就與方法，依照自身的條件和需要，提高自己文化的、政治的、經濟的水準，先求對等，再求超過。此種發展才是能生長的 (viable) 。

這一種以自己的方式發展之觀念是保持民族團結的精神力量，而其努力就是一種適合於自身生存與進步的新文化之創造，雖然一個新的社會與文化之形成，必須在其學術、政治、經濟平均發展之後。而第一事是教育學術。建國必先建人。

亞洲國家必須教育國民學習和精通現代技術和科學。今日一國之富強決於一國的技術人才——從最高科學家到司機之量和質。而科學是技術之母，落後國家必須一面普及國民以科學知識，一面成立研究機關，養成理論科學人才，這是不待說的。在這一方面向西方國家與美國科學學習，不失爲一捷徑。

但是在人文學與社會科學方面，則無此捷徑，必須自己研究，因爲世界之物，到處一樣，而國情則有不同。況且，他們在這一方面，也是遠落後於自然科學的。例如，美國並非哲學之國。在史學方面，美國人一般不重視史學，雖然不乏專家。然史學之爲學與自然科學不同，一切局部的歷史研究是必須結合到整個的歷史研究才有價值的，否則只見樹木而不見森林。美國遠東史的研究，只能說尚在開荒時期，將他們試探性言論當作結論，只足以自誤。而就整個西方史學界而言，至今爲止，如 Baraclough 在其《變化世界之史學》中所說，有根本的缺陷，首先就是一種西方中心主義。雖然新傾向在開始，但東方人應有自己的，足以平衡的研究，而不能以之爲師。又美國社會學，是以美國社會爲對象，美國的經濟學，是以美國高度資本主義爲對象的，在研究的方法上有值得參考之處，但他們研究的結論，對落後地區無甚用處。政治學亦復如此。美國一面有其政治傳統，首先是其憲法；另一方面，有其新的問題，如中西部新勢力之產生，都市中的新問題，或都市郊區的新傾向，乃至今年大選中幾乎發生的憲法危機，故在目前，改革選舉制度是一大議論。而這對於落後地區之政治學並無直接關係，是不待說的。至於他們的文學藝術和電影，在技術上，可學者多，但以內容而論，如黑白問題、老少問題，在落後地區，並無同類的問題，就說青年之 frustration 罷，他們的 hippie 之苦惱在於錢太多，而落後地區青年之苦惱在於錢太少。模倣是東施效顰。效顰是文學中之丑腳表演，但不能將整個文學變成丑腳。

由於美國地位重要，亞洲及落後國家當然要研究美國。亞洲國家的外交問題與美國遭遇的不盡相同，但也不能不了解，作爲自己應付的方針。然而這不是說，美國怎樣，我們便怎樣。

英人有言：「只有穿鞋者才知道鞋子的鬆緊。」此言雖小，可以喻大。這與中國「削足適履」的笑話是一個意思。鞣皮、作鞋之技術是一樣的，長短大小，則必須自己決定，不能照他人尺寸，做自己鞋子。將這道理應用於復興再建上，就是「以自己的方式發展」。我想，亞洲民族都贊成民族自決，然「西化」者乃是自決之反面。

要具有自決之能力，了解如何以自己的方式發展，一個最重要學問是史學：就東亞國家而言，自己的歷史、中國的歷史、西方的歷史、共產主義和蘇俄的歷史、太平洋關係的歷史。只有知己知彼，才能決定自己的現在與將來。又在史學研究上，民族主義是無可避免的，甚至過度的民族主義也是無可避免的。然而，史學之更進一步的研究，一定了解人心之同然，了解人類休戚之相關，擴大自己的心胸，於是歷史知識也愈爲有用。在這意義上，民族主義之史學，是史學之少年時代。

我不贊成聽洋人的話，固然不是說不學他們的科學，也不是說科學以外別無可學。最可學者，如德國人在學問上的認眞與嚴格，如美國立國初期之淸教精神——有當年之憂患，才有今天之安樂——美國人之「獨立」(independence)、「自助」(self-reliance)，以及合作、互助與「集體的責任心」(collective responsibility)。卽使共黨，也非無可學者，那便是他們「精神的優勢」、「最後勝利」的信心，以自己的方式，「趕上和超過」(overtake and surpass)美國的決心，以及經常對世界局勢之研究，決定他們的政策。不在這些地方超過共黨，也不能擊敗共黨。如共黨要超過美國，亞洲人只想步美國後塵，則亞洲爲共黨呑滅必矣。

爲落後國家計，一切之錢可省，首先要準備用一大批錢，以便集中全國最好的頭腦，辦一個最好的研究機關，集中最好的教授教師，辦一二所最好的大學，幾個最好的中學和小學。學校之普及是需要的，而膨脹是不可避免的，但總要寧缺毋濫的有若干絕不遜於當世最好的大學或其一部分之水準的學術中心。同時，要鼓勵一國青年獨立自尊之心，對學問對國家的愛心，追求眞理之無限熱忱。沒有人才，沒有學問，沒有好學之心，落後國家永不能自拔於落後。這也關聯到價值與道德的問題，下面再說。

（九）必須以國民的、國家的、國際的三種資本發展工業

第二、亞洲及落後國家的根本任務既是工業化，則有效發展工業的方法是在自由經濟原則

下，發展和利用國民的、國家的、國際的資本。

近世西方國家始而行重商主義，即王政的資本主義。繼而市民階級權力確立，行自由的國民的資本主義；此種資本主義因毫無節制，且利用國家權力支持之，乃形成獨占資本主義。由此反動，乃有社會主義共產主義之興。而因共產主義乃是一種獨裁黨的獨占資本主義，其害尤過於私人的獨占資本主義；於是過去的資本主義國家又有「混合經濟」之實行和「福利國家」之號召。

落後國家之苦痛不在資本主義之過分發展，而在資本主義之不發展。故必須盡量鼓勵私人資本之發展，利用亞洲人刻苦勤勞習慣，增進一般人民之富力，即是國富。一個支持民主政治的新中產階級必經此才能造出；而且，一般工商業的經營人才管理人才亦可由此而養成。許多亞洲領袖，如尼赫魯先生等傾向社會主義，乃由他們看見西方資本主義之弊害。但他們忽略這弊害是西方資本家利用西方國家權力侵略落後國家而來的，今天亞洲國家不會有此種可能性。

落後國家其所以不能行社會主義、共產主義、國家資本主義、國家社會主義之類者，一面因其妨害國民的殖產、新中產階級與經營人才之養成；另一面則因這些國家的民主政治尚無充分基礎，國家對經濟之干涉，只足以造成政治寄生資本主義，妨害乃至於毀滅國民經濟。再者，外資對於落後國家，有絕大的重要性。沒有外資，只有剝削人民。在過分的統制制度及共產主義之下，外資是不容易招來的。而先進國與後進國之合作，不僅是兩得其利，而在對抗共產主義方面，在建設將來世界方面，又都是有關鍵的重要性的。

這不是說，亞洲及落後國家的政府對於經濟應取「無爲主義」（laissezfaire）。政府的政策，首先應維持公平競爭體制，鼓勵國民之殖產。亞洲人非無商業才能。看中國歷史上波斯和大食的胡賈好了。但純粹的買賣與工業的經營是不同之事。政府的責任，第一、鼓勵國民由純買賣的或投機活動轉向於生產性的活動。第二、對國民的投資活動予以便利、指導。例如開發交通、動力，或對國民財力所不及者，先作示範經營，或以保息、包購等政策鼓勵人民投資，或以免稅辦法鼓勵出口，同時，注意公私事業之平衡發展，並防止獨占之發生。第三、外資之利用，自非政府之參加不可。政府於巨大事業，亦可以國民的、國家的和外國的三方面資本經營之。此外，除了考慮國家預算外，必須健全中央銀行，控制利息和外滙，保持國家收支之相當平衡，也是不待說的。

不僅先進國與後進國之合作，亞洲諸國相互間之合作，也是重要的。一般而論，東亞諸國在資源上都不豐富，卽中東與西亞國家，雖然特富於石油，其他資源頗爲缺乏，而石油也不是用之不竭的。今日亞洲國家忙於自己的問題，說到外資，就想到美國，而美國之資本，則又只想投到最有利之區域，如西歐與日本。我想亞洲人宜自爲計。假如東亞國家就其可以相互利益之處，成立一定的計畫，共同邀請美國、西德的財團參加，也許比大而無當的計畫好得多。不待說，這是要各國的政府和民間合作，而也需要學界先作一番調查研究的。

過去西歐資本主義之發達，自始是不健全的。十六世紀初，英國尙在手工工廠時期，卽犧牲農業以發展工業，故莫爾(Thomas More)因英國不種麥而種草，而有「羊子吃人」之說。其後工業愈發達，愈以殖民地爲農業食糧供給之地。所以一旦殖民地獨立，西歐資本主義之霸權卽告終結，而讓位於今日美俄的大資本主義與大共產主義，而他們不僅都是大工業國，也都是大農業國。然美俄制度，在來源上是過去歐洲制度之極端化與大量化，都不是落後國家所可能的。戰後歐洲之混合經濟，乃由戰時統制之一部分沿襲，和一部分取消而來，由保守主義與社會主義之相持而來，亦由美俄兩大之壓力而來。而福利國家則實在甚爲浪費。至於西歐共同市場，雖一時頗見成效，有成爲第三經濟勢力之可能，然因西歐民族國家之傳統根深蒂固，加以法國之專斷，前途未必可以樂觀。這都不是亞洲國家所必效法的。

亞洲雖然今天落後，然落後亦是尚有充分發展之餘地之意。亞洲傳統的自耕農制是應該維持的，不過須使農業工業化，而這又以工業發展爲前提。如果亞洲新國家以國民的、國家的、國際的三種資本進行工業化，一方面求工農業之平衡發展，求公私企業發展之平衡。另一方面，充分發揮區域的合作之利益，實可使落後國家在社會經濟上開闢一新的形式。唯有第三世界能在經濟上發展而且開一新形式，才能支持一個新亞洲文化的產生，才能充分自立有力，與美國合作，阻止共產主義之擴張。同時，這也可影響整個世界經濟的變化，使世界走向一個更適於人類眞正和平共存之路。以爲亞洲人必須在歐洲人所畫的資本主義、社會主義、共產主義的圖案中尋求自己的經濟出路者，恰恰是使亞洲落後永久化，並延長和增加世界之混亂的。

這落後國家有效發展工業之路，也自動的歸於眞正民主之路。

（十）由廉潔、文治、法治政府到保障資本、勞力、知識三權的民治

第三、亞洲及落後國家必須建立廉潔的、文治的、法治的政府，建立比西方更充分的保障資本、勞力、知識三權的民主政體。

許多人看見西方民主政治之成就，又看見東方許多國家至今尙無西方的民主，便以爲這是西方之特長，非亞洲所固有。其實這並不確實。西方所謂 Democracy，乃人民統治之意，卽國事公決之意。不過此所謂「公」，原是有一定範圍。一切民族無不有其原始的民主，卽由一定的氏族與部落之首長「公決」。同時，所謂自由，原是一部分人的特權之意。然等到「公決」不相下之時，也便有一定的寡頭、專制、獨裁代之而起。不過隨著文化之進步，「公決」之範圍逐漸推廣於全體人民，過去一部分人之特權逐漸普及於全體國民，便是民主之過程。在此意義上，民主也是一種必然之趨勢。所以然者，卽必須如此，才能保持一國內部的團結與和平，發揮共同的力量。於是有民主的原則和制度。所謂原則，卽政府必須基於民意而統治；所謂制度，卽文治、法治，而此所謂法，乃由人民自己制定，適用於全體國民並由獨立審判執行的。於是有憲法，有三

權分立，有總統制與內閣制，有直接選舉與間接選舉，並由一部分之選舉權到「一人一票」，並規定人民之權利，政府行使政權之方式與交替之方式。而作為人民有組織的參與政治之方式，政黨政治也便應運而起了。

過去中國即使在帝王政治之下，所謂「天下者天下人之天下，非一人之天下」，人民經由考試而參加政府，鄉舉里選與地方自治，四民平等以及人民之言論不可防止，人民之權利不能侵害，法律適用於全體人民，而司法應不受政府之干涉……這一切原則與制度，雖事實上未能充分做到，且有時遭遇破壞，一般而論，也還是逐步進展的。

而西方之進展甚為顯著，亦是事實。然此顯著，亦是十八世紀以來，尤其是法國革命以來之事。此乃由於在民族國家之競爭中，在對亞洲美洲之殖民活動中，市民階級之勢力日益抬頭，為民主政治積極的主張者與實行者，而他們的要求，一時也代表全體人民之要求。以後西方民主政治之進步，表現於選舉權之擴張，唯西方勞動者、婦女之有選舉權，也是新近之事，而一人一票，也還未完全做到。而另一方面，享受民主政治利益之「獅子份」者畢竟是資本家。於是獨裁主義者起來對民主政治公然挑戰，並利用民主政體來破壞民主政體。即在美國，一方面還有黑人問題；另一方面，大衆傳播亦對民主發生有利有害之雙方影響。於今西方民主政治已在一危機時代，也是我們不可不知的。

雖然如此，我們不懷疑民主政治是一個較好形式。但我們不可一步一趨學西方的民主，因為他們的制度並不一致，而且非無毛病。而當視自己之需要與條件，參考他們之得失，使亞洲人在政治上更能貫徹民主的原則與精神。

如果民主政治之最大作用在於集思廣益，保持國內團結，保障國民權利，因而使國民自動的由衷的愛護其國家，盡其義務，亞洲以及落後國家尤當以最大誠意，由文治、法治，到充分的民主。

今日亞洲國家及落後國家大多數還是軍人政府。這是新興國家之當然現象，尤其因有共黨關係使然。今天有西方人和東方人談軍人政府的民主性質的，但在我看，軍人政府總是非常現象，而非正常現象，不易長治久安。這是由中外古今的歷史可以看出的。所以我期望亞洲軍人政府之早日結束，走向文治、法治、民治之目標。

今天落後國家最重要之一事，是建立一個廉潔政府。文治、民治並不保證廉潔，許多軍人政府正是由反貪汚而起。而貪汚不僅有害於工業化，一切政治上罪惡無不由此而生。要根絕貪汚，除了法院能嚴正審判，准許人民批評檢舉之外，也必須公務人員能過一個健康而光明的生活。說到這裏，我很慚愧，我國自抗戰末期以來，公教人員生活一直在不合理狀態。而有責者只是因循，而也許不深知這害處是可以貽害國民道德至百年之久的。

法治不在法律之多之嚴，而在公平、有效，與司法者之敬業——認法律至上而獨立的依法審判。一個大政治家不世出，但一批好法官，其功效就抵得一個大政治家。

法治有了相當基礎，一般國民守法習慣養成，民治才能發揮其作用。民治也需要組織。政黨政見與競爭正是有組織的不同意見之表示。然政黨之組織也需要社會團體——從學生自治會到各種職業團體平時養成自由討論之風度，少數服從多數，多數尊重少數以及選賢舉能的習慣和基礎。西洋的政黨，有長期傳統，而最初，是以階級爲基礎的，而且還早有教會之領導作用的。及工商業發達，商會工會也應運而興（共黨組織由秘密結社、耶穌會和軍隊式組織三者合成）。亞非新興國家之政黨除共黨外，大抵在民族運動中結成，等到獨立實現，精神難免渙散，此是落後國家政黨政治困難以及共黨能夠有力之故。

但西方的民主政治亦非無毛病。民主政治變成金權政治，此其一。隨著大衆傳播之發達，使譁衆取寵之「大衆」容易壓倒眞知灼見之「優秀」，此其二。大的勞資團體之利害，黨的巨頭控制政黨以及選舉勝負之利害，容易掩蓋國家之利害，此其三。

還應指出，與民主問題有關，西歐國家有一很大特點，卽「民族國家」或「國民國家」，卽一個民族一個國家。這也形成西方民族主義特點。過去許多人以此民族國家爲天經地義，其實中歐東歐並非如此，而在今日，美俄正以超民族國家之巨人，使西歐民族國家侏儒化。如果西歐中央集權的民族國家一時有利於民主政治之發展（因民主是民族國家之充實），則第一次大戰後，中東歐倣效西歐，成立民族國家，使許多少數民族成爲無國籍之人，受到歧視；結果，先爲希特勒開路，後爲共產主義開路。在亞洲，貴國與日本最近於民族國家，然日本有蝦夷，韓北多華人，此外幾乎皆為多民族國家。中國與印度不待說，中東地區，都有少數民族，尤其是寇狄族。在東南亞，除了少數原住民外，還有一種特別的少數民族，即華僑或華人。東南亞新國家常以民族國家名義歧視華人。G. Taylor 教授在報告中說到菲律賓「歧視華人的立法是極端短視的政策」。這不僅在經濟上無利於這些新國家，而在政治上又只足以便利共黨之滲透與破壞。而在非洲，我們正看見奈及利亞與比亞佛拉之慘劇。

鑒於西方民主政治之弱點，我以為亞洲國家除了努力使其憲法不是具文，做到現代西方國家之一般成就——文人政府、獨立審判、政黨政治、民權保障等——乃至實現「世界人權宣言」一般原則外，應特別注意：⑴限制候選人的金錢活動，⑵規定候選人之一定知識上的資格，⑶政府對於有學問有經驗，在社會上有信望的人物，不論其有黨無黨，應予尊重；或延攬其為政府之顧問，或由學術團體選舉一部分的人加入國會或上院，而這也是在若干國家有先例的。此三者，蓋鑒於西方民治其初尊重資本權，其後尊重勞動權，而對於知識權，迄無應有尊重，而這也是今日美國知識界左傾之一大原因。亞洲國家可因對知識權之尊重，來解消資本主義與社會主義之對立，因而亦可使學術界勢力與社會上獨立的勢力合作，來平衡政黨以及大工商團體、大工會團體之專斷傾向。⑷再鑒於西歐民族國家之原則並非到處可以適用，亞非新國家對國內少數民族，及一切人民應一視同仁，實現普遍的人權。如此可使亞洲國家在政治上比西方更符合於民主精神。

因此，中央集權的政府，也宜於逐步實現而不可一蹴而幾。

（十一）在國際事務上必須爲建新世界而維護國際正義與和平，抵禦共產主義

第四、亞洲國家必以建新世界爲目標，維護國際正義和平，抵禦共產主義。

亞洲以及非洲各民族過去都曾受西方國家或日本之侵略，而除土耳其、中國、伊朗，以及戰後韓越二國外，都不曾受到俄帝國主義與共產主義之禍害。此所以戰後落後地區多有反西方和親蘇俄之傾向。而由於美國口口聲聲以「西方」自居，甚至許多人承襲過去歐洲人妄自尊大之優越感，亦使亞非人民疏遠，乃至有進而反美者。

但我們要知道過去西方帝國主義以及日本帝國主義固然不義，但報復主義亦非正義。又無論如何，美國之立國和發展究與西歐帝國主義不同。大家尤其不可忘記中國前門出虎，後門進狼的覆轍。不可爲反對舊殖民主義而歡迎新殖民主義。

亞洲以及落後國家均曾深受國際帝國主義之害，他應有一從根本上重建世界的大目標，即結束一切國內的國際的不義，建立一個自已生活也讓人生活的正義、互助、和平的新世界，使一切人類文化創造力不用於互相壓迫，而向更廣更大更高的地方發揮，以保障全人類的幸福與尊嚴，

建立新世界文化。而需要建設，需要工業化的亞非國家，亦以國際正義與和平之進步，爲最有利之條件。

爲這大目標，亞非國家必須拒絕和防禦共產主義。共產主義最主要的罪惡，在於他本是西方帝國主義之病之擴大，卻冒充治療，破壞人類的團結，延長世界的禍亂，阻止新世界之實現，並利用落後國家爲工具，達到共產主義的世界征服。

亞洲國家尤其要抵禦中國共產主義。共產主義已使中國大陸成爲地獄。而毛澤東之流正欲以所謂「毛澤東思想」推行於落後地區，此乃如中國的弔頸鬼，引人上弔。

毛澤東之流正用其對外黷武姿勢，以及「反美帝」「反蘇修」的口號轉移國內人民之視線。他的宣傳，引起許多西方和東歐國家的幻想，希望聯合中共，以平衡蘇俄。又引起美國若干人之幻想，希望聯合蘇俄，以平衡中共。然因俄華共要毀滅自由世界是一致的，結果之所至，只足以便利共產主義。他的宣傳也引起帝國主義殘餘之復活，如法國，如日本，幻想聯合中共以平衡或敲詐美國。結果之所至只有二途：蘇俄帝國主義之擴張，舊帝國主義之復活。這些幻想，都是有害於新世界之建立和亞洲之復興的。

我以爲亞洲反共國家宜先作政治上、軍事上、文化上的密切團結，進而盡可能的團結亞洲非共國家。以此團結體與美國作經濟、軍事、外交充分合作，而自亦可與西歐國家進行經濟合作。這才可以穩定當前世界形勢，爲將來新世界奠基。

亞洲國家可以與美國充分合作者，因爲美國目的是自衞的，而非侵略的。必須與美國加強合作者，因爲沒有美國的原子傘，亞洲諸國將受到俄華共的原子敲詐；因爲美國的技術資本以及經營方法，爲亞洲工業化之必需。

我力主與美國加強合作，但不主張在立國之道上倣效美國者，乃是這樣才可以自求進步，而也才可以成爲美國有力的盟友而不是其負擔。又不主張盡聽美國人的話者，不僅因爲他們不免美國中心，而又對亞洲非有眞實研究，加之其對俄華共政策亦常搖擺不定，一面希望亞洲人反共而又往往一面損害反共：尤其由於美國人中有以各種方式反美親共的。

爲美國計，他的將來實在繫於亞非之復興和反共。美國關於聯合國與世界人權之理想，也只有在亞洲人中得到眞實的贊助者。但美國有輕視亞洲與親共的分子。唯有亞洲人善自爲謀，才能鼓勵美國的世界政策之健全發展，對亞洲之重視及對姑息主義之放棄。

而亞洲之復興，亦將對非洲提供最親密的模範。亞非之親密攜手，並與美國攜手，才可阻止共產黨的發展，促成共產世界內部的變化，逐步建設眞正新世界。

(十二) 亞洲固有價値觀念特別是儒學在現在與將來之意義

上面說到亞洲國家必須創造一種新的國民文化，同時要促成一種新的世界文化。一種新的國民文化、世界文化自不能缺乏價值的觀念。

在報告中有若干論文說到這個問題。張君勱先生認爲復興儒學才能爲亞洲現代化奠基。Kim Tae kil 教授則認爲韓國儒學有很多成爲現代化的障礙，應發展韓國傳統中的人文主義以與西方傳統中的合理主義調和。

我不以爲西方的價值觀念特別富於合理主義，或足爲新世界的道德原則。現代西洋諸國的文化基礎是基督教。基督教乃反抗羅馬人之勢利崇拜而起，而其價值觀念來自猶太教的神及其啓示的十誡。十誡與各民族道德，並無基本不同。然就整個《舊約》與《新約》看，其與現代化或工業化或合理化之不調和，較東方民族之道德觀念爲尤甚。首先，基督教蔑視現世的幸福，其次輕理性而重信仰，其三過度的反對取利，憎惡富人。和平的耶穌，對寺觀中的取利商人採取暴力行動。然十三世紀以後，隨著都市之勃興，羅馬法研究復活，繼而古代異教的文明復活，促成文藝復興。這時馬夏維里提倡一種唯勢是求，不擇手段的哲學。同時，教會出售贖罪券，神的代表者實行詐欺的市儈行爲了。於是有宗教改革。據韋柏說，新教的「職業倫理」，以勤儉致富依然能進天國的倫理，是現代資本主義的精神和推進力。其實何僅新教，在十六七世紀，耶穌會士和新教徒是與海盜、商人同爲殖民運動之三大先鋒的。這表示西洋的道德傳統一面隨時代而變化，一面也包含兩極端的矛盾。

到了十七世紀，由於市民階級之成長，由於自然科學之發達，一種新道德觀念形成，此即所謂自然法。然西洋的自然法不是一致的，有霍布士（Hobbes）之自然法，有洛克（Locke）之自然法。十誡假定一個與人同形的神，由於神的觀念之傳統，自然法亦須假定一個「理神」。至十八世紀，因儒學之輸入，形成「自由平等博愛」的觀念。這是西方道德觀念之最高發展。然在自由平等博愛高唱之日，在理性之神以女性姿態出現之日，也正是恐怖政治和斷頭機忙碌之時。

十九世紀自然科學之飛躍進步，使西洋人自覺理性與科學之萬能，特別是《進化論》之提出，使神失其根據，於是道德亦失其根據，而有新的道德觀應時而起，此即功利主義（utilitarianism），而其美國版則為實用主義（pragmatism）。

功利主義以及實用主義非無哲學意義，但在本質上，是與西方人之求利主義（acquisitiveness）相符合的，而求利主義也可說是耶穌所反對的非里斯丁主義（Philistinism）之「現代化」。

到了十九世紀後期，無政府主義者與馬克斯主義者雖然論點不同，但相同的，是反對現代西方之求利社會及其非里斯丁主義。在這一點，他們與基督教類似。但他們否認神，在這一點，他們與自然科學同盟。他們要求無產大衆之利益。但知道，沒有權力，這利益是不能得到的。所以馬克斯主張無產階級獨裁，「打破國家機器」。可是同時還有資產階級國家，無產階級的國家機器當然未便「打破」。此馬克斯主義必然走到極權主義之故。

代表保守派的尼采反資本主義，也反社會主義，他也看出西方道德因上帝信仰已經破產，只有僞善和虛無主義。他索性公開發出「上帝已死」的訃文，並主張「求權主義」（will to power）。接著有第一次大戰之權力鬥爭，有共產主義、納粹主義或史本格拉（Spengler）所謂「新凱撒主義」。

代表自由派，極力鼓吹西方文化特色在於合理主義之韋柏，在其晚年也發現西方合理主義之矛盾：資本主義只有「手段合理」，而社會主義只有「目的合理」。兩種合理都達到自我撞著（paradox）。

整個西方的價值觀崩潰了，這正是西方文化最深刻危機之所在。這危機又因科學不論價值說、價值中立主義、價值相對主義而變本加厲。於是西洋文化便只剩下科學和「意識形態」了。而意識形態是相對的，所以無論保守主義、自由主義、共產主義、納粹主義，亦本無善惡是非之可言。於是只有虛無主義、勢利主義。邱吉爾在自覺西方有力之時，是反共急先鋒。而在蘇俄已有核子時，他是「和平共存」之首倡者。這也便是西方青年「叛亂」之由來。

我說這些話，意在說明報告中 Kim Tae-Kil 教授所說「道德眞空」不僅韓國爲然，西方亦然。因此，西洋在這一方面，不能教我們什麼，因而使亞洲傳統價值與西方價值調和，亦不免徒勞。而以爲東方是「前邏輯」、「前現代」、「不合理」，不知個人主義云云者，亦是西方人妄自尊大之意識形態，不足信的。只看馬庫色（Marcuss）在其《一度向的人》中說美國是一個只有技術合理的不合理社會，沒有個人自由，因而要「全面否定」，而他因此成爲新預言家，就夠了。

爲了解決西方的這一精神的危機，西洋人有種種救濟之努力。例如，馬理當（Maritain）、東比（Toynbee）、索羅金（Sorokin）各求之於天主教、基督教、東正教之復興。缺爾契（Troeltsch）求之於世界諸宗教之調和。史懷哲（Schweitzer）主張回到啓蒙時代道德與理性之調和，然後再出發。胡塞爾（Husserl）主張以現象學重建眞理之絕對標準，布列赫特（Brecht）主張以現象學的方法加上人類學、社會學之研究，以求正義之絕對標準。這都還在討論之中。

其次，我以爲，亞洲的固有價值觀念，並不構成工業化的障礙。

在報告中有若干文章批評到儒家的五倫觀念、家族主義和孝道中心，在現代工業社會皆不可行。又以儒家不重視機械，不注重財富，或者缺乏合理觀念。我以爲這些話都有商榷餘地。

世界原無死的道德教條。孔子孟子的話也絕非在今日句句有效，正如耶穌所說有人打你右臉，應當將左臉送給他打，也斷不能照辦，也無人照辦。孔子未說五倫，他所說的是「推」孝弟之心於人類關係。孟子才提出五倫，即他以爲君臣父子兄弟夫婦朋友之間「相對關係」最爲重要。但即在當時，人際關係顯然不止五種，如師弟關係、將官與士兵的關係。時至今日，有國民與政府的關係、個人與社團的關係、工人與雇主的關係，以及一國對世界的關係。這自然不是五倫所能限。然人與人間有一定相互對待的道義關係、法的關係（權利義務關係），也是不成問題的。儒家的倫理觀念一方面注重一個由同胞愛的推廣，另一方面注重相互的責任。大家想想，這有什麼不對嗎？

我不覺得家族有何必須特加非難之處。家族是人類一個自然的團體，人類一個最自然的安全保障的制度。在中國歷史上，家族也是人民平衡王權、官權的一種制度。到了現代國家成立後，昔日家族機能如養老、育幼之類爲國家和社會（如保險）所接收，家族自然日益不重要。但現代國家、工業組織日益成爲巨靈（leviathan, mammoth）後，尤其是在極權主義起來日益要將人類原子化後，人類感覺成爲「孤獨的烏合」（lonely crowd），於是，又有社會學家——如阿佛萊・韋柏（Alfred Weber）重新感到家族制度的必要了。說西方沒有家族也是亂說的。現代西方資本主義是以家族爲搖籃的，例如 Medici, Chigis, Fuggers。猶太人的家族主義更不待說。而英國許多公司以「某某 and Sons Company」爲名，日本的三井、三菱也是一樣。法國的、美國的六十家族，一家百族，亦大家之所知。時至今日，洛克斐勒、福特公然以一世二世爲名。其他的人，也有不少在父名之後加 Jr. 的。而那些指摘東方家族制度的專家，他們自己很多是甘廼廸家族之食客或僕從。一個甘廼廸死了，另一個甘廼廸出來，這一個甘廼廸死了，又一個甘廼廸出來。他們迷信甘廼廸家族的「天命」一至於此！當然，任何制度到了侵害他人都不可以。此則不僅家族爲然，國家、政黨、公司，也是一樣。

我也不以爲孝道必須非難。難道必須不孝，才能工業化嗎？如果說，家族主義足以增加政治上的裙帶主義（nepotism），孝道足以助長權威主義，則第一，儒家以仁孝並稱，並說「老吾老以及人之老」，說繼志也說跨竈，何嘗只教你只爲一家謀，只拘守父親的遺產？第二，世界何事沒有毛病？世界最大之害恐無過愛國主義了，因他可以變爲沙文主義、帝國主義，乃至各種流氓招搖撞騙之藉口。但我們並不因此而取消愛國主義。

說儒家不重視機械，也沒有這個話。《書經》說「求器惟新」，孔子所說「工欲善其事，必先利其器」尤爲中國人的常言。孟子亦讚美公輸子之巧，墨子自身就是精於工藝的人。只有莊子說過反對機械的話，但也不過寓言，而若干人就用作證明東方文化反對機械的論據。其實任何野蠻人類，沒有蠢到反對新工具的。若然，人類不會由舊石器到新石器時代了。

儒家更是重視合理的。所謂「有物有則」，所謂「入情入理」，所謂「萬事大不過理」，所謂「天理國法人情」。事物之理、人物之情，都是儒家哲學之基礎。自黑格爾以至韋柏之亂說，不過因他們盲目於中國書而已。

說中國人不重視合理財富，尤非事實。中國春聯說：「洪範五福先言富，大學十章半理財。」中國人拜年第一句話是「恭喜發財」。而勤儉立身，更是中國相傳的基本道德。福國利民、富國強兵，則是中國相傳的政治目標。

最後，更重要的，儒家的價值觀念有合理核心，有發展之可能與方法，加以發展之後，可爲新世界人類相與之道之原則。

儒家道德觀念沒有西方的兩極衝突性。儒家肯定人生現世幸福與中道，如希臘；而肯定正義，如基督教。但儒家沒有 Dionysus 式的狂熱，也沒有基督教的禁欲和排他性。儒家道德不是死板教條，而是一種原則、一種標準。他由個人出發，由己推人，由近推遠。儒家倫理之精義在忠恕仁義四個字。盡己之謂忠，推己之謂恕。人間相與之親謂之仁，人間正當相待之道謂之義。可來可往之恕道，正是正義的標準。

在經濟上，儒家主張因民之利而利之，反對壟斷獨登，也反對與民爭利。而主張義以爲利，卽與民同樂同利，含有可以超越資本主義、社會主義的理想。

在政治上，儒家主張人民是國家的根本，人民第一，國家第二，政府第三。儒家主張選賢與（舉）能，除了地方政府之鄉舉里選以外，在中央以考試選擇代表人民之官吏。雖然過去考試科目不實際，然與專家政治之意是相符的。又由明堂議政之制到黃梨洲大學議政之主張，亦不得謂儒家無巴力門之制度與思想。主張「勝殘去殺」，反對「以天下奉一人」，尤不得謂儒家有獨裁主義之思想。

而在國際及戰爭與和平問題方面，「四海之內皆兄弟也」的天下大同的思想，「國雖大，忘戰必危，國雖強，好戰必亡」的教訓，更是開明而實際的。中國成此大國，不是偶然的。

毫無疑義，中國的道德觀念過去只在農業、手工業社會之內，在亞洲範圍之內流傳，到了今天的、世界的工業時代，顯得有不適應的情況。然這不過由於一將技術落後問題變爲價值負責，二對儒家倫理作後退解釋以符合若干人之私利，三不知這個世界並非最後的世界，而我們亦非採取西方的價值觀念所能有效的。十九世紀之末，德國地學家李希霍芬 (Richthofen) 到中國調查礦產。他曾說，中國如不改宗基督教，就不能西方化。然中國人相信孔子，又難於基督教化。這位先生的話是說中國人無可救藥。的確，儒學的中國人難於基督教化，也便難於西方化。但何以見得中國人必靠上帝和西化得救呢？他當時還不知道比他年輕十一歲的同國尼采已經發現「上帝已死」；也想不到，他的地質調查雖使威廉第二強占青島，然占了十六年，依然保不住。更未料到五十四年後，一個德國變爲兩個德國。馬丁路德的德國何嘗已得保證得救呢？

然則今日亞洲之國在價值問題方面應該如何呢？我以爲，至少東亞之國，可以將儒學核心加以發展，而幸而儒學是可以向前發展的。

(1)儒家價值觀之核心在承認人類皆有人道與理性的根核，並教人不斷存養擴充之。這教人保持和發揮人格尊嚴、學問尊嚴。而擴大之道則著重於「推」。用於事物，與西洋之推理同。用於人事，由一己以推於世界，則西方尚缺此義。因基督教只能在「人皆上帝子女」之中推求，啓蒙時代頗有推於人類之意向，但功利主義只能推到「開明自私」而止。

(2)就個人及國家而言，儒家教人勤儉。我們今天要工業化，其實工業 (industry) 一字，與勤勞 (industrious) 同源。中外古今，均必以勤儉立國。落後國家之工業化，尤須勤勞。須知美國先有清教精神，才有今日美式或好萊塢式生活的，而即在美式生活中，也還是有勤儉因素在內的。不過在工業時代，重要的是節省人力，節省時間，增進工作效能，非農業時代之刻省(scarcity)可以了事，然勤儉原則是不變的。而經濟上所謂合理者，亦無非有效之勤儉而已。機器者，節省人力之工具而已。

(3)就人與人、國與國之關係而言，儒學教人將個人與社會及國家，國家與其他國家之關係，本著個人對兄弟關係，在可以來、可以往的雙軌方式中，加以推廣。這便是獨立而互助的方式。然則將來人類的新世界能夠離開這原則而形成嗎？在全球規模上實現「安居樂業天下太平」，不就是最好世界嗎？

(4)為建新世界，儒學尤有實際意義。東方文化——廣義的東方文化之最勝處，都是要求正義與和平。世界上最高級宗教均起於東方，包括祆教、婆羅門教、佛教、猶太教、基督教、回教在內。一切宗教都是譴責貪欲與不義的，都是反對那使人類墮落之勢利崇拜的。為了譴責勢利崇拜，乃假定一最高的正義之主宰之神。原始佛教比較特別，他要求個人之自覺，佛不過是「自覺覺他，覺行圓滿」之意，並不是神。而在此自覺之中，又必須覺得一切勢利之皆空。無奈勢利是很實在的。儒家不假定神，不以罪惡為空，他只教人堅持正義。所以儒家道德之實行，歸結於「勇」，所謂「見義不為無勇也」。

儒家道德以忠恕仁義為根本，而以道義的勇氣來完成。這在今天尤有無比的重要性，不僅報告中許多位說到的「主體性」而已。基督教非不主張道義的勇氣。然因基督教的天國觀念「其道大轂」使人難行，終於「世俗化」(mundanize)，而基督之徒，外爲殖民主義帝國主義之力士，而教會亦爲貴族市民國家機構之一部分。此時現代社會主義起來，其性質有如古代基督教。馬克斯在其宣傳與組織上，是有意模倣基督教的。而其對資本家之拜金主義之聲罪致討，亦有如耶穌所謂「天國近了」。基督教有「原罪說」。隨著西方之衰落，在共黨之前，那些因寄生而腐敗之徒早無任何勇氣，而其善良者亦不禁有「罪惡感」。此種罪惡感，也是在東比之書文中到處流露的。於是乎他也不能對共黨有道義的勇氣，而只能以「和平共存」爲最大之希望了。美國之立國與發展非由寄生，又由於還有愛默生以來之「自立」(selfreliance)之教，原罪說影響較少，亦使其罪惡感較少，所以還能有對抗共黨的勇氣。

然取得政權的共黨，雖不拜金，卻瘋狂的崇拜權力，終於也成爲「新階級」而趨於腐敗。他們的義憤也隨著一批殉難者而過去了，那些活下來的，也成爲吃飽了的強盜而色厲內荏，沒有眞正勇氣了。

由於亞洲國家是不義犧牲者而非犯罪者，由於亞洲國家多因儒學之教而特別富於道義的勇氣，使我們在此大亂時代，具有抵抗共產主義的氣力之源泉。

所以，我們正可以不是基督教國而自喜。不過，西亞有回教，西方有基督教，又如何呢？好在儒學本無排他性，可與任何宗教合作。所以，不是我們應使自己傳統與基督教調和，而正是應在全地球規模上發展自己的傳統，鼓舞各種宗教中固有的正義精神。正義精神和道義勇氣，正是使我們有權視拜金的西方世界，拜力的共產世界為歷史過渡時期，並使自己堅定的走向一個真正價值世界的舟車、刀劍與甲冑。

必須以最大的道義勇氣實現全世界的安居樂業天下太平的大理想，才能擊敗共黨的偽理想，使人類早日走向新世界。

(十三) 亞洲能否復興是世界和平之決定力

新世界能否實現，其決定力在亞洲。這是一切亞洲人必須深深自覺的。

這理由很簡單：今日美國及其領導之西歐，對蘇俄及其控制的東歐大體上在平衡的狀態而有餘。但亞洲尚有中共之大物。美國將對蘇俄有餘之力加上其他亞洲反共國家，勉強可以維持對中共之平衡。

然莫斯科與北平在目前雖無協同行動，而對亞洲、非洲、拉丁美洲是同樣進攻或滲透的。所以，長期的看，世界之將來，就決於第三世界之態度。

如果亞洲的東南亞、近東阿拉伯國家走向共產，則印尼、土耳其終必共產，而日本、印度走向共產亦無可倖免。這不但對非洲、拉丁美洲的共黨是一大鼓勵，甚至西歐亦只有淪陷於赤潮中。

如果亞洲走向反共之路，則對於非洲，對於拉丁美洲也有良好的示範作用。而對於美國人民，對於鐵幕內部的人民，也是一莫大鼓勵。中共是共產圈內較弱之一環，將先蘇俄而瓦解。

今天美國是自由世界之領袖。然美國不只一個，有反共的美國，有孤立主義的美國，而且還有姑息主義的美國。亞洲走向反共之路，才可以協助自由而反共的美國，不致走上孤立、姑息之路。

但亞洲走向反共之路，包含一個前提，卽亞洲國家的民族勢力能壓倒共產勢力，並表現重建國家的才能，卽能有知識，能工業化，能發展其國民的潛力，與美國配合。否則衰弱貧困，只足爲共產主義動亂的燃料而已。

而在這一點看問題時，亞洲究竟應以現代化或西方化爲目標，還是依自身之方式發展，其是非更爲彰明。

如果在觀念上採用「現代化」的口號，則首先就無法樹立自信，而現代化既可誤解爲驕奢淫佚，又本不排除共產主義，而「西方化」尤有趨於共產化、極權化之本性。中國過去被迫「現代化」，後來主動「現代化」，一步一步走向共產主義。日本極力「現代化」，結果納粹化，於今共產化的勢力也在抬頭。這都是大家知道的。

如果堅決採取「依自身方式發展」的觀念，則首先就樹立自立自決的精神，而因爲亞洲固有文化中本無共產主義之一章，也便能站在正大堅實的立場，團結全國民共同制服共產勢力。而爲了有效發展工業，勢必刻刻注意自己的需要與條件，本勤勞正義原則、利國福民原則、國際互助原則，發展民德、民智、民力，發展生產力，維護和平，既不爲過去傳統所束縛，同時力求超越西化的、俄化的意識形態，就絕沒有墜入貪汚腐敗，獨占資本主義和極權主義之危險。

世界之將來，一半靠美國，一半靠所謂落後地區之亞洲與非洲。但必有亞洲新努力之成功，才容易促進非洲同樣的努力。第三世界與美國充分團結，才容易促成共產世界內部的革命和新世界之誕生。亞洲人無需爲今日之落後羞愧。只要正當的努力，我們將使人類在過去東方時代、西方時代之後，重開一個人類的世紀，而今日美俄時代只是一個過渡時代。從來最後來者是居上的。

然也不要說什麼「亞洲世紀」、「中國世紀」。這些話也是不自知的、陳腐的。西洋人說，可能包藏禍心；自己說，只足賈禍。我們的目的是不落後於人，並促成世界的和平。

然如果亞洲人自居於歷史之配角，只想在西方與共產兩種意識形態中擇一爲自己的歸宿，則永無復興之日。於是共產主義將趨於擴大，美國亦將趨於孤立而萎縮。於是俄華共將瓜分歐亞，將人類化爲「動物農莊」之畜牲，最後消滅美國，然後俄華共黨互相殺戮一場，使人類歷史再由草昧漸進於文明。

在此人類存亡繼絕之關頭，我們自由中國、貴國、越南、泰國的任務特別重大。此四國都是堅決反共的。自由中國牽制中共兵力，爲海外中國人樹一中心，對大陸同胞給以希望。而貴國也在三八線樹一長城，使北韓不能南下，並保護了日本的「現代化」；惜乎他們不了解，僅視貴國爲緩衝國，而可與中共「共存共榮」。

越南正作生死之戰。而美國還有人因其不夠「現代化」而不滿。泰國人士深知他們處境之難，而美國也了解泰國防線不能破。但美式「現代化」到了泰國，也引起泰國人民之不滿。我很希望這四個國家能更互相關切，交換知識與情報，進而謀政治經濟文教之合作，爲亞洲團結奮鬥，樹立一個中心。

而貴國在韓共狡焉思逞之時，仍派了大軍到越南參戰，並屢建戰功。這是道義勇氣，也是政治遠見。這是大韓的光榮，也是亞洲連帶精神的新表現。

此時，我偶然想到可否冒昧的提到一個問題。在我此次訪問貴國期間，我聽到一種議論，即漢字是「現代化」的障礙，應加廢止。但漢字究竟是否妨礙「現代化」，也便可想到現代化的解釋問題不是不重要之事了。不過，日本並未廢止漢字，有人稱其「現代化最成功」。而廢止漢字之越南，並未表現特殊進步。又聽說北韓已經廢止漢字了，是否他「現代化」得比南韓快，我沒有到北韓，不能判斷。又這種見解，在中國早有人提倡，最有名者是錢玄同主張用注音字母或羅馬字代替漢字。但一個技術問題使其主張失敗。曾有人用當時注音字母寫一信給他，他自已竟無法讀通。原因卽在中國同音字太多，卽令分別四聲，還是很多。貴國同音字是否一樣多，因我不懂韓文，亦不能判斷。但我知道一點，卽在長期歷史上，漢字、漢文、漢詩一如儒教、佛教，都已成貴國傳統之一部，並不僅是中國的東西。我在貴國圖書館與博物館中，看見貴國歷史書以及許多藝術品，上面都有漢字。如果廢止漢字，勢將切斷歷史與藝術的遺產。而將這二者切斷以後，民族文化的基礎也就受到莫大的損傷了。「現代化」也好，「發展」也好，「復興」也好，總要一個基礎。況且，卽令是中國的東西，美國也沒有因爲使用英文，而妨害美國的國民意識或現代化。我絕非因爲我是中國人希望貴國使用漢字，有六七億人用，也實在夠了。我只是關切中國最密切的友邦如貴國者，不致因此一決定得到與期望相反的結果而已。

我的話完了。我要特向不辭翻譯之勞的李明九教授致謝。後天我卽離開貴國，也藉此機會，對李所長及各位先生道別，並對各位的招待與友意致謝。

附記

在討論時，一位教授提出，由於西方有基督教，東亞國家是否需要使孔教成爲一種宗教？我答：在過去，康有爲曾有孔教運動，但終不能成功。章太炎說，中國人「依自不依他」，不依靠上帝，是中國文化卓越之處。孔子本非宗教家。要在無宗教的中國，將非宗教的孔子變爲教主，是不可能的。以我個人而言，我不反對任何宗教。這有種種理由。一是宗教在歷史上、文化上有其大的貢獻，而且在維持社會秩序上至今有其作用。二是不可反對他人、無害他人之所好。三是先君晚年也信佛。但我永不信也不提倡任何宗教。理由是：一，我無法證明或推論神之存在。儘管有人說信仰與理性是二事，但就我而言，信仰也要根據。二，如果說，人類必須要有一大的信仰，則我以爲，與其假定一個超越的神，不如確認一個存在於人心同然之處之大存在。中國人認爲「民意卽天心」，禪宗說「卽心卽佛」，更爲深切著明。昔孔德之倡人道教，蓋知唯科學之不足。然價值觀可代宗教。近年來 Jaspers 等實存哲學派以超越（transzendenz）代上帝，相通（kommunication）說哲學，然終以挫敗乃人生之必然，而哲學只是學死。蓋亦宗教之國在宗教幻滅後，知上帝之無有，嘆人生之無依。然有孔子忠恕仁義之道，則自覺吾道之不孤，憂患生死，無所畏怖。上帝者，蓋人生之拐杖。需要者不妨持以行路。至於健者，可有可無也。宗教視爲純個人問題可也。

——原載五十八年三月《中華雜誌》

編校後記

周玉山

我久思為秋原師編一套選集，今始如願，遲來的喜悅湧現於心，有不能已於言者。

秋原師以一支健筆，馳騁中國思想界六十餘年，歷久不衰。早在民國十八年春，梁啓超先生辭世之際，秋原師尚未弱冠，卽已獻力於文字，三年後投身文藝自由論辯，更聲動全國。一甲子以還，其著作早逾千萬言，譽為梁先生後第一人，當能邀多數史家的首肯。

秋原師於學無所不涉，「一事不知，儒者之恥」的古訓，在二十世紀之今日猶能力行者，恐不多見，秋原師卽占其中的鰲頭。民國六十九年端陽節，秋原師七十壽辰的祝賀會上，已展出著作一百二十三種，十餘年來更增多册，展現了龍馬精神。

秋原師的凡百學問，以文學啓其端，本選集第一卷為「文學與歷史」，自有根據。更精確的說法是，秋原師青年時代離開自然科學後，經由文學進入史學，終以後者的成就最為人知。第一卷收入「我的文藝觀」和「我研究歷史之由來、經過、結果」，當有助讀者理解其文史歷程。

本選集第二卷為「哲學與思想」，亦歸納了秋原師的學問重點。其中「我的哲學簡述」有謂，重建中國的根本之道，在超越傳統主義、西化主義、俄化主義，前進創造中國新文化。如何超越前進？首先，要激發國人獨立自尊的志氣，解除人格殖民地化的卑屈心理，本知性精誠求學問的自立，因此提倡人格尊嚴、民族尊嚴、學問尊嚴。其次，依學問的方法、人類生命與文化的價值從事研究，對中國文化進行正當的因革損益。

秋原師由哲學研究建立了人生觀，也依據人生觀著書立說，盡其對天地、歷史、民族、祖先、父母、師長和後世的責任。這個責任何其重大，遂令耄耋之齡的秋原師，爭分競秒，未曾小休。我在父親世輔公身上，也看到同樣的光景，三十年代的讀書種子，臺灣已經絕無僅有了。

有感於此，我在秋原師浩如煙海的文字中，選出五十萬言，成為一套學術精華錄，重現其震撼人心的光輝。秋原師一如梁先生，筆鋒常帶感情，感情的主要對象則為國族。國族有難，伸手援之，提筆救之，秋原師又如兩千五百年前的孔子，知其不可而為之。我在逐字校讀中，窺見一位學問家對國族的熱愛、憂心與祝願，這是一種「全燃燒」！誠盼更多的讀者，有感於秋原師的大塊文章後，加入愛國敬學的行列，共為三大尊嚴而努力。

本選集得以問世，最要感激三民書局兼東大圖書公司的主人劉振強先生，以及編輯部的朋友，他們對學術的敬重，造就了兩岸第一的出版地位。滄海叢刊也必將因本選集，更添跨世紀的口碑。

敬祝秋原師健康年年！

佛學論著　周中一 著
當代佛教思想展望　楊惠南 著
臺灣佛教文化的新動向　江燦騰 著
釋迦牟尼與原始佛教　于凌波 著
唯識學綱要　于凌波 著

社會科學類

中華文化十二講　錢 穆 著
民族與文化　錢 穆 著
楚文化研究　文崇一 著
中國古文化　文崇一 著
社會、文化和知識分子　葉啓政 著
儒學傳統與文化創新　黃俊傑 著
歷史轉捩點上的反思　韋政通 著
中國人的價值觀　文崇一 著
紅樓夢與中國舊家庭　薩孟武 著
社會學與中國研究　蔡文輝 著
比較社會學　蔡文輝 著
我國社會的變遷與發展　朱岑樓主編
三十年來我國人文社會科學之回顧與展望　賴澤涵 編
社會學的滋味　蕭新煌 著
臺灣的社區權力結構　文崇一 著
臺灣居民的休閒生活　文崇一 著
臺灣的工業化與社會變遷　文崇一 著
臺灣社會的變遷與秩序(政治篇)(社會文化篇)　文崇一 著
鄉村發展的理論與實際　蔡宏進 著
臺灣的社會發展　席汝楫 著
透視大陸　政治大學新聞研究所主編
憲法論衡　荊知仁 著
周禮的政治思想　周世輔、周文湘 著
儒家政論衍義　薩孟武 著
制度化的社會邏輯　葉啓政 著
臺灣社會的人文迷思　葉啓政 著
臺灣與美國的社會問題　蔡文輝、蕭新煌主編
自由憲政與民主轉型　周陽山 著

蘇東巨變與兩岸互動	周陽山 著
教育叢談	上官業佑 著
不疑不懼	王洪鈞 著
戰後臺灣的教育與思想	黃俊傑 著

史地類

國史新論	錢穆 著
秦漢史	錢穆 著
秦漢史論稿	邢義田 著
宋史論集	陳學霖 著
中國人的故事	夏雨人 著
明朝酒文化	王春瑜 著
歷史圈外	朱桂 著
當代佛門人物	陳慧劍編著
弘一大師傳	陳慧劍 著
杜魚庵學佛荒史	陳慧劍 著
蘇曼殊大師新傳	劉心皇 著
近代中國人物漫譚	王覺源 著
近代中國人物漫譚續集	王覺源 著
魯迅這個人	劉心皇 著
沈從文傳	凌宇 著
三十年代作家論	姜穆 著
三十年代作家論續集	姜穆 著
當代臺灣作家論	何欣 著
師友風義	鄭彥棻 著
見賢集	鄭彥棻 著
思齊集	鄭彥棻 著
懷聖集	鄭彥棻 著
周世輔回憶錄	周世輔 著
三生有幸	吳相湘 著
孤兒心影錄	張國柱 著
我這半生	毛振翔 著
我是依然苦鬥人	毛振翔 著
八十憶雙親、師友雜憶(合刊)	錢穆 著

語文類

訓詁通論	吳孟復	著
入聲字箋論	陳慧劍	著
翻譯偶語	黃文範	著
翻譯新語	黃文範	著
中文排列方式析論	司琦	著
杜詩品評	楊慧傑	著
詩中的李白	楊慧傑	著
寒山子研究	陳慧劍	著
司空圖新論	王潤華	著
詩情與幽境——唐代文人的園林生活	侯迺慧	著
歐陽修詩本義研究	裴普賢	著
品詩吟詩	邱燮友	著
談詩錄	方祖燊	著
情趣詩話	楊光治	著
歌鼓湘靈——楚詩詞藝術欣賞	李元洛	著
中國文學鑑賞舉隅	黃慶萱、許家鶯	著
中國文學縱橫論	黃維樑	著
漢賦史論	簡宗梧	著
古典今論	唐翼明	著
亭林詩考索	潘重規	著
浮士德研究	李辰冬	譯
蘇忍尼辛選集	劉安雲	譯
文學欣賞的靈魂	劉述先	著
小說創作論	羅盤	著
借鏡與類比	何冠驥	著
情愛與文學	周伯乃	著
鏡花水月	陳國球	著
文學因緣	鄭樹森	著
解構批評論集	廖炳惠	著
世界短篇文學名著欣賞	蕭傳文	著
細讀現代小說	張素貞	著
續讀現代小說	張素貞	著
現代詩學	蕭蕭	著
詩美學	李元洛	著

詩人之燈——詩的欣賞與評論	羅青 著
詩學析論	張春榮 著
修辭散步	張春榮 著
橫看成嶺側成峯	文曉村 著
大陸文藝新探	周玉山 著
大陸文藝論衡	周玉山 著
大陸當代文學掃描	葉穉英 著
走出傷痕——大陸新時期小說探論	張子樟 著
大陸新時期小說論	張放 著
兒童文學	葉詠琍 著
兒童成長與文學	葉詠琍 著
累廬聲氣集	姜超嶽 著
林下生涯	姜超嶽 著
青　春	葉蟬貞 著
牧場的情思	張媛媛 著
萍踪憶語	賴景瑚 著
現實的探索	陳銘磻 編
一縷新綠	柴扉 著
金排附	鍾延豪 著
放　鷹	吳錦發 著
黃巢殺人八百萬	宋澤萊 著
泥土的香味	彭瑞金 著
燈下燈	蕭蕭 著
陽關千唱	陳煌 著
種籽	向陽 著
無緣廟	陳艷秋 著
鄉　事	林清玄 著
余忠雄的春天	鍾鐵民 著
吳煦斌小說集	吳煦斌 著
卡薩爾斯之琴	葉石濤 著
青囊夜燈	許振江 著
我永遠年輕	唐文標 著
思想起	陌上塵 著
心酸記	李喬 著
孤獨園	林蒼鬱 著
離　訣	林蒼鬱 著

托塔少年　林文欽 編
北美情逅　卜貴美 著
日本歷史之旅　李希聖 著
孤寂中的廻響　洛夫 著
火天使　趙衛民 著
無塵的鏡子　張默 著
關心茶——中國哲學的心　吳怡 著
放眼天下　陳新雄 著
生活健康　卜鍾元 著
文化的春天　王保雲 著
思光詩選　勞思光 著
靜思手札　黑野 著
狡兔歲月　黃和英 著
老樹春深更著花　畢璞 著
列寧格勒十日記　潘重規 著
文學與歷史——胡秋原選集第一卷　胡秋原 著
忘機隨筆——卷三・卷四　王覺源 著
晚學齋文集　黃錦鋐 著
古代文學探驪集　郭丹 著
山水的約定　葉維廉 著
在天願作比翼鳥——歷代文人愛情詩詞曲三百首　李元洛輯注

美術類

音樂與我　趙琴 著
爐邊閒話　李抱忱 著
琴臺碎語　黃友棣 著
音樂隨筆　趙琴 著
樂林蓽露　黃友棣 著
樂谷鳴泉　黃友棣 著
樂韻飄香　黃友棣 著
弘一大師歌曲集　錢仁康 著
立體造型基本設計　張長傑 著
工藝材料　李鈞棫 著
裝飾工藝　張長傑 著

人體工學與安全　劉其偉　著
現代工藝概論　張長傑　著
藤竹工　張長傑　著
石膏工藝　李鈞棫　著
色彩基礎　何耀宗　著
當代藝術采風　王保雲　著
都市計劃概論　王紀鯤　著
建築設計方法　陳政雄　著
建築鋼屋架結構設計　王萬雄　著
古典與象徵的界限——象徵主義畫家莫侯及其詩人寓意畫　李明明　著

滄海美術叢書

五月與東方——中國美術現代化運動在戰後臺灣之發展(1945～1970)　蕭瓊瑞　著
中國繪畫思想史　高木森　著
藝術史學的基礎　曾堉、葉劉天增　譯
唐畫詩中看　王伯敏　著

滄海叢刊書目(二)

國學類

先秦諸子繫年	錢　穆　著
朱子學提綱	錢　穆　著
莊子纂箋	錢　穆　著
論語新解	錢　穆　著
周官之成書及其反映的文化與時代新考	金春峯　著
尚書學術(上)、(中)、(下)	李振興　著

哲學類

哲學十大問題	鄔昆如　著
哲學淺論	張　康　譯
哲學智慧的尋求	何秀煌　著
哲學的智慧與歷史的聰明	何秀煌　著
文化、哲學與方法	何秀煌　著
人性記號與文明—語言・邏輯與記號世界	何秀煌　著
邏輯與設基法	劉福增　著
知識・邏輯・科學哲學	林正弘　著
現代藝術哲學	孫　旗　譯
現代美學及其他	趙天儀　著
中國現代化的哲學省思—「傳統」與「現代」理性結合	成中英　著
不以規矩不能成方圓	劉君燦　著
恕道與大同	張起鈞　著
現代存在思想家	項退結　著
中國思想通俗講話	錢　穆　著
中國哲學史話	吳怡、張起鈞　著
中國百位哲學家	黎建球　著
中國人的路	項退結　著
中國哲學之路	項退結　著
中國人性論	臺大哲學系主編
中國管理哲學	曾仕強　著
孔子學說探微	林義正　著
心學的現代詮釋	姜允明　著

中庸誠的哲學　吳怡著
中庸形上思想　高柏園著
儒學的常與變　蔡仁厚著
智慧的老子　張起鈞著
老子的哲學　王邦雄著
當代西方哲學與方法論　臺大哲學系主編
人性尊嚴的存在背景　項退結編著
理解的命運　殷鼎著
馬克斯・謝勒三論　阿弗德・休慈原著、江日新譯
懷海德哲學　楊士毅著
洛克悟性哲學　蔡信安著
伽利略・波柏・科學說明　林正弘著
儒家與現代中國　韋政通著
思想的貧困　韋政通著
近代思想史散論　龔鵬程著
魏晉清談　唐翼明著
中國哲學的生命和方法　吳怡著
孟學的現代意義　王支洪著
孟學思想史論(卷一)　黃俊傑著
莊老通辨　錢穆著
墨家哲學　蔡仁厚著
柏拉圖三論　程石泉著
倫理學釋論　陳特著
儒道論集　吳光著

宗教類

佛教思想發展史論　楊惠南著
圓滿生命的實現（布施波羅密）　陳柏達著
薝蔔林・外集　陳慧劍著
維摩詰經今譯　陳慧劍譯註
龍樹與中觀哲學　楊惠南著
公案禪語　吳怡著
禪學講話　芝峯法師譯
禪骨詩心集　巴壺天著
中國禪宗史　關世謙著
魏晉南北朝時期的道教　湯一介著